Des critiques élogieu

«Un récit captivant et amusant... intense et inoubl

— *The*

«Touchant et drôle malgré tout.»

—*Orlando Sentinel*

«C'est toujours un plaisir de découvrir un nouvel auteur doué d'une écriture profonde, vive, et généreuse. Tel est le cas de Gwyn Hyman Rubio. *Icy Sparks* est une ode à la bonté et à l'humour.»

— *St. Paul Pioneer Press*

«À travers des thèmes romanesques tels que la détresse et la cruauté, Rubio puise pour nous à la source même de la joie...une contribution significative à la littérature appalachienne et universelle.»

— *Louisville Courier Journal*

«Impressionnant... poétique... d'une résonance universelle.»

— *The Denver Post*

«Un témoignage magistral de bonté et d'humour... Gwyn Hyman Rubio se révèle dans toute sa profondeur, sa vivacité et son empathie.»

— *Lexington Herald Leader*

«Une première œuvre remarquable.»

— *Publishers Weekly*

«Ce premier roman de Rubio est empreint d'une grande sensibilité... sa jeune héroïne, Icy Sparks se gagne l'amour et le respect du lecteur. Un baume pour tous les cœurs sensibles.»

— *Library Journal*

«*Icy Sparks* est un roman fort émouvant qui a le don de susciter l'amour, le rire, et la tristesse.»

— *Kentucky Monthly*

«Une écrivaine qui donne de grandes espérances et qui fait preuve d'une belle sensibilité... sa maîtrise du dialecte confère au roman un parfum d'authenticité.»

— *The Raleigh News and Observer*

«Fascinant... les personnages sont si bien campés qu'ils donnent au lecteur l'impression d'être des amis intimes.»

— *Macon Telegraph*

«Icy Sparks est un personnage hors du commun! Quelle histoire magnifique! On dévore ce livre, emporté par le charme du récit, partagé entre la peine et la joie. Gwyn Hyman Rubio est une écrivaine fabuleuse. Trop reconnaissant pour l'envier, je l'admire et me réjouis de son succès en espérant pouvoir communiquer à tous mon enthousiasme.»

— *Fred Chapell, auteur de*
Farewell, I'm Bound to Leave You

«*Icy Sparks* s'adresse à nous sur un ton tout à fait nouveau, avec une terrible lucidité et une originalité absolument extraordinaire! Avec ce premier roman, Gwyn Rubio nous montre que les tics et les sons irrépressibles de sa remarquable héroïne sont l'expression pure de son courage et de sa soif de vivre.»

— *Francine Prose, auteure de*
Hunters and Gatherers

«*Icy Sparks* est une fiction qui aborde le sujet de la différence dans un monde où celle-ci devient source de souffrance et de solitude. Dans les années 50, au cœur de la région des Appalaches, Icy découvrira la solidarité des exclus et adoptera une perspective sur le monde lucide et sérieuse, jamais dépourvue d'humour.»

— *Loyal Jones, auteur de*
Reshaping the Image of Appalachia

«Roman d'une extrême originalité, Icy Sparks apporte une contribution majeure à la littérature. Il nous aide à mieux comprendre la réalité des gens blessés au niveau émotionnel. C'est également un des rares romans de la région des Appalaches à dépasser la simple description de la réalité extérieure pour introduire le lecteur dans l'intimité de ses personnages. Brillant!»

— *Gurney Norman, auteur de*
Kinfolks : The Wilgus Stories

«Gwyn Hyman Rubio a su doser gravité et humour en créant un univers étrange et merveilleux qui nous laisse pantois. Dans le Kentucky profond des années 50, l'ordre et le chaos s'enchevêtrent et se confondent; il en résulte un tel bouleversement qu'on en arrive à questionner les certitudes élémentaires de sa propre vie. Voilà une écrivaine qui sort de l'ordinaire.»

—*Stephen Dobyns, auteur de*
The Church of the Dead Girls.

ICY SPARKS

Gwyn Hyman Rubio est une écrivaine de fiction dont les nouvelles ont été réunies en un recueil et publiées dans divers magazines littéraires partout à travers le pays. Lauréate du *Cecil Hackney Award* elle a reçu récemment des bourses du *Kentucky Arts Council* et de la *Kentucky Foundation for Women*. Elle vit à Berea, au Kentucky.

Gwyn Hyman Rubio
Icy Sparks

Adapté de l'américain par
Marie Gonthier

Révision : Nancy Coulombe
Traduction : Marie Gonthier
Infographie : Stéphanie Gravel
Graphisme de la page couverture : Stéphanie Gravel
Photographie de la page couverture : Carl Lemyre

ISBN 2-89565-053-5
Première impression : 2002
Dépôts légaux : troisième trimestre 2002
Bibliothèque nationale du Québec
Bibliothèque nationale du Canada

Éditions AdA Inc.
172, des Censitaires
Varennes, Québec, Canada   J3X 2C5
Téléphone : (450) 929-0296
Télécopieur : (450) 929-0220
www.ada-inc.com   info@ada-inc.com

Les Éditions Goélette inc.
600, boul. Roland-Therrien
Longueuil, Québec, Canada   J4H 3V9
Téléphone : (450) 646-0060
Télécopieur : (450) 646-2070

DIFFUSION
Canada : Éditions AdA Inc.
Téléphone : (450) 929-0296
Télécopieur : (450) 929-0220
www.ada-inc.com   info@ada-inc.com
Belgique : Vander - 32.27.61.12.14

France : D.G. Diffusion
Rue Max Planck, B.P. 734
31683 Labege Cedex
Téléphone : 05-61-00-09-99
Suisse : Transat - 23.42.77.40

Imprimé au Canada

DONNÉES DE CATALOGAGE AVANT PUBLICATION (CANADA)

Rubio, Gwyn Hyman

   Icy Sparks

   Traduction de : Icy Sparks

   ISBN 2-89565-053-5

   I. Gonthier, Marie. II. Titre

PS3568.U295I2514 2002   813'.54   C2002-940586-6

Para mi compañero, Angel

En souvenir de Rachel

Ô Maître — Musicien
Fais-moi vibrer au diapason de la vie.
L'éveil à une nouvelle musique
voilà ce que mon cœur recherche.
Aujourd'hui ma vie se dissout
dans l'extase.

— SRI CHINMOY

REMERCIEMENTS

Je tiens à exprimer ma reconnaissance aux membres du Kentucky Arts Council, de la Kentucky Foundation for Women, de la Virginia Center for the Creative Arts et du Hambidge Center for Creative Arts and Sciences pour leur appui.

J'ai la chance d'avoir pour agent Susan Golomb. Dès le début, elle a cru en mon travail et m'a soutenue. Sa confiance indéfectible m'a permis de continuer.

Je veux également exprimer ma gratitude à Jane von Mehren, mon éditrice, une femme distinguée et bienveillante; son talent, son intelligence, son enthousiasme et par-dessus tout, sa présence réconfortante, m'ont permis de tenir bon au cours des deux dernières années.

Mes remerciements à Gabriel Geltzer, l'assistant de Jane, pour avoir été à la fois efficace et charmant, à Dave Cole, mon secrétaire de rédaction, pour sa précieuse collaboration et à Maggie Payette, conceptrice de la couverture de ce livre, pour sa vision artistique.

Je remercie le Kentucky Chapter of the Tourette Syndrome Association pour son aide. Par l'intérêt et l'affection qu'ils ont manifestés, les membres du Kentucky Chapter ont montré qu'ils croyaient au caractère unique de chaque être humain. Toute mon estime va à mes amis Loyal Jones et Father John Rausch pour leur connaissance des Appalaches et pour leurs judicieux conseils. Je remercie Isaac et Anna H. Ison pour m'avoir fait connaître leur collection personnelle d'expressions appalachiennes intitulée, *A Whole'Nother Language*. Je tiens à remercier Lisa Hiner pour les hymnes religieux et pour sa charmante interprétation de «Gathering Home.» Aux amis proches ou éloignés, je dis merci pour leur optimisme et leur réconfort tout au long du chemin difficile qui mène à la publication.

Mes remerciements au M.F.A. Program du Warren Wilson College pour avoir nourri à la fois mon cerveau et mon âme. Je remercie particulièrement les professeurs suivants : Mary Elsie Robertson, qui m'a enseigné le courage ; Francine Prose qui m'a fait voir l'importance de l'humour ; Joan Silber qui m'a fait voir l'utilité de la révision ; Stephen Dobyns qui a mis l'emphase sur la beauté du processus créateur ; Michael Ryan qui a insisté sur la concentration et la persévérance ; Charles Baxter qui m'a fait don de l'espoir.

N'eut été du Dr. Michael Roy Lyles, de son dévouement et de ses conseils il y a de cela plusieurs années, ce roman n'aurait pu voir le jour. J'accorderai toujours une grande valeur à son amitié.

Mes remerciements du fond du cœur à mon frère, Thomas Holt Hyman, dont les appels téléphoniques m'ont soutenue continuellement et à mes tantes, Mitzi Hyman et Dinah Hyman Waterman, pour leur écoute et leur encouragement.

Et enfin, je suis tout particulièrement redevable à mon époux, Angel Rubio, de son amitié, sa patience, son dévouement joyeux et de ses remarques judicieuses tout au long du processus d'écriture. Il s'est réjoui autant que moi de la publication d'*Icy Sparks*. Il a été le premier à croire que je pouvais écrire ; sa confiance ne s'est jamais démentie avec les années. Je peux trouver le bonheur dans mon travail, mes luttes et mes rêves car nos chemins se sont croisés.

Icy Sparks

PROLOGUE

Matanni, ma grand-mère, disait que tout avait commencé dans le ventre de ma mère, quand elle était enceinte de moi. Maman mangeait des petites pommes vertes sauvages qui poussaient à côté de la remise à outils. Elle en mangeait de grandes quantités, elle les croquait comme des bonbons, les mastiquait et les avalait, les unes après les autres, jusqu'à ce qu'il n'y en ait plus une seule dans l'arbre. «Les pommes vertes, c'est pas une nourriture pour les bébés, disait ma grand-mère, mais au début de sa grossesse, ta maman pouvait rien manger d'autre.»

Je n'étais encore qu'un pépin au creux de son estomac que déjà, il me fallait manger des pommes sauvages plus grosses que moi. Je devais recevoir cette chair surette dans mon minuscule estomac, la broyer, la digérer et grandir. Les fruits que je mangeais dans l'obscurité du ventre de ma mère étaient si aigrelets que mes lèvres se tordaient et si stimulants que je rotais comme une bulle qui éclate. Puis, je suis devenue un bébé et j'ai fait irruption en ce monde. La sage-femme m'a tapoté le derrière et j'ai coassé si fort qu'elle s'est tournée vers la porte, s'attendant à voir apparaître la légendaire grenouille géante de Sweetwater Lake. «Mais ce n'était que toi» m'a raconté Matanni. «Les yeux te sortaient de la tête comme deux billes dures et rondes. Ils étaient bleus mais on y distinguait déjà une teinte jaune. Ta peau était froide comme de l'eau de source, glissante mais, curieusement, agréable au toucher. Quand le coassement a jailli de ta bouche, tes lèvres grandes ouvertes s'étiraient en forme d'ovale. Tu ne pleurais pas. Ta voix rauque a retenti dans la pièce et c'est comme si elle avait giflé la sage-femme. Elle a vite tourné la tête mais tu as encore coassé, alors elle s'est retournée. 'Froide comme l'eau profonde de Icy Creek' elle a dit en se penchant pour te déposer sur l'estomac de ma fille. 'Icy,' a dit ta maman en caressant ta tête chauve et en ramenant de sa main libre la couverture, ne laissant dépasser que le sommet de ta tête. Et le prénom Icy t'est resté» conclut Matanni en baissant la tête jusqu'à ce que son menton vienne tou-cher sa poitrine comme pour mettre un point final à ses explications.

Patanni, mon grand-père, me raconta autre chose. «Tout ça c'est à cause de la dynamite dans les mines de charbon. Toute sa vie durant, ton papa a été nerveux à cause des explosions dans les veines de charbon. Parfois c'était un bruit d'explosion mais d'autres fois, c'était juste comme un coassement. Mais le son rauque résonnait toujours dans sa tête. À l'heure où tu es née, il était dans sa Chevy sur la route sinueuse de Black Knob Mountain; devant lui, un camion de charbon a eu des ratés et des roches se sont détachées du flanc de la montagne. Surpris, ton papa a donné un coup de volant vers la droite et est sorti de la route pour aller s'écraser au beau milieu d'une volée de perdrix en train de picorer dans l'herbe. La voiture s'est arrêtée brutalement. Il y a eu un grand battement d'ailes et le pare-brise s'est couvert de plumes et de sang. Un léger duvet flottait dans l'air comme de la poussière de charbon et entrait par la fenêtre ouverte de la voiture; ton papa a agité ses grandes mains devant sa figure et il a fermé les yeux; des plumes tournoyaient autour de lui; elles se déposaient sur ses mains et collaient à sa peau. Il s'est appuyé contre le dossier de son siège en respirant avec difficulté; le bruit de l'éboulis s'est arrêté et il a entendu au loin le grondement des pneus sur le gravier. Il a cligné des yeux à plusieurs reprises, les a fermés puis il les a rouverts lentement. Une perdrix morte, le bec aplati et les ailes fracassées, le dévisageait. Ton père a pris peur et alors il a tenté d'ouvrir la portière de la Chevy pour sortir mais il n'arrivait plus à détacher son regard de celui de l'oiseau et ses membres restaient paralysés comme s'ils étaient morts. Pris au piège, ses yeux tentaient de fuir. Ils poussaient au fond de leurs orbites dans un sursaut désespéré pour s'enfuir; mais peine perdue, telles des bouées insubmersibles refaisant surface, ils restaient là; et ton papa était condamné à rester immobile et à regarder bien en face sa destinée — le vide insondable que laissaient présager les yeux morts de l'oiseau. Tandis qu'il prenait conscience du sort qui lui était réservé, ses bras ont commencé à trembler violemment et un hurlement déchirant a tordu ses lèvres. Au moment précis où le hurlement de ton papa éclatait dans le crépuscule et que les yeux lui sortaient de la tête dans l'obscurité naissante, toi — surgissant du ventre de ta maman — tu as coassé très fort. Dans cette lumière mourante, tes yeux exor-bités ont vu la même vérité — des lèvres tordues hurlant dans le néant.

Moi, Icy Sparks, je n'ai pas de souvenirs de ma naissance mais je n'ai pas oublié mon papa. Telle une digue retenant une mer de mots, ses yeux saillaient quand il parlait; durant toute sa vie, il a tout gardé en lui-même, effrayé par le vide qui s'installerait en lui s'il exprimait toutes ses pensées. Je le revois encore, devant le magasin général où il restait assis, parlant d'une voix si basse que ses amis devaient se pencher pour l'entendre. Plus ils se rapprochaient, plus mon père parlait à voix basse jusqu'à ce que ses yeux sortent brusquement de leurs orbites — tels des panneaux de signalisation indiquant à ses amis qu'ils étaient trop près et qu'il avait besoin de se retrouver seul. Il devait faire taire en lui le grondement de la dynamite et le bruit sourd que faisait des oiseaux morts en tombant. Il avait besoin de temps afin de mettre de l'ordre dans sa tête et retrouver une certaine tranquillité. Il étouffait un cri, avalait simplement et laissait surgir une nouvelle pensée. Alors, ses lèvres pouvaient chuchoter timidement une autre phrase.

Voilà mon héritage et tout est bien comme ça. Le bon Dieu trace un chemin pour chaque enfant, et il est inutile de s'y opposer. Ma maman est morte empoisonnée deux semaines après ma naissance. En se nourrissant de ces petites pommes vertes sauvages, elle a conçu Icy, l'enfant-grenouille d'Icy Creek; une indigestion très grave a miné son organisme et ses eaux sont devenues jaunes comme mes yeux. Matanni m'a raconté qu'avant sa mort, son urine avait pris la couleur des courges poivrées. «Mon enfant, tes yeux sont le cadeau que t'a fait ta maman, m'a dit Matanni. Elle a vu la lumière dorée et elle te l'a envoyée. À la minute même où ta chère maman est entrée au paradis, tes yeux ont viré au jaune.»

Papa est mort les yeux exorbités mais contrairement à maman, il n'a pas vu la lumière dorée, il n'a connu que le cri final. Patanni l'a retrouvé près d'Icy Creek — la main gauche crispée sur l'anse d'un petit seau en fer blanc renversé, les mûres éparpillées sur ses jambes, la chair boursouflée par les piqûres. Des guêpes en colère s'étaient précipitées dans ses bottes de cuir et lui avaient piqué les pieds, selon la version du coroner. Quoi qu'il en soit, je me souviens surtout de ses yeux étonnés et glacés d'effroi, une image plus éloquente pour une enfant de quatre ans que celle des milliers de dards enfoncés dans son corps.

J'étais l'enfant-grenouille née à Icy Creek. Mon père m'a légué cette peur qui s'était logée dans ses yeux noirs comme du charbon et c'est elle qui m'a permis d'acquérir une certaine sagesse. La peur m'a amenée à chercher des réponses et elle m'a fait connaître les livres. Ma mère m'a légué cette chevelure soyeuse qui a la couleur des verges d'or et ces yeux jaune ocre. Maman m'a fait don de la mémoire. Demandez-moi de lire le Livre de Job et tout de suite après, je peux vous le réciter mot pour mot. Grâce à cet héritage que j'ai reçu de ma mère, j'ai fini par regarder le monde avec des yeux remplis d'espoir. Mais ça n'a pas été facile.

Première partie

Chapitre 1

———— ❋ ————

J'ai eu dix ans le 10 juin. Le dimanche suivant, pour la première fois de ma vie, mes paupières s'agitèrent et mes yeux saillirent de leurs orbites. C'était à l'heure du déjeuner. Matanni était assise en face de moi; Patanni était installé au bout de la table. Je me souviens, comme si c'était hier, de cette toute première impulsion : c'était si intense, comme un besoin irrépressible de me gratter — comme une démangeaison. J'avais l'impression que de petits élastiques invisibles fixés sur mes paupières et rattachés à l'arrière de ma tête traversaient mon cerveau. À toutes les deux secondes, une manivelle tournait lentement sous mon crâne. À chaque tour, les élastiques tiraient un peu plus fort et, dans ma tête, l'espace rétrécissait. Ma grand-mère m'observait; elle vérifiait si mon visage était lavé, mes cheveux peignés et retenus de chaque côté par les barrettes bleues qu'elle avait achetées pour mon anniversaire. Matanni m'examinait avec attention; la pression sur mes yeux augmentant un peu plus à chaque seconde, je regardais droit devant moi, les yeux rivés sur le duvet brun au-dessus de sa lèvre.

«Icy», dit-elle, en prenant une gorgée de café, «qu'est-ce que tu fixes comme ça?»

«Les poils au-dessus de ta lèvre», répondis-je aussitôt en étendant le bras et en pointant son visage du doigt. «Ils grisonnent», dis-je, en agitant nerveusement la main devant son nez. «Juste là».

Patanni, occupé à verser du sucre sur sa bouillie d'avoine, releva rapidement la tête et se tourna vers moi. «C'est pas gentil d'attirer l'attention sur le défaut physique d'une personne».

«M-mais Pa-tanni…», répondis-je en balbutiant, toute mon attention concentrée sur la pression qui s'exerçait à l'intérieur de ma tête et sur l'espace qui rétrécissait.

Mon grand-père posa sa cuillère à côté de son bol. «Excuse-toi, Icy»,
ordonna-t-il. «Dis à Matanni que tu regrettes.»

«Mais Virgil…» Ma grand-mère lui prit doucement la main. «C'est pas bien
grave ce que la petite a dit. Si ces poils grisonnent ils ne seront plus visibles.
Gris c'est presque blanc, Virgil, et le blanc va très bien avec ma peau.» Elle
sourit et caressa de son index le dessus de sa main. Puis, en passant un doigt
sur sa lèvre supérieure elle dit : «Je sens qu'ils sont doux comme des poils
blancs».

Patanni repoussa sa chaise dont les pieds raclèrent le linoléum à carreaux
bleus. «Là n'est pas la question, Tillie», dit-il. «Icy a attiré l'attention sur ton
défaut physique.»

«C'est juste une enfant», dit ma grand-mère.

«Mais c'est pas respectueux», dit-il.

«Elle voulait pas me blesser», l'assura Matanni.

«Icy, j'attends», insista Patanni en se penchant vers moi.

«C'est pas nécessaire», dit ma grand-mère. Elle était assise sur le bord de sa
chaise et sa large poitrine oscillait au-dessus de son bol.

«Icy!» ordonna Patanni.

«Icy!» répéta Matanni en me regardant droit dans les yeux.

«Icy!», commença-t-il.

«Icy!» répéta-t-elle une fois de plus.

Je me levai brusquement. «Ce n'est pas toi qui a un duvet!», hurlai-je; je
sentais les élastiques tirer de plus en plus fort, le sang s'accumuler derrière mes
yeux, pousser ces derniers en avant, tellement en avant que je ne pus le supporter une minute de plus et, en sautillant sur place, je hurlai à nouveau : «Le
duvet est sur les globes de mes yeux. Ça me démange!» J'agitais frénétiquement les doigts devant mon visage. «Ça me démange!» Je criais à tue-tête en
bougeant rapidement le bout des doigts. «Les yeux me démangent!»

Alors, incapable de fermer les paupières ou de me gratter les yeux, je me
couvris le visage des mains et inspirai profondément, dans l'espoir que la
démangeaison et la sensation d'oppression dans ma tête s'évanouissent. Mais
ce ne fut pas le cas. Je sentis plutôt mes paupières s'enrouler comme des stores
qu'on aurait levé brusquement et mes globes oculaires rouler vers l'arrière
comme des tortues se réfugiant sous leurs carapaces. L'espace dans ma tête
continuait à rétrécir et finalement, seules quelques pensées purent s'y main-
tenir; terrifiée par cette contraction, par l'étouffement de mes pensées, je rejetai la tête en arrière et criai : «Petit Jésus! Doux Jésus!»; et, ne sachant que faire
ou comment arrêter le mouvement, je cédai complètement à la pression :

Mes yeux saillirent de leurs orbites comme des cubes de glace éjectés d'un
bac à glaçons.

Immobiles, Patanni et Matanni virent mes yeux saillir mais quelques
instants plus tard, ils prétendirent que tout s'était passé exactement comme à
chaque matin. Matanni but quatre tasses de café noir et dense comme de la
boue avec un soupçon de crème de notre vache Essie. Patanni termina

l'unique café qu'il prenait, noir, avec six cuillérées à table de sucre et je bus mon lait. Nous avons tous mangé notre bouillie d'avoine. Je versai une généreuse portion de miel sur la mienne. Patanni préféra ajouter du sucre. Matanni mangea la sienne sans rien y ajouter. Personne ne reparla de la moustache de Matanni. Ce mouvement de mes yeux vers l'avant avait libéré toute la tension ; l'espace dans ma tête s'était agrandi et les pensées pouvaient y circuler à nouveau. Nous avons mangé en silence, et je suis restée bien tranquille à ma place, comme si rien ne s'était passé.

Mais après ce dimanche matin de l'été 1956, de fortes pressions allaient continuer de s'exercer sur moi. Je n'étais plus Icy Sparks de Poplar Holler. Je n'étais plus la petite fille de la ferme Icy Creek — une ferme de soixante âcres qui comptait deux vaches laitières, une douzaine de poulets et une truie de cinq cents livres baptisée La Grosse. J'étais maintenant une petite fille forcée de garder en elle toutes ses compulsions. Quand ça devenait trop difficile, après des heures passées à refouler l'impulsion qui me faisait cligner des yeux, ou la force qui poussait vers l'avant mes globes oculaires et menaçait de dégénérer en milliers de mouvements grotesques, j'offrais à Matanni d'aller chercher un pot d'haricots verts dans le cellier — un cagibi creusé dans une butte située à moins de vingt pieds de la maison, dans la cour arrière. Une fois entrée à l'intérieur, je refermais la porte de planches et je me laissais aller. Chaque clignement d'yeux et chaque tressautement refoulés se manifestaient brusquement. Durant une dizaine de minutes, je me contorsionnais jusqu'à ce que toute mon anxiété soit libérée. Puis je grimpais sur un tabouret et saisissais le pot *Mason*.

La conserve de haricots en mains, je revenais vers la maison en me disant que c'était mal d'avoir des secrets ; je me demandais parfois quels étaient les secrets de mes grands-parents. J'écoutais le chant des grillons ; tapis dans l'obscurité et la profondeur des bois, ils tordaient leurs pattes en tous sens ; par ces stridulations, ils divulguaient leurs secrets. Un chat sauvage miaulait et se lamentait parce que quelque chose lui était interdit. Au bout d'une route poussiéreuse, coincé entre deux montagnes tourmentées et inhospitalières, Poplar Holler gardait ses mystères. Jusque là, j'avais caché les miens dans un caveau à légumes. Ceux de Clitus Stewart étaient enfouis sous son matelas. Mamie Tillman allait jeter les siens dans l'étang de la Petite Tortue. Tous les habitants de Poplar Holler avaient leurs secrets, même les animaux ; mais moi, Icy Sparks, je savais que de tous ces secrets, les miens étaient les plus terribles.

Chapitre 2

———— ✳ ————

À chaque fois que quelqu'un voulait bien m'emmener en voiture à la ville, j'allais voir un film. Plongée dans cet imaginaire de celluloïd, je me transformais en pionnier-à-la-mâchoire-carrée et au tempérament bourru, protégeant sa terre le fusil à la main et abattant des Comanches assoiffés de sang; ou encore, j'étais Biche qui bondit, une jeune indienne Navajo, assise en tailleur devant un feu et qui berçait un bébé dans ses bras. Je me glissais dans la peau de Shirley Temple et j'étais une danseuse à claquettes; ou alors, la mystérieuse et sombre Joan Crawford, intriguant pour obtenir de l'argent ou complotant un assassinat. Quand je m'assoyais dans la deuxième rangée du Darley Theater de Ginseng, j'avais envie d'être n'importe qui sauf moi. J'avais l'impression que même Jeanette Owens dans sa chaise roulante avait plus de chance que moi. Au moins les citoyens de Ginseng la plaignaient. Ils la trouvaient courageuse d'avancer ainsi dans la vie, un triste sourire plaqué sur le visage. Lonnie Spikes, un simple d'esprit âgé de vingt ans, émettait des gloussements et oscillait lentement la tête. «Pauvre petit», disaient les gens. «Heureusement, il ne se rend pas compte. C'est mieux comme ça». Tous les citoyens ralentissaient le pas pour céder le passage à Lonnie qui avançait alors en vacillant. Il se dirigeait tranquillement vers le bureau de poste de Ginseng où il passait des heures, assis dans les marches de l'escalier, la fermeture éclair de ses pantalons ouverte, la langue pendante, les yeux vitreux comme ceux d'un cadavre.

Tenant fermement un Coke dans une main et une boîte de Milk Duds dans l'autre, je regagnai sans encombre mon siège de cuir brun; nerveuse, je me frottais les pieds sur le plancher en attendant que débute la projection de Coyote Sunrise. Les lumières clignotèrent trois fois. Affalé dans un fauteuil derrière moi, Joel McCoy donna un coup de pied sur le dossier de mon siège et dit : «Icy Sparks n'a pas de petit ami.»

«On s'en fiche!», répondis-je, en avalant une gorgée de Coke et en mâchouillant le glaçon.

«Pas Peavy Lawson. Lui, il t'aime.»

Je me retournai et, lui décochant un regard furieux, dis d'une voix rageuse : «J'ai seulement dix ans. J'aime pas les garçons.»

«Tu vas l'aimer un jour», dit Joel.

«Comment ça?», ripostai-je, en rejetant la tête en arrière; puis je lançai un Milk Dud dans les airs et le rattrapai avec ma bouche.

«Parce qu'il a des yeux de grenouille comme toi.» Joel tenait dans sa main un Chilly Dilly — un gros cornichon à l'aneth vendu au comptoir de friandises.

Je posai brutalement le Coke et les Milk Duds sur les appuis-bras de mon fauteuil et me levai d'un bond. «Putois de chien!» Je ne savais pas si ces mots mis ensemble étaient injurieux mais j'aimais leur sonorité. «Sale menteur!»

«Tes yeux sortent de ta tête comme ceux d'une grenouille», dit Joel en agitant le cornichon comme un bâton.

«C'est pas vrai».

«Oui, c'est vrai», dit Joel, en pointant brusquement le Chilly Dilly dans ma direction.

«Menteur, menteur, y'a pas plus sale menteur!» hurlai-je, perdant tout mon sang-froid et lui montrant le poing.

«Silence!» dit un spectateur, à quelques rangées derrière nous.

«Je t'ai vue, Icy Sparks. Je t'ai vue derrière la grange du vieux Potter.»

«Qu'est-ce que t'as vu?» Les putois puent. Ils sont incapables de voir.»

Joel McRoy sauta sur ses pieds; sa main décrivit une courbe. Avec colère, il croqua une moitié du Chilly Dilly qui disparut dans sa bouche. «Je... t'ai vue...» dit-il entre deux bouchées, dévorant à belles dents le cornichon comme s'il s'agissait d'un épi de maïs, «tu tres... sautais, les yeux te sor... taient de la tête... comme ceux... d'une grenouille... derrière la grange... du... vieux Pot... ter.»

«Espèce de vieux cornichon gluant!», gueulai-je. «T'as rien vu du tout.»

«Yeux de grenouille! Yeux de grenouille! Yeux de grenouille!» vociféra Joel à son tour.

«Taisez-vous tous les deux!» avertit quelqu'un.

«Menteur! Menteur! Menteur!» hurlai-je, ignorant l'avertissement. Puis, je saisis mon verre de Coke, me dressai sur la pointe des pieds et, me penchant vers l'avant, je versai tout le liquide, avec les glaçons, sur la tête de Joel. Estomaqué, il resta figé, les joues gonflées, un morceau de Chilly Dilly vert dans la bouche et le reste du cornichon dans la main.

«T'as rien vu du tout! C'est rien que des mensonges!» Et sur ces mots, je me dirigeai vers la sortie — sachant pertinemment que Joel McRoy disait la vérité. Effectivement, la semaine précédente, alors que je jouais au chat avec lui et Janie Lou, sa cousine, l'impulsion avait été si forte que je m'étais dissimulée derrière la grange du vieux Potter afin de laisser mes yeux saillir; puis j'avais été aux prises avec une série de tressautements si intenses que j'avais cru que le sol tremblait derrière la grange.

Non seulement j'étais quelqu'un qui avait de gros secrets, mais — en l'espace de dix minutes — j'étais aussi devenue une menteuse experte.

Cet après-midi-là, après avoir quitté le Darley Theater, je traînai dans les rues inclinées et venteuses de Ginseng afin d'oublier ma nervosité et ma honte. Je passai devant le palais de justice du comté de Crockett situé au cœur de la ville. Des fermiers en salopettes se tenaient le long du passage de briques conduisant à ses quatre étroites colonnes blanches. Des géraniums rouges étaient disposés de chaque côté de l'allée et les drapeaux du Kentucky et des États-Unis flottaient à l'entrée. Je continuai plus à l'est sur la rue principale; le troisième édifice était le bureau de poste; personne n'était assis sur ses marches blanches et poussiéreuses. Voisins du bureau de poste, dans un édifice à deux étages en briques rouges, se trouvaient les bureaux de la compagnie Samson Coal. Puis venait la Banque du Peuple, un édifice gris, en pierres de taille construit durant les années 20. Trois édifices plus loin, de l'autre côté de la rue, on apercevait le Darley Theater, une salle de cinéma en briques rouges sombres avec une marquise en avant; je n'avais nullement l'intention de retourner dans ce lieu où je venais de clouer le bec à Joel McRoy. Alors je traversai rapidement la rue en diagonal et descendis un trottoir en pente raide jusqu'au salon de coiffure Cut'n Curl situé en retrait, au coin de la rue Short.

En arrivant, je saluai madame Matson, la propriétaire, une femme de grande taille à la stature imposante qui portait en boucles serrées des cheveux courts d'un roux flamboyant. Je balayai les mèches de cheveux éparpillées autour des chaises et derrière les éviers. Je pliai les serviettes, rangeai les magazines et nettoyai les toilettes; puis madame Matson me donna un Coke très froid — si froid que la bouteille était couverte de givre et qu'un iceberg flottait à l'intérieur. Je sirotai ma boisson gazeuse et suçai la glace; et le froid me donnait mal aux dents.

Pendant tout ce temps, je pensais à la grange du vieux Potter. Installée derrière une meule de foins, j'avais écarquillé les yeux et tressauté comme un poisson qui se débat au bout d'une ligne. Tout y avait passé — les torsions et les contorsions — j'avais fait prendre à mon corps un millier de formes disgracieuses. Et Janie Lou et Joel m'avaient épiée.

J'avalai ma dernière gorgée de Coke et frissonnai. «Mrs. Matson, qu'est-ce que je peux faire maintenant?». Elle reprit la bouteille.

«Tu peux t'en aller. Va jouer avec d'autres enfants.»

«Mais, protestai-je, ils sont au cinéma.»

«Pas tous, Icy Sparks. Allez ouste!». Elle frappa dans ses mains. «Ce n'est pas bon pour une enfant de rester toute la journée avec des adultes.»

«Mais...», insistai-je.

«Mais» pas question. Va jouer dehors.»

Par la porte vitrée, je voyais les rues ensoleillées de Ginseng et les traces grises sur ses édifices, l'insolente signature du charbon. Ginseng avait toujours été une ville prospère. Avec le boom du prix du charbon, un vent de prospérité dont la ville s'enorgueillissait avait soufflé. La ville était fière de la compagnie

Samson Coal et de ses contrats qui avaient permis de garder les mineurs au travail même durant les périodes difficiles. Elle était fière du jeune docteur Stone
et de son bureau tout neuf ; toujours très affairé, il recevait les mères enceintes,
les victimes d'accident de voiture, les mineurs avec leurs poumons noirs, et
d'autres citoyens qui n'étaient plus obligés de se rendre à Lexington pour obtenir
des traitements. La ville se targuait d'être le chef-lieu du comté, de posséder une
salle de cinéma et des écoles convenables. Elle pavanait, se vantait, se glorifiait
de ses réussites, détournant son regard des petits bleds perdus dans les collines
où la vie était parfois très dure, où les jours fastes et néfastes dépendaient du
prix du charbon et des projets d'avenir des compagnies. En pressant les mains
contre la vitre, je regardais fixement la Full Gospel Baptist Church de Ginseng,
coincée entre le café Willena et la nouvelle clinique du docteur Stone ; je pouvais aussi apercevoir l'Église du Nazaréen, à l'étroit dans un petit espace derrière
le salon funéraire Schooler. En ville, il n'y avait pas de caveau à légumes où se
cacher, pas d'ombres où dissimuler mes peurs. Les nombreuses églises coincées
aux intersections ne constituaient pas vraiment des refuges. Elles étaient pour les
gens vertueux, les gens honnêtes. Écrasée par ma solitude, je posai la main sur
la poignée de porte et me tournai pour dire au revoir ; puis tout à coup, je me
souvins de Miss Emily. À travers la vitre, le soleil venait caresser ma peau ; je
savais que Miss Emily ne me trahirait pas. Même si à cette époque j'étais trop
effrayée pour faire confiance à qui que ce soit, je savais que l'enfant en elle ne
me jugerait pas si elle venait à surprendre mes gestes convulsifs. Ses bras dodus
et si doux ne m'avaient-ils pas toujours protégée et réconfortée ?

   Longtemps avant de rencontrer Miss Emily, j'avais entendu parler de son
étrangeté. Au restaurant Chez Comb, sur le bord de la rivière, j'avais entendu
bien des commérages. «Ça lui est venu tout naturellement», disait-on. Son père
et sa mère étaient gros. D'immenses tonneaux de graisse.» À la boulangerie de
Margaret, j'avais entendu des ménagères chuchoter sur un ton condescendant :
«À tous les matins, elle achète trois douzaines de petites brioches et elle les
mange immédiatement.» Chez le barbier, les hommes ricanaient en disant :
«Aucun croyant digne de ce nom n'épouserait Miss Emily. Elle pourrait
l'écrabouiller en le serrant dans ses bras.» Les femmes qui se pressaient autour
de la lingerie du Stoddard's Five and Dime brandissaient une paire de sous-
vêtements et renâclaient en disant : «Ils ne fabriquent pas de culottes assez
grande pour couvrir l'énorme postérieur de Miss Emily.» Puis elles pouffaient de
rire, se couvraient la bouche de la main en jetant de petits coups d'œil à droite
et à gauche, heureuses de leur trouvaille, jouissant de leur méchanceté à l'unisson.

   À l'âge de six ans, je n'avais pas compris tout ce que j'avais entendu, mais j'avais
bien perçu le dédain et la mesquinerie derrière ces propos. Par contre, incapable
de faire le lien entre les gens et leur mesquinerie, j'avais reporté cette dernière sur
la personne visée. Aussi, lorsque Patanni m'emmena pour la première fois à la boutique Tanner's Feed Supply et me demanda d'entrer pour faire connaissance avec
une dame très sympathique — Miss Emily Tanner — j'étais très effrayée.

Lorsque nous avons franchi le seuil, elle s'affairait dans l'arrière-boutique à ranger les céréales en grains. La clochette placée au-dessus de la porte retentit et je fis un bond vers l'arrière. «Patanni», dis-je en pleurnichant — mes orteils tremblaient dans mes chaussures — «Je veux pas y aller. Est-ce que je peux t'attendre dans le camion?»

«Pas vraiment, Icy», dit-il en saisissant ma main et en me poussant vers l'avant. «Je t'ai amenée pour que tu fasses la connaissance de Miss Emily et c'est ce qu'on va faire.»

«Et si elle m'aime pas?», dis-je en essayant de l'entraîner dans la direction opposée.

Une voix retentit : «J'arrive tout de suite. Je finis d'ensacher du maïs.»

«Et si elle m'aime pas?», répétai-je, en me penchant si loin vers la porte que les doigts de mon grand-père lâchèrent prise.

«Merde, Icy!», aboya Patanni. Reprends-toi. C'est pas une sorcière.»

«Mais elle est grosse. Son derrière ne rentre pas dans des culottes ordinaires.»

«Et alors?» dit mon grand-père. «Qu'est-ce que son derrière a à voir avec son cœur?»

«Elle mange trois douzaines de mini-brioches à chaque matin», lançai-je. «Elle est trop grosse. Elle peut écrabouiller une personne si elle l'embrasse.»

«Des balivernes! dit Patanni. Miss Emily n'écrase personne.»

«Mais...», implorai-je.

Un doigt sur les lèvres Patanni m'interrompit. «Chut! Conduis-toi comme il faut.»

J'entendis un bruit dans l'arrière-boutique, comme le raclement d'un morceau de bois sur le plancher et le son d'une forte respiration. Soudain, Miss Emily éclata de rire. «Pourquoi elle rit?», demandai-je en serrant fortement la main de Patanni. «Y'a personne d'autre en arrière.»

«Peut-être qu'elle s'amuse toute seule», dit mon grand-père. J'avalai avec difficulté et hochai la tête. «C'est peut-être une femme très gentille qui aime rire.»

«Oui m'sieu», soufflai-je.

«Peut-être...» poursuivit mon grand-père, mais il s'arrêta aussitôt en apercevant Emily Tanner, le visage rouge et luisant de sueur, qui surgissait de l'arrière-boutique. «Bonjour Miss Emily», dit-il en lui tendant la main.

Ignorant la main de mon grand-père, elle sourit largement et dit : «Monsieur Virgil, je vais vous serrer dans mes bras plutôt.» Puis elle s'avança rapidement vers lui, l'entoura de ses immenses bras et le serra énergiquement contre sa poitrine.

J'entendis mon grand-père grogner puis je vis sa tête enfouie dans la robe écossaise de coton bleue de Miss Emily; son visage disparut dans les replis de gras. Mon cœur battait la chamade. J'avais les mains moites. Je me voyais enlisée dans la graisse de Miss Emily comme si son corps pouvait se transformer en sables mouvants, et je bégayai : «Pas moi... oh non... pas question! «Lâchant la main de mon grand-père, je me dirigeai petit à petit vers la porte et risquai ces mots : «Je ne veux pas mourir dans vos bras. Je ne vous laisserai pas m'écrabouiller.» Rapidement, je fis demi-tour et me mis à courir.

«Je vais t'embrasser, toi aussi!» cria d'une voix perçante Miss Emily en me pourchassant; avec toute sa corpulence, elle ressemblait à un banc de neige bleuté déplacé par le vent. Et, en moins de deux, elle m'attrapa par la chemise, m'attira vers elle et m'entoura de ses bras arrondis. Mais au lieu de gémir de douleur, je soupirai d'aise; plongée dans sa douce chaleur, j'éprouvais une sensation de pur ravissement.

Sous le ciel brillant de cet après-midi de juillet, avec la poussière de charbon qui me picotait le nez, je me dirigeai vers la rue Walnut — une de ces rues en pente qui serpentent des deux côtés de la place du palais de justice. Je dépassai la boulangerie de Margaret, le Stoddard's Five and Dime, la boutique de Denton, le barbier, et la station-service de Danny, et me rendis au Tanner's Feed Supply pour y passer le reste de l'après-midi.

Je poussai la porte qui s'ouvrit en grinçant et je fis un petit signe de la main. «Allo, Miss Emily».

«Allo, Icy», dit-elle de l'arrière-boutique. Puis elle se détourna de l'étagère métallique où elle était occupée à ranger des paquets de graines et tendit les bras, des bras si dodus que leurs chairs bougeaient au moindre mouvement.

«Je m'ennuyais de vous», dis-je, en me blottissant dans ces hamacs, lovant ma tête dans sa large poitrine. «Je m'ennuyais de vous», répétai-je, en fermant mes yeux de grenouille; entourée par la masse rassurante de son corps, je sentis en moi la tension se relâcher peu à peu.

«Où étais-tu petite Icy?» Elle peignait mes cheveux de ses doigts. «Ça fait des semaines que je t'ai vue».

«Dans les parages», marmonnai-je, la bouche enfouie dans son corsage en vichy.

«Tu sais que je m'ennuie beaucoup de toi quand tu ne viens pas me rendre visite», dit-elle, en plaçant ses mains bien droites de chaque côté de ma tête et en la penchant doucement vers l'arrière; elle me regarda droit dans les yeux. «Mais je savais que tu viendrais aujourd'hui. Johnny Cake m'a dit que tu étais en ville.»

«Je l'ai vu au salon de coiffure Cut'n Curl, dis-je. Il remplissait la machine de Coke. Je regrette de pas...»Puis, baissant les yeux, je toussai avant de me reprendre. «Je veux dire, je regrette de ne pas être venue vous voir avant.»

«Ne t'en fais pas, petite Icy», dit-elle. Elle plaça ma main dans la sienne et mes doigts reposèrent sur sa chair gonflée semblable à une bonne pâte chaude ou à un coussin. «J'ai quelque chose pour toi à l'arrière. Devine ce que c'est.» Elle avait un large sourire; ses lèvres aussi minces qu'un trait de crayon faisaient comme une incision dans son visage.

«Un gâteau moka?», demandai-je, sachant très bien ce que Miss Emily avait préparé pour moi.

«Non», dit-elle en secouant la tête, ses cheveux bruns roux caressant son menton au passage.

«Un bâton à la menthe?» risquai-je.

«Certainement pas», dit-elle en serrant ma main. «Je croyais qu'après toutes ces années, tu aurais été assez futée pour deviner ce que je t'ai préparé.» Je haussai les épaules. «Je suis fatiguée de deviner. Je veux juste être étonnée.» «Alors tiens-toi bien!» dit-elle en me tenant toujours par la main. «Allons-y petite fille!» Avec ses trois cents livres, elle m'entraîna vers un rideau de velours bleu suspendu dans l'embrasure de la porte. «Maintenant ferme les yeux», m'ordonna-t-elle en avançant d'un pas lourd tandis que je restais derrière. «OK, tu peux les ouvrir!»

Comme toujours, des tasses à thé, des soucoupes, des assiettes et des pièces d'argenterie miniatures étaient disposées sur une petite table rectangulaire recouverte d'un tissu jaune à fines rayures. «Magnifique!», m'exclamai-je en frappant dans les mains. Au centre de la table il y avait un plat de service bleu cobalt sur lequel étaient posés des biscuits, un bol de morceaux de sucre, un pichet de crème, une soucoupe remplie de tranches de citron, et une coupe d'argent contenant une montagne de caramels écossais. À une extrémité de la table, dans une chaise en osier miniature, était assise Madame Opossum avec tout une ribambelle de bébés opossums agrippés à son ventre. À l'autre extrémité, Gigi, la chatte en peluche aux origines françaises et persanes trônait sur un tabouret recouvert de cuir.

Miss Emily s'assis précautionneusement sur un immense banc de bois placé tout près d'un côté de la table pendant que je prenais place dans un minuscule fauteuil de style Reine Anne recouvert de satin doré. «Je n'aurais jamais deviné», dis-je avec un air menteur.

«Bien sûr!» Miss Emily pouffa de rire. «Mais qu'est-ce qu'il y a de différent?» demanda-t-elle.

Je parcourus la table des yeux, hésitai de façon théâtrale durant quelques secondes avant de dire : «Les cubes de sucre. Nous n'avons jamais eu de morceaux de sucre avant.»

«Très juste, Icy!» dit Miss Emily. «Tu as parfaitement raison!» Elle se pencha et enleva le couvre-théière. «Tu n'aurais pu arriver à un meilleur moment. J'ai mis l'eau à bouillir il y a quelques minutes à peine. Prendrais-tu une tasse de thé?» demanda-t-elle poliment.

«Oui m'dame», dis-je en acquiesçant d'un signe de tête et en levant ma tasse. Miss Emily remplit ma tasse et se versa aussi du thé. «Sucre et crème ou citron et sucre?», demanda-t-elle.

«Citron et sucre», répondis-je. Et elle me tendit le bol de morceaux de sucre et la soucoupe remplie de tranches de citron.

«Un biscuit, dit-elle, en haussant les sourcils.

«Bien sûr».

«Ça ne te dérange pas si je n'en prends pas? Je surveille ma ligne.»

«Bien sûr que non».

«Madame Opossum, aimeriez-vous prendre une tasse de thé?», dit-elle en tournant la tête en direction de cette dernière.

«Une tasse de crème seulement», répondit madame Opossum d'une voix haut perchée. «Je ne bois pas de café lorsque j'allaite. Et trois biscuits, s'il vous plaît — si vous en avez suffisamment, bien sûr.»

«La crème est un bon aliment pour une mère qui allaite», expliqua Miss Emily en me regardant.

«C'est ce que dit Miss Gigi», répondis-je, en la regardant aussi dans les yeux; pour rire, j'essayais de semer la confusion et de l'amener par la ruse à se tromper de voix.

«Miss Gigi?», dit Miss Emily en tournant rapidement la tête. «Voulez-vous une tasse de thé? Après tout, vous n'allaitez pas, vous.»

«Oui, oui», dit Miss Gigi d'une voix langoureuse. J'adore le goût exquis du thé, avec juste un soupçon de jus de citron.» Avec un accent français très prononcé, d'une voix remplie de suffisance elle ajouta :»Mais j'ai horreur des enfants, tout particulièrement des bébés.»

«Un biscuit, demanda Miss Emily, en se penchant et en soulevant le plat de service.

«Vous voyez la finesse de ma taille?», dit Miss Gigi d'une voix chantante. Ce n'est pas en mangeant trois biscuits que je peux la conserver.»

«Et alors?», grogna madame Opossum à l'autre extrémité de la table. «C'est tout ce qui vous reste, votre corps de snobinarde. Vous n'avez ni mari, ni enfants.»

«Foin des bébés qui me prendraient toute mon énergie», dit Miss Gigi d'une voix rageuse. «Foin des bébés collés au ventre comme des sangsues».

«Les bébés ne sont pas des sangsues!», rugit madame Opossum. «Les bébés tètent pour se nourrir.»

«Vos bébés se collent à vous comme des sangsues», rétorqua Miss Gigi. «Ce sont des parasites, ils se nourrissent de la vermine que vous avez mangée.»

«Je vous préviens!», hurla madame Opossum. «Fermez votre arrogant clapet français ou je...»

«Ou quoi?», dit doucement Miss Gigi. «Vous allez peut-être transformer vos marmots en cravache et me battre jusqu'à ce que je me taise?»

Miss Emily leva les deux mains. «Suffit! Plus de piques!», ordonna-t-elle. «C'est l'heure du thé, ce n'est pas un combat de boxe.» Puis, se penchant au-dessus de la table, elle demanda : «Icy chérie, aimes-tu les biscuits?»

J'acquiesçai d'un signe de tête, mordis dans mon quatrième biscuit et, la bouche pleine, répondit : «Surtout ces petites choses noires.»

«Graines de pavot», expliqua Miss Emily. «Ce sont de petites graines de pavot.»

Je retirai un grain de ma lèvre, le posai sur mon index et l'examinai attentivement; puis, en passant ma langue sur mon doigt, je dis : «C'est vraiment bon.»

Miss Emily sourit, s'étira au-dessus de la table et prit la coupe d'argent qui contenait la montagne de caramels écossais. Voici la 'pièce de résistance', déclara-t-elle. «Chère Icy, veux-tu te joindre à moi?»

Un large sourire illumina mon visage. Je voulais que Miss Emily le voit et je tins la pose jusqu'à ce qu'elle ait remis le bol à sa place. Puis, sans dire un mot, je pris une grosse poignée de bonbons mous, en glissai un entre mes lèvres, l'allongeai et le ramollis; puis, délicatement, je plaçai l'autre extrémité entre les minces lèvres de Miss Emily. Simultanément, nous nous sommes penchées vers l'arrière en observant le caramel se transformer en une corde mince et flexible qui nous reliait. Ensuite, nous avons mastiqué lentement la corde en nous approchant de plus en plus l'une de l'autre, et nous avons tout mangé jusqu'à ce que nos nez se touchent. Nos regards se sont croisés, l'amour se lisait dans nos yeux, puis nous avons mis fin au cérémonial en brisant la corde et en avalant nos morceaux de caramel.

Et bien que je ne lui aie jamais parlé de mes tressautements et de mes yeux exorbités, je compris à cet instant que dans son cœur, Miss Emily savait. Elle attendait simplement que je le lui dise.

Chapitre 3

———— ❋ ————

Ensemble tous les trois, on travaillait dans le potager — une parcelle de terre au sol riche qui s'étendait du côté gauche de la maison. Même si l'après-midi tirait à sa fin, le soleil brillait encore dans le ciel. Des années auparavant, mes grands-parents cultivaient un grand potager d'au moins un demi âcre, mais en vieillissant, ils avaient décidé de le rapetisser. «C'était trop de travail», dit Patanni en se penchant, sa houe à la main, pour arracher une poignée de mauvaises herbes qui avaient envahi le carré de courges d'été.

«L'an prochain, je vais planter encore plus de soucis et de zinnias», dit Matanni, en enlevant d'un plant de tomate une feuille grêlée, «pour éloigner ces maudits insectes.»

Je sifflai entre mes doigts et indiquai une touffe de graminées sauvages qui grimpaient dans les haricots verts. «Regarde ça!», dis-je à Patanni. «Il va falloir biner.»

«Tes bras ne sont pas paralysés, Icy Sparks», dit mon grand-père sans bouger d'un pouce.

En ronchonnant, je quittai le coin du potager où j'arrachais de l'asclépiade, avançai d'un pas nonchalant vers le carré de haricots verts, me penchai très lentement et arrachai les herbes. Puis, je détachai une cosse d'un plant et la fourrai dans ma bouche. «Elles sont vraiment sucrées», dis-je.

«Je vais en faire cuire pour dîner», dit Matanni. «Avec du lard maigre.»

«Et aussi des verdures? demanda Patanni. «L'autre jour, j'ai vu des morelles à grappes pousser le long de la clôture de la ferme Tillman. Et depuis, je rêve d'en manger toute une platée. «Des pousses de morelles couvertes de jeunes oignons et arrosés avec la sauce piquante de ta grand-mère.»

«De la neige sur la montagne et de la chaleur pour la faire fondre», dis-je, en me souvenant des paroles de Patanni à chaque fois qu'il mangeait des pousses de morelles à grappes.

«Et n'oublie pas le pain de maïs», souffla Matanni.

«Et quelques tranches de tomates», ajoutai-je.

«Oui m'sieu», dit Patanni, en coupant à la base une plante jaune dont la tige était couverte de piquants. «Y'a pas meilleur repas au monde! déclara-t-il en enfonçant sa binette dans le sol. «Sauf...»

«Sauf quoi?» demanda Matanni en s'essuyant les mains sur son tablier.

«Les morelles de Louisa», dit-il en rejetant la tête vers l'arrière; il rit en montrant toutes ses dents blanches. «Cette fille a failli me tuer.»

Ma grand-mère hocha la tête. «Louisa s'était trompée, dit Matanni. Cette pauvre fille ne savait pas distinguer dans la plante la bonne partie de la mauvaise.»

Le regard perdu dans le lointain, Patanni lâcha le manche de sa houe qui chancela légèrement dans la terre meuble avant de tomber sur le sol. «J'ai su bien vite que quelque chose n'allait pas», dit-il en grimaçant et en posant ses larges mains sur son ventre. «J'avais l'estomac complètement à l'envers; il boulonnait dur, comme s'il allait claquer; puis j'ai été malade et j'ai vomi.» Un triste sourire empreint de nostalgie effleura ses lèvres. «Louisa n'y a pas goûté et toi, tu étais chez Stoddard's Five and Dime. J'ai été le seul à être malade.»

«Y'a pas juste toi qui a pas été chanceux. Pauvre Louisa!», dit ma grand-mère en gémissant. «Elle a souffert, elle aussi. Elle a pleuré, et pleuré... Elle a souffert plus que toi; jusqu'à ce que tu te remettes, elle répétait tout le temps : 'C'est-y normal que je sois pas capable de distinguer le bon du mauvais alors que j'ai grandi dans le coin'.»

«C'était pas sa faute», dit Patanni, en s'approchant d'un seau brun posé à côté du potager. «Louisa s'y connaissait en fleurs de jardin, mais jamais elle ne s'était intéressée aux fleurs sauvages.» Il plongea la main dans le seau et en retira un pot de verre rempli d'eau de source; puis il dévissa le couvercle et prit une gorgée. «J'ai essayé de lui apprendre, mais ses yeux restaient vitreux comme ceux d'un mort et elle arrivait pas à retenir un seul mot de ce que je disais.»

«C'est sans doute pour ça qu'elle a mangé des p'tites pommes vertes sauvages avant ma naissance», interrompis-je. «Elle ne comprenait pas qu'elles étaient empoisonnées.»

Patanni ferma les yeux. «Quand le bon Dieu est venu chercher Louisa, Il nous a fait bien de la peine.» Il passa la main sur sa poitrine. «Puis Il a rappelé à Lui Josiah et nous avons encore pleuré. Mais je suppose que je devrais pas me plaindre d'être tombé malade il y a si longtemps». Il cligna des paupières et ouvrit les yeux. «J'ai vécu longtemps tandis que ta pauvre maman est morte bien jeune.»

«C'était une bonne fille», dit Matanni en me regardant. «Elle s'est fendue en quatre pour soigner le dos de ton grand-père. Quand elle faisait une gaffe, c'était par erreur, c'était jamais pour mal faire.»

Patanni leva le pot d'eau de source et déclara : «Je porte un toast à Louisa, quelle bonne infirmière sacré nom de Dieu! La meilleure qui ait jamais existé!»

Matanni haussa les sourcils, se tourna vers lui et lui lança sur un ton de reproche : «Virgil, t'as pas honte de jurer comme ça?»

Mon grand-père se mordit la lèvre. «Tillie, tu sais bien que je pensais pas à mal. Dieu nous a tellement éprouvé. Je peux pas envoyer une p'tite plaisanterie dans Sa direction? «Mais Virgil», protesta-t-elle, «y'a si longtemps qu'on a mis les pieds dans la maison de Dieu.»

«Aller à l'église c'est une chose», déclara calmement mon grand-père, «respecter Dieu c'en est une autre.»

«Je parie que maman ne jurait jamais, parce qu'elle était plus bonne que mauvaise.»

«Cette fille ne connaissait pas le mal», dit Patanni.

«Alors, elle ne ressemblait pas du tout aux morelles à grappes», dis-je.

«Oh non, dit mon grand-père, c'était une rose des prés, une jolie fleur rose solitaire.»

Le lendemain, je partis à la recherche des roses des prés. Elles avaient aussi reçu le nom de 'roses de la Caroline', mais j'aimais les appeler des 'roses des prés'. Si elles fleurissaient au Kentucky, pourquoi on ne les appelait pas : roses du Kentucky? Comme ce n'était pas permis, je préférais les appeler : roses des prés. Les roses des prés n'appartenaient à personne en particulier, elles appartenaient à tout le monde.

Sur la route poussiéreuse qui longeait notre ferme, je parcourus cinq milles avant d'arriver à la propriété de Mamie Tillman. Un vieux champ de maïs au sol sec et poussiéreux était en jachère. En bordure du champ, je cherchai des petites taches de rose, des résidus de roses qui avaient éclos en juin, mais je ne trouvai que des poux de mendiant qui s'agrippèrent à ma salopette. À l'extrémité du champ, il y avait une petite pinède; comme je cherchais un endroit frais où me reposer, je me dirigeai de ce côté. Au milieu des jeunes arbres, il y avait un petit étang dont l'eau était d'un beau vert foncé et qui mesurait environ vingt pieds de long par trente pieds de large; puis il rétrécissait et formait une petite mare ronde de laquelle émergeait le sommet d'un très gros rocher. Je me trouvais maintenant à environ trois pieds du bord; j'examinais l'étang et je m'étonnais de n'y être jamais venue auparavant. L'étang de la Petite Tortue, comme on l'appelait, s'était dérobé à ma vue. Et moi qui croyais connaître chaque pouce carré de Poplar Holler... Jamais je n'avais vu cette eau verte et visqueuse ainsi que son rocher en forme d'œil.

Soudain, j'entendis un bruit provenant de l'autre côté de l'étang : quelqu'un piétinait les aiguilles de pin. C'était Mamie Tillman; seule sur ce bout de terre qui lui appartenait, elle avançait lentement vers moi, d'un pas mal assuré. «Pauvre Mamie» avaient dit les gens quand son père était mort deux ans plus tôt dans un accident à la mine, «elle n'a plus personne, maintenant.» Tout le monde s'attendait à ce qu'elle quitte la région mais, chose curieuse, elle était restée; elle vivait de «Dieu sait quoi» selon la rumeur, louait son champ de tabac et se débrouillait toute seule. Effrayée, je me dissimulai derrière un gros pin noir en retenant mon souffle.

Mamie Tillman avait toujours été corpulente, mais je vis qu'elle était encore plus grosse qu'avant. Ses cheveux noirs tirés vers l'arrière étaient retenus par un mouchoir rouge et elle portait une salopette sur un chemisier de coton rouge. Elle s'arrêta sur le bord de l'étang et demeura silencieuse durant plusieurs minutes. Puis, baissant les bras, elle s'accroupit, s'installa sur une roche plate et blanche et étendit les jambes devant elle.

J'inspirai en la regardant fixement et tâchai de ne pas bouger. Avec précaution, elle enleva les bretelles de sa salopette et replia la bavette sur ses cuisses. Elle releva sa chemise, la roula jusqu'à son soutien-gorge, plaça ses grosses mains osseuses sur son ventre gonflé et commença à le frictionner. Ses mains exécutaient des mouvements circulaires puis elles tournoyèrent de plus en plus vite, de plus en plus fort jusqu'à ce que des plaques rouges apparaissent sur sa peau.

Abasourdie, les yeux écarquillés et la bouche ouverte, je vis une douzaine de 'soleils ardents' empourprer la peau de son ventre.

Le mouvement s'arrêta aussi rapidement qu'il avait commencé. Mamie Tillman reposa les paumes de ses mains sur ses genoux et commença à pleurer doucement comme un jeune chat qui miaule. À chaque nouvelle inspiration, ses sanglots devenaient plus intenses ; puis, gonflés par l'angoisse, ils éclataient. Elle rejeta la tête vers l'arrière, et, les yeux mi-clos, elle se mit à gémir. De grands hurlements déchirèrent l'espace. Elle hurla ainsi jusqu'à ce que sa voix devienne rauque et semblable au croassement d'un corbeau.

Tapie derrière l'arbre, j'écoutais. Puis je la vis essuyer les larmes sur ses joues, abaisser son chemisier rouge, remonter la bavette de sa salopette, attacher les bretelles et se relever avec effort. Son visage congestionné et mouillé de larmes m'attrista. Son corps déformé m'inquiéta. Quand, après avoir pris une profonde inspiration elle soupira : «Mon Dieu, donnez-moi la force. Je n'y arriverai pas autrement», je me sentis si triste que je touchai mon propre ventre en me demandant comment Mamie Tillman qui n'avait pas de mari pouvait porter un enfant. Effrayée et en proie à la confusion, je ruminais la chose lorsqu'elle se retourna en respirant bruyamment et repartit vers la colline isolée couverte d'herbes jaunies où ne poussaient plus de roses des prés.

Dès que la silhouette de Mamie ne fut plus qu'une tache grisâtre dans le lointain, je m'éloignai du pin noir et repris le chemin de la maison. Le soleil encore chaud descendait lentement. Après avoir éclairé tant de peine, il est épuisé, pensai-je. D'aussi loin que je me souvienne, Matanni m'avait parlé de la douleur de la grossesse. Ma chère maman avait été très affligée trois fois avant ma naissance, avait-elle dit. Dieu était venu chercher trois de ses bébés. La période de gestation la plus longue avait duré cinq mois. «Après tant de douleur et de peine, elle ne voulait courir aucun risque avec toi.» Selon grand-maman, ma mère avait tricoté dix petites couvertures pour moi. Cinq roses et cinq bleues. Matanni pensait que si j'avais été un garçon, maman m'aurait donné le nom de Bedloe, parce qu'elle savait que Patanni souhaitait vivement garder vivant le nom de sa famille.

«Mais tu étais une fille, et tu as reçu le nom de Icy», avait dit grand-mère. «C'était le nom qui te convenait.»

J'arrêtai en chemin pour examiner une petite mûre encore rose. Nouvellement formée et n'ayant pas encore atteint sa pleine maturité, elle était fragile et délicate. Je m'agenouillai pour l'observer et soufflai ma chaude haleine sur elle; elle trembla tout en s'accrochant avec ténacité à la tige. Avec un peu de chance, me dis-je, elle deviendra une grosse mûre bien juteuse. Moi aussi, j'avais eu de la chance au départ : la nuit où j'avais été conçue, il y avait eu une pluie de météorites; le ciel de Poplar Holler était parsemé de poussières d'étoiles. Maman parlait de poudre magique des fées. Mais, après le décès de maman, papa disait que c'était de la poussière de charbon. Pour lui, la douleur et la dynamite avaient rendu tout gris le hameau de Poplar Holler.

En me faufilant à travers une haie de chèvrefeuille, je songeais à ce que Matanni m'avait raconté. Ma mère n'avait pas agi comme Mamie Tillman. Elle n'avait pas relevé son chemisier et essayé de me chasser de son ventre. Elle avait placé ses mains si délicates sur son ventre et caressé sa peau, comme pour protéger le bébé à l'intérieur.

«C'est pas juste que ta maman n'ait pas pu te connaître», avait dit ma grand-mère. «C'est pas juste que ton père soit mort si jeune. Ils ont eu toutes les misères du monde à t'avoir et ils n'ont pas eu le plaisir, la joie de te voir grandir. Tu es devenue une si jolie petite fille!»

Mamie Tillman avait agi différemment. Près de l'étang de la Petite Tortue, je l'avais vue hurler comme si son cœur se déchirait tandis qu'elle frottait son ventre avec colère. Elle était seule, sans mari pour ramener à la maison de la poussière de charbon et de l'argent. Seules les tortues de l'étang, les sweat bees* qui voletaient au bord de l'eau et moi, Icy Sarks, connaissions son secret; mais nous n'allions pas en parler. Non, personne n'en soufflerait mot. Nous, les gardiennes de secrets, devions nous serrer les coudes.

Au détour du chemin, j'aperçus Matanni et Patanni qui se berçaient sur la grande véranda en buvant du thé glacé. Les lucioles scintillaient dans le crépuscule. Les insectes et les oiseaux de nuit chantaient. J'aperçus les roses rouges du rosier grimpant qui couvraient le treillis à la droite de l'escalier et les fleurs jaunes orangées de l'herbe à ouate qui poussaient sur le sol nu aux coins de la véranda. Puis, à l'orée du boisé, la fierté de Matanni : les lis tigrés — six pieds de haut, avec des fleurs rouges qui oscillaient au gré du vent — attirèrent mon attention. Plus loin, jusque dans la profondeur des bois, les sycomores blancs brillaient comme des phares dans la brunante.

«Icy!», hurla mon grand-père en me faisant signe de la main. «Où étais-tu?»

«Dans les environs», répondis-je en criant. «J'explorais.»

«T'as pas la permission de t'éloigner!» hurla à son tour ma grand-mère, dont le visage s'empourprait. «Et, qu'as-tu vu?», demanda-t-elle quelques instants plus tard, tandis que j'atteignais la dernière marche de l'escalier et que je leur tournais le dos.

*NdT littr. : abeilles de sueur

«Je suis arrivée à un étang», dis-je, en m'assoyant. «Je ne l'avais jamais vu avant.»

«Où ça?», dit Matanni en sirotant bruyamment son thé.

«Dans un endroit secret», dis-je. «Pas loin». Je secouai la tête et mes cheveux blonds dansèrent autour de mon visage.

«Ma petite fille, avec tes cheveux, tu ressembles à une pâquerette se balançant dans le vent.» Mon grand-père se mit à rire et se berça dans son fauteuil.

«Une pâquerette avec un secret», dit ma grand-mère.

J'appuyai fortement mes chaussures contre la marche d'escalier. «Entendez-vous?», demandai-je, en faisant crisser les semelles de caoutchouc.

«Entendre quoi?», demanda grand-mère.

«Mes souliers», expliquai-je. «Ils vous disent où j'ai été.» Pressant les pieds contre le bois, je les fis basculer d'avant en arrière. «Écoutez!»

La chaise de Patanni craqua; celui-ci se pencha vers l'avant et indiqua du doigt ma salopette. «L'étang de la Petite Tortue», dit-il en riant. Ce poux du mendiant t'a trahie.»

Matanni agita le glaçon dans son verre. «Icy, si tu as été aussi loin, tu dois avoir soif. Veux-tu quelque chose à boire?»

«J'ai plus faim que soif», dis-je. «Qu'est-ce qu'il y a pour dîner?»

«Des haricots pinto avec du jambon, du pain de maïs et de la tarte aux pommes chaude», répondit-elle.

Je soupirai profondément en admirant le paysage. «C'que c'est beau. C'est comme une photographie qui rêverait.»

Grand-père s'éclaircit la voix. «Mais une photographie ne peut pas rêver», dit-il.

J'allongeai le bras et pointai dans l'espace vide. «Vois comme c'est flou», expliquai-je. «Ce n'est ni tout à fait le jour, ni tout à fait la nuit. C'est entre les deux.»

«Entre le jour et la nuit», dit mon grand-père.

«Tout paraît doux, dis-je. Comme mon oreiller en plumes d'oie. Comme le duvet sur la poitrine d'une colombe. Rien de mauvais ne devrait arriver au crépuscule. Tout paraît rassurant, doux et gris.»

«Dieu en a rien à cirer des apparences.» Patanni posa sur le plancher son verre qui émit un petit tintement. Puis il poursuivit : «À ce moment-ci, le Petit Prêcheur est joli à voir. Il regarde par-dessus le bord de sa chaire, protégé par cette feuille verte qui pend au-dessus de lui. Tout au long de l'été il prêche sans arrêt, jusqu'à ce qu'il soit épuisé et qu'il se flétrisse, laissant derrière lui de petites gouttes de sang, une grappe de baies écarlates. Si tu manges ces baies, ta bouche et ta langue brûlent comme du feu. Mais si tu crois qu'il est pas dangereux de manger le Petit Prêcheur avant qu'il ne flétrisse et se transforme, tu te trompes, parce que lui aussi te brûlera. Tu vois, peu importe son apparence : le Petit Prêcheur reste toujours le Petit Prêcheur.»

«Le crépuscule joue des tours», dit Matanni. «Parfois les apparences sont

trompeuses. Souviens-toi que ton papa est mort à la nuit tombante.»
Patanni grogna et se leva. «Oui m'sieu. Dieu n'a pas chômé. Dans la douce
grisaille du crépuscule, Il est venu chercher Josiah.»
Je jetai un coup d'œil par-dessus mon épaule puis je regardai fixement mes
grands-parents. «Je n'ai pas peur, dis-je. Papa est mort au crépuscule, mais moi
j'y suis née. Pour moi, ce n'est pas dangereux.»
Sur ces mots, nous nous sommes dirigés vers la cuisine.

Matanni posa sur la table les plats du dîner; nous nous sommes assis, nous
avons tous penché la tête et fermé les yeux et Patanni a récité la prière. «Notre
Père qui êtes aux cieux, pardonnez-nous, pécheurs. Ayez la bonté de pardonner
à un vieil homme qui, de temps en temps, prend en cachette une lampée de
poison de Satan. Et s'il vous plaît, pardonnez à une vieille femme qui en veut à
Lucy Wester parce qu'elle réussit très bien ses confitures. Habituellement, elle ne
se laisse pas aveugler par la jalousie.» J'ouvris les yeux et jetai un coup d'œil à
Matanni, qui se mordait la lèvre et qui se tortillait sur sa chaise. «Et, encore plus
important, n'oubliez pas une petite fille qui a de très gros secrets. Amen.»
«Amen!», dis-je avec colère, puis je levai les yeux. Ma respiration était saccadée et je sentais mon cœur battre dans ma poitrine. Réalisant que j'avais la
gorge serrée, je me mis à haleter et jetai des coups d'œil inquiets à Patanni. «Tu
n'as pas besoin de prier pour moi!» J'avais les joues en feu et la chaleur
descendait dans mon cou. «Parce que je ne cache rien, et je ne sais pas de quoi
tu parles!» Je me levai d'un bond. Ma chaise tomba sur le plancher avec un bruit
sourd. «Je ne suis pas une mauvaise fille. Je n'ai pas besoin de pardon», dis-je,
les yeux et la figure inondés de larmes. «Je ne suis pas mauvaise et tu le sais!»
criai-je. Abasourdi, Patanni me regardait fixement. «Je ne suis pas mauvaise»,
répétai-je, en me tournant vers Matanni qui secouait la tête, la bouche tremblante. «Je ne suis pas mauvaise», dis-je à nouveau, en essuyant les larmes qui
tombaient sur mes lèvres et sur ma langue. «Je croyais que vous m'aimiez»,
m'écriai-je en sanglotant, tandis que de nouvelles larmes se répandaient sur mes
joues.
Tout d'un coup, un millier de pensées et d'émotions surgirent dans mon
esprit. *Mais nous t'aimons*, disaient mes pensées. *Ce que tu fais dans le cellier
n'est pas mal. Tu n'es pas mauvaise*, me disaient-elles, *tu as un peu de tout.
Comme les morelles à grappes.*
Je roulai mes yeux vers le haut. «Morelles à grappes», dis-je en acquiesçant
d'un signe de tête et en reniflant. «Morelles. Morelles. Morelles», dis-je.
«Pour l'amour du ciel, ma petite fille, qu'est-ce que tu as?» demanda Matanni
en repoussant son assiette.
«Morelles. Morelles», répétai-je.
Tu tressautes et tu écarquilles les yeux mais tu n'es pas une moucharde,
continuaient mes pensées.
«Moucharde. Moucharde. Moucharde. Moucharde». Et je chantais :
«Moucharde. Moucharde. Moucharde. Moucharde.»

T'es une bonne fille, déclaraient mes pensées. *Tu ne parleras pas du gros ventre de Mamie Tillman.* J'acquiesçai d'un signe de tête. «Non, je ne le ferai pas!», dis-je. *Je ne dirai pas gros ventre.* Non, *je ne le ferai pas*, insistaient mes pensées, *parce que je suis une bonne fille.* Non, non, non. *Je ne dirai jamais gros ventre. Je ne dirai jamais ces mots-là.* Je secouais la tête frénétiquement. Mais tout à coup, malgré moi, avant que je comprenne ce qui m'arrivait, avant qu'aucune de mes pensées positives puisse me sauver, les mots «gros ventre» sortirent de ma bouche. Interdite, je regardais tout autour de moi, cherchant le coupable. «Gros ventre», dit ma bouche à nouveau. «Très gros ventre.»

Patanni se ressaisit. «Icy! ma chérie, qu'est-ce qui se passe?» Et il se leva d'un bond.

«Gros ventre! Gros ventre! Gros ventre!» Je hurlais ce que me dictait mon esprit confus. «Gros ventre! Gros ventre! Gros ventre!», braillai-je, jusqu'à ce que Patanni s'élance vers moi et me prenne dans ses bras.

Ma grand-mère se leva d'un bond. «Virgil? dit-elle, en tournant la tête de tous côtés comme un poulet désorienté. «Virgil, je ne comprends pas.»

«Virgil. Virgil. Virgil. Virgil», dis-je en pressant mon visage contre la poitrine de mon grand-père. «Virgil. Virgil. Virgil», marmonnai-je. «Virgil. Virgil. Virgil.»

Matanni gémit, demeura silencieuse un instant puis elle se ressaisit et se précipita vers la porte. «Virgil, où est ta bouteille de whiskey?»

«Dans la stalle d'Essie.» Il me tapota le dessus de la tête. Derrière la balle de foin. Dépêche-toi Tillie.»

«Tillie», dis-je. «Tillie, Tillie, Tillie», criai-je.

Grand-père me serra sur son torse puissant. «Icy», murmura-t-il en me frottant le dos de ses larges mains. «Nous t'aimons. Plus que tout au monde.»

Plus que tout au monde. La dernière phrase de Patanni envahit mon esprit. *Monde.* Son dernier mot était omniprésent, il dévorait l'espace. Le *monde* était grand, et mon grand-père m'aimait *plus que tout* au monde. Si je ne répétais pas le mot *monde*, ce dernier grossirait davantage. Bientôt, il prendrait de l'expansion et occuperait toute la place, depuis le sommet de ma tête jusqu'au bout de mes orteils. Comme un énorme parasite, il vivrait dans mon corps, se transformerait, respirerait, se développerait, mangerait et me dévorerait. Alors je devais prononcer ce mot. En disant le mot *monde*, son pouvoir diminuerait. *Rends hommage au mot*, me disaient mes pensées *et le monde sera comblé.*

Mais, le whiskey brûlait ma gorge et je ne pouvais plus parler. J'avais la bouche en feu et chaque mot qui montait à mes lèvres se changeait en flammes. Malgré tous mes efforts, tout ce que je pouvais faire était de geindre doucement. En entendant mes gémissements, mon grand-père me souleva et me transporta à l'étage.

Dans ma mansarde, les poutres de bois blanches se penchaient pour m'embrasser. J'étais bien dans mon lit de fer jaune tout propre et bien fait et je m'y sentais en sécurité. D'un grand geste, Patanni retira l'édredon et me mit au lit. Assis sur la natte brune à côté de moi, il me caressait la tête. Je sentis l'odeur chaude et forte du whiskey qui émanait de sa bouche. Sans se lasser, il passait sa main dans mes cheveux et les peignait vers l'arrière ; il me caressait les tempes, là où le mot monde résidait. « Chérie », murmura-t-il, « ne t'inquiète pas. Ta grand-mère et moi nous t'aimons. Rien ne pourra jamais changer ça. »

J'émis un gargouillement et portai mon index à ma bouche.

« Ça brûle, hein ? » dit-il.

J'acquiesçai d'un signe de tête.

« Désolé. On ne pouvait rien faire d'autre. »

J'émis un autre gargouillement, frissonnai violemment et me pelotonnai sous les couvertures.

« Icy, je n'arrive vraiment pas à comprendre la cause de tout ça », dit-il.

J'essayai de répondre, mais il me fit signe de me taire.

« T'es une bonne fille », dit-il, en continuant à me frotter la tête.

J'entendis le léger cliquetis des casseroles en bas, puis les petits pieds de Matanni qui montaient les marches de l'escalier. Une tasse et une soucoupe s'entrechoquèrent ; puis je vis le ventre rond de ma grand-mère et ses petites jambes se découper dans l'embrasure de la porte. « Je t'apporte du lait chaud », dit-elle en s'approchant du lit sur la pointe des pieds.

Patanni plaça sa main sous mon cou, me souleva la tête, et replaça mon oreiller. « Cette enfant grelotte », dit-il en prenant la tasse.

Matanni toucha mon front. « Mais, Virgil, elle a de la fièvre ! Elle a la grippe. »

« Au mois de juillet ? Avec une pareille chaleur ? » dit Patanni.

« On a vu des choses plus étranges encore » dit-elle. Puis elle précipita vers la porte et resta dans l'embrasure. « T'inquiète pas, Icy. Bientôt, tu seras guérie, je te l'promets. » Aussi rapide qu'un oiseau-mouche, elle descendit l'escalier. Je n'avais pas encore avalé ma première gorgée de lait que j'entendais la porte de la pharmacie grincer deux fois. Et, à nouveau, ma grand-mère était à mon chevet. « Ouvre la bouche », ordonna-t-elle, puis elle déposa deux aspirines sur ma langue. « Maintenant avale. »

« Avec un peu de lait », dit Patanni en approchant la tasse de mes lèvres.

« Vite sous les couvertures ». Matanni tira l'édredon et me borda. « Repose-toi maintenant ». Elle m'embrassa sur les joues.

« Fais de beaux rêves », dit mon grand-père, en posant la tasse et la soucoupe sur le plancher. Et, en me serrant l'épaule il murmura : « Nous t'aimons. »

Ils descendirent tous les deux les marches étroites, me laissant seule dans le crépuscule.

Cette nuit-là, dans mon lit, je sombrai dans la fièvre. J'avais l'impression que Dieu voulait me donner un avant-goût de ce qui m'attendait. Une expression de mon grand-père tournait sans cesse dans ma tête : « Dors comme un ange ». Alors j'essayai de suivre son conseil. J'ouvris les bras et les jambes, je les tendis au maximum avant de les ramener à leur place. Brûlante de fièvre et couverte de sueur, je refis ces gestes à plusieurs reprises, laissant sur les draps des traces jaunes, telles l'empreinte des ailes d'un ange.

Matanni me toucha puis elle poussa un petit cri aigu. Patanni monta des
seaux d'eau de source à ma chambre. Matanni plongea des serviettes dans l'eau
froide et, dans l'espoir de me rafraîchir, me lava mais l'eau s'évaporait au fur et
à mesure qu'elle touchait mon corps.

Trois jours durant, la fièvre m'a dévorée. Je m'enflammais dans la chaleur
d'un millier d'incendies de forêt. Je rôtissais, comme dans un poêle à bois ron-
flant, rempli à ras bord. J'étais une tranche de bacon ratatinant dans la poêle.
Lorsque les petits papillons de nuit frôlaient ma peau, leurs ailes grésillaient. Je
m'embrasais avec la rage de Satan et me consumais dans l'amour incommensu-
rable de Dieu.

Je brûlai, sans trêve ni repos, jusqu'à ce que ma peau se flétrisse et que mes
lèvres gercent. Mon esprit en ébullition se déforma et commença à se dissoudre.
Mes pensées s'élevèrent puis elles s'évaporèrent comme la vapeur. Je brûlai
jusqu'à ce qu'il ne reste plus rien. Seulement Icy Sparks. De la glace d'où jaillissaient des flammes. Et rien, pas même les soins affectueux que me prodiguaient
mes grands-parents, ne me permettait de reprendre mes esprits.

Puis, un matin, un éclatant cardinal rouge se posa sur l'appui de ma fenêtre
et pépia bruyamment. Je me sentis attirée vers lui. Son bec souriait et ses yeux
luisaient. Et, dans un tourbillon de flammes écarlates, il s'envola, emportant avec
lui toute la chaleur de la chambre, tout le feu de mon corps.

Malgré ma faiblesse, je parvins à me relever lentement en m'appuyant sur
mes coudes et je balançai les jambes hors du lit. Lorsque mes pieds touchèrent
le plancher froid, j'esquissai un sourire. «Matanni», dis-je à voix haute d'abord
pour moi-même, «Qu'est-ce qu'il y a pour le petit déjeuner?»

Chapitre 4

———— ✳ ————

Je sentais la sueur dégouliner sur mon front. J'avais les cheveux mouillés, mais cette fois, ce n'était pas à cause de la fièvre. La chaleur accablante de la mi-journée avait jauni l'herbe. Près de la cabane à outils, les branches du pommier sauvage s'affaissaient. Même les feuilles du cornouiller brunissaient et se ratatinaient comme des tranches de bacon en pleine friture. Pour me rafraîchir et oublier mes inquiétudes, je me dirigeais vers la «p'tite maison de la source» afin de prendre une tasse d'eau froide lorsque j'entendis au loin un grondement de pneus sur le gravier. Je plaçai mes mains en visière et aperçus un éclat métallique rouge dans un tourbillon de poussières. La Chevy rouge vira à gauche, ses pneus arrière crissèrent, puis elle s'engouffra à vive allure dans notre chemin plein d'ornières et stoppa brusquement au sommet de la colline. Miss Emily actionna le klaxon, sortit la tête par la fenêtre et cria : «Icy, ma fille, viens m'aider.»

Je plissai les yeux dans le soleil. «Je ne sais pas si j'en aurai l'énergie», criai-je à mon tour, puis je descendis l'escalier et avançai lentement vers la voiture.

Miss Emily ouvrit la portière et allongea une de ses énormes jambes. «Hier, ton grand-père est passé me voir. Il m'a dit que tu étais seule ici, et que tu te remettais de la grippe. Je suis venue pour voir comment tu allais.»

«Qui s'occupe du magasin?» demandai-je, en étendant les deux bras. Je saisis sa main gauche et tirai. Elle avança légèrement puis elle perdit l'équilibre et retomba sur son siège. «Deuxième essai!» dis-je, en essuyant les paumes humides de mes mains sur le devant de mon chemisier.

«Johnny Cake.» Elle s'épongea le front avec un mouchoir de dentelle blanc, inspira profondément et ajouta : «Il aime jouer un rôle important et j'aime lui en fournir l'occasion. Ces temps-ci, je suis très occupée à d'autres tâches : je recueille des fonds pour les pompiers volontaires du service des incendies et je choisis de nouveaux livres pour la bibliothèque.»

«Donnez-moi vos deux mains», dis-je.

Miss Emily étendit les deux bras. Les paumes de ses mains étaient moites de sueur.

«Je vais compter jusqu'à trois, dis-je. Un... deux... trois». Je fis un bond vers l'arrière en tirant si fort que ma figure prit la couleur d'une betterave, mais je tins bon.

Tel un immense séquoia, Miss Emily oscilla vers l'avant; ses chaussures se couvrirent de poussière et elle se redressa. «Whew!», dit-elle en retrouvant son équilibre, «Ce n'était pas facile».

«Je ne pourrai pas vous aider à avancer, dis-je. Je suis claquée.»

«Je ne te l'ai pas demandé!» Indignée, elle pencha la tête vers l'arrière, inspira profondément et avança avec difficulté vers la maison. «Alors, tu es guérie?», dit-elle en me regardant du coin de l'œil.

«J'ai pu de fièvre», dis-je.

«Je n'ai plus de fièvre», me corrigea-t-elle. «Tu es née dans ces collines, mais tu n'es pas obligée d'adopter le langage du coin. Il est temps maintenant de parler correctement. As-tu oublié tout ce que je t'ai enseigné?»

«Bien sûr que non, dis-je. Mais j'aime le parler des collines. Tout le monde parle comme ça.»

«Ta façon de parler va te marquer pour la vie», dit-elle sur un ton catégorique. «Si tu ne la changes pas, elle te nuira. Tu ne deviendras pas celle que tu aurais pu être.

Nous avons continué d'avancer et je sentis ma bonne humeur s'envoler. Habituellement, Miss Emily m'acceptait. Aujourd'hui, elle me harcelait. «Si vous ne m'aimez pas comme je suis, alors c'était pas la peine de venir me voir», dis-je.

«Aucune personne qui habite ces montagnes n'arriverait à se tailler une place dans la vie avec un tel langage.» Elle sourit et me tapota l'épaule. «Icy, ma fille, j'ai appris au collège de Berea qu'il y a un temps et un lieu pour chaque chose. Je suis fière de mes racines, mais dans ce vaste monde, au delà de ces montagnes, la fierté — la fierté mal placée, je veux dire — est un défaut. Elle te fera du mal. Comprends-tu?»

«Je dois bien parler», dis-je.

«Tu es intelligente en diable, Icy ma fille. Parfois j'oublie que tu n'as que dix ans.» À la première marche de l'escalier, Miss Emily s'arrêta, se planta solidement sur ses jambes, ouvrit largement la bouche, découvrant ainsi toutes ses dents, et inspira profondément. «Reste tout près, dit-elle, je ne veux pas que tu tombes.»

«Prête?», demandai-je, en me blottissant sous son aisselle.

«Prête», dit-elle. Et nous sommes montées. Aussitôt arrivée sur la véranda, Miss Emily avança à petits pas de canard vers la chaise berçante de Patanni et s'y laissa tomber. «Un vaso de agua, por favor», dit-elle.

Gigi, la chatte, m'enseignait le français. Miss Emily m'enseignait l'espagnol. «De l'eau de source?», demandai-je. «Elle est très froide».

«À Cuba on boit des piña coladas sur la véranda. Encore aujourd'hui, ma langue se souvient du bon goût du rhum et des tranches minces et froides d'ananas.

«Une tasse d'eau de source?», demandai-je à nouveau.

«*Delicioso*», dit-elle. «En ville, l'eau est brune. Je bois du Coke à la place.»

«Je reviens tout de suite.» Je descendis les marches à toute vitesse, courut jusqu'à l'arrière de la maison, et me dirigeai tout droit vers la «p'tite maison de la source», une cabane en pierres des champs. Ces derniers temps, Patanni y puisait des seaux de bonne eau claire qu'il transportait à la maison parce que l'eau de notre puits était devenue limoneuse. À l'intérieur, au pied d'un mur de pierres brunes, il y avait la source, la fierté de mon grand-père. Je saisis la petite tasse suspendue à un clou et la plongeai dans l'eau froide du bassin. Puis je la portai à mes lèvres et avalai très lentement une longue gorgée. C'était l'eau la plus douce de la terre, et j'en bus une tasse complète avant de la remplir à nouveau et de revenir sur mes pas à toute vitesse.

«Voici», dis-je en tendant la tasse à Miss Emily.

Elle cessa de pianoter sur l'appui-bras de la berceuse et prit la tasse. Fermant les yeux, elle saisit d'un geste théâtral le récipient, y trempa les lèvres et but jusqu'à ce que celui-ci soit vide. «C'était exquis», dit-elle en chantonnant, puis elle ouvrit les yeux et replaça les manches de sa chemise sur les appuis-bras de la chaise berçante. «Tu traites bien tes invités». Elle secoua ses chaussures jaunes contre le plancher de la véranda. «Maintenant, assieds-toi, dit-elle. Parle-moi de toi. Dis-moi tout.»

Je m'assis sur le plancher devant elle. «Je suis heureuse que vous soyez venue», dis-je. «Personne ne vient jamais ici.»

«Les voisins ne veulent pas tomber malade, dit-elle, ils ne veulent surtout pas attraper la grippe.»

«Même quand je suis bien, personne ne vient ici.»

«Joel McRoy habite à moins d'un mille d'ici. Pourquoi ne lui rends-tu pas visite? On peut circuler dans les deux sens sur cette route.»

Je fis la grimace. «On est pu amis». Je me repris : «Je veux dire, nous ne sommes plus des amis.»

Elle fit claquer sa langue. «J'ai entendu dire que tu avais versé un Coke sur la tête du pauvre garçon.»

«Il l'avait pas volé. Hum... il ne l'avait pas volé.»

«Personne, Icy ma fille, ne mérite qu'on verse un Coke sur sa tête.»

«Joel Mcroy, oui», dis-je en me redressant. «Si vous êtes venue ici pour me mettre mal à l'aise, alors vous pouvez repartir.»

Miss Emily plaça ses mains sur mes épaules et me força à me rasseoir. «Du calme, petite fille! J'ai entendu la version de Joel McRoy mais je n'ai pas entendu la tienne. Raconte-moi ce qui s'est passé.»

Je m'assis le dos droit, regardai droit dans les yeux bleus comme le ciel de Miss Emily et dit : «Il m'a crié des noms. Comme les gens en criaient à mon papa.»

«Quel nom?» demanda-t-elle.

Je secouai la tête.

«Icy, tu peux me le dire. Je suis ta meilleure amie.»

«Yeux de grenouille», marmonnai-je.

«Quoi?», dit Miss Emily.

«Yeux de grenouille», répétai-je. «Il a dit que je ressemblais à Peavy Lawson. Que j'écarquillais les yeux comme lui.»

«Peavy Lawson? dit Miss Emily. «Je ne connais pas Peavy Lawson.»

«Il est aussi laid qu'une mouffette. Il a des yeux exorbités, des cheveux bruns en désordre et des taches de rousseur.

«Et alors. Tu as les cheveux blonds et les yeux couleur d'ambre», dit-elle. Je ne vois pas la ressemblance.»

«Les yeux nous sortent de la tête à tous les deux», dis-je.

Miss Emily inspira, hésita une minute puis elle demanda : «Je ne t'ai jamais vue faire ça. Est-ce que tu écarquilles vraiment les yeux?»

Je baissai la tête sans répondre.

«Parle Icy, ma fille. Dis-moi.»

«Je...»

«Allez, Icy.»

«Parfois, les yeux me sortent de la tête», commençai-je, puis je m'arrêtai. Un instant plus tard, la vérité jaillit de ma bouche d'un seul coup. «Joel McRoy et Janie Lou, sa cousine, m'ont surpris derrière la grange du vieux Potter alors que j'avais les yeux exorbités; j'ai dit qu'il avait menti et j'ai versé tout un verre de Coke sur sa tête alors que je savais très bien qu'il disait vrai. Je l'admets. Parfois, mes yeux s'écarquillent, mais ils ne peuvent faire autrement. Je veux dire, c'est plus fort que moi. Si je ne le fais pas, j'ai l'impression que ma tête va exploser et que tous les morceaux vont s'envoler partout.» Je me tus, aspirai une grande bouffée d'air et poursuivis. «J'écarquille les yeux, je tressaute et je répète toujours les mêmes mots. Je peux pas m'en empêcher. Je me cache dans le caveau à légumes et je le fais. Je descends au ruisseau et je le fais. Je l'ai fait derrière la grange du vieux Potter et je le ferai probablement quand l'école commencera. Je le ferai parce que je ne peux pas m'en empêcher et toute l'école se retournera contre moi, et c'est pour ça que je ne resterai pas par ici. M'entendez-vous Miss Emily? Je ne vais pas rester ici. Non m'dame! Je vais me creuser un canot dans un tronc de cèdre, et je vais descendre la rivière Kentucky jusqu'en Ohio, et jusqu'à Louisville, là où ils aiment les gens qui sont différents.» Je poussai un profond soupir, mes épaules tressaillirent et je fondis en larmes.

«Icy, ma fille, dit Miss Emily, écoute-moi. Tu ne seras pas obligée de faire ça. Je te promets que nous découvrirons ce qui ne va pas et que nous réglerons tout ça.»

«Mais, vous n'en parlerez à personne... personne?» demandai-je d'une voix aiguë.

«Sur mon honneur», dit-elle. «Personne ne le saura. Nous allons te laisser un peu de temps. Tous les enfants traversent des périodes difficiles, ont de petits traumatismes, tu sais. C'est peut-être le cas présentement pour toi. Dans quelque temps, tu vas en sortir. Maintenant lève-toi et viens ici.» Je m'approchai; elle ouvrit les bras et m'attira vers elle, mais on aurait dit que plus Miss Emily essayait de me réconforter, moins elle y parvenait.

Avant de partir, ce jour-là, Miss Emily avait dit : «Petite fille, tu ne me croiras peut-être pas mais je comprends ce que tu vis. Quand j'avale ma dernière petite brioche, je comprends. Je n'ai pas faim, Icy, pas du tout, mais je dois les manger toutes. Une autre, puis une autre et encore une autre jusqu'à ce que la boîte soit vide. Je pourrais manger toutes les petites brioches du monde et j'en voudrais encore.» Elle avait posé sa main potelée sur sa poitrine. «Le vide, Icy ma fille. Le vide est dans mon cœur. Aucune quantité de nourriture ne pourra jamais le remplir.»

Je secouai la tête et dit : «Non, c'est différent. Mes yeux écarquillés ne remplissent rien. Ils me font souffrir, c'est tout.

«Tu crois que je ne souffre pas? Tu crois que je ne sais pas ce que ces chipies disent derrière mon dos?» "Ils ne fabriquent pas de culottes assez grandes pour le derrière de Miss Emily." J'ai entendu tous ces propos, tous ces gloussements de rire. J'ai perçu tout ce qu'il y avait de mesquin sous ces remarques. Il n'y a qu'un seul miroir dans ma maison, et il est recouvert d'une mousseline.» Elle indiqua son visage et dit sur un ton violent : «Penses-tu que je veux voir ce vilain visage?» En grimaçant, elle avait passé ses mains potelées sur son corps et dit : «Je rôtis à la broche en enfer.»

Tout près, il y avait une touffe de jonquilles flétries. Je m'en approchai et m'assis à côté de leurs tiges fanées et brunes. Le printemps dernier, après la floraison, j'avais essayé de les tailler avec les ciseaux de couture de Matanni. Ma grand-mère m'avait aperçue par la fenêtre de la cuisine et elle était sortie de la maison à toute vitesse. «Ne fais pas ça, Icy!», avait-elle crié en courant vers moi. «Si tu les coupes, elles ne reviendront plus.»

«Les fleurs sont parties», avais-je répondu. «Et les tiges brunes sont laides.»

«Le beau et le laid vont ensemble», m'avait-elle expliqué. «Un bébé aux yeux jaunes exorbités n'est pas très beau non plus, et pourtant je ne t'ai pas coupée en petits morceaux et jetée aux ordures.» Matanni avait tendu la main et je lui avais donné la paire de ciseaux. «Et regarde ce que tu es devenue! À ta naissance, tu étais un vilain petit canard mais en grandissant, tu t'es transformée en cygne.»

«Quand elle était un bébé, Miss Emily était grosse. Maintenant qu'elle a grandi, elle est encore grosse. Elle est restée la même. Alors tu te trompes. Le laid et le laid vont ensemble.»

«Tu ne l'aimes pas?»

«Elle est ma meilleure amie.»

«Alors vois la beauté en elle», avait dit Matanni. «Il y a des cœurs, Icy, qui sont mesquins et vicieux, mais celui de Miss Emily est enjoué et plein de bonté.»

«Il est sans malice.»

«Elle a un cœur d'enfant.» avait dit ma grand-mère.

Mais ce jour-là, je ne croyais pas que Miss Emily puisse comprendre ce que je vivais car nous étions différentes. Elle croyait que nous étions semblables parce que nous étions toutes deux orphelines, mais moi, j'en doutais. J'avais perdu mes parents lorsque j'avais quatre ans. Miss Emily avait perdu les siens à vingt-cinq ans. Plus tard, quand j'aurais l'âge requis, je voulais que des amies m'invitent à leurs surprises-parties, je voulais que des petits amis m'emmènent au cinéma. Je voulais autre chose que le simple respect. Je voulais être acceptée sans réticences aucune, je voulais qu'on me comprenne. Dans ma maison, j'accrocherais un miroir à chaque mur. C'est avec fierté que je me regarderais dans chacun d'eux. Non, Miss Emily n'avait pas la moindre idée de ce qui m'affligeait. Elle pouvait s'empêcher de manger. Moi, en revanche, je n'avais aucun pouvoir sur mes agissements. J'étais dominée par certaines pulsions. Néanmoins, aux yeux de Miss Emily nous étions semblables. Elle était l'orpheline de Ginseng; j'étais l'orpheline de Poplar Holler. Malgré toutes nos différences, notre étrangeté commune était à ses yeux un lien qui nous unissait.

Elle était Miss Emily Tanner, la femme obèse de Ginseng; j'étais Icy Sparks, l'enfant grenouille de Icy Creek. Ensemble, nous étions devenues les orphelines exclues du comté de Crockett. Cette simple comparaison me fit frissonner.

Chapitre 5

——— ✳ ———

Le lundi, premier jour de classe, je fus prise au dépourvu. J'attendais, en proie aux plus vives inquiétudes, lorsque la journée me tomba dessus sournoisement — comme une crampe dans une jambe au beau milieu d'un rêve. Comme dans un rêve encore, j'enfilais ma nouvelle robe de calicot rouge et Matanni faisait frire des œufs et du bacon.

Durant les deux semaines précédentes, j'avais réussi à maîtriser mes pulsions. Mes pensées s'étaient apaisées; elles ne me jugeaient plus et ne se transformaient plus en entités séparées pour me dominer. Plus de tressautements importants, d'yeux exorbités ou de répétitions de mots. J'avais de petites impulsions qui ressemblaient à des tics, des mouvements presque imperceptibles du cou et de la tête; rien de comparable aux mouvements convulsifs que j'avais exécutés dans le caveau à légumes. En fait, mes soubresauts étaient maintenant si subtils que personne ne les remarquait. Et pourtant, j'étais inquiète. Je ne savais jamais à quel moment les tressautements réapparaîtraient. Quand cela arriverait, mon secret serait découvert.

«Assis-toi», dit ma grand-mère, alors que je faisais résonner sur le plancher de la cuisine mes chaussures noires de cuir verni sur lesquels étaient fixées des boucles blanches. Mes chaussettes bordées de dentelle étaient repliées et glissaient subrepticement vers mes chaussures. Je sentis que le rebord rigide de mon soulier me blessait le talon droit et je sus qu'une ampoule de la grosseur d'un vingt-cinq cents était en train de se former.

Ma grand-mère avait le dos tourné. Une brosse et des rubans verts à la main, je m'approchai d'elle. «J'ai besoin d'aide», dis-je.

«Icy!» En reculant, elle me marcha sur les pieds.

«Ouch!» Et je fis un saut vers l'arrière.

«Je peux pas faire à manger et te coiffer en même temps.»

Je me dirigeai vers une chaise de cuisine sur laquelle je me laissai tomber en faisant la moue. «J'ai choisi ces rubans verts». Je mis la brosse à cheveux et les rubans sur la table puis je tirai sur les élastiques que j'avais passés autour de mon poignet. «Je suis nerveuse. C'est le premier jour, et je veux bien paraître.» «Tu as des papillons dans l'estomac, dit ma grand-mère. Après un bon petit-déjeuner, tu te sentiras mieux.» Je me mordis la lèvre. «Je n'ai pas faim. J'ai trop peur pour avoir faim.» «L'école ne t'a jamais inquiétée avant», dit grand-mère en sortant des petits pains du four. «Qu'est-ce qui te rend si nerveuse? Depuis des semaines, tu allais si bien.»

Je pris mon verre de jus de tomate, regardai fixement l'épais mélange rouge, pris une gorgée — mais éprouvant une légère nausée — je reposai le verre. «Janie Lou dit que l'enseignante de quatrième est méchante».

«Janie Lou?» dit ma grand-mère en haussant les sourcils.

«Tu sais, la cousine de Joel McRoy» expliquai-je.

Elle acquiesça d'un signe de tête et leva à nouveau les sourcils. «Et alors?»

«Alors, l'année dernière, elle a frappé Prissy Evans pour avoir mis les doigts dans son nez et Maggie Mullins pour s'être rongé les ongles. Elle les a frappées sur les mains avec une raquette de ping-pong. Janie Lou dit qu'elle vient de Chicago et qu'elle a fait tout ce chemin pour venir sauver nos esprits et nos âmes. Je veux dire : elle n'aime même pas vivre ici.»

«C'est des sottises», interrompit Matanni. «Tu connais même pas cette femme. Tu connais même pas son nom de baptême.»

«Elle s'appelle madame Stilton», dis-je avec assurance. «Et elle est catholique en plus.» Je glissai ces derniers mots très rapidement, sachant très bien que ce renseignement allait tracasser ma grand-mère. Je la regardai droit dans les yeux. Ses sourcils n'étaient plus relevés maintenant. Elle écoutait attentivement. «Elle croit au pape et pratique ses cantiques à chaque jour parce qu'elle rêve d'aller en Italie et de passer une audition pour faire partie de la chorale du pape. Même le pasteur de Janie Lou a entendu parler d'elle. Un dimanche, il a prévenu toute l'assemblée des fidèles. «Si vous ne faites pas attention, vous aussi, vous suivrez de faux prophètes et vous vous prosternerez devant des idoles. À ce moment, Janie Lou a deviné à qui il faisait allusion. Janie Lou l'appelle madame Zombie. Et tu sais pourquoi?» Sans donner à Matanni le temps de répondre, j'ajoutai : «Parce que l'iris de ses yeux est si foncé qu'on ne peut voir ses pupilles. Elle ressemble à un mort-vivant.»

Matanni cligna des paupières deux fois, secoua la tête et me lança sur un ton de reproche: «Il faut pas croire tout ce qu'on entend!» Puis elle prit brusquement un couteau et commença à beurrer un petit pain. «Maintenant, bois ton jus.»

«Je te l'ai dit» répliquai-je sur un ton insolent, «je n'ai pas faim.»

Ma grand-mère ramassa vivement mon assiette et s'avança vers moi. «Maintenant, écoute-moi bien, Miss Icy Sparks. Sur cette terre, on est tous obligés de faire des choses qu'on a pas envie de faire. Chacun a ses problèmes. Alors viens pas rejeter les tiens sur moi.» Elle déposa mon petit-déjeuner sur la table.

Deux œufs au plat, trois tranches de bacon et un petit pain me dévisagèrent. «Je suis désolée», marmonnai-je. Puis je piquai un œuf avec ma fourchette et portai lentement un morceau à ma bouche. «Je suis aussi nerveuse qu'une jument.» M'étouffant avec un morceau de blanc d'œuf caoutchouteux, je grognai et recrachai ma gorgée de jus de tomate et l'œuf sur la table.

«Icy, est-ce que ça va?»

Je secouai la tête, me levai précipitamment et m'enfuis vers la salle de bain. Matanni courut derrière moi.

«Ça va, Icy?», demanda-t-elle.

Incapable de répondre, je vomis dans les toilettes. Puis, complètement épuisée, j'abaissai le couvercle, et posai la tête sur mes bras repliés.

«Icy, est-ce que ça va mieux?», demanda-t-elle à nouveau de l'autre côté de la porte. «Dis quelque chose, je t'en prie!»

Je me levai et m'avançai vers la porte en parlant à voix basse. «Je vais bien. Je me sens mieux maintenant. Voudrais-tu tresser mes cheveux?» J'étendis le bras au poignet duquel se trouvaient les élastiques. «Je veux mettre mes nouveaux rubans.»

Matanni posa la main sur mon front. «Pas de fièvre, dit-elle. C'est nerveux.» Elle me prit la main, me conduisit à l'évier où elle tourna le robinet et m'aspergea le visage d'eau froide. «Je ne comprends pas», dit-elle en m'essuyant la figure. «Tu n'as jamais eu peur d'aller à l'école avant. À l'automne, tu avais hâte d'y aller.» Elle passa ses doigts dans mes cheveux. «Ne bouge pas. Je vais aller chercher ta brosse et tes rubans. Ne t'inquiète plus. Tu seras vraiment très jolie.»

J'observai ma figure toute pâle dans le miroir de la salle de bain. J'avais les yeux ternes et sans vie. Ma chevelure était dans le même état. Comme les poils d'un chat mort, pensai-je, un chat mort dans un fossé depuis des semaines. Soudain, je compris pourquoi Miss Emily accrochait un morceau de mousseline sur son miroir. «Si j'avais une mousseline, murmurai-je, je la suspendrais immédiatement.» Mais je n'en avais pas et je regardai avec un air lugubre ma grandmère, tout sourire, se précipiter dans la salle de bain, la brosse et les rubans à la main, et se mettre au travail avec enthousiasme.

La première personne que je vis fut Peavy Lawson et ses yeux de grenouille; il occupait le premier siège de la première rangée, tout près de la porte. Quand j'entrai dans la pièce, il se leva d'un bond et me salua des deux mains. Celles-ci ressemblaient à des pattes de grenouille — d'un jaune verdâtre, palmées et gluantes. Je clignai des yeux et regardai à nouveau mais il les avait cachées sous ses genoux. Maintenant, il me faisait un clin d'œil, ses paupières de grenouille se levaient et s'abaissaient comme des stores. Un large sourire en fente s'épanouissait sur son visage. J'essayai de voir ses lèvres mais ne pus y parvenir. Je me dis que les grenouilles ne devaient pas avoir de lèvres.

Il zézaya en prononçant le «cy». «Salut Izy!» Sa langue effilée — elle mesurait bien cinq pouces — et de couleur rouge vif sortit de sa bouche et s'enroula sur elle-même. «Salut, Izy» répéta-t-il.

Je me concentrai sur mes propres yeux, essayant de les enfoncer profondément dans mon crâne et dit : «Peavy Lawson, pourquoi ne retournes-tu pas dans ton étang? C'est là ta place.»

Ses yeux saillirent de sa tête, puis reprirent leur place. «Nous pouvons y sauter tous les deux», répondit-il.

Incapable de tolérer cette vision, je fermai rapidement les yeux et avançai à petits pas comme une aveugle. Je heurtai un grand bureau de bois et j'entendis les rires des élèves, alors j'ouvris les yeux et me glissai dans le premier siège libre disponible. Dès que je vis Peavy Lawson se pencher dans l'allée et me décocher un immense sourire de grenouille, je compris que j'avais choisi le mauvais pupitre car je n'étais qu'à quelques sièges de lui. Je rougis et lui tirai la langue. Puis, tournant les paumes de mes mains, je crachai dans chacune d'elle avant de les frapper l'une contre l'autre; je me frottais les mains avec force, tout en fixant les yeux d'amphibien de Peavy Lawson.

«Hé, jeune fille! Tu es Icy Sparks, n'est-ce pas?»

En entendant cette voix je tournai la tête vers la porte de la classe.

«Pour l'amour du ciel qu'est-ce que tu fais?» aboya Mrs. Stilton. «Je commence à douter de la haute opinion qu'a de toi Miss Palmer.»

Je regardais le long nez de Mrs. Stilton et ses yeux noirs — étroits comme des fentes — et j'étais trop effrayée pour parler. Un long frisson parcourut tout mon corps, depuis la nuque, et tout le long de l'épine dorsale, jusqu'au bout des orteils. Ce n'est pas un tressautement, me dis-je. C'est seulement de la peur. Mon pupitre se mit à trembler.

«Icy Sparks!» hurla madame Stilton.

Je pressai les mains sur mes oreilles.

«Enlève tes mains, jeune fille!»

Je restais figée sur place.

«Enlève-les sinon gare!».

Mais j'étais incapable de bouger.

«Ok, dit-elle, tu l'auras voulu!»

Elle avança lentement vers son bureau puis, centimètre par centimètre, tira le premier tiroir. Toujours au ralenti, elle sortit une palette de ping-pong et la leva bien haut afin que toute la classe puisse la voir.

Je retins ma respiration, mais gardai mes mains en place.

À grands pas, elle s'avança vers moi, tenant toujours la palette bien haut.

Je fermai précipitamment les yeux et elle s'évanouit comme un acteur disparaît de l'écran lorsque le projecteur se brise et que la pellicule commence à fondre.

«Penses-tu pouvoir me faire disparaître?», dit-elle.

Je pressai mes mains sur mes oreilles.

«Penses-tu pouvoir me chasser de ton esprit?»

Je serrai très fort mes paupières.

«Tu crois que je ne suis pas une personne importante?»

Je retins mon souffle.

«Alors, écoute-moi bien!», hurla-t-elle. «Madame Eleanor Stilton est ton professeur, et tu fais mieux de l'accepter!»

Je me mordis la lèvre inférieure et demeurai parfaitement immobile.

Whack! La raquette vint brûler ma main droite.

«M'entends-tu?»

Whack! Elle brûla ma main gauche. Whack, whack, whack!

Les oreilles me tintaient et j'avais mal à la mâchoire.

«Comprends-tu maintenant?»

J'essayai de parler mais les syllabes se dissolvaient dans ma bouche.

Whack, whack, whack!

Mon visage se décomposa. Mes mains quittèrent mes oreilles. Mes yeux s'ouvrirent brusquement.

«Qui est ton professeur de quatrième année?» demanda la figure pointue.

«C'est vous», marmonnai-je.

«Et je m'appelle comment?» tonna la voix.

«Madame Stilton», dis-je.

«C'est pas trop tôt!» dit-elle en poussant un soupir de soulagement. «Les enfants, c'était votre toute première leçon. J'espère que vous avez été attentifs.»

«Oui, m'dame!» Les voix effrayées des élèves de Madame Stilton résonnèrent dans la classe. Et la mienne résonnait encore plus fort que les autres.

Avant l'heure du déjeuner, la gravité de ma situation obsédait mon esprit de la même façon que l'odeur des feuilles de navets imprégnait l'air ambiant. Je compris qu'une menace épouvantable planait au-dessus de ma tête. À partir de maintenant, toutes mes réponses devaient être extrêmement précises; j'allais devoir soupeser chacun de mes mots si je voulais survivre. Si je n'arrivais pas à me maîtriser, ce besoin pressant de tressauter, de faire saillir mes yeux et de répéter des mots prendrait le dessus et quelque chose de terrible — la pire chose de ma vie — se produirait.

Emma Richards était assise à côté de moi. Elle se pinçait le nez tout en glissant quelques feuilles de navet dans sa bouche. «Comme ça, dit-elle, je n'y goûte pas.»

«Ne les mange pas», lui dis-je.

«Pas le choix. Madame Stilton m'a entendue dire à Sallie Mae que je détestais ce truc et elle a dit que je devais tout manger. Jusqu'à la dernière bouchée. J'ai vu ce qu'elle t'a fait, alors...»

«Alors, tu fais mieux de tout manger», dis-je, en piquant ma fourchette dans une bonne quantité de feuilles afin de prouver à madame Stilton que j'étais vraiment une bonne petite fille. Lorsqu'elle passerait à côté de moi, elle verrait mon assiette éclatante de propreté. «J'aime les légumes verts», dis-je, en fourrant d'autres feuilles dans ma bouche. «Feuilles de morelles, de choux frisés, de moutarde. Patanni dit que je suis comme Essie, notre vache parce que j'aime plus les légumes verts que la viande.»

«J'aime le poulet et les boulettes de pâte, dit Emma. C'est à peu près les seules choses que j'aime à part les bonbons.»

« J'aime la tire, dis-je. Miss Emily Tanner fabrique la meilleur tire au monde. »
« C'est trop collant. » Emma grimaça. « J'aime les friandises bien présentées,
comme les chocolats dans les boîtes de la St-Valentin. »

Je fourrai d'autres feuilles de navet entre mes lèvres puis, la bouche pleine,
proclamai : « J'aime les tartes aux mûres. Celles de ma grand-mère sont les
meilleures. »

Une main toucha mon épaule et je levai les yeux. « Qu'est-ce que tu aimes ? »,
demanda madame Stilton.

« J'aime les légumes », répondis-je, une boulette de feuilles mâchées dans la
bouche. Je souris et soulevai mon assiette afin qu'elle puisse voir que celle-ci
était presque vide.

Madame Stilton exerça une forte pression sur mon épaule. « Tu parles la
bouche pleine et tu gâches le repas de tout le monde. »

Je cessai de sourire, fermai la bouche et avalai. Puis je fis une autre tenta-
tive : « Patanni dit que je suis comme une vache, parce que j'aime plus les
légumes que la viande. »

« Alors on doit dire que tu es végétarienne, dit madame Stilton, et ce n'est pas
bon pour la santé. »

« Ça... ne veut pas... dire... que je... je n'aime pas la viande », bégayai-je. « Si
on me donne de la viande, je la mange. Je suis pas une enfant gâtée. En Chine,
il y a des gens qui ont faim. »

« Il y a des gens qui ont faim par ici », dit madame Stilton.

« Oui, m'dame, concédai-je. Il y a des gens qui ont faim partout au pays. »

« Pas en Illinois », dit madame Stilton, et elle émit un sifflement en expirant
l'air par les narines. « Nous n'avons pas de gens qui ont faim à Chicago. »

Je secouai vigoureusement la tête. « Oh non ! dis-je, il n'y a pas une seule personne qui a faim à Chicago. »

« Finis ton jambon », ordonna madame Stilton, en indiquant le carré rose dans
mon assiette. « Tu as besoin de protéines. »

Je souris à nouveau, piquai un morceau de jambon et le fourrai dans ma
bouche. Madame Stilton approuva d'un signe de tête et continua sa promenade
tout au long de l'allée.

« Tu l'as échappé belle », dit Emma.

Je n'arrêtais plus de manger ; je découpais le jambon en petits cubes que j'en-
fonçais entre mes dents, je mastiquais et j'avalais. Je dévorai la tranche de pain
de maïs et aussi le petit paquet de biscuits salés posé sur mon cabaret. Je ne
savais pas pourquoi ces biscuits étaient là mais je les mangeai tout de même ;
puis j'engloutis d'une traite la pointe de tarte aux cerises et bus mon berlingot
de lait. Satisfaire madame Stilton n'allait pas être facile. Il me faudrait bien parler, avoir de bonnes manières et de bonnes réponses, tout le temps. « Whew ! »,
dis-je en m'essuyant le front. Et l'école ne faisait que commencer.

Chapitre 6

———— ✳ ————

Les semaines passaient et, dans la classe, Mrs. Stilton gardaient les yeux rivés sur moi. Comme une panthère noire au poil lisse et brillant, elle était, me semblait-il, prête à bondir sur moi. Son regard me suivait partout.

«N'appuie pas aussi fort!» me souffla Emma Richards de l'autre côté de l'allée. «Tu vas faire un gros trou dans ta feuille.»

«Je suis nerveuse», murmurai-je en levant les yeux afin de vérifier si Mrs. Stilton était assise derrière son bureau. Elle n'était pas là. «Cette femme n'arrête pas de m'observer» dis-je.

Emma fit une moue désapprobatrice, fronça le nez et dit sur un ton affecté : «C'est pas vrai. C'est ton esprit qui te joue des tours.»

«Alors, pourquoi elle a toujours quelque chose à me reprocher?» demandai-je en effaçant vigoureusement le t de today. «Pourquoi c'est toujours moi qui a des ennuis?»

«Tu n'es pas la seule.» Emma Richards fit la grimace tout en haussant les épaules. «Elle s'est mise en colère contre Lane aussi.»

«Lane Carlson.» Je tirai la langue. «Il ne compte pas. Ce gros efféminé mérite ce qui lui arrive.»

À l'arrière de la classe retentit un rire aigu et hystérique — celui de Lane.

«Si un efféminé te touche, tu te transformes en son contraire», dit Emma en faisant une boucle avec la queue de son y.

«Je te crois pas!», dis-je un peu trop fort, et, instinctivement, mes yeux parcoururent la classe. Mais je n'apercevais nulle part madame Stilton.

«Si Lane Carlson se frotte contre toi», dit Emma en faisant claquer sa langue sur ses dents supérieures, «alors tu seras changée en garçon manqué.»

Je fis avec les lèvres un bruit de succion. «Ça ne me fait pas peur», dis-je en rejetant la tête vers l'arrière, «parce que je fais déjà des choses de garçon manqué.»

Emma glissa sa feuille de papier vers le bord de son pupitre. «Regarde. J'ai une belle écriture, hein?»

«Tes fioritures ressemblent à des vipères. Elles ressemblent à des petits bébés serpents.» J'étirai le cou, avançai la langue entre mes dents et, la bougeant d'un côté et de l'autre, sifflai comme un serpent.

Emma promena sa langue sur sa lèvre supérieure et répliqua : «Ça se peut même qu'une moustache te pousse. La tienne serait jaune comme tes cheveux.»

Je pressai mon index sur mes lèvres : «Chut! Tu vas m'attirer des ennuis.»

Emma ramena brusquement sa feuille devant elle puis elle croisa délicatement les chevilles en poussant un profond soupir.

Je soupirai encore plus fort qu'elle. «Tu ferais mieux d'apprendre à écrire comme moi», dis-je en poussant mon papier dans sa direction; mais, en y regardant de plus près, je réalisai trop tard que mon écriture se perdait dans un fouillis innommable. Il y avait des taches noires partout et un gros trou, exactement au centre de la feuille. «Au moins mon écriture ne fait pas peur, dis-je. Elle ne ressemble pas à un nid de bébés serpents prêts à mordre. Elle» —

Madame Stilton posa brutalement sur mon pupitre son registre de notes.

Je sursautai et vis disparaître ma feuille sous la couverture noire de son livre.

«Icy Sparks, crois-tu que tu peux écrire et parler en même temps?»

J'acquiesçai d'un signe de tête, puis, me rétractant, secouai vigoureusement la tête.

«Non, je ne crois pas, Miss Sparks!» Les yeux de Mrs. Stilton étaient posés sur moi et ils creusaient goulûment un trou qui allait bientôt me traverser de part en part. Du bout des doigts, comme si c'était une ordure, elle sortit ma feuille de papier de sous son livre et la brandit, haut dans les airs, afin que toute la classe la voit. «Un trou!» annonça-t-elle. Puis, comme une magicienne, elle retira un crayon de l'arrière de son oreille, visa ma feuille et poussa le crayon dans le trou que j'avais fait en effaçant mon *t*.

Tous les élèves se mirent à rire. Et au-dessus de tous ces rires, retentit le hennissement aigu de Lane Carlson.

«Emma, dit madame Stilton, veux-tu s'il te plaît montrer ton travail à la classe?»

«Oui, m'dame.» Emma se leva, et debout dans l'allée derrière son pupitre, déploya sa feuille, la promenant à droite et à gauche afin que tous puissent la voir.

«Maintenant, retourne-toi, ordonna madame Stilton. Je veux que les étudiants qui sont à l'arrière y jettent un coup d'œil. Lucy, que penses-tu du travail d'Emma?»

«C'est beau», répondit Lucy en souriant.

«Et toi, Irwin? dit Mrs. Stilton. Qu'est-ce que tu en penses?»

«J'aime tous ces lassos». Ils me font penser aux cow-boys.»

«Et qu'est-ce que je pense de ça?» demanda Mrs. Stilton. Elle brandissait le crayon et l'agitait dans les airs faisant ainsi voleter ma feuille. «Je vais vous montrer». Et elle se dirigea vers son bureau; aussitôt, tous les yeux se tournèrent vers la poubelle.»Voici ce que je pense du travail bâclé». Elle prit la feuille, en fit une petite boule bien ferme et la lança dans la corbeille à papiers.

Toute raide sur mon siège, je me frottais les pieds contre les carreaux, essayant de contrôler les petits tremblements qui commençaient à monter dans mes jambes.

«Je t'ai à l'œil», dit Mrs. Stilton en pointant dans ma direction de longs ongles semblables à des griffes. «Tâche de t'en souvenir, petite fille.» Et sur ce, elle nous tourna le dos ; puis, une craie à la main, elle se mit à inscrire au tableau noir une série de problèmes de mathématiques — parfaitement alignés et espacés régulièrement.

Emma Richards eut un petit rire et s'assit, mais tous les autres élèves demeurèrent silencieux. Personne ne souffla le moindre mot, pas même Lane Carlson. Soudain, de l'autre côté de l'allée, deux sièges plus loin, Peavy Lawson émit un zézaiement. «Izy», murmura-t-il à voix basse, les yeux exorbités. «C'est ton écriture que je préfère.» Et, avec un sourire épanoui, il me montra sa feuille de papier : c'était un fouillis de taches noires criblées de trous.

La seule chose que je pus faire fut de plier mes bras sur le dessus de mon pupitre et de m'y enfouir la tête.

Chapitre 7

Mrs. Stilton s'éclaircit la voix. Dans ma tête, je vis son cou s'étirer comme celui d'un poulet et sa pomme d'Adam se promener de bas en haut. Après le déjeuner, elle nous avait ordonné de poser la tête sur notre pupitre pendant qu'elle nous ferait la lecture. «À partir de maintenant, nous allons le faire à tous les jours; cela facilitera votre digestion.» D'une petite valise posée derrière sa chaise, elle avait tiré un livre. C'est bon signe, pensai-je en m'enfonçant confortablement dans mon siège et en fermant les yeux.

L'année dernière, Miss Palmer nous faisait aussi la lecture après le déjeuner. Elle nous avait lu *Le jardin secret*, *Le petit Prince* et d'autres histoires. C'était la période de la journée que je préférais, encore plus agréable qu'à la récréation car tout ce que j'avais à faire c'était d'écouter.

«La loterie, par Shirley Jackson», commença Mrs. Stilton. L'histoire se déroulait dans une paisible petite ville qui ressemblait beaucoup à Ginseng; à chaque été les citadins rassemblés sur la place participaient à un tirage. Alors, ce sera une histoire heureuse, décidai-je en agitant mes orteils qui se détendirent dans mes souliers vernis. Janie Lou m'avait raconté qu'à l'église Saint-Michel de Dewberry — l'église que fréquentait Mrs. Stilton — il y avait un bingo à tous les samedis. «Les catholiques aiment le jeu», avaient dit Janie Lou. Que Mrs. Stilton nous lise une histoire de loterie semblait donc tout à fait normal.

Dans cette histoire, les enfants étaient les premiers à arriver sur la place publique. En vacances pour l'été, ils avaient apparemment trop de temps libre et ils s'ennuyaient.

Se raclant la gorge à nouveau, Mrs. Stilton abaissa le livre, nous regarda et demanda: «Élèves, est-ce que cette petite ville vous semble familière?» Je relevai légèrement la tête au-dessus de mes bras pliés et vit un sourire étrange éclairer son visage. «Est-ce que cette petite ville vous semble familière?» répéta-t-elle.

«Oui, m'dame», dirent les étudiants.

«Oui, m'dame», marmonnai-je, tandis qu'un filet de salive dégoulinait sur mon bras.

«Pourquoi?» demanda Mrs. Stilton.

«Parce qu'elle est petite, comme Ginseng», dit Lucy Daniels.

«Quoi d'autre?» demanda Mrs. Stilton.

«Parce qu'il y a du charbon, des fermiers et des tracteurs», dit Irwin Leach.

Je me demandais si Shirley Jackson était native d'une petite ville du Kentucky. Je m'assis et levai la main. Ginseng était plus grosse que la ville de son histoire; et pourtant, les deux se ressemblaient.

«Qu'est-ce qu'il y a Icy?» dit Mrs. Stilton.

«Est-ce que Shirley Jackson est née au Kentucky?»

Mrs. Stilton prit un air renfrogné. Elle ignora ma question et dit : «Élèves, je voulais simplement voir si vous écoutiez attentivement.»

Je devais rester prudente, pensai-je en reposant à nouveau la tête sur mes bras. Mrs. Stilton nous faisait la lecture, mais elle n'avait pas changé pour autant.

À nouveau, je fermai les yeux et mon esprit s'envola, créant ses propres fantaisies. Ginseng pouvait avoir son propre tirage et il serait amusant! Grandiose même! Beaucoup plus intéressant que celui de l'histoire. Le gagnant remporterait une voiture décapotable offerte par Don Scoggin, le marchand de voitures usagées. En esprit, je vis tous les habitants de Ginseng se rassembler près du palais de justice par un matin clair et ensoleillé. Matanni et Patanni étaient là, et Miss Emily. Même Mamie Tillman était présente. Elle souriait et son ventre était plat. Le maire Anglin, responsable du tirage posa un doigt sur ses lèvres pour que tout le monde se taise puis il dit sur un ton sérieux : «Citoyens de Ginseng, le tirage au sort est officiellement commencé».

Je m'imaginais, attendant que soit annoncé le nom du gagnant. Nerveusement, je me balançais sur un pied puis sur l'autre; je ne m'attendais pas à gagner. Je n'avais jamais été chanceuse. Et malgré tout, j'espérais. Je vis en imagination Matanni et Patanni croiser les doigts et Miss Emily retenir son souffle. Lentement le maire Anglin souleva le couvercle d'un petit baril antique, plongea sa main dodue à l'intérieur, agita les bouts de papier et en sortit un avec un grand geste théâtral. Son visage se plissa tandis qu'il tenait le morceau de papier à bonne distance de ses yeux; puis il avala lentement sa salive et annonça solennellement : «Cette année, la gagnante de la Chevy décapotable est Miss Icy Sparks!»

Étourdie, je m'écroulai par terre.

«Viens ici!» cria-t-il en effectuant avec son bras un grand moulinet.

Patanni me saisit sous les aisselles et me remit sur pieds pendant que Miss Emily retirait un cube de glace de sa tasse et le pressait sur mon front. Rapidement, je revins à moi. Puis, la tête haute, je m'avançai, m'arrêtai avec respect devant le maire Anglin et tendis la main.

«Félicitations!» dit-il, en me remettant en mains propres un jeu de clés argentées.

Je les serrai passionnément dans le creux de ma main. Et aussitôt, je me vis dans ma décapotable bleu pâle prendre les virages d'une route de montagne à toute vitesse. Ma chevelure blonde flottait au vent tandis que je conduisais comme un pilote de première classe et que les élèves de quatrième année me poursuivaient en criant : «Icy, est-ce qu'on peut monter? On veut faire un tour, nous aussi.» Je voyais tout cela dans mon imagination — avec la brise fraîche sur mon visage, je jouissais de l'adulation de mes camarades de classe, ravie de ma chance toute neuve — lorsque surgissant de nulle part, Mrs. Stilton toussa et me ramena à la réalité. Elle décrivit d'une voix forte une femme qui, dans l'histoire, avait oublié quel jour c'était. Quand elle finissait par s'en souvenir, elle se mettait à courir vers la place. Cette femme est exactement comme moi, décidai-je. Et je m'interrogeai : s'en allait-elle au devant de graves ennuis? Elle oublie l'heure, me dis-je, comme moi, lorsque je vais en exploration. Mais au moins je ne fais pas attendre tout Ginseng, seulement Matanni à l'heure du dîner.

Fascinée, j'écoutai attentivement tandis que Mrs. Stilton continuait. Le son de sa voix commença à s'éloigner et à se rapprocher comme un écho lointain dans ma tête. Puis brusquement, elle cessa de lire. Durant une dizaine de secondes, elle demeura silencieuse. Puis, d'une voix résolue, elle prononça soigneusement les deux derniers mots de la phrase : «Nerveusement et sans humour». Elle avait lu à haute voix ces mots tout en tordant sa bouche comme si elle faisait faire de l'exercice à ses lèvres. Elle étira son cou de girafe et parcourut la classe des yeux. «Nerveusement et sans humour», répéta-t-elle en martelant ces mots. «Enfants, vous devez vous souvenir de ces mots»; elle regarda les étudiants de la première rangée droit dans les yeux. «Bon, de quels mots s'agit-il?» demanda-t-elle.

«Nerveusement et sans humour», répondirent les étudiants de la première rangée.

«Quels mots?» demanda-t-elle.

«Nerveusement et sans humour» dirent tous les étudiants de la classe.

Sauf moi. Je gardai la bouche fermée. *Nerveusement* et *sans humour* s'étaient déjà incrustés dans mon cerveau. Contrairement aux autres, je n'avais pas besoin de les répéter. En les entendant, je compris aussitôt que ces deux mots étaient des indices. Des indices très inquiétants, annonciateurs de catastrophes. C'était clair : Mrs. Stilton voulait nous donner une leçon. Elle voulait me donner une leçon et, pour le faire, elle avait choisi cette histoire parmi toutes les histoires jamais écrites; une histoire qui se déroulait dans une ville semblable à Ginseng. Horrifiée, j'écoutais, redoutant chaque mot, tandis qu'elle poursuivait son récit.

Impatients d'apprendre ce qui arriverait par la suite, tous les élèves — sauf moi — relevèrent la tête. Ils tendirent le cou et se penchèrent vers l'avant. Pas moi. Instinctivement, j'enfouis ma tête entre mes bras comme pour me placer hors de portée de ses mots.

En moins de temps qu'il n'en faut pour le dire, un film se mit à se dérouler dans mon esprit — en marche arrière. La décapotable bleu pâle recula de plus en plus vite et ses pneus soulevèrent la poussière. Je fus éjectée de mon siège, je volai dans les airs et retombai dans la foule. Mes doigts s'ouvrirent, les clés montèrent dans les airs avant de se retrouver dans la main ouverte du maire Anglin. Le film recula jusqu'au commencement, juste avant le tirage. « Et le gagnant du prix cette année est Virgil Bedloe! » annonça le maire Anglin. « Virgil, venez chercher vos mûres. » « Des mûres ? » dis-je perplexe, regardant autour de moi, essayant de trouver la voiture. « C'est le prix ? » Je tendis le bras pour toucher la main de mon grand-père mais ce dernier était parti. Il avançait lentement vers les marches du palais de justice, là où se tenait le maire Anglin. Sur le dessus du baril, il y avait maintenant un petit seau de métal bosselé sur un côté et qui m'était familier ; il débordait de grosses mûres bien juteuses. Soudain, j'entendis un bourdonnement et le petit seau se mit à trembler, le fond cognant légèrement contre le bois. Les mûres à la brillante texture tremblaient dans le soleil. Effrayée au plus haut point, je posai les mains sur mes yeux. Des points noirs et blancs s'échappèrent par les interstices, entre mes doigts, mais le bourdonnement s'amplifiait toujours. Il devenait aussi fort que le bourdonnement d'une ruche grouillante d'abeilles. Et même si mes yeux étaient couverts, je pouvais clairement les apercevoir — un millier de petites particules dorées striées de bandes noires ivres de rage et qui produisaient un bourdonnement assourdissant. Non Patanni! N'accepte pas le prix! pensai-je.

Je relevai brusquement la tête. Les visages souriants de mes camarades de classe m'inquiétèrent. Ils ne comprenaient pas ce qui se passait! Mon cœur battait à tout rompre. Pourquoi l'écoutez-vous? aurai-je voulu crier.

« Élèves, j'arrive à la fin », dit Mrs. Stilton en levant la tête et en nous regardant fixement. « Vous avez intérêt à écouter. »

Agitée, je me tournai sur mon siège et aperçus les gros yeux bruns de Emma Richards ; inconsciente, enjouée, elle pinçait les lèvres ce qui lui donnait un air d'élève modèle. Évidemment, elle ne comprenait pas. Je me tournai à nouveau et vis les yeux de grenouille de Peavy Lawson. Il n'avait pas la moindre idée de ce qui se passait.

Je secouai la tête. Une faible voix murmurait quelque chose dans mon cerveau. Effrayée, j'écoutai attentivement et crus reconnaître la voix de Patanni s'adressant à la foule. « Je ne mérite pas ce prix, disait-il. Il appartient à Icy. Icy est la gagnante. »

S'il vous plaît, mon Dieu! pensai-je. Je ne veux pas gagner!

Je serrai bien fort les lèvres et retins mon souffle. Emma n'a pas eu sa chance, laissez-la gagner. Lucy Daniels devrait être la gagnante. Voyez-vous ce sourire sur son visage? Regardez Peavy Lawson qui sourit là-bas. Il adore les mûres. Et cet efféminé de Lane Carlson aussi. Laissez-le gagner. Mais pas moi!

Je regardai fixement mes camarades ; visiblement, ils attendaient la suite ; ils ne comprenaient pas. Je transpirais abondamment des mains. Je sentais une pulsation au niveau des tempes. Une vague de panique me submergea.

« Finizzzzz-zzzzzon zzzzzela », dit Mrs. Stilton dans un bourdonnement.

Sa voix très haut perchée vrombit dans mes oreilles. Terrifiée, je me recroquevillai sur mon siège. Emma Richards laissa échapper un petit rire sarcastique en me pointant du doigt.

J'enfouis mon visage dans mes bras pliés sur mon pupitre et imaginai Patanni s'avancer vers moi. «C'est pour toi», disait-il, en me présentant le petit seau qu'il tenait par l'anse. «C'est tout pour toi!» Implacablement, il avançait toujours dans ma direction. Et c'est alors que je les vis — les milliers de piqûres qui couvraient son corps. Derrière lui, un nuage noir et hystérique bourdonnait. En ondulant, parfois de façon très subtile, le nuage se transformait : il prit d'abord la forme d'un serpent, puis d'une crêpe géante et ronde, ensuite il dépassa mon grand-père en zigzagant, descendit et vint masquer le maire Anglin ainsi que toutes les marches du palais de justice.

Non, Patanni! Mets-le par terre! Je ne veux pas gagner!

Cache-toi, hurlaient mes pensées. *Protège-toi!* exigeaient-elles, tandis que je pressais mes genoux contre mon pupitre, battant l'air de mes mains. *Yeux de grenouille! Espèce de folle! Miss Yeux de grenouille!* bourdonnaient mes pensées.

«Vous me détestez tous!» bredouillai-je sur le dessus de mon pupitre, mes lèvres frémissant contre le bois de mon pupitre.

Aussitôt, le bruit d'un livre posé brutalement sur un bureau résonna dans la classe. «Icy Sparks!» dit Mrs. Stilton sur un ton menaçant. Mes genoux se redressèrent. Le pupitre vint cogner contre le plancher. «Vas-tu rester tranquille?» Elle tira brusquement le tiroir de son bureau. Puis, j'entendis le bruit sourd que faisait le tiroir en se refermant . «Es-tu folle?» Ses pas résonnèrent. Elle venait dans ma direction. «Je t'avertis!» Elle donna un coup sur la paume de sa main avec la raquette de ping-pong.

«Je ne veux pas gagner», dis-je en tremblant.

Elle continuait à marteler le sol et ses pas se rapprochaient de plus en plus. «Es-tu folle?» répéta-t-elle en se postant derrière moi.

Son visage était maintenant tout près de mon cou et je pouvais sentir sa chaude haleine sur ma peau. La raquette s'abattit sur le dessus de mon pupitre. Je frissonnai des pieds à la tête. «Pourquoi moi? Papa, pourquoi moi? Pourquoi pas eux?» Je gémis, en serrant très fort ma tête entre mes bras.

«Tu es vraiment folle!» siffla-t-elle.

«Non! Non!», dis-je en gémissant. «Pourquoi moi?» criai-je, en sentant la brûlure provoquée par la raquette sur ma peau. «Mon Dieu, papa, les piqûres... les piqûres», murmurai-je, en acceptant mon sort.

Mrs. Stilton me conduisit au poste de travail de l'infirmière situé dans une petite pièce à côté du bureau du principal, Mr. Wooten; elle dit à Mrs. Coy, l'infirmière, que j'étais devenue hystérique durant la lecture et que j'étais tombée de mon pupitre sur le plancher. «Regardez ces taches rouges», dit-elle en désignant les marques sur mes bras. «Cette enfant n'est pas normale». Elle secoua la tête et jeta un coup d'œil à sa montre. Puis elle ajouta d'un air faussement préoccupé : «Je dois retourner en classe. Les enfants ont besoin de moi».

L'infirmière Coy n'était pas vraiment infirmière mais elle avait travaillé autrefois comme auxiliaire dans une maison de retraite à Harlan; elle me prit doucement par la main, un main ridée dont les doigts ressemblaient à des pinces, et me conduisit près d'un canapé sur lequel elle me demanda de m'étendre. Je m'exécutai de bonne grâce. J'aurais fait n'importe quoi pour demeurer hors de la classe, loin de cette menteuse hystérique originaire de Chicago qui mourait d'envie de voir le pape. Je savais que ma conduite n'avait pas été exemplaire, mais je savais aussi que les marques rouges sur ma peau ne provenaient pas d'une chute. À peine cinq minutes plutôt, j'avais été la proie de Mrs. Stilton. Elle s'était défoulée à qui mieux mieux sur moi. Elle m'avait frappée très fort avec sa raquette de ping-pong; chaque coup m'avait fait l'effet d'une piqûre de frelon.

«Aimerais-tu boire un Coke?», demanda l'infirmière Coy. «Un peu de Coke te fera du bien.»

«Oui, m'dame», murmurai-je.

L'infirmière Coy me tapota le bras, celui qui se balançait sur le bord du canapé, puis elle sortit en clopinant et se dirigea vers la cafétéria où elle gardait en réserve des caisses de Coke. Pendant qu'elle était dans le couloir, j'entendis malgré moi la conversation qu'elle eut avec le concierge, Mr. Sedge, un des rares Noirs à habiter à Ginseng. «Dooley, aimerais-tu boire un Coke?»

«Non m'dame. Vous vous souvenez pas? Vous m'en avez donné un y' a pas longtemps. Merci quand même.»

L'infirmière Coy eut un petit rire gêné. «Je m'en souviens, dit-elle. Je t'ai préparé un Coke avec de la glace.»

«Oui, m'dame, dit Dooley. Un Coke avec de la glace. Par une journée aussi chaude qu'aujourd'hui, c'est vraiment une bonne chose.»

«Icy Sparks est ici. J'allais lui préparer une boisson gazeuse. C'est pourquoi je vous ai demandé si vous en vouliez une.»

«Je savais que vous aviez pas vraiment oublié», dit Dooley.

«Y'a pas meilleur médicament que le Coke. Il peut soigner ou atténuer la douleur provoquée par le mal de tête, le mal de ventre, et le mal de cœur», expliqua l'infirmière. «J'aurais aimé l'inventer.»

«Je vous crois, dit Dooley. Si vous l'aviez fait, vous seriez une femme riche aujourd'hui.»

L'infirmière Coy rit à nouveau puis elle poursuivit son chemin à pas feutrés dans le couloir. Je fermai les yeux et essayai de me calmer. Après tant d'agitation, mon esprit confus était exténué et mes pensées, plutôt calmes. Malgré cela, de temps en temps, la bataille reprenait à l'intérieur de moi et je songeais : Icy, ma fille, c'est la guerre! Mrs. Stilton est l'ennemie et elle mérite une bonne bataille.

Tout le long du chemin jusqu'à la maison, très droite sur mon siège, à l'arrière de l'autobus, je ne pensais qu'à me venger. J'avais envie de crier : Icy, ma fille, prépare tes bombes! Tu lui revaudras ça. Lance bien haut ton juste cri de guerre! Je ressentis à nouveau tout le mal qu'on m'avait fait depuis le premier jour de classe cette année-là. Mrs. Stilton ne m'avait jamais aimée. Chacune de ses paroles avait été une écharde, une petite piqûre dans ma peau. Des images me revinrent à l'esprit et je pris conscience de la laideur de cette femme : son cou, aussi long que celui d'une girafe; ses cheveux noirs frisés courts, comme une touffe de poils sur la tête d'un caniche; sa colonne vertébrale rigide, aussi plate que le dos d'un cafard; ses yeux noirs en fentes, comme ceux d'un pic. Elle était affreuse, un point c'est tout! Et j'avais le droit de la détester. Légitime défense, dis-je pour me rassurer tandis que mes doigts tremblaient de rage. Œil pour œil. Dent pour dent. Un remboursement de première classe, me dis-je; une immense colère bouillonnait au creux de mon estomac. Elle méritait ce qui allait lui arriver. Elle méritait mon courroux. Et je me mis à aimer ma haine, à l'accepter comme faisant partie intégrante de moi; mais soudain, surgit de nulle part, une vérité — plus puissante que ma fureur — se fit jour et me ramena à la raison : j'avais atteint un seuil où ma rage alimentait des pulsions si horribles que je refusais de les regarder.

«Oh non!» dis-je en gémissant, tandis que je sentais mon énergie se dissiper par toutes les pores de ma peau. «Oh non!» m'écriai-je, en m'étreignant les épaules et en me recroquevillant sur mon siège. Pendant que les autres enfants bavardaient et riaient, je murmurai : «Mon Dieu, protégez-moi de ma colère.» Emma Richards pouffa de rire avec Lane Carlson et pendant ce temps, je pensais à mon avenir et je suppliais le Seigneur de m'aider. En revenant à la maison, je priai. L'autobus prit la courbe, roula en cahotant sur la route de Poplar Holler et s'arrêta finalement devant chez moi; je devais me rendre à l'évidence : tous les Cokes du monde ne suffiraient pas à assouvir cette colère monstrueuse qui grandissait en moi.

«Comment c'était à l'école?» demanda Matanni lorsque je franchis le seuil le dos voûté.

Je jetai mon cartable sur le plancher et m'écroulai sur le divan. «J'ai été malade. J'ai passé l'après-midi à l'infirmerie.»

«Par exemple!» dit Matanni, en s'avançant vers moi les mains ouvertes. «Et bien! Tu es froide comme un concombre!»

Nerveusement, j'examinai mes bras; les marques, Dieu merci, avaient disparu. «J'ai trop mangé au déjeuner. Et j'ai eu mal au ventre.»

Matanni s'assit à l'autre extrémité du divan. «Étends-toi et donne-moi tes pieds», dit-elle en se donnant de petites tapes sur les cuisses. Je laissai tomber mes pieds sur ses genoux. Elle déboucla mes chaussures et enleva mes chaussettes. «Petite, tu as les pieds enflés». Et elle commença à me frictionner les pieds, faisant glisser ses doigts de bas en haut, depuis le bout de mes orteils jusqu'à mes chevilles. «Ils sont chauds aussi.»

«Je devrais peut-être rester à la maison demain», dis-je en soupirant. «Mes pieds ont besoin de repos.»

«Tu as porté des baskets tout l'été», dit ma grand-mère. «Ces pieds-là se meurent d'envie de quitter ces chaussures d'école.»

«Puis-je rester à la maison?» demandai-je.

Matanni fit courir ses doigts sur mes orteils. «Icy, qu'est-ce qui va pas? Tu étais si heureuse à l'école avant.»

«Une personne ne peut être heureuse tout le temps».

«C'est un fait», répondit-elle, «mais Icy, tu ne feras pas ton chemin dans la vie en évitant les choses.»

«Papa l'a fait», dis-je

«Ton papa aimait pas travailler dans les mines, dit Matanni, mais il a jamais arrêté pour autant.»

«Et bien, il aurait dû. Il aurait dû avoir plus de plaisir avant de mourir...» j'avalai avec difficulté et murmurai : «avant qu'il ne meure de cette horrible manière.»

Matanni demeura silencieuse un court instant, puis elle prit une profonde inspiration et dit doucement : «Mon enfant, ton papa est au ciel maintenant.» Elle pencha la tête vers l'arrière et leva les yeux. «Là-haut, avec ta chère maman. Leurs esprits sont ensemble, ils sont heureux, ma chérie. Ils ont laissé derrière eux toutes leurs souffrances.»

«En es-tu sûre?» demandai-je.

«Sans l'ombre d'un doute», dit-elle avec fermeté en me regardant droit dans les yeux. «Je crois que la seule chose qui pourrait les rendre encore plus heureux serait de savoir que tu es heureuse, toi aussi.»

Je me tournai sur le ventre et enfouis ma tête dans l'oreiller fleuri et rouge.

«Comment te sens-tu maintenant?» demanda ma grand-mère en me chatouillant la plante des pieds.

Je pressai mon visage contre l'oreiller en essayant de ne pas rire.

«Je t'entends», dit Matanni. «Si tu pouffes de rire, c'est que t'es pas trop malade.»

Je secouai la tête et ris de plus en plus fort car Matanni me chatouillait les deux pieds.

Chapitre 8

———— ❋ ————

Le lendemain, je me préparai pour aller à l'école. À cinq heure du matin, je me levai et me plaçai devant un petit miroir ovale suspendu au-dessus d'une commode blanche elle-même disposée dans un coin de ma chambre. Durant quarante-cinq minutes, j'observai mon reflet et me composai un visage. À partir de maintenant, chaque journée devait être planifiée. Je devais refréner toute ma spontanéité. Miss Emily avait toujours dit : «Icy chérie, j'aime ton énergie. J'aime ton côté espiègle.» Mais aujourd'hui, je devais cacher mon caractère enjoué. La maîtrise serait mon nouvel atout. J'inspirai profondément et rejetai la tête en arrière. Puis je rentrai les joues et essayai de rapprocher mes yeux. Ceux-ci me parurent plus petits, plus creux. Ils semblaient même de couleur différente — moins jaunes, plutôt d'une couleur terreuse. Je remuai plusieurs fois la mâchoire avant de la crisper, serrai les dents, et essayai de conserver cette apparence sévère. Mais dès que je me mis à parler à voix basse en regardant le miroir, mon vrai visage refit surface et je redevins Icy Sparks, la petite fille enjouée. Je me brossai les cheveux si longtemps et si fort que de petits ruisseaux jaunes très distincts les uns des autres traînèrent sur mon dos. Puis, j'en fis une queue de cheval que j'attachai avec une bande élastique. Finalement, je tirai de la garde-robe la plus laide et la plus ennuyeuse de mes robes — d'un brun lugubre, sans volant — et enfilai des loafers bruns assortis. Je m'habillai soigneusement, enfilant même des sous-vêtements jaunis et vieux. Je deviendrais solide, sombre et impénétrable comme le tronc d'un vieil arbre. À partir de maintenant, je serais ainsi. Ce déguisement me servirait à masquer mes pulsions, il ferait obstacle à la rage qui déclenchait ces pulsions et étoufferait mes craintes. Plus personne ne verrait jamais le vrai «moi».

«Tu as l'air bien terne», dit Matanni quand je vins m'asseoir à table. «Mets plutôt cette jolie robe bleue que je t'ai achetée!»

«Peavy Lawson me fait de l'œil et je ne veux pas l'encourager.»

«Cette tenue va sûrement le faire changer d'idée, dit-elle en riant. Maintenant il faut manger, hein?»

«Oui, m'dame», répondis-je en croquant mes céréales de blé entier. Mon visage aussi paraissait terne. Le masque fonctionne, pensai-je. Il me protégera.

«J'aime ta robe», dit Peavy Lawson lorsque je franchis le seuil de la classe. Le visage aussi impassible que celui d'un cadavre, je me dirigeai vers lui. «Merci», dis-je sur un ton neutre; je savais que les grenouilles comme lui étaient sincères. Elles ne mentaient pas.

«J'aime ta queue de cheval», dit-il.

Je m'assis, sans prendre la peine de le remercier cette fois.

Mrs. Stilton leva les yeux de son cahier des présences. «Que voilà une jolie petite fille, dit-elle. Toute habillée en brun.»

«Merci», répondis-je.

Un petit sourire narquois s'était installé aux coins de ses lèvres. Ses yeux avaient une expression moqueuse.

«Vous aussi, vous êtes bien habillée», mentis-je sans broncher. Je détestais sa coiffure de caniche et sa robe à pois rouges.

Elle roucoula. «Quel beau compliment!»

Je soupirai de soulagement.

Elle m'observa en ricanant doucement et dit : «Ce serait bien si tu le pensais vraiment.»

«Mais je le pense vraiment». Ma rigidité commençait à s'effriter. La panique s'installait.

«Non Icy, je ne crois pas.» Elle prit la petite cloche posée sur son bureau et la fit résonner. «Bon, croyez-vous que Icy Sparks trouve vraiment que je suis bien habillée?»

Emma Richards sourit et dit : «Mais vous êtes vraiment bien habillée, Mrs. Stilton.»

«Ce n'est pas ce que j'ai demandé», dit Mrs. Stilton. «Est-ce que Icy Sparks pense réellement que je suis bien habillée?»

Emma Richards ne répondit pas.

«Seule Icy le sait vraiment», dit Lucy Daniels.

Lane Carlson eut un petit rire nerveux.

«Icy ment parfois», dit Irwin Leach. «Elle a dit que j'étais stupide quand j'ai dit que Harlan était la capitale du Kentucky.»

Peavy Lawson se redressa sur son siège. «Icy Sparks ne ment pas!» dit-il.

«Attendez, étudiants!» dit Mrs. Stilton en levant les mains. «J'ai entendu une petite histoire un jour — au sujet d'un Coke versé sur la tête du pauvre Joel McRoy.»

J'avançai rapidement de quelques pas. «S'il vous plaît!», suppliai-je, «Ne la racontez pas! Si vous ne la racontez pas, je dirai la vérité.»

Elle acquiesça d'un signe de tête et croisa les bras.

«N-non... je... ne... crois pas... que vous êtes bien habillée», bégayai-je. «Je... déteste... les pois... rouges.»

«Merci, Icy, dit-elle froidement. «Il faut du courage pour dire la vérité. Il vaut mieux se taire que de dire des mensonges. Étudiants, avez-vous bien écouté cela?»

«Oui, m'dame», dirent les élèves.

«Répétez», exigea-t-elle.

«Il vaut mieux se taire que de dire des mensonges», répondit toute la classe.

«Merci!», dit Mrs. Stilton. «Icy, ici présente, doit recevoir au moins une leçon par jour.»

«Merci!», répéta la classe. «Icy, ici présente, doit recevoir au moins une leçon par jour.»

«Non, pas cette phrase», dit Mrs. Stilton sèchement. «Vous ne devez pas répéter cela.»

Les élèves demeurèrent silencieux.

Je tendis la mâchoire, pressai mes lèvres ensemble et rapprochai mes yeux. Je rejetai la tête vers l'arrière et me levai. Puis j'écarquillai les yeux, ils saillirent comme ceux d'une grosse grenouille et la tension de mon visage se relâcha; j'ouvris tout grand la bouche et demandai : «Disiez-vous la vérité lorsque vous avez dit que je paraissais bien?»

Mrs. Stilton appuya fortement les mains sur le dessus de son bureau et se pencha vers l'avant. Les dents serrées, elle cracha : «Écoute-moi bien, petite fille. Je ne mens pas. Comprends-tu?»

Le courage me quitta. J'acquiesçai.

«Retiens bien mes paroles! Si jamais tu dis une autre fois que je suis menteuse, je te fais expulser.»

«Oui, m'dame», dis-je.

Durant tout ce temps, je regardais fixement les veines pourpres de son front qui palpitaient au rythme des pulsations de son cœur et je pensais : ainsi les démons ont un cœur.

Après l'école, je décidai de ne pas prendre l'autobus. Je courus tout le long de Walnut Street pour aller voir Miss Emily à son magasin. FERMÉ POUR INVEN-TAIRE disait l'affiche accrochée à l'avant. «Miss Emily! Miss Emily! hurlai-je en frappant à la porte. «Hé, Miss Emily!» Je m'apprêtais à me rendre en courant à l'arrière du magasin, là où elle conservait son stock, quand, derrière la petite buée formée par son haleine sur la vitre, je vis apparaître son visage rondelet.

«Icy ma fille!». Elle me salua tout en déverrouillant la porte et en faisant tinter la clochette suspendue. «Qu'est-ce qui me vaut l'honneur de cette visite?»

La voix de Johnny Cake parvint de l'arrière. «Miss Emily, voulez-vous que je trie ces bulbes qui restent?»

Miss Emily forma un entonnoir de ses mains potelées et le plaça autour de sa bouche. «Vas-y, hurla-t-elle. Je les mettrai en solde pour les semailles tardives.»

Johnny Cake hurla à son tour : «Oui, m'dame!»

«Maintenant laisse-moi te regarder», dit Miss Emily, en refermant la porte; elle me tenait à bout de bras et me regardait de haut en bas. «Ça ne va pas? Icy, ma fille? As-tu fait ces choses étranges dont nous avons déjà parlé?»

Je secouai la tête. «C'est pas ça», marmonnai-je.

Elle me prit la main et m'emmena près du comptoir où se trouvait la caisse enregistreuse. «Alors, qu'est-ce que tu as?» À côté du comptoir, il y avait le fauteuil préféré de Miss Emily, un La-Z-Boy en cuir brun. «Prends un tabouret», me dit-elle, pendant qu'elle glissait son corps massif dans le luxueux fauteuil de cuir.

Je saisis un tabouret qui était derrière le comptoir et le fis glisser sur le plancher jusqu'à ce qu'il soit placé à côté de Miss Emily. Je posai mon pied gauche sur le premier barreau, balançai l'autre jambe par-dessus le tabouret et m'y installai à califourchon.

«Johnny Cake! cria Miss Emily. «Comment ça va en arrière?»

«Vous avez une pleine caisse de bulbes de tulipes», cria-t-il. «Et deux de jonquilles.»

«C'est bon», dit Miss Emily. «Continue de trier.»

«Je ne savais pas que c'était jour d'inventaire», dis-je en baissant brusquement la tête. «Si vous êtes trop occupée, je peux m'en aller.»

Miss Emily tendit le bras et me saisit la main. «Quel que soit le jour, Icy ma fille, j'ai toujours du temps pour toi. Tu le sais, n'est-ce pas?»

«Oui, m'dame», répondis-je en relevant la tête et en la regardant de biais.

«Alors dis-moi pourquoi tu es venue me voir?»

Je me raclai la gorge.

«Je suis dévorée par la curiosité.» Elle toucha doucement le dessus de ma main. «Allons, parle maintenant!»

«Et bien... et bien...» j'essayais de gagner du temps.

Impatiente, elle pianotait de ses doigts dodus sur le bras de son fauteuil. «Et bien quoi?» demanda-t-elle ennuyée.

«J'ai encore menti», confessai-je. «Pas un mensonge comme celui que j'ai dit à Joel McRoy. Une autre sorte de mensonge, mais il a mis mon professeur en colère. Très en colère.»

Miss Emily tira sur son oreille. «Et bien, Icy ma fille, je ne peux pas la blâmer. Tu n'es pas sensée mentir.»

Je pressai la main sur mon nez et lui décochai un regard furieux. «Mais elle a menti, elle aussi». Je fulminais. «Elle peut mentir à tout le monde. C'est la plus grande menteuse de Ginseng. De tout le Kentucky, si vous voulez savoir. Oui, c'est la plus grande menteuse, de tous les Etats-Unis!»

«Le fait qu'elle puisse mentir ne signifie pas que tu dois le faire aussi», dit Miss Emily.

Je pressai un de mes doigts contre mon front, inspirai profondément et réfléchis durant un instant. «C'est compliqué», dis-je. «Tout le monde ment à l'occasion. Vous savez, pour ménager la sensibilité d'une personne.»

«On appelle ça un pieux mensonge, expliqua Miss Emily. Un pieux mensonge minuscule.»

«Oui, m'dame, continuai-je. Ce que j'ai dit à Mrs. Stilton était un pieux mensonge minuscule. Quand elle a dit que j'étais bien habillée, je lui ai dit qu'elle était bien habillée aussi. Mais la vérité c'est qu'elle ne pensait pas plus que moi ce qu'elle disait. Nous avons menti toutes les deux. La différence entre nous c'est qu'elle a menti pour me blesser, pas pour faire attention à moi. Alors que j'ai menti pour sauver ma peau.»

Miss Emily bougea dans son fauteuil. Sous elle, le cuir gémit. En se penchant par-dessus le bras du fauteuil, elle fit courir son index sur mon nez. «Tu sais quoi?», dit-elle en me faisant un clin d'œil.

«Quoi?», répondis-je en lui retournant la question.

«Je pense que tu n'aimes pas ton professeur.»

Miss Emily n'avait pas eu besoin de faire travailler bien fort son cerveau pour deviner cela. «En voilà une trouvaille!» répondis-je sur un ton insolent.

«Mais pourquoi?», dit-elle en me regardant avec intensité.

«Pourquoi je ne l'aime pas?», demandai-je.

Elle fit un signe de tête affirmatif et son menton grassouillet vint appuyer contre son sternum.

«Parce qu'elle est méchante», dis-je sur un ton neutre. «Elle ne fait pas que dire des mensonges. Toute sa personne est un mensonge.»

«Comment ça?» s'enquit Miss Emily.

«C'est à cause qu'elle prétend être du sirop alors qu'elle n'est rien d'autre que du vinaigre.»

«Est-ce que ça ne t'arrive pas à l'occasion de prétendre être quelqu'un que tu n'es pas?» La bouche de Miss Emily s'ouvrit et se referma comme un piège.

J'arquai le dos et braquai les yeux sur elle. «Si je le fais», répondis-je avec colère, «c'est pas dans l'intention de blesser quelqu'un.»

«Alors tu dis que Mrs. Stilton cherche à blesser les gens?»

«Oui, m'dame», dis-je sur un ton ferme. «Toutes ses paroles sont blessantes. Chaque regard qu'elle me lance est méchant. Elle me fait savoir à chaque jour à quel point elle me déteste.»

«Et, en retour, est-ce que tu la détestes aussi?» demanda calmement Miss Emily.

Durant un court instant, mon visage se figea comme si la colère avait durci chacun de mes traits; puis, sans broncher, je plongeai mon regard dans les yeux bleu ciel de Miss Emily et crachai la vérité. «Je la déteste de tout mon cœur!»

«Alors», dit Miss Emily sans se départir de son calme, «nous avons un problème.» J'acquiesçai d'un signe de tête, les lèvres serrées. «Tu n'as sûrement pas envie d'échanger ton beau caractère pour le sien.»

«Non, m'dame», murmurai-je en secouant la tête. «Mais c'est difficile. Elle me met dans une colère noire.»

«Bien sûr que c'est difficile», concéda Miss Emily. «Mais personne n'a jamais dit que c'était facile d'être bon.»

Mes lèvres commencèrent à trembler. «Alors j'imagine que je suis la personne la plus mauvaise que vous connaissez.»

Elle se leva en s'aidant de ses bras puissants. «Icy ma fille», dit-elle en pointant un doigt vers moi «pour moi, tu es la meilleure.» Puis, avant que j'aie pu lui dire à quel point je l'aimais, elle traversa la pièce d'un pas pesant. «Maintenant, si je te raccompagnais chez toi?. Ta grand-mère doit s'inquiéter.» En passant la tête dans l'embrasure de la porte, elle donna à Johnny Cake une douzaine de choses à faire. «Tu es le meilleur assistant gérant que j'aie jamais eu». Cela dit, elle revint vers le comptoir en se dandinant pour y prendre les clés de sa voiture.

«Et bien, Miss Emily, si vous continuez, ma tête va enfler!» répondit-il avec enthousiasme.

Les clés à la main, Miss Emily me fit signe de la suivre — «Icy, est-ce que je t'ai déjà parlé de l'excellent travail de Johnny Cake?» Elle n'attendit pas ma réponse. Elle passa son bras autour de mes épaules et répondit pour moi. Miss Emily ne savait pas mentir; Je savais — sans l'ombre d'un doute — que chaque bonne chose qu'elle disait au sujet de Johnny Cake était vraie.

Chapitre 9

———— ✳ ————

«Matanni», hurlai-je en me ruant dans la maison au retour de l'école; j'étais si en colère que j'avais l'impression que tout mon corps allait s'enflammer. «Je vais me promener!» Sans lui laisser le temps de répondre, je franchis à nouveau le seuil — et me mis à courir. Dans l'air frais de cet après-midi d'octobre, encore vêtue de mes habits d'école, je dévalai les collines comme un coureur sur piste de l'école secondaire de Ginseng. Il ne faisait pas froid mais je courus si vite que je sentis le sang monter à l'arrière de ma bouche — comme cela se produisait généralement lorsque je courais par une journée très froide. A chaque mouvement, le bord rigide de ma chaussure s'enfonçait dans ma peau et je sentais une douleur, comme un coup de poignard à chaque pas; mais je ne voulais pas m'en occuper. Si cette douleur pouvait atténuer ma colère, alors tant pis si je devais en payer le prix et qu'une ampoule de la grosseur d'un dollar se formait à l'arrière de mon talon.

Durant tout le mois de septembre, ma colère avait grandi — elle était devenue de plus en plus incontrôlable — jusqu'à ce qu'elle soit bien résolue à s'exprimer. Elle se manifestait sous forme de petits gestes dirigés contre Mrs. Stilton — un sursaut ici, un tressautement là — lorsque celle-ci venait de nous donner un ordre, et habituellement pendant qu'elle avait le dos tourné. De retour à la maison, une telle rage se pressait derrières mes globes oculaires que je craignais qu'ils ne sortent de leurs orbites. Alors je courais.

Ce jour-là, je courus jusqu'à ce que ma robe soit trempée de sueur; je respirais avec difficulté et j'avais mal aux pieds. Je courus jusqu'à Icy Creek où je m'effondrai sur la berge. À travers le tamis de feuilles multicolores, je regardai le ciel, écoutai le gargouillement de l'eau et priai. «Oh mon Dieu, s'il vous plaît, aidez-moi.» Un écureuil ramassait des noix à quelques mètres de moi. De temps en temps, un oiseau pépiait, et j'aperçus même le duvet blanc d'un lièvre dans les bois, de l'autre côté du ruisseau; mais malgré tous mes efforts, je ne pus déceler aucun signe de la présence de Dieu, rien qui permette de croire qu'Il m'avait entendue. Alors je m'interrogeai : comment Dieu — n'importe quel dieu — aurait-il pu m'aimer? Qui pouvait entendre mes prières dans le tumulte de mes tressautements et des mouvements convulsifs de mes yeux? Qui pouvait apercevoir ma véritable nature derrière le mur de pulsions colériques qui m'isolait des autres? Miss Emily ne savait pas qui j'étais vraiment; son immense amour l'aveuglait. Et si mes grands-parents venaient à connaître la vérité, ils en mourraient, j'en étais convaincue. Ma mère avait été une personne aussi bonne qu'une rose des prés. «Cette fille ne connaissait pas le mal», avait dit Patanni. Et mon père avait été un travailleur vaillant. Il avait toujours été honnête. À chaque fois qu'il avait écarquillé exagérément les yeux, il l'avait toujours fait ouvertement, devant les gens. Il n'avait jamais fui, il ne s'était jamais caché dans un cellier.

«C'est pas juste que ta maman ait pas pu te connaître», avait dit ma grand-mère. «C'est pas juste que ton père soit mort si jeune. Ils ont tout fait pour t'avoir et ils ont pas eu le plaisir, la joie de te voir grandir.» Ils n'ont pas eu la joie de me voir grandir, pensai-je en roulant sur moi-même; et je sentis la mousse fraîche sous ma robe. Non, me dis-je en enfouissant ma tête dans mes bras; ils n'ont pas eu la honte de voir que je me conduisais mal en grandissant; je cessai de regarder le ciel, là où Dieu avait élu domicile. «C'est pas juste», dis-je en sanglotant si fort que même le grondement de Icy Creek ne put couvrir le son de mes pleurs.

Quand la lumière commença à baisser, je me tranquillisai, balayai les brins de mousse sur le corsage de ma robe et m'en retournai à la maison. Il était presque l'heure de dîner. Je savais que Matanni était en train de cuisiner et qu'elle m'attendait pour mettre la table. Après avoir tant couru et pleuré, j'étais fourbue, je me sentais vidée. Ce soir, peut-être, je n'aurais pas besoin de me rendre en hâte dans le caveau à légumes pour laisser saillir mes yeux et tressauter, et exprimer toutes ces pensées qui m'obsédaient à longueur de journée. Ce soir, je ne serais pas obligée de projeter à lueur de la chandelle mes ombres chinoises anarchiques et déchaînées sur les murs de ma cachette.

Lorsque j'entrai en coup de vent dans la maison, mes grands-parents étaient installés dans le petit salon. Matanni posait un nouvel ourlet à l'une de mes vieilles robes. Patanni était assoupi dans son fauteuil. «Je suis désolée d'être en retard», dis-je en me précipitant dans la pièce. «Je n'ai pas vu le temps passer.»

Matanni ne prononça pas un seul mot. Des épingles entre les lèvres, elle continua à coudre. Patanni grogna, ouvrit un œil et le referma.

«J'ai dit, je suis désolée.»

«Parfois c'est pas suffisant de le dire», répliqua Patanni, les yeux toujours fermés.

Matanni enleva les épingles de sa bouche, pencha sa petite tête sur le côté et dit : «Nous t'avons attendue. On a dû attendre une heure. Le poulet frit est froid.»

«Ta grand-mère travaille fort», dit d'un ton fatigué mon grand-père. «Elle aime bien avoir terminé tout son ouvrage vers six heures.»

«Je sais», murmurai-je, sentant grimper mon anxiété. «Je suis désolée, vraiment.»

«On t'a appris à être prévenante, dit Patani, à ne pas blesser les gens.»

«Mais ces derniers temps, tu ne penses qu'à toi», ajouta Matanni en indiquant la cuisine d'un signe de tête. «Ton souper est dans le four tiède et je t'ai gardé un cornet de crème glacée.»

«J'en voulais deux», dit Patanni, mais certains d'entre nous sont moins égoïstes que d'autres.»

«C'est vrai, Icy», intervint Matanni. «Il y en a qui pensent d'abord aux autres avant de penser à eux.»

Je frappai du poing sur la paume de ma main. «J'ai dit que j'étais désolée. Qu'est-ce que vous voulez que je fasse? Aller en prison? Me pendre au grand chêne derrière la maison? Frotter les planchers avec une brosse à dent? Pour l'amour de Dieu, je n'ai tout de même pas tué quelqu'un!»

Matanni réajusta ses lunettes. «Ça va, Icy», dit-elle en retournant ma robe. «Va à la cuisine maintenant. Va manger avant qu'il soit trop tard.»

Patanni étira ses longues jambes. «T'as pas de devoirs?» demanda-t-il tandis que je m'éloignais.

Je m'arrêtai aussitôt à la porte de la cuisine.

«Des devoirs?», répéta-t-il en insistant sur chaque syllabe.

Je serrai les dents et entendis le bruit qu'elles faisaient en grugeant le calcium et en s'enfonçant jusqu'aux nerfs. En grommelant, je me mordis l'intérieur de la joue. «Oh mon Dieu!» J'avais un léger goût de sang dans la bouche. Puis je me souvins. «Foutu pétoire! J'ai oublié mes devoirs à l'école.»

Patanni bougea dans son fauteuil; ses bottes frottèrent contre le plancher et il dit sur un ton réprobateur : «Icy, qu'est-ce que ton professeur va penser?»

Je me tournai rapidement et, dans un effort désespéré pour concentrer toute ma colère en un seul geste, j'étendis les bras, pressai les mains de chaque côté de la chambranle et criai : «Je me fiche complètement de ce qu'elle peut penser!» Puis, incapable de tolérer la tension une seconde de plus, je fis demi-tour, traversai la cuisine en courant, sortis par la porte arrière et me dirigeai tout droit vers le cellier.

À l'intérieur des murs humides et froids, j'allumai la chandelle que je laissais en permanence sur une étagère vide, claquai la porte et la verrouillai; je m'apprêtais à décharger ma fureur sur les murs massifs quand mon ombre attira mon attention. Étrangement, elle avait changé. J'avais grandi, mon corps était penché et pourtant le dessus de ma tête effleurait le plafond. Je touchai mon nez. Il n'était plus ni petit ni mignon. Comme celui de Pinocchio, il avait allongé; il était effilé, presque pointu. Quand j'ouvris la bouche, j'eus l'impression que toute l'obscurité du caveau à légumes cherchait à s'y engouffrer. Je fis la grimace et mes lèvres s'étirèrent pour prendre la forme d'une faux moissonnant des mots grinçants. Frénétiquement, je posai les mains sur mes yeux. Immenses autrefois, ils avaient rétrécis et n'étaient plus que des fentes à présent — deux petites incisions dans mon visage. Ils avaient cessé d'être les fenêtres de mon âme; ils n'étaient plus assez larges pour laisser passer la lumière, plus assez généreux pour en émettre. Je secouai la tête. «Oh non!». Les boucles de mes cheveux tirebouchonnaient furieusement. En gémissant, je me couvris le visage avec les mains et découvris, horrifiée que mes yeux prenaient peu à peu de l'expansion, et se transformaient en deux grandes formes rondes — dures et épaisses comme les poêles à frire de ma grand-mère. Aussitôt, je fis un saut vers l'arrière. «Oh, mon Dieu!», criai-je, en repliant les bras rapidement, de façon exagérée. «Mon Dieu, non!» protestai-je. Je tourbillonnai sur moi-même comme une tornade avec l'envie de me fondre dans ce mouvement pour toujours. En finir avec ma haine. «Haïssable!» hurlai-je. «Je suis haïssable!» Mes doigts se convulsèrent; ma main gauche cingla l'air comme une raquette de ping-pong et vint s'abattre sur ma joue. J'éprouvai une sensation cuisante et mon visage tressauta vers la droite. Puis ma main droite glissa rapidement vers l'avant et vint frapper mon autre joue; ma figure revint brusquement vers la gauche. Sans arrêt, mes mains me frappèrent, tantôt sur une joue, tantôt sur l'autre, jusqu'à ce ma figure douloureuse brûle sous les coups. «Oh mon Dieu!», criai-je, en tourbillonnant avec frénésie. «Doux Jésus!» dis-je en gémissant; je sentais peser sur moi la voûte céleste; tout mon corps tremblait car je craignais d'avoir reçu de Dieu un signe horrible, un très mauvais présage.

Chapitre 10

————— ✳ —————

«Icy, tu vas te faire attraper», me dit un jour Emma Richards à l'heure du déjeuner. «Tout le monde voit bien que tu copies ses gestes, que tu te moques de tout ce qu'elle fait. Un jour elle va se détourner du tableau et t'attraper.» «J'y peux rien», dis-je en croquant une pomme. «À chaque fois que Mrs. Stilton darde sa langue, ma langue s'agite toute seule. Elle doit faire la même chose. Quand elle tord ses horribles lèvres, mes lèvres se tordent aussi, tout naturellement.»

«Tu vas tous nous attirer des ennuis», dit Emma.

Je mastiquai un morceau de pomme et l'avalai. «J'y peux rien», répétai-je. «Quand elle frappe Peavy, ma main ne peut s'arrêter». J'ouvris tout grands les doigts et battis l'air.

«Tu me fais peur», dit-elle. «Si tu n'arrêtes pas, quelque chose de terrible va arriver. Je le sens.»

Je posai ma pomme sur la table et regardai Emma droit dans les yeux. «C'est plus fort que moi.» Ma voix tremblait. «Je ne veux pas le faire. Ça se produit tout seul.»

Emma Richards me lança un regard furieux. «Si tu n'arrêtes pas, toute la classe va se retourner contre toi.»

«Pourquoi?» demandai-je.

Emma pâlit, sa mâchoire devint tendue et elle dit d'une voix rageuse : «Parce que quand Mrs. Stilton est en colère contre toi, elle nous fait tous payer.»

«Mais je suis la seule qu'elle déteste».

«Peavy Lawson se fait battre parce qu'il t'aime. Je t'ai déjà parlé de Lane Carlson; il est le prochain sur la liste.»

«Lane n'est pas mon ami», dis-je avec colère.

«Il parle de toi tout le temps. Il fait toujours ton éloge. Je te l'dis, bientôt elle va le frapper aussi.»

«C'est pas vrai! Lane Carlson ne parle pas de moi. Je ne l'ai jamais entendu dire quoi que ce soit»

«Il va arriver un malheur», avertit-elle. «Je le sens.»

Mrs. Stilton passa tout près. Je donnai un petit coup de coude à Emma en murmurant : «Elle vénère des idoles».

Emma leva les sourcils et haussa les épaules.

«Elle croit qu'elle est une grande chanteuse. Cet été, elle ira au Vatican et se produira devant le pape.»

«Tu cours au-devant des ennuis», dit-elle en ricanant.

«Elle est égoïste. Elle ne donnerait pas un seul morceau de gâteau à un vieil homme affamé.»

«T'es une menteuse», dit sèchement Emma.

«La nuit, elle se change en pic à tête rouge.»

«Tu inventes tout ça», dit Emma.

«Non, c'est la vérité. Toujours affamée, elle parcourt les troncs d'arbres en cherchant quelque chose à manger; elle travaille fort pour trouver sa nourriture.»

«Menteuse!»

«Non, c'est vrai!» protestai-je. «J'ai un livre qui parle d'elle à la maison. Il y a l'histoire d'une vieille femme méchante qui porte une petite coiffe rouge et une longue robe noire. Elle enveloppe ses épaules dans une pèlerine blanche. Et comme elle est toujours en train de faire du pain et des gâteaux, elle porte un tablier blanc autour de la taille. Elle est toujours devant le four. Elle cuit assez de gâteaux pour remplir toutes les tablettes de la boulangerie de Margaret, mais elle est si mesquine et avare qu'elle ne les partage avec personne. Quand un pauvre vieil homme affamé lui demande un morceau de gâteau, elle invente des prétextes. «Ce gâteau est trop gros. Et celui-ci est trop petit.» Elle est vraiment très mesquine! Elle ne partage rien avec personne. Par contre à la fin de l'histoire, elle reçoit la monnaie de sa pièce. Tous ses vêtements — sa petite coiffe rouge, sa robe noire, sa pèlerine blanche et son tablier — se changent en plumes. Et devine en quel oiseau elle se transforme?»

«Je m'en fous», dit Emma avec désinvolture.

«Un pic. Un pic de Chicago. Et elle passe le reste de sa vie à chercher des insectes avec ses yeux noirs en fentes, et à creuser des trous dans les arbres avec son bec méchant et bien aiguisé.»

«Évidemment!», grommela Emma.

«C'est la vérité». Le titre de l'histoire c'est : «La vieille femme qui voulait garder tous les gâteaux». Miss Emily Tanner m'a donné le livre et c'est une experte en tout.»

«Elle est experte en nourriture», répliqua Emma sur un ton moqueur. «Quand elle te prend dans ses bras, elle a vite fait de t'étouffer.»

«C'est pas vrai», dis-je avec indignation. «Elle me serre souvent dans ses bras et je respire toujours.»

«C'est dommage», dit Emma. «Parce que plus tu respires et plus tu mens.»

«Je ne suis pas menteuse!»

Emma Richards rejeta la tête en arrière. «Mrs. Stilton n'est pas un pic et tu le sais bien.»

«Tu vas voir», dis-je pour conclure. «Un jour, quand on aura un gâteau blanc pour déjeuner, je lui demanderai. Je dirai : «Mrs. Stilton, si un vieil homme affamé venait vous demander un morceau de gâteau, que feriez-vous?» Retiens bien cela, Emma Richards. Mrs. Eleanor Stilton répondra : «S'il veut du gâteau, il n'a qu'à s'en faire cuire.»

Le lendemain, après déjeuner, pendant que Mrs. Stilton nous faisait la lecture, je rêvais tout éveillée et imaginais qu'elle était un pic vivant dans le pin noir près de l'étang de la Petite Tortue. Son nez s'était transformé en bec pointu et dur. Elle creusait un trou dans le tronc du pin à la recherche d'un petit morceau de gâteau blanc; les plumes de sa queue étaient raides et bien lisses, la cupidité et la méchanceté se lisaient dans ses petits yeux sombres. Mamie Tillman était assise sur le sol, le dos appuyé contre le tronc de l'arbre. Son ventre était bien rond au-dessus de ses pantalons. De temps en temps, elle levait les bras et suppliait : «S'il vous plaît, monsieur le Pic, mon bébé et moi avons faim. Pourriez-vous nous donner un morceau de gâteau?»

Mais le pic insensible, roucoulait : «Si vous voulez du gâteau, «vous n'avez qu'à vous en faire cuire.»

J'étais perdue dans ma rêverie lorsque Mrs. Stilton posa son livre et rompit le charme.

«Maintenant, élèves», dit-elle d'une voix douce, «en l'honneur de l'Halloween j'ai une surprise pour vous.» Puis, avec une démarche guindée, elle se rendit à l'arrière de la classe, ouvrit la porte du cagibi où était rangé le matériel scolaire et y entra.

Tous les élèves attendaient avec impatience. Peavy Lawson pianotait sur le dessus de son pupitre. Emma Richards se balançait sur son siège. Lane Carlson pouffait de rire. Lucy Daniels enroulait une mèche de ses cheveux bruns autour d'un de ses doigts et murmurait quelque chose à Irwin Leach. Mrs. Eleanor Stilton ne nous avait jamais offert de gâteries.

«C'est probablement du poison», murmurai-je à Emma assise de l'autre côté de la rangée.

«Chut!»

«Des crapauds et des chats noirs».

«Fauteuse de troubles!» dit-elle d'un air méprisant.

«Des champignons vénéneux».

«Menteuse!»

«Le poison des morelles à grappes».

«Tais-toi!» avertit-elle.

«Le Petit Prêcheur. Les fruits rouges du Petit Prêcheur.»

«Boucle-la!» menaça-t-elle.

J'étais en train de dire : «De la ciguë», lorsque la porte du cagibi s'ouvrit en grinçant.

«Élèves!» dit Mrs. Stilton.

Tout le monde se tut.

«Les enfants, s'il vous plaît, fermez les yeux.»

Lorsque je l'entendis tourner le commutateur, j'ouvris les yeux. Une constellation de lumières tremblotantes flottaient à l'avant de la pièce. Inquiète, je refermai les yeux en essayant de deviner ce que c'était quand j'entendis un autre cliquetis.

«Ouvrez les yeux maintenant», dit Mrs. Stilton. Un immense gâteau rectangulaire recouvert d'un glaçage orange et de chandelles jaunes, toutes allumées, brillait sur le dessus de son bureau. De petites rangées bien droites de bonbons de maïs décoraient les côtés.

«Très bien, dit Mrs. Stilton. Il y a vingt chandelles pour vingt élèves. Chacun de vous doit en souffler une.»

Nous nous sommes tous levés.

«Trick or treat?*» demanda-t-elle tandis que nous avancions en file vers son bureau.

«Treat!», dirent les élèves tout en se pressant vers l'avant.

«Une tranche pour chacun de vous.» Elle déposa un morceau de gâteau dans l'assiette de Emma Richards.

«Une belle gâterie!» dirent-ils tous à la fois. «Merci!» Tout le monde applaudit très fort.

C'est une attrape, me dis-je en moi-même, un gâteau rempli de poison.

Mais plus tard, cet après-midi-là, aucun étudiant n'eut mal au ventre, pas même Peavy Lawson qui en avait mangé trois tranches. Personne ne fut envoyé à la maison et il n'y eut aucun décès. Le 31 octobre de cette année-là, Mrs. Stilton avait ensorcelé la classe. À la fin des cours, tandis que nous sortions pour prendre l'autobus, Emma Richards refusa de marcher à mes côtés. Dès l'instant où j'avais avalé cette tranche de gâteau de l'Halloween, mon sort avait été scellé : j'étais devenue, aux yeux d'Emma Richards, une menteuse. Dans l'autobus, je surpris sa conversation avec Lucy Daniels. «Icy se croit tellement intelligente. Plus intelligente que nous. Mais Mrs. Stilton voit clair dans son jeu. C'est pour ça qu'Icy la déteste.»

Tout au long du trajet, à aucun moment elle ne m'adressa la parole et elle réussit à convaincre tous les autres de ne pas me parler non plus.

Le lendemain, même Peavy Lawson m'ignora. Il ne voulait plus que je sois sa petite amie.

Lorsque je traversais le couloir, mes camarades de classe plaquaient leur dos le long des murs, disparaissaient pratiquement dans le plâtre, et comme la Mer Rouge, s'écartaient de chaque côté. Si j'imitais Mrs. Stilton, ils faisaient semblant de ne rien remarquer. De la même façon qu'on ferme un robinet qui fuit, ils se mirent à m'ignorer. J'avais perdu ma faculté de les étonner. J'avais perdu mon identité.

À la maison, dans l'obscurité de ma chambre, je serrais dans mes bras mon

NdT (Litt.) une plaisanterie ou une gâterie

oreiller. «Personne ne sera ton ami», avait dit un jour Joel McRoy; et maintenant je savais qu'il avait raison. Miss Emily avait raison aussi. Coupées du monde, différentes et isolées, nous étions semblables. Terrifiée, je me retirai encore plus, trop fière pour me confier à mes grands-parents, trop décontenancée par les réponses de Miss Emily pour lui parler.

Chapitre 11

Patanni était assis dans son immense berceuse sur la véranda et il s'apprêtait à prendre un morceau de tarte à la citrouille lorsque Matanni arriva, un bol de crème fouettée dans les mains. «Virgil, je t'avais dit d'attendre», dit-elle sur un ton de reproche. «J'ai préparé une garniture pour la tarte.» Sans lui laisser le temps de répondre, elle déposa deux énormes cuillérées de crème fouettée dans son assiette.

«C'est le moment de l'Action de grâces que je préfère», dit Patanni en avalant une bouchée qui, telle de la crème à raser, laissa une trace tout autour de sa bouche. Il l'essuya avec sa langue et sourit.

Assise sur la première marche, je tendis mon assiette à ma grand-mère. «J'en veux une bonne cuillerée moi aussi».

«Et toi, Tillie? T'en as pas?» demanda Patanni. «Tu cuisines toute la journée mais quand vient le temps de manger, t'as plus faim.»

«Oh, t'inquiète pas pour moi», dit-elle. «J'y ai goûté.» Matanni s'assit, posa le bol sur le plancher à côté de sa berceuse et soupira. «Quelle belle journée fraîche de novembre! Ça fait du bien.»

«Surtout après avoir passé la journée à cuisiner dans une pièce aussi chaude», renchérit Patani en finissant son dessert d'une traite; puis il laissa s'échapper un gros rot.

Matanni frappa sur les bras de son fauteuil. «Virgil!», dit-elle sur un ton menaçant. «Arrête ça!»

«Ça montre que j'apprécie», dit-il.

«Et bien, apprécie un peu moins!» dit-elle sèchement.

«Gendarme, gendarme, gendarme! Quand tu agis comme ça...», dit Patanni, en se penchant et en déposant son assiette sur le plancher de la véranda, «tu me rappelles ta cousine.»

«Quelle cousine?» demandai-je en prenant une autre bouchée.

«Cousine Noisette», répondit Patanni.

«Elle est morte avant ta naissance; elle n'était plus très jeune quand elle est partie.» Ma grand-mère fit claquer sa langue sur ses dents. «C'est curieux qu'on ait si peu souvent parlé d'elle, hein?»

«Noisette était une personne étrange», dit Patanni.

«Ça s'explique. Avec l'oncle Buddy qui se déplaçait si souvent. Avec Mary qui était comme elle était...» Matanni se berça dans sa chaise. Puis, en pressant la plante de ses petits pieds sur le sol, elle immobilisa la berceuse. «Elle est partie avant nous, alors ne disons pas de mal d'elle maintenant.»

«Pourquoi elle était étrange?» demandai-je en stabilisant mon assiette toute propre sur mes genoux.

Patanni forma un bol avec ses mains. «Elle recueillait les animaux de la même façon qu'un écureuil amasse des noix» dit-il en balançant les mains d'un côté puis de l'autre.

«C'est pour ça qu'on l'appelait petite Noisette ajouta Matanni. «À chaque fois qu'elle trouvait un animal blessé, elle le ramenait à la maison. Elle avait des chiens et des chats, comme il se doit, mais aussi des lapins, des écureuils et des oiseaux.»

«Elle nourrissait les bébés oiseaux avec une bouillie de vers de terre» dit Patanni. «Et un raton laveur aussi!»

«Buddy et Mary ont bien cru devenir fous», dit Matanni en secouant la tête. Elle prenait soin de toutes sortes de bestioles. Et elle donnait des ordres à tout le monde. Mais la goutte qui fit déborder le vase, ce fut le singe.»

«Un singe?» dis-je en déposant mon assiette sur la marche.

«Un étrange bébé», dit Patanni en se levant nerveusement. Il ramassa son assiette vide.

«Veux-tu encore de la tarte, Virgil?» demanda Matanni.

«Non, je pourrais pas avaler un morceau de plus», répondit-il en continuant de tripoter son assiette.

«Un petit animal très bizarre, continua grand-mère. Noisette avait vu ce jeune singe-araignée à la grande foire de Louisville. En posant les yeux sur lui, elle avait voulu l'avoir. Elle disait qu'il était malade et qu'il perdait ses cheveux. Et, à dire vrai, il paraissait plutôt mal en point.»

«Elle l'a acheté. Avec les quelques dollars qu'elle avait économisés pour aller à la foire. Ses parents s'opposèrent en vain. Peu importe ce qu'ils disaient, elle faisait à sa tête. Elle acheta un singe chétif et malade dont personne ne voulait.»

«Elle l'installa dans le panier qui avait servi à transporter son déjeuner. Durant tout le voyage de retour en train, la pauvre bête se tint tranquille — elle était vraiment malade. «Tu fais mieux de garder ce sale animal dans le panier», la menaça sa maman, mais lorsqu'ils descendirent du train à Maysville, elle sortit le singe et l'exhiba comme un beau trophée. Pauvre Mary!» Matanni rejeta la tête en arrière et rit très fort. Elle leva les pieds et la chaise pencha brusquement vers l'avant. «Elle était complètement horrifiée! C'est ce qu'oncle Buddy a raconté.»

«Et en moins de deux, il y avait un singe dans la maison — il n'était pas dans un enclos dans la cour — dit Patanni. Et Noisette disait à tout le monde ce qu'il fallait faire et ne pas faire.»

«Remarque, Icy», dit Matanni en pointant un doigt dans ma direction «on parle pas ici d'une enfant gâtée. C'était une jeune femme d'une quinzaine d'années, pratiquement une adulte, qui aurait dû s'intéresser aux jolis garçons et aux parties de basket.»

«Il y a autre chose dans la vie que les garçons et les sports, dis-je. Ce n'est pas si étrange.»

«C'était étrange de voir une jeune fille de quinze ans bercer dans ses bras un singe pelé comme si c'était un jeune enfant», soutint Matanni. «C'est curieux comme elle aimait une chose si laide.»

«Et il continuait à perdre ses cheveux. Il se grattait sans arrêt et ses cheveux tombaient à pleines poignées. Il a fini par ressembler à un opossum rose nouvellement né», dit Patanni.

«Il était tout ratatiné». Le regard de Matanni se perdit au loin. «C'était vraiment triste.»

«Est-ce que le singe s'est rétabli?» demandai-je.

«Un peu de whiskey de maïs l'a aidé au début. «Oncle Buddy...» Patanni hésita une seconde, puis se tournant, il regarda ma grand-mère droit dans les yeux... «était connu pour garder un pot Mason ou deux dans la grange et cousine Noisette a eu l'idée bizarre de faire boire le singe.»

«Le whiskey m'a aidé à me rétablir quand j'étais malade», dis-je. Vous n'aimeriez pas que les gens disent que vous êtes bizarres simplement parce que vous m'avez donné du whiskey.»

Matanni ignora ma réplique. «Cousine Noisette donnait au singe l'alcool de contrebande avec un compte-gouttes. Il étais si saoul qu'il pouvait plus se gratter.»

«Quand elle a vu que la santé du singe s'améliorait, cousine Noisette a pas perdu de temps. Elle a demandé à tous les membres de la famille de se relayer pour le faire boire au compte-gouttes, dit Patanni. Et le singe était toujours saoul comme une botte.»

«Mais ça l'a guéri, non?» dit Matanni.

«Il a cessé de perdre ses cheveux, dit mon grand-père; mais Buddy m'a raconté que, plus tard, il est mort d'une maladie de foie.»

Sur ce, mes grands-parents se mirent à rire bruyamment. Ils riaient tellement fort que Patanni en échappa son assiette qui tomba sur le plancher avec un bruit sourd. «Vous vous moquez de moi, n'est-ce pas?» demandai-je.

Matanni se leva, ramassa l'assiette et l'inspecta afin de voir si elle était fêlée. «Tout ce qu'on t'a raconté est vrai, Icy; mais on devrait pas rire de cousine Noisette car, en vérité, elle a eu une vie pitoyable et solitaire. Sans mari, sans enfants et sans amis.»

«Elle était très particulière», dit Patanni.

«Jusqu'au jour de sa mort, la maison a toujours été remplie d'animaux», dit

Matanni.

«En ce qui me concerne», affirmai-je sur un ton véhément, «je crois que les animaux sont plus gentils que bien des gens. Beaucoup plus gentils que les faux amis que je suis obligée de fréquenter.»

«Si tu veux pas être seule, me réprimanda Patanni, tu ferais mieux d'avoir une meilleure opinion de tes camarades de classe.»

Je saisis mon assiette et me levai en colère. «À partir d'aujourd'hui, j'ai bien l'intention de rester seule.»

«On verra si tu te sens seule dans l'autobus bondé lundi matin», conclut ma grand-mère.

Chapitre 12

La première fois que j'ai coassé à l'école, personne, sauf Lane Carlson, ne m'a entendue. C'est arrivé durant la récréation. Les filles sautaient à la corde. Les garçons lançaient des cerceaux. Miss Palmer, mon ancien professeur de troisième année, était assise sur une chaise à côté des immenses portes doubles et elle nous surveillait. J'avais pris place sur la balançoire suspendue à un érable ; j'étendais brusquement les jambes, je les repliais et je fendais l'air en me balançant. Emportée par le mouvement, j'observais le feuillage d'automne — les tons de rouge plus ou moins foncé et de jaune — je humais l'odeur forte et si agréable du feu de bois et je chantais «Greensleeves.» Entendre le son de ma voix m'apaisait.

Lane Carlson était assis de l'autre côté de l'arbre et, avec un bâton, il dessinait dans la poussière brune. Deux fois, je jetai un coup d'œil afin de voir ce qu'il dessinait. De stupides gribouillis. De toutes façons, Lane Carlson avait toujours été idiot. Un efféminé, une vraie caricature ; il s'était fait une idée de la féminité mais il avait tout compris de travers ; et maintenant il était trop tard. Son père, un armurier, était le meilleur tireur de tout Crockett County. Autant son frère cadet était dur et méchant autant Lane pouvait être efféminé. «Mabel l'a trop dorloté», disaient les gens. «Elle voulait que son premier enfant soit une fille.» Les autres mères ne voulaient pas que leurs garçons jouent avec lui. Même les filles trouvaient qu'il parlait sur un ton aigu et hystérique. Il était marginal bien avant que je ne le devienne moi-même. Un an avant que ne commencent mes propres problèmes, un après-midi où nous prenions le thé, Miss Emily m'avait donné ce conseil. «Essaie de voir la vie du point de vue de Lane. Il essaie de s'adapter mais il ne sait tout simplement pas comment faire.» À l'époque, je n'avais rien répondu. Mais aujourd'hui, en me balançant bien haut, au-dessus de sa tête, et en apercevant ses absurdes gribouillis sur le sol, j'avais honte.

Puis, comme toujours, la cloche sonna. Lane Carlson se leva brusquement, forma de ses mains un cornet qu'il plaça autour de sa bouche et me cria quelque chose. J'étirai les jambes et posai brusquement mes chaussures dans la poussière pour m'arrêter. Lane s'avança vers moi en levant un index.

Cela me mit mal à l'aise. «C'est le temps de rentrer, dis-je. Qu'est-ce que tu veux?»

Il secoua son doigt devant moi en criant d'une voix aiguë : «Regarde!»

«Quoi?» dis-je en m'approchant.

«Fais-la partir».

«Faire partir quoi?» dis-je, irritée.

«Ceci», répondit-il en posant son doigt sur mon visage. «La verrue». Il éclata de rire. «Les grenouilles font apparaître les verrues», dit-il avec un rire hystérique et en pointant son doigt vers moi.

«Fous le camp!», hurlai-je en repoussant sa main.

«T'es une grenouille. Si tu peux faire apparaître les verrues, tu peux les faire disparaître.» Il poussa son doigt vers ma bouche. «Alors, mords-la pour la faire partir!» Et il avança la verrue vers moi. Je reculai brusquement. «Mange-la comme tu ferais d'une mouche!» Je tournai la tête. «T'es une grenouille! Tu peux le faire» hurla-t-il d'une voix aiguë. Et avec un air triomphant, il pressa son doigt contre mes lèvres serrées.

Je le mordis avec férocité. Le sang gicla.

Éberlué, il retira vivement sa main et regarda son doigt ensanglanté. «Tu m'as mordu, tu m'as mordu», dit-il en gémissant.

«Je suis désolée, mais tu m'as mise en colère.» En secouant la tête, j'essuyai le sang sur la manche de mon chemisier.

Il éleva dans l'air son doigt blessé. Un moment plus tard, un sourire illumina son visage. «Tu as réussi! Tu as fait disparaître la verrue!»

Les yeux écarquillés, je le regardais fixement.

«Je suis une tapette. T'es une sorcière grenouille.» Il vint vers moi les bras grands ouverts. «Comprends-tu?». Sa voix se faisait pressante. «Personne ne nous aime. Mais on peut être amis. Il jeta ses bras osseux autour de moi. «Qu'est-ce que t'en dis?» Et il me serra avec force.

«CRO-OOO-AACK!» criai-je à pleins poumons.

Très surpris, il tressaillit et recula vivement.

«CRO-OOO-AACK!» répétai-je. Les yeux écarquillés et la tête rejetée vers l'arrière, je coassai très fort jusqu'à ce que sonne la deuxième cloche.

La tête basse, je pris ma place dans le rang. Lane Carlson me suivait en riant; il tira sur le pan de mon chemisier dont le devant et les manches étaient tachés de sang. Lane avait les mains couvertes de sang. On avait l'air d'enfants qui se sont battus, mais personne n'allait le croire. À nouveau, il tira le pan de ma chemise.

«Quoi?», sifflai-je, la bouche en coin. «Qu'est-ce que tu veux?»

«Être ton ami», murmura-t-il.

Je me retournai et, prenant conscience de son pathétique désir — et aussi pour le faire taire — je me laissai fléchir. «OK», dis-je.

Le rouge lui monta aux joues. Il eut un petit rire idiot puis il rit aux éclats d'une voix aiguë.

Je le regardai d'un air résolu et pressai un doigt sur mes lèvres. Sa gorge se serra. Plus un seul ricanement d'hyène sauvage ne s'échappa de sa bouche.

Ainsi Lane Carlson allait devenir mon ami, le seul ami de ma quatrième année, pensai-je avec mélancolie.

Comme nous allions entrer dans la classe, Mrs. Stilton, qui se tenait près de la porte, nous arrêta. «Qu'est-il arrivé?». Elle agrippa nos chemises et nous sortit de la file.

«Nous...» avons-nous commencé en même temps.

Puis Lane, sur un ton très courtois, enchaîna : «Icy se balançait trop haut et elle est tombée. Je l'ai attrapée.» Fièrement, il montra son doigt.

«Es-tu blessé?». Elle indiqua sa main ensanglantée.

«Tout va bien, dit-il. Je me suis coupé le doigt, c'est tout.» Il agita son doigt dans l'air. «C'est Icy qui l'a arrêté de saigner.»

«Vraiment?» dit Mrs. Stilton.

«Elle l'a entouré du pan de sa chemise», expliqua-t-il.

«Oui m'dame», dis-je, en levant mon chemisier.

Mrs. Stilton fit claquer sa langue, marmonna quelque chose et dit : «Allez tous les deux à la salle de bain et lavez-vous. Je vous donne cinq minutes.»

Après avoir parcouru tout le couloir, je tournai le coin et me dirigeai vers la salle de bain des Filles lorsque je me rendis compte que Lane me suivait. «T'es un garçon! Va dans l'autre salle.»

«Oh oui», dit-il en s'esclaffant et en se retournant.

«Au fait», dis-je, en tirant sur sa chemise, «merci!» J'ouvris la lourde porte de la salle de bain et entrai, un grand sourire aux lèvres.

Quelques jours plus tard, durant la leçon de géographie, nous parlions du Costa Rica quand Mrs Stilton me jeta un regard mauvais; aussitôt mon niveau d'anxiété commença à grimper. Craignant qu'elle ne détecte mon malaise, je demeurai parfaitement immobile et tâchai de passer inaperçue. Tandis que Sherman Murphy lisait un paragraphe extrait du cahier de textes, j'essayais de me fondre dans le groupe des étudiants. Quand il eut fini de lire, Mrs. Stilton demanda : «Quelle est la capitale du Costa Rica?»

Emma Richards leva la main. «San José», dit-elle d'une petite voix d'élève modèle. «Et la capitale du Guatemala est la ville de Guatemala», ajouta-t-elle, radieuse. Nous avions étudié le Guatemala la semaine précédente.

«Très bien», dit Mrs. Stilton. «Élèves, quelle langue parle-t-on au Costa Rica?»

Emma Richards leva à nouveau la main.

Je regardai son visage complaisant et éprouvai aussitôt de l'antipathie. Je levai la main.

«Oui, Emma.» Mrs. Stilton faisait un signe de tête en lui souriant.

«Les gens parlent espagnol au Costa Rica», dit Emma.

Mrs. Stilton la félicita. «Excellent!»

Le visage rouge, je levai à nouveau la main.

«Oui?» dit Mrs. Stilton.

«*Hablan español en Costa Rica*», dis-je en me souvenant de ce que Miss Emily m'avait enseigné.

Mrs. Stilton me regarda du coin de l'œil, pencha la tête et annonça : «Écoutez bien, élèves!»

J'esquissai un sourire.

«Icy Sparks veut nous épater», dit-elle sur un ton méprisant.

Le rouge me monta aux joues; je me mordis la lèvre avec férocité et joignis les mains.

«Icy était trop jeune quand elle a appris l'espagnol», railla Mrs. Stilton. «La confusion s'est installée dans son esprit et c'est pour ça qu'elle parle un si mauvais langage.»

Je retins mon souffle. Une chaude vague de colère me parcourut. «Je viens peut-être des collines», dis-je bravement en reprenant mon souffle. «Mais je ne parle pas comme les gens des collines. Notre façon de parler nous marque pour la vie. Si vous ne parlez pas un bon langage, les gens se serviront de ça contre vous et vous n'aurez pas la possibilité d'améliorer votre situation.»

«Et bien, où donc as-tu entendu ça?» dit Mrs. Stilton. Ce ne sont pas tes mots, Icy Sparks. Qui t'a enseigné ça?»

«Personne, dis-je. Je peux utiliser mes propres mots. J'ai pas besoin de personne, je veux dire : je n'ai besoin de personne pour me les enseigner.»

«Tu mens, Icy Sparks, dit Mrs. Stilton. Tu te souviens de ce que j'ai dit à propos du mensonge?»

«Je ne mens pas», dis-je, en levant le menton. J'avais les joues rouges de colère.

«Oh oui, tu mens, petite fille», grogna Mrs. Stilton. Tu es connue pour tes mensonges.»

«C'est pas vrai!» dis-je avec véhémence.

«Ne m'as-tu pas traitée de «pic bois»? dit-elle. «N'as-tu pas dit à cette pauvre Emma que j'étais si méchante et si avare que Dieu m'avait punie et m'avait changée en pic bois?»

«C'est vrai!» dis-je avec un air de défi. «Je vous ai vue dans les bois derrière chez moi. J'ai vu votre nez pointu se changer en bec. J'ai vu vos yeux en fentes devenir des yeux de pic bois. Vous vous êtes frayé un chemin en creusant dans nos bouleaux.»

«Est-ce que je ressemble vraiment à ça?» dit-elle en tenant sa jupe bleu foncée et en tournant lentement sur elle-même. «Élèves, est-ce que je ressemble à un pic bois?»

«Non», répondit toute la classe.

«Emma, est-ce que je ressemble à un pic bois?»

Emma me désigna du doigt avec un petit air narquois.

«Peavy, est-ce que je ressemble à un pic bois?»

Peavy secoua la tête.

«Sherman, à qui est-ce que je ressemble?» demanda Mrs. Stilton.

«À notre professeur», dit-il. «À Mrs. Stilton.»

«Lucy?» dit Mrs. Stilton.

«Vous ressemblez à notre professeur», dit-elle.

Mrs. Stilton continua. «À qui je ressemble, Ronnie?»

«À un chic professeur dans une jolie robe bleue», répondit Ronnie Halcomb.

«Lane?», demanda-t-elle, en plaçant une main au-dessus de ses yeux et en regardant à l'arrière de la classe. «Lane Carlson, à qui est-ce que je ressemble?»

Il ne répondait pas.

«Le chat t'a mangé la langue?»

Nerveusement, Lane frappait ses pieds sur le plancher.

«Réponds, Lane Carlson! À qui est-ce que je ressemble?» lança-t-elle sur un ton acerbe et furieux.

Brusquement, Lane cessa de marteler le sol, se pencha vers l'avant puis il se leva d'un bond à côté de son pupitre. «Vous ressemblez à un pic bois», répondit-il avec vigueur. «Un pic à tête rouge.»

«Vous voyez!» dis-je en me levant à mon tour. «Je ne suis pas menteuse.»

Mrs. Stilton jeta son cahier de textes sur son bureau et dit entre les dents, sur un ton menaçant : «Asseyez-vous tous les deux! Je sais reconnaître les fauteurs de trouble quand j'en rencontre.» Elle ouvrit brutalement le tiroir de son bureau et en retira la raquette de ping-pong. «Espèce d'inadaptés», dit-elle en faisant le tour de son bureau et en s'avançant dans l'allée d'un pas lourd. «Vous êtes anormaux», dit-elle. «Une tapette et une grenouille», dit-elle en venant vers moi. «Une tapette et une grenouille», répéta-t-elle en frappant le dessus de mon pupitre avec la raquette de ping-pong. «Une grenouille menteuse aux yeux exorbités», glissa-t-elle. «Grenouille», dit-elle en me frappant le bras de sa raquette. «Grenouille», répéta-t-elle en me frappant à nouveau.

J'oscillai vers la gauche et sentis mes jambes se dérober sous moi, j'étais sur le point de m'écrouler par terre lorsque — comme une tornade surgissant de nulle part — une impulsion parcourut tout mon corps. Perplexe, j'agrippai mon siège, retrouvai mon équilibre, fis saillir mes yeux, rejetai la tête vers l'arrière en vociférant : «CRO-OOO-AACK!» Puis, mes orteils se mirent à sautiller, mon pupitre vint frapper contre le plancher, et je coassai : «CRO-OOO-AACK! CRO-OOO-AACK!»

Lane Carlson riait et poussait des cris hystériques.

«CRO-OOO-AACK! Merde! Va te faire foutre! hurlai-je en frappant des pieds. «Espèce de méchante vieille pute!Va te faire foutre!» criai-je avec violence en trépignant à côté de mon pupitre.

Mrs. Stilton regardait en tous sens. «Vous êtes fous tous les deux!» cria-t-elle à tue-tête. «Fous!» hurla-t-elle, puis elle laissa tomber la raquette et quitta précipitamment la pièce.

Quand elle revint avec Mr. Wooten, le principal, Lane Carlson poussait toujours des cris stridents et je continuais à jurer.

«Va te faire foutre! hurlais-je. Va te faire foutre!»

«Quelle vulgarité!», dit Mrs. Stilton en pointant dans ma direction et en jetant des regards à la ronde tandis que les élèves demeuraient immobiles et silencieux.

Mr. Wooten secoua la tête, et s'avança rapidement, mais calmement; il posa les mains sur mes épaules et dit d'une voix ferme : «Icy, tais-toi maintenant! Reprends-toi.»

«Va te faire foutre. Va te faire foutre», dis-je.

Mr. Wooten mit un doigt sur ses lèvres, se tourna vers Lane et lui fit signe de se taire.

Immédiatement, Lane cessa de crier.

«Maintenant va t'asseoir», dit-il tranquillement.

Lane obéit.

De la main gauche, Mr. Wooten m'entraîna vers la sortie. «Je m'occupe de tout», dit-il. Il me prit doucement les mains, les frotta de ses grands doigts carrés et m'amena dans le couloir.

«Méchante vieille pute!» dis-je en gémissant d'une voix de plus en plus faible. «Merde! Va te faire foutre!», dis-je doucement en fermant les yeux; j'entendis la porte se refermer brusquement. «Merde! grognai-je. «Va te faire... va te faire foutre» bafouillai-je comme un moteur qui tombe en panne. «Va... te faire... va... te faire... Va... te faire», balbutiai-je. Va... recommençai-je. Va te... va te...» bégayai-je jusqu'à ce que, complètement épuisée, j'arrête et reste silencieuse.

«Bonne fille», dit Mr. Wooten avec un signe de la tête. «T'es une bonne fille.» Il me souleva et me prit dans ses bras en disant : «Icy, tu as besoin de repos. Je vais te ramener chez toi.»

En moins de deux, je me retrouvai étendue sur le siège arrière de la Buick de Mr. Wooten, la tête posée sur un oreiller et les jambes recouvertes d'une couverture de coton. Sa voiture était neuve et sentait le cèdre fraîchement coupé.

«Je dois discuter avec tes grands-parents, expliqua-t-il. Leur as-tu déjà parlé de ces crises?

«Non monsieur. Je l'ai dit à Miss Emily Tanner. Mais elle m'a dit de ne pas m'inquiéter, qu'elles finiraient probablement par disparaître.»

Il me jeta un coup d'œil par le rétroviseur. «Tu dois le dire à tes grands-parents.»

«J'ai peur, marmonnai-je. Je ne veux pas les décevoir.»

«Mais il le faut», dit-il avec fermeté.

«Je sais», répondis-je d'une voix lasse.

«Repose-toi» maintenant».

«Oui m'sieu», marmonnai-je en fermant bien fort les yeux; je ne vis plus que des taches de lumière blanches passer devant mes paupières. «Je suis fatiguée» dis-je, en me sentant faiblir. Je voulais m'endormir et ne plus jamais écarquiller les yeux, répéter des mots ou jurer. Je voulais rêver à un lieu où les roses des prés s'épanouissent et où tout n'est que bonté; mais au moment où j'allais m'endormir, la Buick s'arrêta brusquement. J'ouvris les yeux et vis par la fenêtre les couleurs de l'automne : les rouges, les jaunes et les oranges, je vis les planches de bois blanches de notre maison de ferme, son toit de métal rouge ; puis j'entendis le couinement de la porte et la voix de ma grand-mère.

« Qu'est-ce qui vous amène dans notre coin aujourd'hui ? » dit-elle tandis qu'il ouvrait la portière de la voiture.

« J'ai une petite fille malade ici », expliqua Mr. Wooten, « sur le siège arrière. »

« Ça par exemple ! » s'exclama ma grand-mère ; elle descendit prestement les marches et traversa la cour de terre battue. Lorsque la portière arrière s'ouvrit, j'aperçus son visage inquiet. « Si ça vous dérange pas, emmenez-la à l'intérieur » dit-elle. Mr. Wooten se pencha, glissa ses bras sous moi et me souleva. « Je vais aller chercher Virgil. »

« Nom de Dieu ! dit-il à voix basse. S'étant relevé trop rapidement, il s'était frappé la tête contre le châssis.

Mais Matanni ne s'en était pas aperçu. « Mettez-la sur le canapé ». Elle s'éloignait déjà. « Je vais à la grange chercher Virgil. »

Ma tête reposait sur les genoux de Matanni pendant que Patanni me massait les pieds. Mr. Wooten s'assit dans le fauteuil rembourré de Patanni — recouvert d'un plaid écossais rouge et brun avec des morceaux de tissus sur les bras. Trop épuisée pour donner ma version de l'histoire, j'écoutai Mr. Wooten. « Je ne l'ai jamais entendue parler de cette façon avant », dit-il.

Ma grand-mère secoua la tête. « Dieu du ciel non ! »

« Elle m'accompagne parfois en ville », dit mon grand-père, « et elle passe du temps à la boulangerie de Margaret, mais c'est pas là qu'elle entendrait quoi que ce soit de mauvais. Je l'ai surprise un jour au garage de Harry. Je ne sais pas de quoi parlaient Chiggar et Frank. Un autre jour elle était à la boutique du barbier. Il y avait là un groupe de vieux qui se faisaient raser et couper les cheveux et qui juraient comme des charretiers. »

« Elle employait un langage très vulgaire, dit Mr. Wooten. Pas des paroles d'enfant de chœur. »

« Oh bon sang », dit ma grand-mère en me caressant le front. « Je ne comprends pas. Icy n'a jamais parlé comme ça. »

« On a jamais eu ce problème », dit mon grand-père.

Matani plaça sa main sous mon cou et me souleva la tête ; puis, se penchant vers moi, elle me regarda droit dans les yeux et demanda : « Pourquoi, chérie ? »

Je battis des paupières. Ma voix se brisa. « Je ne sais pas », dis-je faiblement. « Les gros mots ont le dessus sur moi. Même quand j'essaie, je ne peux pas m'arrêter. »

Mr. Wooten se leva. « Icy a besoin de repos », dit-il en plaçant un bras autour des épaules de ma grand-mère. « Il est préférable qu'elle reste à la maison demain et qu'elle réfléchisse à ce qu'elle a fait. Quand elle reviendra à l'école, je sais qu'elle sera à nouveau elle-même. »

À ce moment, ma figure se plissa et je me mis à pleurer. Les larmes roulèrent en cascade sur mes joues.

Après le départ du principal, je me réfugiai dans ma chambre sous les combes et là, en sécurité, je pris une feuille dans un calepin et écrivis une lettre à Miss Emily.

Chère Miss Emily,
Comment allez-vous? Je sais que vous êtes très occupée en ce moment au magasin, mais je m'ennuie de vous. Depuis la dernière fois que je vous ai vue, il n'est arrivé que des mauvaises choses. Vous vous souvenez quand je vous ai parlé des impulsions? Et bien, je les ai toutes suivies devant mes camarades de classe. Même certaines d'entre elles que je ne connaissais pas avant. Maintenant, tout le monde me déteste, surtout Mrs. Stilton.
Miss Emily, j'ai vraiment envie de vous voir. Je me sens si seule. S'il vous plaît, venez me voir bientôt.

Avec affection,
Votre amie, Icy
XOXOXOXOXOXOXOXO

Je pliai la lettre en trois, comme me l'avait montré Miss Emily et cachetai l'enveloppe. Puis, j'inscrivis l'adresse et posai la lettre sur ma table de chevet. Demain, je demanderais à Patanni de l'apporter avec lui. Il devait aller à Ginseng et pouvait la déposer chez Miss Emily. J'enlevai mon édredon et m'installai confortablement dans mon lit. J'avais désespérément besoin de parler à quelqu'un. Sans Miss Emily, je n'étais plus personne. Je fermai les yeux et sentis l'obscurité et la solitude, m'envelopper. Je dormis de façon intermittente.

Je suis là, suspendue entre ciel et terre. Comme une marionnette, mes bras et mes jambes se balancent mollement. L'épuisement tire mes sourcils et les coins de ma bouche vers le bas. L'obscurité flotte autour de mon corps mais évite ma peau. On dirait que rien ne veut me toucher. «Même dans le ventre de ta maman, tu ne pouvais pas rester en place, dit ma grand-mère.» Aussitôt mon bras gauche fait un moulinet. Ma jambe droite donne un coup dans le vide. «Louisa a toujours su que tu étais différente. Elle disait que tu étais trop impatiente de naître.»

Soudain, mes bras et mes jambes commencent à s'agiter frénétiquement. Remplis d'énergie, mes lèvres et mes sourcils se relèvent. Je me mets à tourner et à tourner jusqu'à ce que l'obscurité commence à tournoyer en même temps que moi; elle perd sa forme ronde, elle suinte, un liquide se répand et me pousse vers l'avant.

Dans la douce lumière matinale, je suis née. Je danse dans les airs, mes mouvements sont délicats et gracieux. Un moineau me picote la joue pour me souhaiter la bienvenue. Un papillon me caresse les lèvres de ses ailes. Des moucherons, des hannetons et des libellules piquent du nez pour goûter la douceur de ma peau. Je suis enveloppée dans des ailes. On dirait que toutes les créatures veulent s'approcher de moi.

Le lendemain matin, je m'éveillai, m'étirai et baillai — encore plongée dans cette zone nébuleuse, entre le sommeil et l'éveil. L'espace d'un instant, je crus que mon rêve était vrai, que j'étais née à nouveau, aussi gracieuse qu'une gazelle. Mais l'instant s'envola et je redevins Icy Sparks, prisonnière de la réalité, une réalité qui durerait éternellement. En toute hâte, j'enfilai un jeans et un chemisier à rayures rouges, descendis en courant les marches et arrêtai mon grand-père à la porte. «Patanni», dis-je, en tirant sur sa manche «s'il te plaît, apporte ceci. C'est pour Miss Emily.»

Il acquiesça d'un signe de tête en marmottant, glissa la lettre dans la poche de sa chemise et ferma la porte derrière lui. Je me croisai les doigts, fermai les yeux et imaginai un gros crochet s'enfoncer dans la ligne droite et infinie du temps et la tirer d'un coup sec. Une première secousse modifierait le présent et une deuxième ferait naître des jours meilleurs.

Durant tout le week-end, je tournai en rond, j'attendais la visite de Miss Emily. Comme elle ne venait pas, je commençai à lui trouver des excuses. Bien sûr, elle était occupée à recueillir des fonds pour le service des pompiers volontaires; elle devait aussi choisir des livres à acheter pour la bibliothèque. Et même si elle ne sortait pas avec un petit ami et n'était pas invitée à des activités mondaines comme les baptêmes et les mariages, elle faisait toujours partie d'un comité ou l'autre, faisant marcher la baraque, assistant aux événements officiels. Et à l'automne, il y avait toujours beaucoup de travail au Tanner's Feed Supply. Les fermiers faisaient des provisions pour l'hiver. Johnny Cake devait travailler sur la ferme familiale; Miss Emily se retrouvait seule à s'occuper du magasin. De plus, avant les premières gelées, lorsque l'herbe à poux fleurissait, elle était toujours malade. Ses yeux rougissaient, son nez coulait constamment et elle avait des maux de tête. Souvent elle était trop fatiguée pour faire quoi que ce soit après le travail. Et malgré tout, en ce dimanche matin, je m'accrochais à l'espoir qu'elle viendrait peut-être me rendre visite.

À l'heure du dîner, elle n'était pas encore venue et je me sentis plus seule que jamais. «Patanni, as-tu apporté ma lettre à Miss Emily?» Je portai à ma bouche une cuillerée de pudding de maïs.

Sans lever les yeux, il fit un signe de tête affirmatif.

Durant le reste du repas, à plusieurs reprises je le surpris à m'observer. Alors je détournais les yeux; le mécontentement, me semblait-il, se lisait sur sa figure. Je ne voulais pas voir sa déception. J'avais déçu tout le monde, semblait-il, même Miss Emily, et il était juste que j'en paie le prix à présent.

Chapitre 13

────────── ❋ ──────────

«Ce sera ta nouvelle classe», dit Mr. Wooten en me conduisant à une petite pièce où l'on entreposait les fournitures scolaires — un cagibi adjacent à l'infirmerie de Mrs. Coy. Il déverrouilla la porte, la tint ouverte avec son pied et tourna le commutateur. La lumière jaillit. Sur trois côtés de la pièce, appuyées contre les murs, il y avait des étagères encombrées d'objets — des craies, des effaces, des trombones, du papier à bricolage de toutes les couleurs, des agrafeuses, du ruban adhésif, de petites boîtes de café remplies de paires de ciseaux, des chemises, des boîtes de crayon, des stencils, des bouteilles transparentes pleines de colle, des règles, des puzzles, des livres, des pansements, de la gaze et un flacon de désinfectant. Mr. Wooten indiqua un pupitre. «Tu vois, on a apporté ton pupitre et libéré une tablette pour que tu puisses installer tes livres. Mrs. Patterson, l'enseignante de cinquième année, sera ton professeur. Elle passera l'heure du déjeuner avec toi.»

«Je sera toute seule ici?» demandai-je.

Mr. Wooten rit en exerçant une légère pression sur mon épaule. «Mrs. Coy, l'infirmière est juste à côté.» Il donna un petit coup sur le mur. «Je ne suis qu'à quelques pieds.»

Je hochai la tête.

«Tu dois passer un peu de temps seule pour réfléchir. C'est seulement pour quelques semaines, juste pour voir comment tu te comportes, Icy. Puis tu retourneras dans la classe de Mrs. Stilton.»

Je haussai les épaules.

«Vraiment, Icy, ce n'est pas si mal. Regarde les livres qu'on t'a procurés.» Il s'avança vers une étagère et me fit signe de le suivre.

Mes manuels scolaires et une douzaine d'autres livres étaient alignés sur la tablette. A la maison, sur les quatre tablettes affaissées de ma petite bibliothèque bleue, il y avait quinze livres. À Noël, le jour de la Saint-Valentin, à mon anniver-saire, Miss Emily m'apportait un livre. Je ne les avais pas tous lus car certains d'entre eux, comme le disait Miss Emily, étaient trop vieux pour moi, mais elle insistait toujours pour dire qu'éventuellement, je serais capable de les lire. À présent, je pouvais choisir parmi douze nouveaux livres, douze livres que je fini-rais par lire éventuellement. Mr. Wooten toucha à chaque livre et lut le titre. «Little Women, Little Men, et Spinning-Wheel Stories de Louisa May Alcott». «The Wonderful Wizard of Oz de Lyman Frank Baum, Cabbages and Kings de O. Henry, The Call of the Wild et White Fang de Jack London.» Il s'arrêta pour reprendre son souffle. «Ann of Green Gables, Emily of New Moon et Jack of Lantern Hill, tous de Lucy Maude Montgomery. The Raven and Other Poems de Edgar Allan Poe. Et pour terminer, Tarzan of the Apes de Edgar Rice Burroughs. Et bien, Icy, qu'est-ce que tu dis de ça?» Il se tourna vers moi et posa ses mains carrées sur mes épaules.

«Ils ont l'air difficiles à lire», dis-je.

«Mrs. Patterson te lira ceux qui sont difficiles. Mais tu pourras lire toi-même certains d'entre eux.»

«Ça va prendre un an pour tous les lire».

«Tu n'es pas obligée de tous les lire». Mr. Wooten riait encore. «Lis ce que tu peux, d'accord?» Il me tapota l'épaule. «Tu vois ce petit tableau noir dans le coin?»

Je le regardai et souris.

«Tu peux écrire dessus quand tu veux.»

«N'importe quoi?»

«Tout ce que tu veux. Tes pensées, tes idées, tes rêves, n'importe quoi.»

Je me tournai vers la fenêtre. «Puis-je aller dehors?»

Il s'éclaircit la voix. «Après la récréation, quand tous les autres seront retournés en classe. Tu auras toutes les balançoires pour toi.» Il eut un large sourire; en s'étirant, ses lèvres pleines formèrent deux demi-lunes. «Icy, on a pas le choix, tu comprends?»

«Oui m'sieu. J'suis mieux de bien agir sinon...»

«Sinon quoi?» L'inquiétude perçait dans sa voix; son sourire avait disparu.

«Si je n'agis pas correctement, il va m'arriver malheur.»

Il secoua la tête. «Ce n'est pas vrai. Il n'arrivera pas de malheur. Sois sage et fais ce que je te dis et tout ira bien.»

Je m'avançai vers le pupitre. Les initiales CW étaient gravées dans le coin droit, en haut. Une coulisse d'encre bleue descendait en zigzaguant jusqu'à l'a-vant. C'était bien mon pupitre. «Que voulez-vous que je fasse?» demandai-je.

Mr. Wooten tira un morceau de papier de la poche de son veston. «Lis les chapitres huit, neuf et dix de ton livre de géographie et réponds à toutes les questions à la fin de chaque chapitre. Puis, prends un livre sur l'étagère et com-mence à lire.»

«Celui que je veux?»

«Bien sûr», dit-il en souriant. «Mrs. Patterson sera ici en moins de deux. Ah, au fait...» Il pianota du bout des doigts sur le dessus de mon bureau. «Réfléchis bien à ce que tu as fait.»

«Oui m'sieu».

«Et si tu as besoin de quoi que ce soit, passe la tête dans l'embrasure de la porte et crie.»

Je fis un large sourire et ouvris la bouche pour lui répondre mais il avait déjà tourné la poignée et s'éloignait à grands pas, me laissant toute seule avec mes livres.

Deux heures s'écoulèrent, puis j'entendis des voix et des rires à l'extérieur. Je me levai et m'approchai de la fenêtre. Au loin, un groupe de garçons frappaient avec des bâtons la clôture de piquets blancs qui encerclait l'étang à poissons. Puis une voix les interpella : «Regardez c'est le gros, celui qui est orange! C'est Jonah!»

Je plissai les yeux; c'était un jour ensoleillé et brumeux. La lumière se reflétait sur les barreaux de la cage aux écureuils. Les balançoires poussaient leur plainte stridente. Je pressai le nez contre la vitre et observai un garçon qui tournait dans le soleil, devant moi. Il faisait des pirouettes comme une ballerine, tournoyait dans mon champ de vision puis il disparaissait. Il réapparaissait ensuite en tournoyant tout près. Avec mon poing, je donnai de petits coups secs contre la vitre mais il m'ignora. J'essayai de le reconnaître malgré le soleil éblouissant mais ne pus y arriver. Encore une fois, je cognai sur la fenêtre, mais il continuait de tourner comme une toupie. Frustrée, je me mis à marteler la vitre en utilisant mes deux poings. «Allo!» criai-je à tue-tête.

Il s'arrêta aussi sec et se tourna vers moi. «*Icy!*», hurla-t-il, surpris.

«*Lane!*» hurlai-je à mon tour.

«*Icy!*» répéta-t-il, en courant vers la fenêtre et en frappant avec force.

«*Lane!*»

Et soudain, tous les deux, nous nous sommes mis à sauter, à nous saluer de petits signes de tête, à promener nos doigts sur la fenêtre.

«Mais je croyais que tu étais chez toi», dit-il en s'arrêtant soudain.

«Non, je suis ici».

D'un geste vif, il inclina la tête sur le côté, un sourire taquin éclairait son visage. «Où?»

«Dans le cagibi des fournitures scolaires.»

«Toute seule?» demanda-t-il.

Je fis un signe de tête affirmatif.

Ses doigts glissèrent sur la vitre. «Oh, on va avoir tellement de plaisir!» dit-il d'une voix aiguë.

«Comment ça? Je n'ai pas la permission de jouer avec qui que ce soit.»

«À la récré, nous allons bavarder. Ici même. Tout de suite. À travers cette fenêtre.»

«Tu crois?»

«Oh, ça va être amusant. Tous les deux, on va inventer de nouvelles façons de jouer. Nous deux contre le reste du monde.»

«Nous deux contre un pic bois», dis-je.

«Un pic à tête rouge», dit-il d'une voix forte, juste comme résonnait la deuxième cloche.

De retour de ma récréation, je regardai tout autour de la pièce. Les bandages étaient à côté des règles. Les agrafes et les trombones étaient tous dans la même boîte. Les feuilles de papier à bricolage rouges traînaient parmi les feuilles bleues. Des bouteilles de colle reposaient sur des stencils. Des crayons étaient éparpillés sur toutes les tablettes. Des carbones souillaient des feuilles de papier pelure. Des rouleaux de papier hygiénique étaient empilés contre le mur. Tout ce fouillis me dérangeait. Un tel désordre visuel perturbait le silence de la pièce et mon esprit. Mes pensées commencèrent à se jouer de moi. Des jurons retentirent dans ma tête. Fébrilement, je glissai sur le plancher et pressai les mains sur mes lèvres. Des craies brisées étaient posées à côté de craies complètes ; des livres à colorier étaient empilés avec des manuels scolaires. Je fermai très fort les yeux et insérai mon poing dans ma bouche. Des pensées colériques poussaient contre mon crâne ; des jurons remplissaient ma gorge ; je m'apprêtais à lancer des imprécations à voix haute lorsqu'une idée traversa brusquement mon cerveau et, comme une gorgée de whiskey, vint m'apaiser : mets de l'ordre dans la pièce et tu mettras de l'ordre dans ton esprit.

Je me levai tranquillement. Dorénavant, les feuilles de papier à bricolage rouges seraient empilées à côté des boîtes de crayons rouges. Les crayons à mine rouges allaient être tout à côté. Le rouge avec le rouge. Le jaune avec le jaune. Mélangés ensemble, le rouge et le jaune produisent de l'orange. L'orange viendrait en troisième place. L'orange avec l'orange. Le désinfectant étant de couleur orange, je le plaçai à côté des crayons oranges. Comme les pourtours des stencils noirs étaient oranges, je les plaçai à côté du désinfectant. Les rouleaux de papier hygiénique dans leur emballage orange furent alignés à côté des stencils. Les crayons à mine qui avaient des effaces oranges se retrouvèrent tous dans une tasse à café de couleur pêche ; la couleur pêche, c'est bien connu, est de l'orange adoucie. Et ainsi de suite. Je travaillai avec logique jusqu'à ce que la pièce soit en parfait ordre, jusqu'à ce qu'elle ressemble au caveau à légumes chez nous, où les betteraves en conserve rouges étaient disposées à côté des pots de confitures de fraises, où les fèves vertes se retrouvaient à côté des choux frisés, où les couleurs de tous les pots allaient bien ensemble et où toute la pièce formait une palette de couleurs harmonieuse. Je reculai d'un pas afin d'admirer mon œuvre. Je compris que je venais de trouver la réponse. Je pouvais organiser mon environnement et ainsi organiser mon esprit.

C'était samedi. Comme d'habitude, je courais dans les collines derrière notre ferme pour faire passer ma colère ; et comme je commençais à être fatiguée, je décidai de me reposer derrière le pin noir près de l'étang de la Petite Tortue. Je sentis un léger picotement dans mon pied gauche. Ne sachant pas si c'était un signe précurseur de tressautements ou un simple spasme musculaire, je m'allongeai sur le sol et roulai ma jambe d'un côté puis de l'autre dans les aiguilles de pin qui craquaient sous mon jeans. Les pins qui se découpaient dans le ciel froid de novembre semblaient bien à leur place. Il ne restait plus que quelques feuilles dans les chênes. La pomme épineuse, le laiteron et la bardane avaient disparu. L'ordre régnait, le paysage était impeccable, on aurait dit que toute la flore avait été dessinée au crayon mine. Je fis rouler ma tête sur mes épaules, et vis le champ dépouillé, lisse comme une feuille de papier ; j'appréciais le calme qui en émanait, un calme que je n'avais pas éprouvé depuis des jours. Pas un mouvement. L'eau était lisse et tranquille ; le rocher en forme d'œil de l'étang de la Petite Tortue semblait me regarder ; les arbres étaient immobiles ; les animaux s'étaient cachés et ils demeuraient silencieux . J'avais l'impression que la nature avait atteint la maîtrise de son art. Une vague de soulagement me transporta et je m'apprêtais à me pencher pour attraper le bout de mes orteils lorsque, venu de nulle part, résonna un bruit de pas.

Je me levai d'un bond et courus me cacher derrière le tronc du grand pin. De loin, je vis arriver Mamie Tillman vêtue d'une robe verte à motifs. Son corps était beaucoup plus mince. Ses enjambées étaient mesurées, son pas, assuré. Elle faisait quelques pas puis elle tournait brusquement vers la gauche ou la droite, toujours avec précision, presque mécaniquement comme un soldat à l'entraînement ; puis je réalisai qu'elle suivait un vieux sentier conduisant de sa maison à l'étang.

Lorsqu'elle entra dans les bois, ses mouvements se firent plus fébriles même si, tel un masque rigide, son visage demeurait impassible. Il y avait une certaine uniformité, une symétrie dans sa façon de se fondre dans le décor, que je sus reconnaître. Une harmonie magnifique, pensai-je, en touchant l'écorce du vieux pin patinée par les intempéries ; et je réalisai que pour la première fois depuis longtemps, mes mains ne s'agitaient pas de façon convulsive.

Mais quand Mamie s'approcha, elle m'apparut sous un autre jour. De profonds sillons se creusaient aux coins de sa bouche, et sa peau rouge et râpeuse était trempée de sueur. Je savais qu'elle était jeune — j'avais entendu Matanni dire qu'elle avait vingt-huit ans — mais j'avais l'impression qu'elle avait vieilli de dix ans depuis la dernière fois où je l'avais vue. Des mèches grises se mêlaient à ses cheveux noirs foncés ; ébouriffés, ils retombaient en désordre dans son dos. Et ses grands yeux sombres trahissaient une profonde tristesse qui semblait la consumer tout entière. Curieusement, elle tenait délicatement dans ses bras un sac de toile. De temps en temps, elle le berçait doucement.

Parvenue au bord de l'eau, elle étendit les bras, se pencha et plaça doucement le sac sur l'eau. Dans un silence froid et inquiétant, celui-ci flotta un instant puis, avec un petit son de succion, s'enfonça.

Quelques instants plus tard, elle étendit à nouveau les bras. À ce moment, je craignis qu'elle ne se jette dans l'étang, elle aussi. Mais, les bras tendus, elle embrassa l'air comme si c'était un amant et, avec grâce, elle tomba à genoux. Puis, elle se pencha vers l'avant et embrassa doucement l'eau. Durant plusieurs minutes, la tête basse, Mamie Tillman regarda fixement à la surface. Puis, comme si quelque chose en elle se frayait un chemin, elle crispa les lèvres et, d'une voix sourde, poussa un gémissement — un cri d'angoisse dont la pureté sembla transcender le son même. Puis elle se releva d'un bond, croisa les bras sur sa poitrine et, pliée en deux, se mit à courir. Elle courait à toute vitesse — zigzagant entre les arbres — pressant toujours les mains contre ses épaules. Les ronces lacéraient ses bottines usées. Ses cheveux s'accrochaient dans les petites branches. Et comme une folle, elle dévala la colline. Tremblante, je regardai autour de moi. Dans les bois, rien n'était plus pareil. L'ordre semblait s'être dissous, il s'était tout simplement évaporé comme le brouillard. Les pins étaient noueux. Leurs grosses branches tordues pointaient vers le ciel d'un air accusateur. Même le calme de l'étang de la Petite Tortue s'était modifié. Son eau n'était plus sereine, elle était devenue inquiétante, lisse comme un linceul, irrévocable comme la mort. «Aidez-moi!» murmurai-je, en courant vers l'étang; puis j'agitai les mains dans l'eau froide. Mais mes doigts ne rencontrèrent que le vide. Le sac de toile avait disparu. Il s'était évanoui dans l'obscurité.

Chapitre 14

«Icy» dit Mr. Wooten posté dans l'embrasure de la porte. Je tressaillis et me tournai. Toute la semaine, j'avais été nerveuse et effrayée. «À quoi songeais-tu?» «À rien», dis-je. J'avais élevé la voix à quelques reprises au cours des journées précédentes et je craignais d'avoir été entendue. À chaque fois que Mrs. Patterson était venue me voir, j'avais été polie et attentive; et quand j'avais été seule, j'avais mis de l'ordre dans ma vie. Cependant, lorsque l'infirmière était sortie, je n'étais pas restée tranquille; j'avais retrouvé mon ancien moi et je m'étais déchargée de toutes les pulsions accumulées. Mon corps s'était contorsionné en prenant des formes hideuses. Des paroles grossières avaient explosé sur mes lèvres et j'avais coassé, juré et donné libre cours à tous mes tics jusqu'à ce que tous mes démons soient expulsés. «Tu ne me donnais pas l'impression de penser à rien» dit-il en entrant et en regardant tout autour. «Quelque chose a changé ici». Il leva les sourcils et parut perplexe. «La pièce est transformée.»

Je demeurai parfaitement immobile. Malheureusement, cette classe temporaire ne semblait plus maintenant m'apporter la tranquillité d'esprit. Les couleurs ne s'harmonisaient plus. La couleur pêche entrait en conflit avec l'orange. Le vert forêt des effaces ne s'accordait pas bien avec le vert lime des règles. Un jaune tirait davantage vers la couleur moutarde qu'un autre.

Mr. Wooten s'approcha des tablettes. «Ça alors, tu as tout rangé!»

«Oui m'sieu, répondis-je. Et j'ai lu aussi. Les livres de Louisa May Alcott. Saviez-vous que le nom de ma maman était Louisa?»

Il fit un signe de tête affirmatif, un léger sourire aux lèvres. «Quel est celui que tu préfères?» demanda-t-il.

«*Little Women*, il est vraiment bon. De plus, Women et Wooten commencent tous deux par un *w*.»

«Qu'est-ce que ça veut dire?» demanda-t-il en me regardant du coin de l'œil.

«Women et Wooten, expliquai-je. Ils commencent tous les deux par un w.»

«Oh», murmura-t-il, en passant la main sur son front. Il se promena devant les étagères. «Tu as travaillé très fort». Il plissa le front. «Mais je ne comprends pas vraiment...» Il s'arrêta devant les rouleaux de papier hygiénique et en prit un.

Je retins mon souffle. L'ordre est quelque chose de fragile, pensai-je.

«Mais pourquoi sont-il à côté des stencils?» demanda-t-il.

Je me mordis la lèvre; le chaos allait bientôt s'installer.

Le rouleau de papier hygiénique en mains, il se dirigea vers le coin le plus éloigné de la pièce. «Nous les empilons ici». Et il plaça le rouleau sur le plancher.

«Non», marmonnai-je.

«Qu'est-ce que tu as dit?»

«Non», répétai-je plus fort.

«Non, quoi?» dit-il en levant les yeux.

«Vous brisez l'ordre. Il ne peut pas aller là.»

Lentement, il avança vers moi. «Quel ordre?»

«Les oranges, expliquai-je. Ils vont ensemble.»

Il regarda fixement les tablettes. «OK, je vois.» Il rit. «Mais on ne peut pas mettre le papier hygiénique à côté des stencils. Ça n'a pas de sens.»

Je passai rapidement à côté de lui. «Non!» dis-je d'une voix forte en courant vers le coin de la pièce. «Vous ne pouvez pas faire ça!» Je m'emparai du rouleau de papier hygiénique.

«Icy, chérie, ce n'est pas grave. Laisse-le là, c'est tout.»

«Non!» hurlai-je. «Vous détruisez tout!»

«Icy! dit-il fermement. Pose ça là.»

«Non!», criai-je à tue-tête, en serrant bien fort le rouleau. «Je ne vous laisserai pas faire.»

Calmement, Mr. Wooten s'approcha de moi. «Icy...». Il tenta de me raisonner. «Ce n'est pas important.»

«Non!» je reculai en agitant le rouleau au-dessus de ma tête. «Vous ne l'aurez pas!»

«Je ne veux pas l'avoir», dit-il en tendant le bras. «Je veux seulement que tu le poses par terre.»

«Non!» J'abaissai mon bras et pressai le papier hygiénique sur mon estomac. «Merde! Va te faire foutre!» hurlai-je en m'accroupissant. «Fils de pute, il est à moi!»

Aussitôt, Mr. Wooten se pencha, glissa ses mains sous mes aisselles et m'ordonna : «Icy, lève-toi tout de suite sinon...!»

«Va te faire foutre! Va te faire foutre! Va te faire foutre! criai-je en me roulant en boule très serrée, le papier hygiénique toujours coincé contre mon ventre.

«Lève-toi immédiatement, Icy Sparks!» exigea-t-il.

«Merde! Merde! Méchant vieux fils de pute!»

«Ça suffit! Le visage rouge, Mr. Wooten me leva d'un coup sec.

«Qu'est-ce que vous allez faire!» criai-je, en lui donnant des coups de coude. En grognant, il me lâcha et je me sauvai. «Vous allez me faire payer!» hurlai-je en courant vers la porte, tenant toujours le rouleau de papier hygiénique des deux mains. «Vous allez me faire payer! Qu'allez-vous faire?» J'ouvris brusquement la porte et sortis à toute allure. «Qu'allez-vous faire?» Mr. Wooten courut après moi.

Je filai comme une flèche dans le couloir, ouvris les doubles portes et m'enfuis. «Jetez-moi dans l'étang aux poissons! Noyez-moi! Noyez-moi! criai-je en contournant l'édifice à la course. «Jetez-moi dedans et noyez-moi!» dis-je en courant vers l'étang aux poissons; j'atteignis la clôture et l'escaladai.

«Icy, ne fais pas ça!» cria Mr. Wooten.

Mais il était trop tard. J'avais déjà sauté dans l'eau froide — cet univers humide et noir que Dieu, à l'étang de la Petite Tortue, m'avait indiqué.

Deuxième partie

Chapitre 15

Cinq heures en voiture séparaient Poplar Holler du Bluegrass State Hospital — un centre pour personnes handicapées situé dans la banlieue de Lexington. J'aperçus d'abord la guérite du gardien puis quelques adultes, l'air un peu hagard, qui se promenaient dans le parc entourant la propriété; cette vision venait confirmer mes pressentiments : c'était sûrement ce qui pouvait m'arriver de pire.

L'édifice où résidaient les enfants s'appelait le Sunshine Building, et il portait bien son nom avec ses murs en stuc jaunes et son toit de tuiles brunes. D'un seul étage, en forme de L et de construction plus récente que les autres bâtiments, il ressemblait à une voiture neuve dans un lot de voitures usagées. Le bâtiment s'élevait à la gauche des bureaux de l'Administration et il était encerclé par une clôture en treillis métallique. Deux séries de balançoires, trois jeux de bascule et un carré de sable étaient disposés çà et là sur les terrains de jeux, à l'avant et sur les côtés du pavillon. Selon Mr. Wooten, c'était une clinique expérimentale. Alors que les autres départements étaient administrés comme ceux des hôpitaux traditionnels, le Sunshine Building possédait sa propre équipe médicale; en principe, son approche devait être différente. «Il n'y a pas autant de médecins et d'infirmières», avait dit le principal de l'école à mes grands-parents. «Trop de personnel, ce n'est pas bon pour les enfants. Les gens qui prendront soin de Icy forment une famille en quelque sorte.» Mes grands-parents avaient compris et ils avaient aimé l'idée. C'était l'une des nombreuses raisons pour lesquelles ils avaient accepté de m'emmener en ce lieu. Il faut dire que même le docteur Stone, généralement plutôt confus, n'avait pas hésité un seul instant : «Elle doit aller à Lexington», avait-il déclaré.

Tandis que nous nous dirigions vers l'entrée principale, je vis des enfants de tous âges en train de s'amuser. Deux petites filles en tunique écossaise passèrent rapidement près de moi. L'une d'elle tenait une corde à sauter et l'autre, une balle. «Mais je ne veux pas jouer à la balle» se lamentait celle qui portait la corde. «On l'a fait hier.» Un garçon aux cheveux bouclés auburn et aux yeux verts était assis en tailleur sous un immense chêne. Un cahier de croquis reposait sur ses genoux. Tenant fermement un crayon dans la main, les lèvres pincées et les sourcils froncés, il dessinait. Un grand garçon, avec des cheveux foncés coupés en brosse, un gros visage rond et une mâchoire dure faisait les cent pas entre les balançoires. Il paraissait plus vieux que celui qui dessinait. De profonds sillons creusés autour de sa bouche marquaient sa détermination. Il revenait toujours sur ses pas. Une fille dont je ne pouvais voir le visage était recroquevillée dans une chaise roulante près du carré de sable. Sa chevelure hirsute, brune et terne ressemblait à un lot de tampons à récurer.

Sous un érable, à gauche du carré de sable, sur un matelas d'un vert brillant, une jeune fille dont tout le corps se contorsionnait était couchée sur le ventre, les membres tendus et rigides. Pendant que son cou et ses bras tressautaient vers la droite, le reste de son corps s'étirait vers la gauche. De temps à autre, ses bras se frappaient l'un sur l'autre, ses jambes s'entrechoquaient. Puis elle levait la tête, la tirait par à-coups d'un côté et souriait, transportée de joie ; ses cheveux noirs se dressaient comme des aiguilles. J'eus la chair de poule en l'apercevant puis, une vision encore plus terrible attira mon attention. Un garçon très maigre aux cheveux blonds — il devait avoir à peine onze ans — était perché au sommet d'un poteau téléphonique tronqué ; il gazouillait et pépiait comme un oiseau. Une de ses longues jambes relevée, il frappait ses côtes de ses bras repliés comme si c'était des ailes. «Chrou... chrou... chri... chrou», chantait-il, accroupi, la tête baissée ; et ses cheveux blonds devenaient la poitrine jaune de l'oiseau.

Oh, Seigneur! me dis-je, en le regardant avec intensité ; je me sentis plus seule que jamais et j'eus l'impression que même chez les inadaptés, je ne pourrais trouver de place. Des rires fusèrent et les deux fillettes en tunique écossaise repassèrent à côté de moi en courant.

«Tu vois, c'est pas si mal», remarqua, comme par hasard, Patanni. «Tu vas te faire de nouveaux amis ici.»

Matanni plaça son bras autour de moi et me serra bien fort.

Mr. Wooten hocha la tête, déposa les valises et actionna la sonnerie placée à côté de la porte. Une jeune femme aux boucles blondes et soyeuses nous accueillit avec chaleur. «Tu dois être Icy», dit-elle en souriant. «Nous t'attendions.»

«Oui m'dame», marmonnai-je.

«Mr et Mrs. Bedloe?» demanda-t-elle, en saluant d'un signe de tête Matanni et Patanni.

Patanni lui tendit la main. «Nous sommes les grands-parents d'Icy».

Avant qu'elle puisse demander qui était l'autre visiteur, Mr. Wooten s'avança. «Je suis Charles Wooten, le principal de l'école élémentaire de Ginseng, l'école que fréquente Icy.»

«Je m'appelle Maizy Hurley, dit la jeune femme. Je vais prendre soin d'Icy.» Elle me fit un clin d'œil et prit ma main. «Je parie que nous deviendrons de très bonnes amies.»

«Oui m'dame», marmonnai-je encore en franchissant le seuil de l'imposante porte.

Nous avons parcouru un couloir au plancher recouvert de tuiles noires et blanches et passé devant plusieurs portes de bureaux; l'éclairage y était si intense que je fermais à demi les yeux pour ne pas être éblouie; puis nous sommes entrés dans une salle immense. À gauche de la porte il y avait une énorme bibliothèque. Des canapés recouverts de tissus à carreaux verts et jaunes s'alignaient le long des murs adjacents. Des chaises en rotin entouraient une table ronde en bois placée en diagonale par rapport aux canapés.

«Voici notre salle de séjour», dit Maizy. Puis elle indiqua l'extrémité la plus éloignée de la salle. «Et nous prenons nos repas de ce côté.» Elle nous conduisit vers une longue table recouverte d'une nappe d'un vert éclatant. Au centre de la table, il y avait un bol de chrysanthèmes couleur moutarde. «Présentement, nos patients font la sieste dans leurs chambres ou bien ils jouent à l'extérieur. Mais, quand un endroit est tranquille, c'est plus facile pour une personne de s'y habituer, n'est-ce pas?»

Nous avons tous acquiescé.

«Cet édifice n'est pas aussi vieux que les autres», observa Mr. Wooten.

Maisy Hurley eut un large sourire. «Vous avez parfaitement raison. Il y a deux ans, nous n'avions pas d'aile pour les enfants, mais — Dieu merci — les autorités compétentes de Frankfort ont fini par comprendre.»

«C'est beau, dit ma grand-mère. C'est très propre.»

«C'est notre plus bel édifice», dit Maizy en se dirigeant rapidement du côté droit. «Suivez-moi». Elle sortit de la pièce, tourna le coin et pénétra rapidement dans un autre couloir. Silencieusement, nous l'avons suivie; nous avons parcouru toute une section — le côté le plus long de l'édifice en forme de L — passant devant des portes de différentes couleurs jusqu'à l'avant-dernière porte, une porte blanche au haut de laquelle on avait peint d'un beau rouge brillant le chiffre 13.

Oh merde... pensai-je, en fixant le 13; et je réalisai qu'un tic s'apprêtait à se manifester.

«La chambre 13 porte chance», dit Maizy, comme si elle avait lu dans mes pensées. «Tous les enfants qui l'ont habitée sont retournés rapidement chez eux.»

«En combien de temps?» demandai-je nerveusement.

«En moins de trois mois», répondit-elle.

Je retins mon souffle.

«Trois mois, c'est pas si long, dit Patanni. Tu vas voir comme ça passe vite.»

Maizy tira de sa poche un trousseau de clés, l'examina et introduisit l'une d'elles dans la serrure. Elle tourna la poignée et la porte de la chambre 13 s'ouvrit. Des rideaux ornés de personnages d'histoires pour enfants étaient suspendus aux fenêtres. Old Mother Hubbard, Little Boy Blue, Little Bo Peep et Jack and Jill dansèrent devant mes yeux. Les murs étaient bleu clair et le mate-las recouvert d'un couvre-lit bleu foncé. Une petite commode rose avec un miroir ovale était installée à côté du lit et une berceuse peinte en rouge, blanc et bleu se retrouvait au centre d'une carpette pelucheuse bleue. «Comment la - trouves-tu?» demanda Maizy en me regardant.

Je sentis le spasme s'en aller. «C'est beau», dis-je soulagée.

«Très beau» ajouta Matanni.

Mr. Wooten posa les valises. «Très coloré», dit-il en tentant de reprendre son souffle.

«J'aime ça», dit Patanni.

«Nous avons quatorze chambres en tout, dit Maizy, mais seulement huit sont occupées présentement. Vous savez, ici, les patients arrivent et repartent. Certains enfants qui n'ont pas de parents restent plus longtemps, jusqu'à ce qu'une place se libère dans un centre de soins de longue durée. Mais ce n'est pas ton cas, Icy» dit-elle en me regardant droit dans les yeux. «Tu ne resteras pas longtemps ici.»

Je lui souris avec reconnaissance.

«Combien de personnes travaillent ici?» demanda Mr. Wooten.

«Beaucoup de gens travaillent à l'hôpital. Environ cent vingt, je crois. Mais dans l'édifice Sunshine, il n'y a que cinq personnes qui travaillent de jour.»Maizy leva la main droite et agita les doigts. «Bien sûr, des préposés sont ici la nuit, quand nous retournons chez nous, mais les enfants n'ont pas vraiment l'occa-sion de les connaître.» Maizy reprit son souffle. «Voyons. Je suis la plus ancienne ici, je suis donc la première auxiliaire mais, comme les autres, je finis par toucher un peu à tout. Tout, sauf la cuisine.» Elle pencha la tête vers l'arrière et rit; de mignons petits gloussements jaillirent de sa gorge. «Le personnel de cuisine de l'édifice Hickory prépare la nourriture. Ils nous font parvenir les plats et nous servons les repas.»

«Qui ça, nous», demanda Mr. Wooten.

«Wilma, Delbert, Tiny et moi-même», répondit Maizy.

«Est-ce que ce sont des auxiliaires comme vous?» s'enquit-il.

«Wilma et Delbert oui, dit Maizy. Mais Tiny est infirmier. Il a reçu sa forma-tion dans l'armée. En plus de s'occuper de tout le reste comme nous, il distribue aussi les pilules... les médicaments corrigea-t-elle. «Et bien sûr» — et elle leva un index — «il y a le docteur Conroy qui voit à ce que nous travaillions tous dans le même sens.»

«Cinq en tout et pour tout?» dit Mr. Wooten.

«C'est exact, dit Maizy. Nous sommes cinq.»

«Bien». dit Mr. Wooten. «Vous aurez beaucoup de temps à consacrer à Icy.»

«Plus vite vous la guérirez, dit Patanni en me faisant un clin d'œil, plus vite elle pourra revenir à la maison. Ça ne vous dérange pas si on déballe ses affaires?» Il indiqua les valises.

«Bien sûr que non», dit Maizy en se dirigeant vers la porte. «Quand vous aurez terminé, je donnerai à Icy un gros bol de crème glacée. Elle pourra se régaler pendant que nous — les adultes — irons rencontrer Dr. Conroy.»

Après son départ, Matanni agrippa une des valises et la laissa tomber sur le lit. «De la crème glacée, ça me paraît intéressant», dit-elle en levant le couvercle. Elle sourit et retira de la valise deux petits oreillers en patchwork. «Je les ai fabriqués pour toi!» Elle les plaça l'un à côté de l'autre à la tête de mon lit. «Ils égayent la place, hein?»

«C'est le Tour du monde n'est-ce pas?» demandai-je en reconnaissant toutes les couleurs du motif.

«Oui, c'est bien ça. Pour des gens comme nous, venir jusqu'à Lexington c'est un peu comme faire le tour du monde.»

«C'est la première fois que tu fais un oreiller en patchwork», dis-je.

«Et bien, qu'est-ce que tu en dis?»

«J'aime ça. Les oreillers sont jolis. Ils ressemblent à des courtepointes de bébé.»

«Je voulais te faire plaisir», dit-elle en suspendant mes robes dans la petite penderie à l'autre extrémité de la pièce. Puis elle revint, hocha la tête en regardant Patanni et dit en tapotant le matelas de sa petite main. «Mets la ici». Patanni souleva l'autre valise, beaucoup plus grosse que la première et la balança sur le lit. «Aide-moi un peu, dit-elle; et ils commencèrent à déballer mes affaires avec soin; puis ils firent des piles bien droites de sous-vêtements, de jeans et de chemisiers qu'ils placèrent dans la petite commode rose.

Patanni avait aussi apporté mes livres. Comme il n'y avait pas de bibliothèque, il les empila sur le plancher sous la fenêtre, juste à côté du lit.

«J'ai apporté ça pour toi», dit Mr. Wooten en me tendant un dictionnaire épais et lourd ainsi que *Little Women*. «Je crois que l'école élémentaire de Ginseng peut s'en passer.»

«Dans quelques semaines, nous reviendrons», dit Patanni en se levant et en vérifiant si les piles de livres étaient bien droites. «Ils veulent que tu t'habitues à la place, alors ils ont des règles. On a pas la permission de t'écrire, de téléphoner ou de venir plus tôt. Entre temps, tu dois être gentille et patiente; et le jour dit, nous reviendrons.»

«Tu sais», dit Matanni d'une voix brisée, «on va penser à toi à tous les jours. Et tu vas nous manquer à tous les jours.»

Même si je commençais déjà à m'ennuyer de ma vie chez moi — et même de Peavy Lawson — ce n'est qu'après avoir pris ma première cuillérée de crème glacée aux fraises que je me mis à pleurer. Un profond sanglot secoua mes épaules, une grosse larme glissa sur ma joue et roula sur mon menton avant de tomber dans mon bol.

Au moment où je raclais le plat pour prendre la dernière bouchée, Matanni, Patanni et Mr. Wooten revinrent.

«Nous venons t'embrasser et te dire au revoir», dirent mes grands-parents. Matanni ouvrit les bras. Patanni fit de même.

Je les regardai, hésitai une seconde puis me levai avec réticence. «Si je vous embrasse, vous partirez».

«Icy, nous devons partir, dit Patanni. Ils ne nous permettront pas de rester.»

«Mais vous viendrez me visiter n'est-ce pas?»

«Personne ne nous empêchera de le faire, dit Patanni. Maintenant viens ici».

Il me fit signe d'approcher. «Je vais te donner plein d'amour en te serrant dans mes bras.»

Le cœur lourd et les lèvres tremblantes, je m'approchai de lui; puis, je mis mes bras autour de sa taille et pressai mon visage sur son ventre. Je sentis sous mon front les boutons de sa chemise. En le serrant très fort, j'inhalai son odeur semblable à celle de la terre et murmurai : «Patanni, je t'aime.»

«Moi aussi», dit-il.

Matanni battit sa poitrine de ses deux mains. «Et moi?»

Je me retournai, me levai sur la pointe des pieds et enfouis ma tête entre ses seins pour m'imprégner de la chaleur de sa peau, de la douceur de son corps dodu et ferme à la fois.

«Ma chère petite. Tu as été la lumière de ta chère maman. Tu es maintenant notre raison de vivre.»

Je refoulai mes larmes, m'apprêtant à les supplier — *S'il vous plaît, ne me laissez pas ici!* — quand Mr. Wooten intervint : «Icy est un brave petit soldat. Elle va très bien se débrouiller n'est-ce pas Icy?»

Je jetai un coup d'œil dans sa direction. Soucieux, son visage s'était assombri et ses yeux semblaient dire : Ne leur rends pas la tâche plus difficile. Alors, sans verser une larme, j'embrassai bien fort ma grand-mère et je m'éloignai d'elle.

Le visage de Mr. Wooten s'éclaira tandis qu'il s'approchait de moi. Puis il se tapota la joue, se pencha et demanda : «Puis-je avoir une bise, moi aussi?»

Mes lèvres effleurèrent sa peau. Je sentis monter les larmes alors je fermai les yeux et baissai la tête. Le cœur en mille morceaux, je murmurai. «Ne vous en faites pas pour moi... tout ira bien... je vais bien... je vous reverrai tous bientôt... peut-être la semaine prochaine... Ne vous en faites pas...» J'entendis le claquement sec d'une portière de voiture qui se refermait. Abasourdie, je relevai la tête, ouvris rapidement les yeux et criai : «Matanni! Patanni! Matanni! Patanni!» En proie à la panique, je m'élançai vers la porte, l'ouvris rapidement et parcourus le couloir à toute vitesse. «Ne partez pas! S'il vous plaît, ne me laissez pas ici!» Le visage appuyé contre la vitre de la porte, je les implorais; j'eus à peine le temps de les apercevoir une dernière fois. Blottis l'un contre l'autre sur le siège arrière de la Buick de Mr. Wooten, les deux silhouettes entrelacées passèrent devant la guérite du gardien, traversèrent la clôture en treillis métallique et s'évanouirent dans le lointain. Rapidement, ils se fondirent dans le brouillard bleu des montagnes et disparurent.

J'entendis une voix à l'extrémité du couloir qui m'appelait, puis des pas pressés — comme des talons martelant le sol — s'arrêtèrent derrière moi. Je me tournai vivement et vis Maizy Hurley qui, les mains sur les hanches, respirait à petits coups.

«Ils sont partis», dis-je, en reniflant et en refoulant mes larmes.

«Mais ils reviendront. Maintenant, viens avec moi». Elle souriait. «Je veux te présenter une personne très spéciale.»

Maizy me prit la main et me conduisit à la salle de séjour. «C'est Rose», dit-elle en lâchant ma main et en s'accroupissant à côté de la jeune femme que j'avais vue un peu plus tôt. Celle-ci était toujours étendue sur le même matelas vert et son corps était tout aussi tordu. «Dis-lui bonjour», me suggéra Maizy en passant son doigt sur la joue de la jeune fille.

«Salut Rose», dis-je en essayant de sourire.

«Rose est atteinte de paralysie cérébrale, expliqua Maizy. Elle est née comme ça. Elle ne peut parler mais je pense qu'elle comprend tout ce qu'on dit.»

Je l'observai plus attentivement. Elle était maintenant étendue sur le dos et je pouvais voir ses yeux intenses, noirs comme du charbon qui croisaient les miens à de brefs intervalles. «Hé, regarde, elle me sourit», dis-je en indiquant sa bouche aux lèvres minces dont les commissures semblaient se relever.

«Bien sûr elle te sourit, dit Maizy. Elle comprends, j'en suis certaine.»

«Est-ce qu'elle a mal?» demandai-je en examinant son corps difforme qui donnait l'impression d'être en lutte perpétuelle contre lui-même.

«Je ne pense pas, dit Maizy. Mais qui sait en vérité? Elle ne peut nous dire ce qu'elle ressent.»

«Elle doit se sentir seule», dis-je.

«Très seule, mais elle est si adorable.»

Rose émit un gargouillement et de la bave s'écoula par les coins de sa bouche.

«Oh Rose!» s'exclama Maizy en roucoulant; elle sortit un mouchoir de sa poche. «Mon petit bébé»; et elle se pencha pour essuyer la salive. «Tu es un amour!» Elle caressa sa tignasse de cheveux noirs et courts qui ressemblaient aux épines d'un hérisson. «Tu es si gentille».

Fascinée, je regardais ces cheveux en brosse, ce sourire idiot et cette bave fraîche et j'étais remplie de pitié et de dégoût. Je ne suis pas comme elle, pensai-je. Je ne fais pas partie du groupe. «Non», dis-je en reculant brusquement. «Je ne veux faire la connaissance de personne!» Et sur ces mots, je fis demi-tour et m'enfuis hors de la pièce; puis je courus, tout le long du couloir jusqu'à ma chambre avec son sinistre numéro 13 peint en rouge dans le haut de la porte.

«J'ai pensé que tu aimerais dîner», dit Maizy en entrant sans attendre ma réponse. «Ça va si je pose le cabaret ici?» Elle désigna la table de chevet d'un signe de tête. Deux heures s'étaient écoulées et j'avais faim. Je haussai les épaules et elle posa le cabaret. «Puis-je m'asseoir?» Je haussai à nouveau les épaules et elle s'assit à côté de moi sur le bord du lit. «Je comprends que tu sois effrayée», dit-elle sans me regarder.

Je déplaçai mon poids du côté gauche et les ressorts du matelas gémirent mais je ne dis rien. En l'espace de deux heures, j'avais déjà donné libre cours à tous les tics, les tressautements et les croassements qui grondaient en moi.

«Personne ne te fera de mal, dit-elle. Nous voulons simplement t'aider.»

Je baissai la tête.

«Chaque enfant ici est différent. Aucun n'est meilleur que les autres. Comprends-tu?»

Je sentis le rouge me monter au visage.

«Je comprends pourquoi tu as eu peur de Rose. Son aspect est étrange. Mais après un certain temps, tu t'y habitueras et tu l'aimeras. Note bien ce que je te dis, tu apprendras à l'aimer autant que je l'aime. Je te connais Icy ma fille!»

Je sursautai et le matelas émit un gémissement aigu. «Où avez-vous entendu ça?» demandai-je.

«Quoi?» demanda-t-elle en fronçant les sourcils.

«I-cy ma f-fille», bégayai-je.

«Ça m'est venu tout seul», dit-elle avec entrain. «Pourquoi? Tu aimes ça?»

«Je... je... je crois que oui», dis-je. En prenant une profonde inspiration, je retrouvai mon sang-froid et esquissai un sourire.

Maizy se leva. «Et si tu mangeais un peu?» Elle indiqua la table de chevet. «Pour ce soir tu peux manger ici mais demain, tu devras manger avec les autres.»

Ce ne fut qu'au moment où elle fit glisser la table de chevet devant moi que je jetai un coup d'œil au cabaret et aperçus le repas — Un hot dog grillé tout ratatiné, un sac d'arachides, un cornichon de la grosseur d'un pouce, un morceau de gâteau au chocolat si sec que le glaçage était terne et un petit verre de lait.

Chapitre 16

---- ✳ ----

Réveillée par de grands coups martelés sur la porte, j'ouvris aussitôt les yeux et me redressai dans mon lit.

«Debout les copains!» claironna une voix nasillarde. «C'est l'heure de se lever!»

Je me frottai le visage et regardai avec nervosité tout autour de la pièce. Cette berceuse rouge blanc et bleu n'était pas à moi. Mon cœur se mit à battre plus vite. La carpette pelucheuse bleue ne m'appartenait pas non plus. Je me mordis la lèvre. Ce n'est pas Matanni qui avait cousu ces rideaux : elle n'aurait jamais acheté un tissu avec des motifs aussi ridicules. Perplexe, je touchai à mes yeux.

«Allo, allo! M'entends-tu?» dit la voix nasillarde.

Me glissant hors du lit, j'aperçus les valises dans un coin de la pièce et réalisai enfin où j'étais. «Oui, m'dame», dis-je avec lassitude.

«La salle de bain est au bout du couloir. «Apporte des vêtements, va prendre une douche et habille-toi. Le petit déjeuner sera servi dans la salle à dîner. Compris?»

«Oui, m'dame».

«Oui m'sieu», exigea la voix.

Je demeurai silencieuse.

«Oui m'sieu» répéta la voix sur un ton impatient.

Pas un son ne sortit de ma bouche.

«Oui m'sieu» réitéra la voix sur un ton sans réplique. «Je suis un homme, pas une femme.»

L'anxiété me chatouillait la gorge. «Oui m-m'sieu», répondis-je en balbutiant. «J'ai compris m'sieu. J'apporte des vêtements, je vais prendre une douche et je m'habille.»

«Voilà qui est mieux, Icy Sparks; de Ginseng à Sunshine, d'écolière à pensionnaire : ta vie est en train de changer.»

«Oui m'sieu», répondis-je avec vigueur.

«Icy Sparks, réalises-tu que tu as gagné le grand prix, le gros lot? Icy Sparks...»

«Oui m'sieu».

«C'est la grande vie, la vie de château», dit la voix.

«Oui m'sieu, répondis-je l'esprit embrouillé.

«Apporte des vêtements, va prendre une douche et habille-toi. La patronne veut te voir.»

«Delbert», cria une autre voix. «Grouille-toi. On a besoin d'aide pour le petit déjeuner.

«Je dois y aller, dit Delbert. Wilma m'appelle. À toi de te débrouiller maintenant.»

Mes pensées s'évadèrent de mon cerveau, dégringolèrent dans mon cou, firent un détour par le bout de mes doigts avant de s'agglutiner dans mon estomac. Puis elles se précipitèrent vers mes hanches et firent un dernier sprint jusqu'au bout de mes pieds. J'avais la tête embrouillée et les orteils qui tremblaient. Les dernières paroles m'avaient plongée dans la confusion la plus totale et je ne savais plus par où commencer. Complètement abasourdie, je m'approchai lentement de la petite commode rose et fis glisser le premier tiroir. Je pris une paire de sous-vêtements en coton, puis je me dirigeai vers la garde-robe où je saisis le premier cintre sur lequel était suspendu une robe à fleurs jaunes ; je me dirigeai ensuite vers la salle de bain.

J'étais seule. Matanni n'était pas là pour tresser mes cheveux ou boutonner le dos de ma robe. Aussi les deux boutons du haut restèrent détachés. Ma grand-mère n'était pas là non plus pour me pincer les joues afin de leur redonner un peu de couleur. C'est pourquoi ma peau resta pâle et parcheminée. Grand-mère n'avait pas la possibilité de m'embrasser pour me donner du courage. Et je frissonnai en entrant dans la salle de séjour quand j'aperçus le groupe d'enfants étranges qui vivaient là, avec moi.

Maizy Hurley s'affairait auprès d'une adolescente à la peau blanche comme de la craie et aux yeux bleus et vides. Son cuir chevelu blanc et terne était visible par endroit sous ses cheveux fins. Sa grande bouche se contorsionnait et s'étirait d'un bord à l'autre de son visage et pourtant, son expression demeurait à la fois colérique et stupide. Maizy qui tenait d'une main ferme une cuillère remplie de bouillie d'avoine, s'approcha lentement ; la jeune fille ouvrit largement la bouche, laissant voir quatre dents très pointues, deux en haut et deux en bas, et d'énormes gencives d'un rose brillant.

«La Bouche ne mangera pas de vrais aliments», dit une grosse femme à l'autre extrémité de la table. «La Bouche veut rester maigre comme un clou.»

«Elle s'appelle Mary», dit Maizy Hurley entre ses dents. «J'aimerais que tu l'appelles par son nom de baptême.»

«Je me fous pas mal de ce que tu aimerais, dit la femme. Tu n'es qu'une auxiliaire, tu n'es pas meilleure que les autres.»

«Tout le monde a droit au respect», dit Maizy en levant les yeux et en m'apercevant près de l'entrée. «Icy, dit-elle, voici Mary. Elle occupe la chambre numéro neuf.»

La bouche grande ouverte, la bouillie d'avoine étalée sur les gencives comme de la pâte, Mary se pencha vers l'avant et vomit son petit déjeuner partout sur la table.

«Al-lo», bégayai-je tout en reculant instinctivement.

Maizy posa fermement la main sur l'épaule de Mary et appuya. «Approche-toi Icy». Puis elle se pencha vers l'avant. «Prends une chaise!» Elle indiqua un siège vide à l'extrémité de la table. «Assieds-toi et prends ton petit déjeuner.» Puis Maizy fit une pause pendant que Mary beuglait en faisant vibrer ses gencives roses. «Tu dois rencontrer le docteur Conroy à neuf heures.»

«Oui m'dame», dis-je en avançant avec précaution. Et je pris place.

«Wilma», dit Maizy en se tournant vers la grosse femme. «C'est notre nouvelle : Icy Sparks.»

«Salut» dit en grognant Wilma.

J'examinai attentivement sa figure et réalisai soudainement que j'étais en train de regarder le visage le plus laid de la terre. Une face rouge et bouffie, avec deux yeux noirs qui bougeaient sans arrêt comme des cafards sous d'épaisses lunettes. Sa peau était criblée de petits boutons et une cicatrice d'un rose terne zigzaguait sur sa joue droite. Ses cheveux noirs, gras et raides, tombaient mollement sur ses épaules. Malgré une chevelure abondante, curieusement, elle n'avait pas de sourcils. Une moustache épaisse et foncée poussait au-dessus de sa lèvre. Si je n'avais pas entendu son prénom, et si je n'avais pas, en l'observant attentivement, remarqué ses seins qui pendaient comme des sacs de grains de maïs, j'aurais pris Wilma pour William.

«Allo», dis-je, en prenant une petite brioche.

«Tiny est en train de donner un bain à Stevie», dit Wilma sur un ton méprisant. «Il a eu un autre 'accident'. Ça fait pas une semaine qu'il est ici et j'ai déjà respiré l'odeur de sa merde assez souvent pour m'en souvenir le restant de mes jours.» Wilma se dirigea vers Rose qui était attachée négligemment dans un fauteuil roulant. «Il faut l'inscrire sur sa carte. Juste à l'odeur, on peut savoir ce qu'il a mangé hier soir. Plus jamais de hot dogs pour lui.»

«Rose doit finir de boire son verre de lait, dit Maizy. Je lui ai déjà fait manger un gros bol de bouillie d'avoine.»

«Tout pour Rose, dit Wilma. Tout pour ta chère Baveuse.»

«S'il te plaît, Wilma!», dit Maizy d'une voix fatiguée. Au moins, pas devant moi.»

Je regardai la brioche que j'avais dans la main et en pris une bouchée avec réticence. Elle était fade et plutôt dure. Tout en mâchouillant, je me tournai pour regarder Maizy qui continuait d'enfourner des cuillérées de bouillie d'avoine entre les lèvres de Mary. Après chaque bouchée, la jeune fille hurlait en ouvrant tout grand la bouche. J'avalai tout le morceau de brioche puis j'essayai de prendre une autre bouchée, mais mon estomac se noua et j'en fus incapable. À brûle pourpoint, l'image de Miss Emily surgit dans mon esprit. Elle perdrait du poids ici, me dis-je. Elle ne pourrait jamais manger trois douzaines de ces choses-là. Je pris ma serviette de papier et recrachai la bouchée de brioche. En pensée, je vis les petits pains au babeurre de Matanni fourrés de minces tranches de jambon de campagne. À cette heure-ci, grand-mère devait siroter une autre tasse de café. Patanni devait être dans l'étable en train de traire les vaches et de leur parler gentiment comme si elles faisaient partie de la famille.

«Où est Delbert?» demanda Maizy.

Wilma grimaça et je m'étonnai que quelqu'un d'aussi laid puisse rendre son visage encore plus laid.

«Il amène les autres au cours de musique», répondit Wilma.

«Ah oui, dit Maizy. J'avais oublié qu'il y avait une session de musicothérapie ce mois-ci.»

«Parce que tu es trop occupée à critiquer les autres», répondit sèchement Wilma.

Maizy serra les dents. Elle nettoya la figure de Mary, puis, saisissant fermement les avant-bras de la jeune fille, elle l'amena jusqu'au canapé où elle l'installa. «As-tu fini?» me demanda-t-elle en jetant un coup d'œil vers moi un sourire aux lèvres.

«Presque», dis-je en vidant mon verre de lait.

«Alors, viens, dit Maizy. Le docteur Conroy t'attend.»

Je repoussai ma chaise et me levai en vacillant un peu vers la gauche; je repris mon équilibre en m'appuyant sur la table, inspirai profondément et dis : «OK, je suis prête.»

Le bureau du docteur Conroy était très ordonné. Jamais de ma vie je n'avais vu une pièce où tout était rangé avec autant de minutie — une place pour chaque chose et chaque chose à sa place. Même après avoir agencé les couleurs de toutes les fournitures scolaires, je n'avais pas réussi à ranger le cagibi de l'école aussi bien. De telles habitudes de rangement m'impressionnaient et m'effrayaient en même temps. Les feuilles de papier étaient empilées dans des paniers métalliques. Les crayons rouges étaient regroupés dans un contenant de plastique rouge sur lequel on avait apposé une étiquette portant le mot CRAYONS. Un casier métallique, avec une autre étiquette portant le mot ENTRÉE, reposait sur une étagère métallique à côté du bureau. Juste à côté un second casier identique portait la mention SORTIE. Une bibliothèque remplie de documents couvrait tout un mur. Certains livres attirèrent mon attention : *Difficultés comportementales des enfants, L'autisme chez les jeunes enfants, Le développement de l'enfant, la Revue de la déficience mentale,* et plusieurs autres avec des mots étranges imprimés au dos du livre. Toute la tablette du milieu était occupée par une série de vingt volumes qui portaient tous le même titre : *American Journal of Orthopsychiatry.* Des manuels traitant de procédures et de programmes étaient alignés sur les deux tablettes du bas.

«Dr. Conroy, voici Icy Sparks», dit Maizy.

Très nerveuse, je regardai le Dr. Conroy et m'avançai.

«Très heureuse de faire ta connaissance, Icy», dit le docteur qui s'approcha pour me serrer la main.

Vêtue de son sarrau blanc, le docteur Conroy semblait être une personne efficace, concentrée et ordonnée comme son bureau. J'examinai le bas de son corps et remarquai qu'elle avait des hanches étroites et des jambes semblables à celles de Lana Turner.

«Assieds-toi», dit-elle, en tapotant de ses mains soignées le dossier d'une chaise en bois. «Donnez-moi une demi-heure Maizy, d'accord?»

«Je reviendrai à neuf heures trente», répondit Maizy; et elle sortit discrètement de la pièce.

Je m'assis avec hésitation. En m'adossant, je vis que mes pieds ne touchaient pas le sol alors je m'affalai sur la chaise et m'étirai de façon à pouvoir poser les pieds sur la carpette.

«Aimes-tu ça ici?» demanda le docteur Conroy en marchant d'un pas précis derrière moi.

«C'est bien», murmurai-je.

«En es-tu certaine?» demanda-t-elle.

«Oui m'dame» répondis-je impassiblement.

«Tiens tiens», dit-elle en touchant le dos de ma robe. «Tu n'as pas attaché les deux boutons du haut.»

Je ne dis rien.

«Tu ne dois pas oublier de boutonner ta robe et de t'asseoir droite», dit-elle sans faire aucun effort pour arranger ma robe.

Je me redressai aussitôt, et me retrouvai les jambes pendantes.

«Et tes cheveux sont tout ébouriffés, continua-t-elle. Tu les as tressés toi-même?»

J'acquiesçai d'un signe de tête tremblotant comme si je bégayais.

«Mais malgré tout, tu as de beaux cheveux. Comme de l'or pur.» Elle fit le tour de la chaise et s'arrêta en face de moi. «Maintenant voyons, de quelle couleur sont tes yeux?» Et elle se pencha pour étudier mon visage.

Je demeurai silencieuse un instant puis, sans lui laisser le temps de répondre je murmurai : «Jaune ocre.»

«C'est étrange à dire», dit-elle en posant un doigt sous mon menton et en me relevant la tête. «Mais tu as parfaitement raison! Ils sont jaune ocre.»

«Et mes cheveux ont la couleur des verges d'or», ajoutai-je.

«Oui, bien sûr», dit le Dr. Conroy. «Mais où as-tu entendu ça?»

«Matanni me l'a dit».

«Ah oui, je l'ai rencontrée hier.»

«C'est ma grand-mère. Elle m'a raconté tout ce qui est arrivé à ma naissance. Elle a dit que c'était ma mère qui m'avait rendue si jaune. Quand elle me portait, elle a mangé beaucoup de petites pommes vertes sauvages. Elle en a mangé des tas et les pommes l'ont rendue malade.»

«Des pommes sauvages?» Le docteur Conroy se passa la main sur le front.
«Je ne comprends pas.»
Je me détendis un peu et expliquai : «Mon petit estomac devait digérer ces fruits amers. Je devais tout avaler pour grandir. Matanni dit que lorsque je suis née j'étais si intoxiquée que je rotais comme si j'avais avalé du savon. La sage-femme m'a donné des tapes sur les fesses et j'ai coassé tellement fort qu'elle a regardé tout autour de la pièce : elle s'attendait à voir apparaître la célèbre grenouille de Sweetwater Lake. En me déposant sur le ventre de ma mère elle a dit : 'Elle est aussi froide que l'eau d'Icy Creek'. 'Icy' a dit ma maman et — selon Matanni — le prénom Icy m'est resté.»

Le Dr. Conroy sourit et hocha la tête. «Alors c'est comme ça que tu as reçu ton nom!»

«Oui m'dame. Ma maman m'a donné ce nom mais elle est morte deux semaines plus tard. Les pommes sauvages l'ont tuée, son urine est devenue toute jaune, comme mes yeux.»

Durant plusieurs minutes, le docteur Conroy demeura parfaitement silencieuse, me dévisageant en silence, puis elle fit le tour de la chaise et vint se placer derrière moi. Elle boutonna ma robe, défit mes tresses et peigna doucement de ses doigts ma tignasse. «Aimerais-tu que je tresse tes cheveux?» demanda-t-elle.

J'acquiesçai.

«Et si je te faisais des tresses françaises?»

«Je ne sais pas ce que c'est», répondis-je.

«Oh, c'est très joli. Exceptionnel, comme toi.»

«Oui m'dame. Des tresses françaises, ça serait beau.»

«Pour faire ces tresses, il faut un peigne et une brosse . Ça ira jusqu'à ce que je revienne?»

«Oui madame», dis-je.

«Oh, la charmeuse», dit-elle en se dirigeant rapidement vers la porte. Mais quand je reviendrai, nous devrons nous mettre au travail.»

«Au travail?» dis-je en élevant la voix tandis que je jouais avec les extrémités de mes cheveux.

«Oui», répondit-elle sur un ton solennel. «Je veux que tu me dises tout à ton sujet. Je veux savoir exactement ce que tu ressens.»

J'essayais de voir ce que je ressentais exactement lorsque le docteur Conroy revint, à peine quelques minutes plus tard.

Elle tressait mes cheveux et ses doigts fins bougeaient rapidement pendant qu'elle parlait. «Icy, est-ce que tu sais pourquoi tu es ici?»

J'abaissai les paupières et hochai la tête.

«Ne bouge pas», dit-elle en posant doucement la main sur le dessus de ma tête. «Réponds moi tout simplement. Quand tu bouges, tu défais les tresses. Bon essayons à nouveau. Pourquoi penses-tu que tu es ici?»

«Parce que j'ai fait des choses et dit des choses qui ont mis en colère mes grands-parents, Mr. Wooten, et probablement Miss Emily aussi.»

«Mr. Wooten a l'air gentil. L'aimes-tu?»

«Oui m'dame. Et c'est encore plus terrible à cause de ça. Je lui ai dit des choses horribles et je lui ai donné des coups de coude alors que tout ce qu'il essayait de faire c'était de m'aider.»

«Pourquoi as-tu fait ça?» demanda-t-elle.

«Il détruisait tout. Il mettait toute ma pièce en désordre à l'école.»

La voix du docteur Conroy demeurait calme. «Et bien, Mr. Wooten a dit beaucoup de bien de toi. Manifestement, il t'aime beaucoup.»

«Je ne comprends pas pourquoi, marmonnai-je. Après tout ce que j'ai fait.»

«L'amour ne s'arrête pas comme ça», dit le docteur Conroy en saisissant gentiment une mèche de cheveux et en l'amenant derrière mon oreille. «Qui est Miss Emily?»

«C'était ma meilleure amie.»

«Tu as l'air triste Icy. Pourquoi? Tu pourras à nouveau jouer avec elle bientôt.»

«Si elle n'est pas trop occupée à son travail», répondis-je.

Aussitôt, ses doigts cessèrent de bouger. «Travail? Quel âge a ton amie?»

«C'est une adulte».

«Une adulte», répéta le docteur. «Et bien alors, où travaille-t-elle?»

«Au Tanner's Feed Supply, expliquai-je. Quand ses parents sont morts, ils lui ont laissé le magasin.»

«Eu-euh», murmura le docteur, en remuant à nouveau les doigts. Et qu'est-ce que tu aimes chez Miss Emily?»

«Je l'aime parce qu'elle est drôle et intelligente. Nous prenons le thé ensemble et parfois elle me fait la lecture.»

«Elle t'enseigne le français?» demanda le docteur.

«Non», dis-je en secouant la tête, puis je me repris et acquiesçai d'un vigoureux signe de tête. «Miss Gigi m'enseigne le français, mais en réalité Miss Gigi c'est Miss Emily.»

Le docteur Conroy rit. «Attends un peu! Je ne te suis pas.»

«Miss Emily est vraiment drôle. Elle peut modifier sa voix. Comme quand on fait parler un pantin», marmonnai-je en essayant de parler avec les lèvres fermées.

«Icy, je n'ai pas compris un seul mot de ce que tu viens de dire.»

«Elle est venlitroque, dis-je d'une voix claire, comme Charlie McCarthy.»

«Non, corrigea le docteur Conroy, comme Edgar Bergen. Il est ventriloque. Le pantin c'est l'autre.»

«Ça n'a pas d'importance, dis-je exaspérée. Parce que Miss Emily n'utilise pas de poupées de bois. Seulement des animaux en peluche.»

Avec tendresse, le docteur repoussa ma frange sur le côté. «Tu es chanceuse d'avoir Miss Emily comme amie».

«Y'a longtemps que je l'ai vue, dis-je doucement. J'espère qu'elle m'aime toujours.»

«Oh sûrement», me rassura le docteur. Elle ne te laisserait pas tomber. Elle semble beaucoup trop gentille pour ça.»

«Et même si elle est très pesante, ce n'est pas important.»

«Bien sûr que non», dit Dr. Conroy.

«Parce qu'une personne peut être très pesante mais ça ne la rend pas mauvaise», affirmai-je. «Je veux dire, elle reste la même en dedans.»

«C'est exact!»

«Et la vérité c'est qu'une personne qui est grosse ne va pas vous écraser si elle vous serre dans ses bras», dis-je en hochant la tête. «Ce ne sont que des commérages et des mensonges.»

«Des mensonges? tiens tiens» dit le docteur Conroy en me tirant les cheveux.

«Oui m'dame», dis-je sur un ton impatient. «Les gens dans les petites villes font des calomnies. J'imagine que c'est parce qu'ils ont rien de mieux à faire.»

«Oh, je vois. Et penses-tu qu'ils mentent aussi à ton sujet?» demanda-t-elle en peignant l'extrémité d'une tresse.

Je réfléchis un instant puis je marmonnai. «Je suppose que oui. Ils racontent probablement tout un tissu de mensonges à mon sujet.»

«Comme quoi?» demanda-t-elle.

«Oh, je ne sais pas», répondis-je en marmonnant à nouveau. «Que moi et Miss Emily nous sommes bizarres. Bizarre comme cousine Noisette.» Je levai les sourcils, entrouvris légèrement les lèvres et sentis la question s'échapper de ma bouche. «Est-ce que les gens qui sont différents font peur?»

«Tu parles de toi, Icy ou de Miss Emily? demanda Dr. Conroy en tressant une autre mèche de cheveux. «Et qui est cousine Noisette?»

Je regardai avec inquiétude mes doigts qui s'agitaient sur mes cuisses. «Cousine Noisette? Oh, ce n'est pas important. Mais parlons plutôt de Rose, cette fille sur le matelas là-bas. Qui voudrait être son amie? Et celle qui a une grande bouche et des gencives roses.»

«Mary», dit le docteur Conroy.

«Oui, celle-là. Juste de regarder ses dents pointues ça me fige le sang.»

«Mm-mm. Je peux comprendre ce que tu ressens.»

«Et bien, continuai-je, elles sont aussi des créatures de Dieu. C'est Dieu qui les a faites. Il a dit au monde : 'Les voici' puis Il s'est levé et Il est parti.» Le dos voûté, je levai les genoux et les entourai de mes bras. «Il est le seul à savoir ce qu'il y a de bon en elles, mais Il ne traîne pas dans le coin. Il ne dit pas aux gens : 'Rose est une fille bien. Donnez-lui une chance'. Non m'dame, Il s'éloigne et Il regarde le spectacle de loin, c'est tout ce qu'Il fait.»

«Les voies de Dieu sont mystérieuses, dit le docteur. Rose a une amie, c'est Maizy.»

Je n'étais pas d'accord. «Mais Maizy travaille ici. Elle fait son travail, c'est tout.»

Le Dr. Conroy tressa l'autre natte. «Alors tu dis que si on est différent, personne ne nous aime.»

«On vous attaque de tous les côtés», dis-je

«Et bien», dit-elle en tirant gentiment sur les deux tresses. Elle alla à son bureau, ouvrit un tiroir et en tira un sac à main. «Tu excuseras ma franchise» dit-elle en approchant, un poudrier à la main, «mais là, comme ça, ton apparence est très différente et je t'aime mieux ainsi.» Elle ouvrit le poudrier, le tint devant mon visage et me demanda les yeux pétillants : «Et bien, qu'en penses-tu?»

Je dépliai les jambes et, en me balançant vers l'avant, je posai les pieds fermement sur le plancher. «Oh, c'est beau», dis-je en souriant.

«Et bien, moi aussi je travaille ici», dit-elle; et elle me rendit mon sourire.

Chapitre 17

«On dirait une vedette de cinéma», s'exclama Maizy à ma sortie du bureau du docteur Conroy; puis nous sommes entrées dans la salle de séjour; Wilma — la seule personne à s'y trouver — me jeta un regard dédaigneux, puis elle passa la langue sur sa moustache et se dirigea vers le coin le plus éloigné de la pièce. J'étais déçue : j'aurais aimé que les autres soient là pour me voir et me faire des compliments. Après tout, le docteur Conroy avait raison. Les tresses françaises étaient bien différentes. Ces nattes tirées vers l'arrière et mises en évidence par deux rubans dorés donnaient à mon visage un air raffiné, original.

«Où est passé tout le monde?» demandai-je en regardant partout dans la pièce.

«Ils se reposent dans leurs chambres», expliqua Maizy.

«Oh», dis-je en peignant de mes doigts l'extrémité des tresses.

«Pourquoi ne vas-tu pas rendre visite à Rose? suggéra Maizy. Elle aimerait certainement voir ta nouvelle coiffure.»

Je secouai la tête. «Oh non! Elle dort probablement.»

«Je connais Rose, dit Maizy, et je crois qu'elle est étendue sur son lit les yeux grands ouverts; elle attend simplement que quelqu'un lui rende visite.»

«Je ne sais pas», répondis-je de façon évasive. Je suis un peu fatiguée.

«Va lui parler, insista Maizy. Elle sera très contente de te voir.»

«Arrête!» cria Wilma. «Tu es sourde ou quoi? Elle ne veut pas parler à cette masse informe de muscles et d'os.»

«Elle veut!» cria Maizy. «Mais elle ne le sait pas encore, c'est tout.»

«Non elle veut pas! beugla Wilma. Si tu la laisses pas tranquille, elle finira par vous détester toutes les deux. M'entends-tu?»

Maizy me saisit les mains. «Tu veux rendre visite à Rose, n'est-ce pas Icy?»

Je plongeai mon regard dans ses yeux suppliants et songeai à la solitude de

ceux qui sont différents. Et je cédai. «Oui m'dame», dis-je en regardant Wilma fixement. «Je ne suis pas aussi fatiguée que je pensais.»
«Bien! Je le savais!» Maizy repoussa vers l'arrière ses boucles blondes; ses yeux bleus étincelaient. «As-tu entendu, Wilma? As-tu entendu ce qu'Icy a dit?» Wilma rageait. «J'ai entendu ce que toi — la sainte dame patronnesse — l'a forcée à dire.»
Maizy me tendit la main. «Viens avec moi, Icy ma fille. Et elle agita les doigts. «Je vais te conduire à sa chambre.»
La porte de la chambre de Rose était bleu foncé et portait le numéro 8. Le chiffre était peint en rouge au-dessus de la poignée. Rose portait un long T-shirt vert et elle était allongée sur le dos dans un grand lit blanc avec des barreaux de chaque côté — comme un immense berceau. En m'approchant, je pus constater que Maizy avait raison : elle avait les yeux grands ouverts.
«Je reviens dans dix minutes, dit Maizy. Cela te donnera le temps de faire connaissance.»
«Ma-mais...» balbutiai-je.
«Pas de 'mais'» dit Maizy. «Elle ne mord pas.» Et sur ces mots, elle sortit.
J'inspirai fortement et sentis mes lèvres vibrer. «À quoi penses-tu?» murmurai-je en m'approchant petit à petit. À deux pieds d'elle, j'essayai de lire une réponse sur son visage mais je ne vis rien. «Est-ce que ça fait mal?» demandai-je en m'approchant. «Cligne des yeux si c'est le cas.»
Ses paupières demeurèrent immobiles.
«Parle moi, suppliai-je. Dis-moi quelque chose.»
Rose ferma les yeux et poussa un fort gémissement.
Je m'approchai des lattes de bois, me hissai sur la pointe des pieds, et la tête posée sur le garde-fou demandai : «Qu'est-ce que ça veut dire?»
Rose gémit à nouveau et ouvrit les yeux.
«Je sais que ça fait mal». Je me penchai et frottai l'intérieur de son bras. «J'aimerais pouvoir faire partir la douleur.» Je gardai la main sur son épaule.
Rose gazouilla; dans ses yeux des larmes tremblèrent.
«Ne sois pas triste!» dis-je en caressant sa peau. «Je serai ta nouvelle amie».
Gênée, je sentis une vague de chaleur me monter au visage; je me raclai la gorge et risquai : «Mais seulement si tu veux.»
Rose cligna une fois des yeux.
«Est-ce que ça veut dire que tu m'aimes?» demandai-je.
Elle cligna des yeux à nouveau.
«Tu m'aimes. Malgré ma façon d'agir hier!»
Rose cligna des yeux pour la troisième fois et fit un grand sourire. Ses dents d'en avant — tels de petits grains de maïs blancs, tous de la même grosseur — luisaient.
«T'as un beau visage», dis-je enthousiaste, «et un beau sourire.» Je passai mes doigts sur ses lèvres et elle se mit à rire.
«Parfois je fais des choses étranges». Je ris avec elle. «Parfois je coasse comme une grenouille.» J'étirai mon cou vers l'arrière et coassai. Elle rit encore

plus fort — si fort en fait que tout son corps et même le lit se mirent à vibrer. «Parfois je tressaute sans arrêt, et même en essayant très fort, je suis incapable de m'arrêter.» Je me contorsionnai et tressautai vers la gauche. «Je me suis si mal conduite que Mr. Wooten — le principal de mon école — a demandé à mes grands-parents de m'emmener ici. Mais il est mon ami, c'est pour ça que je lui en veux pas.» Je plongeai mon regard dans le sien. «Je crois qu'il y a un peu de morelles à grappe en moi, avec les parties empoisonnées : la racine et les fruits. Les gens comme Mr. Wooten n'ont pas à s'inquiéter : il n'y a pas de morelles en eux, ils sont trop bons pour cela.» Je passai ma langue sur ma lèvre. «Mais pour les gens comme moi, c'est différent. Ce poison s'accumule, il devient de plus en plus fort, et alors il faut qu'il sorte. S'il ne sortait pas, il pourrait me manger. Il mangerait toutes les bonnes parties en moi, les feuilles et les tiges, et laisserait seulement les mauvaises parties. Et je serais comme Mamie Tillman. Mon esprit s'élèverait et disparaîtrait et je ne serais plus qu'une coquille vide. C'est pour ça que je dois laisser sortir ce poison. Un tressautement par ici. Un coassement par là. Un juron. Une mauvaise pensée. Comprends-tu?»

Rose roula la tête d'un côté et de l'autre et agita les paupières. Des filets de salive s'écoulaient aux coins de sa bouche.

«J'ai pensé que peut-être, tu pourrais comprendre. Tu vois, on est pas si différentes l'une de l'autre. Je suis différente, exactement comme toi.»

Rose grommela.

Je grognai aussi.

Elle grommela à nouveau.

Je fis de même.

Rose éclata de rire.

Je gloussai à mon tour.

Ses yeux noirs se promenèrent de l'arrière à l'avant.

Je me penchai au-dessus du garde-fou et fis rouler mes yeux.

De la salive coula sur sa lèvre inférieure.

Je rassemblai la salive dans ma bouche puis la laissai s'écouler sur ma lèvre.

Rose sourit.

Je lui rendis son sourire.

Alors Rose fit une chose incroyable. Les ressorts du matelas grincèrent et, en gigotant et en rampant, elle se traîna jusqu'au bord du lit, de façon à être tout près de moi. Effarouchée, je fis un saut vers l'arrière en regardant, fascinée, ses membres tordus qui tremblaient et, je compris à l'instant qu'elle s'était avancée vers moi délibérément. Une fois encore, je passai mon bras avec précaution à travers les lattes de bois et fis courir mes doigts le long de sa jambe. Une vive émotion illumina ses yeux, lesquels prirent une teinte plus foncée. Ravie, elle tremblait et poussait de petits cris. «Maizy a raison, dis-je. Tu es un amour.» Nous nous sommes souri en silence durant un long moment.

«Icy ma fille, tu dois aller te reposer maintenant», dit Maizy depuis le couloir. «Je t'appellerai quand le déjeuner sera prêt.»

«Bye-bye», murmurai-je en soufflant un baiser en direction de Rose. «Je reviendrai bientôt.»

À quelques pieds de la chambre de Rose, j'entendis une voix, une grosse voix bourrue, et je m'immobilisai sur-le-champ. «Wilma» disait la voix sur un ton insistant. «Wilma. Wilma. Wilma.» Je jetai un coup d'œil dans la chambre.

Wilma, la bouche tordue et le visage cramoisi, était penchée sur une jeune fille recroquevillée sur elle-même — la jeune fille que j'avais aperçue sur le terrain de jeu le premier jour et qui avait des cheveux comme des tampons à récurer. «*Wil*-ma», répéta Wilma, en mettant l'accent sur la première syllabe. « Wil-*ma*», dit-elle en accentuant la deuxième syllabe. «Wilma. Wilma. Wilma. Wilma.» cracha-t-elle. «Je vais changer ça. C'est affreux, non?» Elle hocha la tête énergiquement en examinant la jeune fille, puis elle força son corps roulé en boule à se déplier, ouvrit deux épingles de sûreté et retira une couche souillée. «T'es une stupide masse puante», poursuivit-elle en prenant une couche propre. «Une stupide masse de merde». Elle tira d'un coup sec le coin gauche de la couche propre sur la hanche de la fille. «Deirdre», dit-elle, en perçant le tissu avec l'épingle de sûreté. «Deirdre, un si joli nom!», continua-t-elle tandis que sa main glissait et que l'épingle s'enfonçait dans la peau de la fille.

Telle une tortue, Deirdre redressa brusquement la tête, et pour la première fois j'aperçus son visage — un visage impassible qui ne trahissait aucun malaise. «Regarde-toi!» grogna Wilma en toisant de la tête au pied la malade dont elle avait la charge. «Une masse stupide avec un joli nom! C'est pas juste, je te dis! T'es nourrie et logée. Tu t'la coules douce. Pas de soucis». Elle passa un t-shirt par-dessus la tête de la jeune fille, en aplatissant sa chevelure désordonnée. «Vous êtes chanceux, bande de demeurés»; elle tira sur son t-shirt et les boucles de ses cheveux se redressèrent comme des ressorts de sommier. Wilma passa la main dans sa propre tignasse noire et raide et grimaça. «L'ignorance est une bénédiction!»; elle souleva la fille et la laissa tomber tel un sac d'oignons dans une chaise roulante. «Faut se brosser les dents à présent»; et elle poussa la chaise vers une entrée privée donnant sur la salle de bains commune des filles.

Durant plusieurs minutes, je restai immobile, le cœur battant la chamade et les mains moites. Malgré ma frayeur, je m'essuyai les mains sur ma robe, redressai les épaules, rentrai le ventre et, avec précaution, pénétrai dans la chambre; puis je jetai un coup d'œil dans la salle de bains.

La chaise roulante se trouvait devant l'évier; debout derrière la jeune fille, Wilma étendait de la pâte à dents sur une brosse à cheveux verte. De sa main potelée, elle attrapa une mèche de cheveux et tira brusquement la tête de la fillette vers l'arrière; le corps de Deirdre se déplia comme un mirliton; puis Wilma enfonça les poils durs de la brosse entre ses lèvres serrées. «En arrière et en avant. En arrière et en avant», serina l'auxiliaire en lui frottant la bouche avec la brosse. «En arrière et en avant. En arrière et en avant. Même toi tu peux le faire. Maintenant essaie!» Elle tenta d'insérer la brosse à cheveux dans le poing fermé de la fille; au lieu de la saisir, Deirdre se roula en boule une fois de plus. «Essaie, espèce d'idiote!» hurla Wilma en la forçant à se déplier encore une fois et à ouvrir sa main en forme de crabe; elle inséra la brosse.

Aussitôt, Deirdre, renversa sa main, laissant tomber sur son T-shirt une traînée de pâte dentifrice.

« Stupide merde ! » cria Wilma en lui arrachant la brosse et en lançant cette dernière sur le mur de tuiles jaunes.

À nouveau, Deirdre se roula en boule. Comme une chenille, elle s'enroula sur elle-même pour former un nœud serré.

« Conasse ! » Wilma se pencha et tourna le robinet. « Conasse ! Conasse ! Conasse ! » hurla-t-elle, en formant une coupe avec ses deux mains et en les remplissant d'eau ; puis elle aspergea le dos de la jeune fille.

Hypnotisée, je retins mon souffle et vit Deirdre se recroqueviller de plus en plus, enfouir sa tête, cacher ses cheveux, jusqu'à ce que je ne puisse plus tolérer cette vision une seconde de plus. Alors, incapable de me maîtriser, je pivotai brusquement, traversai la chambre en courant et quittai la pièce. « Maizy ! » criai-je en me précipitant à l'extrémité du couloir où je la vis qui me tournait le dos. « Maizy ! » répétai-je en courant vers elle ; elle se retourna et je passai mes bras autour de sa taille.

Doucement, elle me repoussa. « Qu'y a-t-il ? » dit-elle en me regardant dans les yeux avec intensité.

Mais au moment où j'allais déballer toute l'affaire, je revis en pensée Wilma. Elle arborait un sourire étrange et se tenait au-dessus de moi, une brosse à cheveux à la main. Alors je pris une courte inspiration et mentis : « Rien, Maizy. Je m'ennuyais de toi, c'est tout. » Puis, en ravalant ma peur, je courus jusqu'à ma chambre.

« C'est l'heure de faire bouffer les gosses », dit Wilma.

Malgré les bruits de pas, le cliquetis de pièces métalliques frottant l'une contre l'autre, le grincement des chaises roulantes, les voix irritées du personnel, les hurlements et les gémissements des patients, chaque mot prononcé par Wilma émergeait du tumulte. Même assise à une table très éloignée d'elle, j'entendais sa voix hargneuse. On aurait dit que la méchanceté me poursuivait ces derniers temps ; à l'école élémentaire de Ginseng, elle s'était glissée dans le sourire de Mrs. Stilton, dans la façon dont sa pomme d'Adam tremblait quand elle chantait, dans les coups qu'elle me donnait sur les mains avec sa raquette de ping-pong. Ici, au Bluegrass State Hospital, la méchanceté circulait dans les ondes sonores qui émanaient de la bouche de Wilma. La méchanceté, me dis-je, est plus forte que la bonté. Elle possède son propre pouvoir.

La voix nasillarde que j'avais entendue en début de matinée résonna dans la pièce et je la reconnus aussitôt. C'était Delbert. « Ferme-la, Wilma ! » Debout près de la porte latérale, il nettoyait une table. « On en a ras-le-bol de tes remarques. »

« Oh, que j'ai peur ! » ironisa Wilma, en faisant frétiller tout son corps. « Le gros méchant et viril Delbert Franklin va m'attraper. »

« Le diable a déjà pris possession de toi, dit-il. Il est là, dans ta vilaine figure et dans ta voix déplaisante. »

« Beurk ! » dit Wilma en faisant la grimace ; et elle agita ses doigts tendus.

Au même instant, la porte des cuisines s'ouvrit et deux membres du personnel entrèrent en poussant des chariots sur lesquels étaient empilés des cabarets.

Maizy avait expliqué que tous les repas de l'hôpital étaient préparés au Hickory Hall et que les employés les apportaient dans une camionnette. L'arrière du véhicule s'ouvrait et les plats de nourriture descendaient sur un tapis roulant jusqu'à la porte arrière de notre cuisinette. C'était une petite pièce — dont la porte était verrouillée la plus part du temps — et où il y avait un énorme réfrigérateur gris de la grosseur de notre remise à outils, et une minuscule cuisinière. On pouvait y trouver des jus de fruits, du lait, de la crème glacée, des céréales et des collations. Les plats qui n'avaient pas été mangés plus tôt pouvaient y être réchauffés. Mais à l'heure des repas, les chariots occupaient presque tout l'espace. Je humai l'odeur âcre et reconnaissable des tables lavées au vinaigre mêlée à celle de la viande de bœuf haché trop cuite.

«Gordie a des problèmes aujourd'hui.» Delbert parlait à Maizy qui entrait avec les chariots. Elle était debout à côté de lui et elle lisait les étiquettes posées sur le côté des cabarets. «Plus que d'habitude. Deux fois déjà, il m'a donné des coups de tête. Il m'a presque assommé.»

«J'vais le surveiller», dit Maizy en venant vers moi. «Icy, je pense que tu vas aimer le déjeuner aujourd'hui». Puis elle plaça les aliments devant moi.

Un hamburger grisâtre comme s'il avait bouilli durant des heures, une boule de pommes de terre en purée grumeleuse, un petit cornichon ratatiné, et deux friandises en forme de canne — qui n'avaient pas dû trouver preneur lors du dernier Noël — me dévisageaient.

«C'est bon, hein?» demanda Maizy.

Je lui jetai un coup d'œil et haussai les épaules; comment diable pouvait-elle trouver bon un tel repas? Puis je compris : son corps mince comme une pelure d'oignon la trahissait; visiblement, elle n'avait jamais goûté à des plats délicieux. Je fermai les yeux et imaginai Matanni et Patanni, assis à la table de la cuisine, plongeant leur cuillère dans la soupe. Durant l'hiver, Matanni faisait une soupe différente à chaque semaine. Ces jours-ci, elle devait préparer une soupe aux courges et au vinaigre de cidre. Le cidre était fabriqué à partir de pommes Winesaps surettes qui poussaient derrière notre maison. Grand-mère mesurait trois tasses de cidre maison et deux tasses de crème de notre vache Essie. Elle mélangeait ensuite ces ingrédients aux courges cuites qui mijotaient à gros bouillons. Puis elle ajoutait trois bonnes cuillérées de beurre. Quand son bol était plein, Patanni y plongeait sa cuillère et la ramenait vers lui si rapidement que des gouttes de soupe se répandaient sur sa chemise. Matanni en revanche, élevait et abaissait calmement sa cuillère à distance. Elle disait toujours que sa mère lui avait enseigné les bonnes manières. En regardant ce morceau de viande grise fourré entre deux tranches de pain blanc sans consistance, je m'ennuyais de ma grand-mère, du petit nuage de vapeur qui montait jusqu'à mon visage tandis que j'approchais une cuillérée de soupe jusqu'à ma bouche, de la sensation de chaleur à l'estomac et de la satisfaction que j'éprouvais après avoir tout avalé.

La voix de Maizy vint interrompre ma rêverie. «Tu n'es pas une véritable enfant. Tous les enfants aiment les hamburgers.»

«Viens par ici», ordonna Delbert à un garçon qu'il tenait par la main — c'était le gros garçon à la carrure imposante que j'avais vu déambuler dans la cour le premier jour. Avec ses cheveux en brosse, sa mâchoire proéminente, ses yeux noirs et sans vie, il paraissait plus vieux que tous les autres — il avait peut-être une quinzaine d'années. Les épaules ondulant comme les sillons d'une charrue, le garçon qui suivait Delbert traversa la pièce en se pavanant.

«Assis-toi ici Gordie, dit le préposé, en donnant de petites tapes sur le dessus de la table. «Vois comme c'est propre.»

«Est-ce que Gordie est devenu fou furieux quand la musique a commencé?» demanda un homme de grande taille en uniforme blanc qui se tenait debout, à quelques pieds plus loin.

«Non, Tiny. Il s'est bien conduit», répondit Delbert en entraînant Gordie à sa place. «Il n'a pas frappé d'objets ni donné de coups de tête à qui que ce soit, sauf à moi.

J'examinai attentivement Tiny — six pieds, un torse puissant, une bedaine — et me demandai intriguée pourquoi on lui avait donné ce nom.

«C'est bien, dit Tiny. Nous faisons des progrès.»

Gordie était maintenant assis très droit, le dos appuyé au dossier de sa chaise. Avec précaution, il déplia sa serviette, la plaça sur ses genoux et, les yeux durs, regarda fixement devant lui. Puis un muscle de sa figure se tordit et un sourire inquiétant flotta un instant sur ses lèvres.

Assis sur un canapé, Tiny hocha la tête en regardant Delbert avec un air entendu; ce dernier acquiesça. Je m'assis à ma place et les observai tous les trois.

«Regarde-le, Tiny. Il est obsédé par le front de Ruthie.» Delbert indiqua du doigt une jolie adolescente d'environ treize ans qui était assise à l'extrémité de la table. «Je vais être soulagé quand on va la transférer.»

Je tournai mon regard vers la fille ; elle avait des cheveux courts ramenés légèrement vers l'intérieur comme sur les images des années folles que Miss Emily m'avait montrées et sur lesquelles on apercevait des femmes avec une coiffure à la Jeanne d'Arc. Elle tenait une grande cuillère dans la main gauche et enfournait de façon mécanique une montagne de pommes de terre en purée entre ses lèvres roses et pleines. Et elle n'avait pas avalé une bouchée que déjà elle plongeait à nouveau sa cuillère dans ses patates. Je remarquai que Gordie suivait des yeux l'éclat métallique de la cuillère durant son trajet entre les pommes de terre et la bouche de la jeune fille. Un va-et-vient incessant. À chaque fois qu'elle avalait, la bouche du garçon s'ouvrait et se refermait comme celle d'un poisson. Il l'imitait. La purée de pommes de terre s'échappait par les coins de sa bouche et s'étalait comme une pâte sur son menton. Sans cesser de l'observer, Gordie lui décocha un regard furibond.

«Il l'étudie», dit Delbert en soulevant lentement le cabaret. «Je vais l'emmener par ici» — il indiqua une table de jeu installée dans le coin droit le plus éloigné de la pièce.

«C'est pour ça que je l'ai installée là», dit Tiny en faisant un clin d'œil. Ces jours-ci, il pourchasse Ruthie.»

Delbert s'était détourné un instant pour regarder Tiny; il allait saisir le bras de Gordie quand soudain le garçon sauta sur ses pieds, redressa les épaules et chargea comme un taureau par dessus la table, droit vers le front de Ruthie.

«Gordie!» hurla Delbert, en se précipitant vers lui.

Mais il était trop tard. Il y eu un bruit sourd. Le front de Gordie venait d'entrer en collision avec celui de Ruthie. Comme une bande élastique qui se relâche, celle-ci retomba sur son siège. «Ouououououou! hurla-t-elle en ruant et en frappant la table avec ses poings. «Ouououououou!» beugla-t-elle en repoussant violemment son assiette; et comme de petits parachutes miniatures, les morceaux de pommes de terre en purée tombèrent sur le plancher.

Nerveux et inquiet, Delbert s'élança, les bras tendus comme un filet au-dessus de la table, afin de freiner Gordie dans sa course — ce dernier s'apprêtant à charger encore une fois.

«Gordie!» Tiny glissa sur le plancher verni et saisit les bras du garçon par derrière. «On se calme!»

«Ouououououou!» hurla Ruthie avant de se pencher sur le côté et d'arracher de la tête de Deirdre une poignée de cheveux.

«Ruthie, non!» dit Maizy en se précipitant pour entourer de ses bras les épaules de Ruthie.

Roulée en boule, Deirdre demeura silencieuse.

Gordie grogna et poussa la table qui racla le plancher. Et pendant ce temps, Tiny et Delbert placés en sandwich de chaque côté de Gordie l'entraînaient vers l'arrière. De ses deux bras, Tiny enserrait la poitrine de Gordie; Delbert agrippait maintenant les bras de Tiny.

«Les attaches», hurla Tiny.

«Les attaches!» répéta Delbert, ses cheveux couleur du sable plaqués sur son front.

Maizy, qui retenait toujours Ruthie fit un signe de tête à Wilma qui quitta la pièce en souriant.

«Merci, Tiny!» dit Delbert en relâchant la pression; puis il tendit la main vers Wilma qui revenait d'un pas nonchalant avec les sangles de cuir qui se balançaient au bout de ses doigts.

«Les voici!», dit-elle en les laissant tomber dans la main de Delbert. «Il faut prendre le taureau au lasso.»

Chapitre 18

———— ✳ ————

L'étrange fille aux gencives roses, celle que Wilma avait baptisée la Bouche, projeta ses bras bandés vers l'avant et se pencha brusquement — sans pouvoir avancer. Retenue à la taille par une corde elle-même attachée à un anneau de métal fixé à un arbre, elle tirait par petites saccades en hurlant. De temps à autre, alors que la corde vibrait sous la tension, elle faisait claquer fébrilement ses gencives; puis, ramenant un bras vers sa bouche, elle mordait avec colère dans l'épais bandage blanc.

«Delbert, viens chercher Mary!» hurla Wilma en ouvrant tout grand la porte. «Ramène-la à l'intérieur sinon elle va se sectionner une artère.»

Déconcertée, je regardai autour de moi. Le garçon que j'avais vu dessiner, était debout près de l'édifice et il agitait devant son visage une feuille de papier. Ruthie, sur la défensive, se dirigeait en clopinant vers la porte. Je détectai la présence de Stevie avant même de le voir; précédé par l'odeur de ses excréments, il s'approchait de moi. Je me pinçai le nez et fis demi-tour. «Viens, Stevie», grogna Tiny en le prenant par la main. «Toi aussi. Allez, à l'intérieur. Tu as encore tout sali ton pantalon.»

«Maizy, où sont les deux filles?» lui demandai-je alors que nous venions de nous installer sur un banc derrière le chêne.

«Quelles filles?» répondit-elle.

«Celles que j'ai vues à mon arrivée. Avec des cheveux frisés et des tuniques écossaises.»

Maizy réfléchit un instant. «Oh oui, je vois. Ce sont les filles du directeur. Elles viennent jouer ici de temps à autre.»

«Elles n'habitent pas ici?»

«Oh non, chérie. Elles viennent seulement en visite.»

En soupirant, je me levai et me dirigeai lentement vers les balançoires où se trouvait le garçon-oiseau. Désœuvrée, je me mis à l'observer tandis qu'il se balançait. À chaque envol, il gazouillait et ses cheveux blonds virevoltaient autour de sa tête comme du duvet. Mais dès que je fus à deux pieds de lui, il étira ses longues jambes, posa fermement les pieds sur le sol et s'immobilisa dans le sable qui ondulait autour de ses chevilles. J'observai avec attention ses cheveux blonds, ses yeux bleu-vert et son long corps mince et gracieux; mais lui, sans me jeter un seul regard, détourna la tête.

«Reid!», dit Maizy en se rapprochant de moi. «Je suis Miss Cacatoès de Sidney. Tu me reconnais, hein?»

Reid lâcha la balançoire, tourna la tête vers elle et gloussa doucement.

Dressée sur le bout des orteils, Maizy cambra le dos, agita lentement les bras de côté et émit de petits bruits gutturaux.

Reid répondit en roucoulant doucement.

«C'est ma nouvelle amie», dit Maizy en me faisant signe d'approcher.» Elle s'appelle Icy. Tu vois la couleur de ses cheveux?» Avec ses doigts, elle fit bouffer mes cheveux. «C'est un oiseau jaune».

Reid abaissa les paupières, pencha la tête du côté gauche et gazouilla.

«Reid. Reid. Reid», chanta Maizy en s'approchant très doucement. «N'aie pas peur», dit-elle sur un ton aigu. «Tu me connais. Je suis Miss Cacatoès de Sidney.» À petits pas, elle me fit approcher de lui, puis elle allongea le bras gauche et toucha le bas de sa chemise.

Le garçon ouvrit aussitôt les yeux et, les bras tendus devant lui, lança des cris perçants et furieux. Puis, les genoux pliés et le torse bombé, il fonça et décrivit sans arrêt des cercles autour d'elle tout en agitant frénétiquement les bras et en croassant.

Maizy leva les bras au-dessus de sa tête et remua les doigts. «Tu vois?» dit-elle d'une voix apaisante. «Je n'ai rien dans les mains. Pas de sangles. Rien.»

Alors, aussi rapidement qu'il avait commencé, Reid cessa de crier. Il leva une jambe comme un magnifique héron blanc et, en levant et en déployant les bras de chaque côté avec grâce, il demeura en parfait équilibre. Dans cette posture, tel un oiseau perché il effectua des trilles durant ce qui me sembla une éternité.

Silencieuses et songeuses, Maizy et moi nous sommes éloignées de lui pour aller nous asseoir dans l'herbe près du carré de sable. Jouissant de ce moment paisible, appréciant cette journée exceptionnellement chaude de décembre, je regardai Maizy et, pour la première fois, je la vis vraiment. Les cheveux blonds, les yeux bleus, si délicate, elle était très jolie. Elle mesurait à peine cinq pieds et deux pouces et ne pesait pas plus de quatre-vingt-dix livres. Ses mains étaient aussi délicates que son ossature. Je pouvais apercevoir, sous sa peau mince comme du papier, ses veines sombres et ténues comme des fils. Son nez minuscule était délicatement dessiné. Quand elle respirait, ses narines frémissaient. De temps en temps, elle battait des paupières comme si elle était sur le point de s'assoupir. Je rêvais souvent tout éveillé moi aussi, et c'est pourquoi je pouvais reconnaître les symptômes.

«Tu rêves, n'est-ce pas?» lui demandai-je.

Les muscles de sa bouche se contractèrent. Elle hocha la tête et me regarda fixement. «Oui». Et elle cligna des yeux. «Je rêve toujours éveillée après le déjeuner. J'imagine que c'est parce que j'ai l'estomac plein. Comment as-tu fait pour deviner?»

«Mon père était un grand rêveur. Il était renommé dans tout le comté et il m'a transmis ça.»

«Les montagnards sont doués pour la rêverie», dit-elle le regard perdu dans le vague. «Je suis née dans les montagnes, dans une petite ville appelée Lollagag.»

«Une ville de lambins», dis-je en pouffant de rire, la main sur la bouche.

«Un drôle de nom n'est-ce pas? Mais j'aime Lollagag parce qu'on ne peut jamais se sentir perdu là-bas. On ne peut se perdre dans un lieu où tout le monde connaît votre mère et votre père, votre grand-mère et votre grand-père, vos tantes, vos oncles, vos cousins, vos frères et vos sœurs. Là où je suis née, tout le monde me connaît et cela m'aide à m'ancrer dans la réalité. Les gens ne connaissent pas uniquement mon nom.»

«C'est la même chose à Poplar Holler. Sauf que, parfois, une personne est connue pour de mauvaises raisons.»

Mais Maizy, le regard perdu dans le lointain, n'écoutait pas. «L'année dernière, dit-elle, Mannie Comfrey, le vieil homme qui vit au bout du chemin près duquel j'ai grandi, a installé une clôture électrique. Pas autour du pré des vaches, remarque, mais autour de sa maison. Peux-tu imaginer ça? Une clôture électrique autour de ta cour? Et pourquoi?»

Prête à deviner, je me raclai la gorge pour répondre, mais Maizy enchaîna immédiatement.

«C'est pour éloigner les gens. Pas pour garder les vaches à l'intérieur. Les jours où je rends visite à Mannie, je me berce sur sa large véranda et je peux entendre la clôture bourdonner. Le bruit résonne dans mes oreilles, plus fort que le son produit par la berceuse, un son puissant comme celui d'un essaim de guêpes en colère. Le voltage est très élevé.»

«Bonté divine!» dis-je.

«L'été dernier, continua Maizy, je me suis prise dans sa clôture accidentellement. Les poils de ma jambe droite ont crépité. Je veux dire, ils ont grésillé comme une allumette qui s'enflamme et se sont enroulés autour du fil métallique.» Maizy ferma les yeux. «Encore aujourd'hui, si je reste silencieuse et si je me concentre intensément, je peux entendre ce grésillement. Je sens encore la chaleur et l'odeur des poils qui brûlent sur ma jambe. C'est une odeur désagréable, très déplaisante. C'est le Bon Dieu qui m'a mis en contact avec cette clôture électrique. Je crois qu'Il voulait que je comprenne ce que les vaches doivent endurer. Dieu agit ainsi, tu sais. Il nous donne des leçons.»

«Je sais. Chez moi, Il m'a donné une grande leçon. Il m'a montré quelque chose d'horrible à l'étang de la Petite Tortue. Il voulait voir ce que je ferais.»

«Qu'est-ce que Dieu t'a montré?» demanda Maizy.

J'ouvris tout grands les yeux et secouai la tête. Je ne peux pas te le dire. Mais Mamie Tillman elle, elle le sait.»

«Qui est Mamie Tillman?» demanda Maizy.

Celle que Dieu a choisie pour me donner une leçon, dis-je. C'est une femme étrange, ça c'est sûr!» Elle n'a pas un seul ami, elle vit seule sur un lopin de terre aride. Autrefois, elle attendait son père. Elle était comme son ombre. Puis il est mort et elle est restée seule.»

«As-tu fait ce que Dieu voulait?» demanda Maizy en ouvrant les yeux et en se tournant vers moi.

«J'ai pas réussi.» Je secouai la tête. «Je ne pouvais pas faire ce qu'Il voulait.»

«Nous échouons tous à un moment ou l'autre.» Maizy me tapota l'épaule. Personne n'est parfait.»

«Je ne vois rien de mauvais chez toi», dis-je.

Un triste sourire passa sur son visage. «C'est parce que tu ne me connais pas vraiment.»

«Je commence à te connaître.»

Maizy éclata de rire. «Alors tu ne dois pas être bien exigeante», dit-elle en secouant la tête.

«Il y a une chose dont je suis sûre». J'agitai effrontément mon index devant sa figure. «Ici, tout est mêlé. Une personne pourrait avoir le tournis juste à essayer d'y mettre un peu d'ordre. Si l'envie me prenait de le faire, je collerais une étiquette sur le front de chaque personne. Sur l'une d'elle, on pourrait lire : la Bouche. Sur une autre : la Baveuse. Puis il y aurait Tête de taureau. Il y en aurait peut-être même une où on pourrait lire : Stupide tas de merde.»

Maizy saisit mon doigt, l'abaissa brusquement et dit sur un ton sérieux : «Je sais où tu as entendu tous ces noms sauf le dernier. Il est vraiment ignoble. Maintenant dis-moi! Où l'as-tu entendu?»

Je toussai tout en reculant vivement mon doigt. «Lequel?» demandai-je.

«Stupide tas... stupide tas de, tu sais quoi!» dit-elle sur un ton sévère. «Qui a dit ça? Je sais que ce n'est pas toi qui l'a inventé. Tu ne parles pas comme ça.»

«Qu'est-ce que tu sais de ma façon de parler?» répondis-je sur un ton insolent.

«Je le sais», dit-elle sèchement. «Allons, dis-le. Où as-tu entendu ces mots?»

«Je peux dire des gros mots», protestai-je. «Va demander à Mr. Wooten. Il te dira la vérité. Un principal d'école, ça ne ment pas. Il va te dire que je peux jurer comme le pire des charretiers.»

«Je ne crois pas à ton cinéma, dit Maizy. Je sais exactement pourquoi tu fais ça.»

«Merde de merde! Enfer et Damnation!», lançai-je.

«Ça suffit Icy!» Maizy tremblait de rage. «Je ne veux pas que tu mentes, que tu te déprécies pour cette méchante vieille sorcière. Jamais tu m'entends?»

Je serrai fortement les lèvres et fis un léger signe de tête affirmatif.

«Alors, dis-moi immédiatement qui a prononcé ces mots-là?»

«Je te l'ai déjà dit». Je détournai la tête. «Ces gros mots sont de moi, ils sont tous de moi.»

«Les vraies amies, les amies sincères se disent la vérité», dit Maizy.

«Je ne mens pas.»

«Ok», dit-elle sèchement. «Fais comme tu veux. Mais note bien ce que je te dis, la vérité finira par sortir au grand jour.»

«Oui m'dame», marmonnai-je; et je battis en retraite.

De retour dans ma chambre, étendue sur le lit et entourée par les personnages de contes pour enfants, je songeai à ce que Maizy avait dit et me demandai quelle «vérité» sortirait au grand jour. Est-ce que ce serait cette partie de moi qui mourait d'envie d'être comme tout le monde, qui mettait un masque à tous les matins, qui le fixait bien solidement et qui se faisait passer pour une autre afin d'être acceptée? Mes secrets allaient-ils finir par se répandre comme de l'eau s'échappant d'une cruche cassée? Est-ce j'allais commencer à coasser et à tressauter jusqu'à ce que toutes les têtes du Bluegrass State Hospital se tournent vers moi? Je me demandais quelle vérité allait voir le jour.

Y avait-il deux vérités en moi? — l'une étant l'enfant aux cheveux blonds, jolie et délicate; l'autre : l'enfant-grenouille de Icy Creek? Et si c'était le cas, est-ce que chaque personne en ce monde possédait aussi deux vérités, deux côtés — une vérité qu'elle montrait et une qu'elle cachait? Je ruminai toutes ces questions puis je songeai à Reid, le garçon-oiseau. Avait-il aussi un autre côté? Quelle partie de lui se cachait derrière ses gazouillements et ses battements de bras? Avait-il des pensées comme en ont les autres garçons ou toutes ses pensées étaient-elles modelées par les images des oiseaux? Et si tout le monde avait deux côtés, qui était Rose? Était-elle uniquement un fouillis de morceaux mutilés comme les pièces d'un puzzle compliqué dispersées sur le plancher, ou était-elle plus que cela? Est-ce que Wilma, qui paraissait si laide intérieurement et extérieurement pouvait avoir une autre partie en elle? Avait-elle un côté secret, charmant? Si c'était le cas, où était-il?

Seule dans le silence de ma chambre, je ne pus répondre à ces questions. Je n'avais qu'une certitude : sous le silence il y avait le bruit, l'autre partie qui, bien que dissimulée était aussi réelle que le bruit des souris trottinant sur le plancher la nuit. Tout être vivant, je le savais, avait des secrets — dissimulés et silencieux — qui brûlaient d'être vus et entendus. Les grillons, tapis dans l'obscurité et la profondeur des bois, tordaient leurs pattes en tous sens et par leurs stridulations, divulguaient leurs secrets. Les chats sauvages miaulaient et se lamentaient parce que quelque chose leur était interdit. Mamie Tillman avait jeté son secret dans l'étang de la Petite Tortue.

«Matanni disait toujours que chaque maman corbeau pensait que son petit était le plus noir», dis-je au Dr. Conroy après la sieste de l'après-midi. «Ce que je veux dire c'est que ma grand-mère ne me critique jamais. Et Patanni est encore pire. Il dit à tous les gens qu'il rencontre que je suis la plus jolie, la plus intelligente, la plus gentille fille des montagnes du Kentucky. À l'entendre, aucune autre enfant n'est aussi bien que moi. Quand j'entends ça, je me dis qu'il n'est qu'un Blow George.»

«Un Blow George?» demanda le Dr. Conroy.

«Un fanfaron», expliquai-je. «Un menteur.»

Le Dr. Conroy hocha la tête.

«Alors ce qu'ils disent ne comptent pas», ajoutai-je en conclusion, «parce qu'on ne peut pas s'y fier.»

«Me crois-tu quand je te parle?» demanda le Dr. Conroy. Assise derrière son bureau, elle donnait de petits coups de crayon sur le sous-main.

«L'autre jour, je vous ai crue».

«Qu'est-ce que tu as cru?», demanda-t-elle.

«Vous avez dit que les tresses françaises étaient exceptionnelles, comme moi.»

«Oui.»

«Et quand j'ai vu les tresses dans le miroir, je vous ai crue.»

«Eh bien Icy.» Elle posa son crayon. «Je n'ai aucune raison de te mentir.»

«Vous n'êtes pas mes grands-parents, si c'est ce que vous voulez dire.»

«De toutes façons, je ne mens pas», dit-elle avec fermeté. «J'essaie de voir les choses clairement.»

«Jamais? Pas même un pieux mensonge tout petit? Miss Emily dit que nous mentons tous quelques fois, surtout quand nous ne voulons pas blesser quelqu'un.»

«Peut-être autrefois, quand j'étais enfant, mais j'essaie maintenant de ne pas le faire. Même de pieux mensonges tout petits. Je m'efforce toujours de dire la vérité.»

Je baissai la tête. «Je ne peux pas me vanter d'en faire autant».

«Parle-moi de ça», dit le Dr. Conroy.

«Eh bien, un jour j'ai traité quelqu'un de sale menteur alors que je savais très bien que c'était moi qui mentais.»

«Pourquoi as-tu fait ça?» demanda-t-elle.

«Parce qu'il se moquait de moi.»

«De quelle façon?»

«Il disait que j'avais des yeux de grenouille comme Peavy Lawson. Il prétendait m'avoir surprise derrière la grange du vieux Potter, à écarquiller les yeux et à tressauter. Alors je l'ai traité de putois et de vieux cornichon gluant. J'étais si furieuse que j'ai menti comme un chien sournois. J'ai retourné toute l'histoire et je l'ai traité de menteur alors que je savais très bien que c'était moi qui mentait.»

Le docteur Conroy prit à nouveau son crayon. «Donc tu dis que tu as été derrière une grange et que tu as fait saillir tes yeux exactement comme il l'avait dit.»

Je m'éclaircis la voix. «Oui m'dame. Et après ça, j'ai versé tout mon verre de Coke sur sa tête.»

«Tout un Coke sur sa tête?»

«Mmm... mmm», marmonnai-je.

Le docteur Conroy se pencha vers l'avant et étudia mon visage. «Icy, pourquoi te sens-tu obligée de mentir? Qu'est-ce qu'il y a de si horrible dans le fait d'écarquiller les yeux?» Elle me regardait fixement tout en faisant bouger son crayon devant mes yeux.

J'étais incapable de répondre.

«Parfois, quand je suis excitée, j'écarquille les yeux, dit-elle. Parfois, quand j'ai mal aux os, je fais craquer mes articulations. Ce n'est pas très distingué, n'est-ce pas?»

«Mais vous ne faites pas ce que je fais.»

«Et qu'est-ce que tu fais, Icy? Vraiment, je n'arrive pas à voir ce que tu fais.» Elle visa et pointa le crayon exactement entre mes yeux. «Tu peux me dire la vérité.»

«Je... je...»

Sa voix se fit pressante. «Allez, dis-le moi.»

«Je... je... je peux être mauvaise», dis-je, tout d'une traite. «Parfois je suis aussi mauvaise qu'un serpent rayé.»

«Explique-moi!». Elle pointait toujours le crayon vers moi.

Je lâchai le morceau. «Une partie de moi est mauvaise. L'autre partie est bonne. Le problème c'est que je ne sais pas quelle partie est la plus grande, la bonne ou la mauvaise.»

«Comment agis-tu lorsque la partie mauvaise est la plus grande? Lorsque c'est le serpent rayé qui l'emporte?»

«J'écarquille les yeux, comme Joel McRoy m'a vue faire». Je fixais la mine de son crayon. «Je tressaute et me contorsionne en tous sens. Mes bras s'agitent. Des pensées très laides traversent mon cerveau à toute vitesse. Et parfois je jure, je récite tout un chapelet d'injures. Je dis des mots que je ne pensais même pas connaître.»

Le docteur Conroy se redressa. «Icy, peux-tu me dire ce qui te met autant en colère?» Et elle reposa tranquillement le crayon sur son bureau.»

«Je ne sais pas», dis-je en me mordillant la lèvre inférieure. «Je ne veux pas mal faire. Mais si je ne laisse pas sortir un peu de méchanceté, je vais exploser. C'est ce que j'ai fait avec Mr. Wooten. J'ai laissé sortir un peu de méchanceté. Et quand je l'ai fait, je lui ai fait peur. Je veux dire, je suis un peu comme la bouilloire de Matanni. Il faut que je laisse passer de la vapeur, un petit peu à la fois sinon je vais renverser l'eau bouillante et tout éclabousser autour de moi.»

«Ça doit t'effrayer, hein?» demanda-t-elle.

«Quoi?»

«De toujours attendre cette grosse explosion. De ne jamais savoir quand elle va se produire.»

«Oui m'dame. J'ai essayé de faire du rangement et de tout mettre en ordre autour, pour mettre aussi de l'ordre dans mon esprit. J'ai mis de l'ordre dans le cagibi des fournitures scolaires comme si il était vraiment à moi.»

«Le cagibi des fournitures scolaires?», demanda-t-elle doucement.

«Oui m'dame. Je me suis mal conduite et Mrs Stilton, mon professeur, ne voulait plus me voir dans sa classe alors Mr. Wooten m'a installée dans le cagibi des fournitures scolaires. Il y avait un tableau, des livres et tout, et je pouvais faire ce que je voulais avec ces choses. Alors je les ai mises en ordre. Les oranges avec les oranges. Les rouges avec les rouges. Mais ma façon de ranger ne ressemblait pas vraiment à la sienne.

«Et cela t'a mis en colère?»

«Je suis devenue folle de rage. Lorsqu'il a essayé de replacer les choses comme avant, j'ai piqué une crise; je lui ai donné des coups de coude et je l'ai engueulé comme du poisson pourri.» Je baissai la voix. «J'ai peur du poison en moi, des racines et des baies. Elles pourraient blesser quelqu'un.»

«Qu'est-ce que tu veux dire?» demanda-t-elle en se penchant légèrement vers l'avant.

«Les morelles à grappes, expliquai-je. Si vous mangez les feuilles et les tiges, vous mangez les asperges du pauvre. Mais si vous mangez les racines et les baies, vous mangez du poison. Les morelles à grappes et moi on se ressemble beaucoup. Moi aussi, j'ai les deux parties en moi. Sauf que ces jours-ci, j'ai plus de racines et de baies que de tiges et de feuilles.»

«Je ne vois pas de parties empoisonnées en toi», dit-elle d'une voix douce. «Je n'ai jamais vu que de bonnes parties, que de la saine verdure.»

«La réalité est souvent autre chose que ce qu'on voit. Si vous rencontriez Mamie Tillman, vous verriez une jeune femme solitaire, mais elle est bien plus que cela.»

«Attends un peu». Le docteur Conroy prit une profonde inspiration. «Qui est Mamie Tillman?»

«C'est la voisine. J'ai parlé d'elle à Maizy. J'ai vu plus de choses chez elle que ce que j'aurais voulu.»

«En bien ou en mal?» demanda le Dr. Conroy.

«Plus de choses, c'est tout. On peut pas voir le poison. On doit le manger pour le connaître.»

«Eh bien, dit-elle, si c'était le cas on ne parlerait plus de toi maintenant, n'est-ce pas?» Avant que je puisse répondre, elle me regarda droit dans les yeux et déclara : «Icy, si tu crois que j'ai peur du poison, tu ne me connais pas. Je relève toujours les défis. Surtout les gros.»

«Cette fois-ci, ça sera peut-être différent», dis-je.

Le Dr. Conroy frappa du plat de la main sur son bureau. «Certainement pas, dit-elle. Ce ne sera pas le cas si je m'en mêle.» Puis en plaçant les deux mains sur son bureau elle se leva et dit : «Et n'oublie pas : je ne mens pas.»

Chapitre 19

——— ❀ ———

« Ace est un génie », s'exclama Maizy en se joignant à nous. Assis sur le plancher de la salle de séjour, devant la table à café, un garçon dessinait. Il avait à peu près mon âge. Debout à ses côtés, je l'observais. « C'est un dessin du centre-ville de Spiveyville. Il a habité là quand il était petit. Tous les détails sont fidèlement reproduits. Je le sais. A chaque fois que je retourne chez moi, je passe par là. »

Sans s'occuper de nous, Ace dessinait. Il serrait très fort le crayon dans sa main et il sortait et rentrait les lèvres à chaque trait de crayon. Je vins m'asseoir à côté de lui et il ne parut pas s'en apercevoir. Il continuait à dessiner et ses lèvres travaillaient aussi fort que ses mains.

« Tu as vu ça? », dit Maizy. « C'est la rue principale, et chaque magasin est à sa place. »

Je m'absorbai complètement dans la contemplation du dessin.

Une grande affiche dans la vitrine du magasin à rayons Randall annonçait : LINGERIE EN SOLDE, 20%; des mannequins vêtus de robes de nuit à fanfre-luches et de sous-vêtements sexy étaient reproduits avec minutie. La vitrine de l'épicerie Wilson était également couverte d'affiches publicitaires — 3 conserves de pêches Cling Del Monte pour 45 ¢; des haricots verts Stokley à 15 ¢ la boîte; des bananes à 19 ¢ la livre et ainsi de suite. À côté de l'entrée principale du magasin de chaussures Zippy, il y avait un présentoir sur lequel étaient alignés des chaussures pour hommes et femmes — des tennis, des escarpins, des mocassins et des bottes. Une étiquette indiquant le prix était attachée à chaque chaussure. Des voitures étaient stationnées devant des parcomètres. Des gens avec de drôles expressions sur le visage faisaient du lèche-vitrine.

« Je ne l'ai jamais entendu parler, dit Maizy. Mais il sait dessiner. S'il a faim, il dessine ce qu'il veut manger. Il s'exprime au moyen d'images. »

« Il écrit aussi », dis-je en montrant du doigt l'affiche du magasin à rayons

Randall sur laquelle était inscrit le mot SOLDE.

«Mais il ignore la signification de ces lettres, dit Maizy. Il les dessine de mémoire. Il ne sait pas lire.»

«S'il ne sait pas lire, ce n'est pas un génie», rétorquai-je sur un ton suffisant.

«Il y a plus d'une façon d'utiliser son intelligence, dit Maizy. Il suffit à Ace de passer la tête dans l'embrasure de la porte et d'observer ta chambre durant une minute à peine pour en dessiner tout le contenu. Il peut dessiner tes livres empilés, dans le bon ordre et avec tous les titres. Il a une mémoire photographique et un talent pour le dessin, alors à sa façon, il est intelligent.»

«Vraiment, tu ne l'as jamais entendu parler?» demandai-je.

«Pas un seul mot» dit Maizy.

«Est-ce que Reid a déjà parlé?»

Maizy secoua la tête. «Il gazouille et pousse des petits cris mais je ne l'ai jamais entendu parler lui non plus.»

«Et, Tête de taureau»

«Il s'appelle Gordie», corrigea Maizy sur un ton désapprobateur.

Je hochai la tête.

«Il ne nous a jamais parlé. Mais Delbert affirme qu'il l'a déjà entendu proférer une bordée de jurons.»

«Sans blague!», dis-je.

«Il avait donné un coup de tête à Ruthie. Alors Delbert l'a envoyé dans sa chambre avec interdiction d'en sortir. Lorsque Delbert est passé pour voir ce qu'il faisait, Gordie se tenait debout devant le miroir de la penderie et il jurait comme un charretier. Bien sûr, il ne savait pas que Delbert l'observait. C'est la seule fois où il a parlé, mais il ne s'adressait pas à nous; il se parlait à lui-même, dans le miroir.»

«Mais il pourrait s'il le voulait», dis-je.

Maizy haussa les sourcils. «Pourquoi dis-tu cela?» demanda-t-elle.

«Parce qu'il est malhonnête», répondis-je.

«Comment ça?» Maizy avait penché la tête de côté et me regardait de biais.

«Il n'est pas celui qu'il paraît être.»

Maizy rit en relevant brusquement la tête. «Tu ne l'aimes pas parce qu'il a donné un coup de tête à Ruthie», dit-elle pour me taquiner.

«Non», répondis-je soudainement irritée. «C'est pas vrai. Il ressemble à Mrs. Stilton, mon vieux professeur méchant. Toute sa vie n'est qu'un mensonge.»

Maizy ne répondit pas. Elle restait là, la tête droite et immobile, et me regardait droit dans les yeux. Puis, après de longues minutes de silence, elle baissa les yeux et s'exclama : «Le feu rouge!» Elle montrait du doigt le dessin de Ace. «Il a dessiné le feu rouge.» Elle fit un grand sourire. «Tu vois, il n'oublie jamais un détail.»

Ce jour-là, après le déjeuner, je me rendis dans la chambre de Ace. Accroupi sur le plancher, il dessinait une femme très belle. Je m'assis à côté de lui et le regardai dessiner la douce cambrure des hanches et de la taille. Il émanait une grande énergie de cette silhouette tendue vers l'avant, telle une vague se fracassant sur le rivage. Luisantes — et moqueuses — ses lèvres pulpeuses faisaient la moue; ses cheveux roulaient en vague jusqu'à sa taille et m'entraînaient dans leur ressac.

«Il croit que c'est sa maman», dit Wilma sur un ton moqueur en entrant d'un pas traînant dans la pièce.

«Oh», murmurai-je en gardant les yeux baissés de façon à éviter son regard.

«Oui, m'dame, ce bon vieux Ace rêve à sa mère à toutes les nuits. Pas vrai Ace?»

Les yeux baissés, Ace continuait à dessiner.

«Elle ne lui a jamais rendu visite, dit Wilma. Son père non plus. Il restera ici jusqu'à ce qu'il soit trop vieux. Alors ils le placeront ailleurs.»

Ace leva son dessin et le regarda fixement. Je pouvais voir ses lèvres se tordre nerveusement.

«Il reste assis là, à dessiner les membres de sa famille imaginaire. Un jour, au bas de l'une de ces images, il a écrit : l'amour de maman. J'étais excitée car je croyais avoir devant les yeux le portrait de la femme qui avait créé cet être là.» Wilma s'approcha de Ace et enfonça son doigt dans son épaule. Le visage impassible, Ace ne réagit pas. «Puis j'ai découvert un magazine sous son matelas. Sa maman, c'était Miss Août. Elle sortait d'un magazine de fesses. C'était écrit : Voulez-vous recevoir un peu d'amour de Big Mama?» Sur ces mots, Wilma rejeta la tête vers l'arrière et s'esclaffa; elle rit si fort que tout son visage grassouillet se plissa. J'inspirai, les lèvres entrouvertes, et lui décochai un regard furieux. Au plus profond de ma gorge, un coassement nerveux contractait ma trachée — prêt à bondir à l'extérieur.

«Oui m'dame, sa mère c'était Miss Août». Wilma ricana. Je serrai les poings si fort que mes ongles s'enfoncèrent dans ma peau. «Miss Août», répéta-t-elle en recommençant à rire.

Je serrai les poings avec férocité, les pressai contre mes cuisses et serrai les lèvres. Je pris la plus longue inspiration possible; mais le coassement poussait contre mes dents.

«Miss Août, railla Wilma. La pin up du Mois a donné naissance à ça.» Une fois de plus elle piqua de son doigt l'épaule de Ace. Cette fois-là, sa figure se plissa; une douleur traversa furtivement ses yeux.

Je me levai d'un bond. «C'est quand même mieux que de t'avoir pour mère», hurlai-je en avançant le menton. «Tu es aussi laide que dix milles de mauvais chemin. Plus laide qu'une clôture de merde. Laide! Laide! Laide!» Mes bras tressautèrent brusquement vers la gauche. «Ton pauvre mari s'est envolé au-dessus des jolies fleurs et il a atterri sur une bouse de vache» hurlai-je. Puis je sautai très haut dans les airs en exécutant un grand écart et retombai les jambes droites; il y eut un bruit sourd au moment où je plantai les pieds fermement sur le plancher. «Bouse de vache! Bouse de vache!» vociférai-je. Je demeurai ensuite immobile durant plusieurs secondes avant de rouler la tête vers l'arrière et de coasser furieusement à pleins poumons.

«Mon Dieu!» dit Wilma en haletant; sa peau avait pris la couleur du bas-ventre d'un serpent à sonnettes. «Tu es cinglée! Complètement folle! Une vraie démente!» hurla-t-elle en faisant demi-tour rapidement; et elle sortit de la chambre au pas de course.

Furieuse, je coassai encore quelques instants, jusqu'à ce que toute ma colère soit dissipée; j'avais la voix rauque et affaiblie. Je baissai les yeux et me rendis compte que Ace frissonnait violemment. Remplie de remords, je me penchai et le touchai doucement à l'épaule.

En retrouvant la sécurité de ma chambre, je sentis une vague d'appréhension et de peur me submerger. Assise sur le bord du lit, je pensai : maintenant c'est fichu. J'ai dévoilé mon secret, non pas devant Maizy ou le docteur Conroy qui sont mes amies mais devant Wilma, la personne la plus méchante ici. Je me glissai dans mon lit et tirai les couvertures. Attentive au rythme de ma respiration, je fermai les yeux.

Dans l'obscurité, sous mes paupières, je vis Miss Emily. Elle me servait une tasse de thé. «Veux-tu un ou deux morceaux?» me demandait-t-elle une cuillère à la main, tout en prenant le sucrier. N'avait-elle pas promis d'être toujours mon amie?» 'Je t'aimerai toujours, Icy ma fille', avait-elle dit. 'Nous sommes semblables toutes les deux'. Autrefois je croyais que Miss Emily ne mentait jamais. Et pourtant quand je lui avais demandé de venir me rendre visite, elle n'était pas venue. Son attachement envers moi n'était-il que comédie? Son amour était peut-être fait de mots uniquement, et les mots — je le réalisais maintenant — ne signifiaient rien. Comme des grains de sable, ils s'envolaient, ils ne collaient jamais.

Mais les miens étaient différents. Tous mes jurons, mes coassements et mes tressautements avaient tenu comme de la colle et m'avaient fait échouer ici — au Bluegrass State Hospital — avec l'étiquette inadaptée tatouée sur le front. Maintenant, je me demandais quelle force pouvaient avoir des mots mesquins sur une femme méchante. Une force immense, me dis-je; et je frémis en imaginant Wilma en train de se bercer sur sa véranda les soirs d'été, ravie d'entendre le grésillement des insectes qui s'étaient risqués un peu trop près de la lampe au kérosène qu'elle avait allumée, simplement pour le plaisir d'entendre le son de la mort. Dans mon imagination, je voyais Wilma encore enfant, qui jubilait en arrachant les pattes des sauterelles. Je frissonnai à nouveau en songeant au sort qu'elle pouvait me réserver. Je l'imaginais tirant sur les moineaux avec la carabine .410 de son frère. Je la voyais noyer des chatons en enfonçant leurs petites têtes dans un bac d'eau. Et je compris alors pourquoi elle travaillait au Bluegrass State Hospital. Elle aimait la sensation que lui procurait la destruction en elle-même car ce pouvoir lui donnait l'impression d'être immortelle.

Hantée par toutes ces peurs, je sombrai dans un sommeil agité.

Mamie Tillman — une sucette jaune entre les lèvres — disparaissait sous la surface de l'étang de la Petite Tortue. Je courais sur la berge et l'appelais en criant de toutes mes forces; puis je m'arrêtais, inspirais profondément et plongeais la tête dans l'eau froide qui se refermait au-dessus de moi. Dans les profondeurs obscures, une lumière dorée brillait. Au fur et à mesure qu'elle se rapprochait, sa lueur se faisait plus intense et se diffusait davantage dans l'eau trouble. Je me mettais à crier : «Mamie! Où es-tu? Je t'en prie, reviens!» J'entendais aussitôt après un grésillement, celui de la peau qui brûlait. «Mamie!» hurlais-je en secouant la tête sous l'eau. Puis j'apercevais la lanterne qui diffusait sa lueur rouge vif dans l'obscurité. La flamme jaillissait telle une langue. Mamie poussait un gémissement. L'eau s'enflammait. D'immenses nappes de fumée venaient masquer la lumière. Au loin, comme en écho, des rires fusaient. Malgré le brouillard, j'arrivais à discerner deux visages : d'abord la sinistre et obscène figure de Wilma qui lançait dans les remous son rire méprisant; et celui de Mamie Tillman — sa sucette jaune entre les lèvres — qui sombrait peu à peu.

Vers la fin de l'après-midi, histoire d'oublier mes soucis, je décidai de m'attaquer à un des puzzles les plus difficiles parmi ceux qui étaient empilés sur l'étagère dans la salle de séjour. C'était une carte du Kentucky composée de 150 morceaux, tous peints en jaune. Les 120 comtés de l'État s'y retrouvaient. Les seules marques distinctives étaient : une image de l'oiseau emblématique du Kentucky — le cardinal; un dessin de la fleur officielle de l'État : la verge d'or; et les mots de la devise officielle : «United we stand, divided we fall»* et du surnom officiel de l'État : le Bluegrass State. Naturellement, je connaissais certains comtés bornés par les rivières Ohio, Kentucky et Cumberland et je pouvais localiser les rivières Big Sandy et Little Sandy. Je pouvais même repérer la rivière Licking car elle débordait souvent et causait toutes sortes de problèmes. Évidemment, je savais où se trouvaient Ginseng et Poplar Holler, mais je ne connaissais pas assez bien le territoire pour compléter ce puzzle en moins de deux heures — le temps dont je disposais avant le dîner. J'avais travaillé là-dessus pendant plus d'une heure et je n'avais réussi qu'à placer le tiers des morceaux quand je sentis le souffle de quelqu'un dans mon cou.

Effrayée, je me retournai.

Tête de taureau, un petit sourire narquois sur les lèvres et une lueur de mépris dans les yeux regardait fixement devant lui.

Nerveusement, je pris une pièce.

Tête de taureau se pencha dangereusement vers l'avant.

Terrifiée, je glissai de ma chaise et plongeai rapidement sous la table. Mais Tête de taureau ne me regardait pas. Toute son attention était concentrée sur le puzzle. À tous les après-midi, il en complétait plusieurs. Il commençait par le haut et, tel un automate il plaçait tous les morceaux. Comme une écriture sur une feuille de papier qui va de gauche à droite, il ajoutait les pièces l'une après l'autre. Il savait toujours quelle était la suivante. Il ne se trompait jamais; les pièces s'enchâssaient parfaitement les unes dans les autres. Sans l'avoir vu moi-même travailler sur tous les puzzles, je savais par Delbert que Gordie pouvait tous les réaliser, même celui de cinq cents morceaux; il lui fallait à peine vingt-

---

* Litt. : Unis nous nous tenons debout, divisés nous nous effondrons.

cinq minutes pour en compléter un. Soudain, il se pencha et d'un grand geste du bras, balaya tout le dessus de la table. Les pièces du puzzle se répandirent partout sur le plancher. Puis il s'inclina et avec attention récupéra chaque section. Là, sous la table, j'attendais, l'imaginant en train de réunir tous les morceaux, non pas au hasard comme je l'avais fait, mais de façon méthodique. Pour chaque nouveau morceau enchâssé, il émettait un grognement. Durant dix minutes, je l'écoutai pousser ses grognements de satisfaction, les uns à la suite des autres. Puis, après un bref moment de silence, il inséra la dernière pièce, grogna farouchement et martela le plancher de ses grosses bottes noires. À cet instant, je le détestai de tout mon cœur, et tandis que j'entendais ses pas s'éloigner, je sus qu'il me détestait lui aussi. Nous nous détestions tous les deux précisément pour la même raison. Gordie était plus malin que moi. Ma stupidité l'agaçait. Et tandis que je sortais à quatre pattes de sous la table, je compris que ma façon nonchalante d'assembler les pièces de puzzle m'exaspérait encore plus.

J'avais emprunté le couloir pour revenir sagement vers ma chambre lorsque, surgi de nulle part, un sentiment de malaise m'envahit. Je m'arrêtai sur-le-champ pour écouter, mais je n'entendis aucun son : il ne se passait rien d'inhabituel. En fait, un silence absolu, presque troublant, régnait dans le couloir. Je poursuivis ma route, marchant calmement et respirant à petits coups lorsque soudain une ombre géante se profila devant moi. Je figeai sur place aussitôt. Puis, en pivotant brusquement, je regardai de tous côtés mais je ne vis personne. «Calme toi», me dis-je, en avançant lentement. «Le diable ne va pas t'attraper.» Je n'avais pas aussitôt prononcé ces mots que des pas pesants se firent entendre derrière moi ; un corps immense qui dévalait le couloir à toute allure faillit me renverser. «Dieu de miséricorde !» criai-je. Et je me mis à courir dans le couloir, passant en trombe devant les différentes portes colorées — les rouges, les vertes, les oranges, les bleues et les jaunes défilèrent devant mes yeux. «Prenez-moi dans Vos bras», demandai-je à Dieu en ouvrant brusquement la porte de ma chambre.

La lumière du crépuscule filtrait à travers les rideaux décorés de personnages de contes pour enfant. Mon lit était défait, exactement comme je l'avais laissé ; mes livres étaient toujours empilés sur le plancher. Aucun objet n'avait été déplacé depuis le dîner. Je poussai un profond soupir et entrai dans la pièce ; j'allais refermer la porte lorsque l'ombre gigantesque d'une silhouette trapue se dessina au-dessus de moi. Les mots se formèrent dans ma bouche avant même de me retourner et d'apercevoir ses yeux rapprochés. Oscillant vers l'avant, les mains appuyées de chaque côté de l'embrasure de la porte, il frottait systématiquement ses pieds sur le plancher. Puis il chargea.

Tête de taureau ! hurlai-je en moi-même.

Quand je revins à moi, Delbert, assis à côté de mon lit, me tenait la main. «Comment ça va, chère petite ?». Je clignai des paupières et ouvris les yeux.

En gémissant, je tentai de me redresser lentement sans y parvenir ; j'avais un gros sac de glaces sur la tête. «Ça fait mal», dis-je.

«J'en doute pas», dit Delbert en lâchant ma main. «Gordie n'y est pas allé de main morte.»

Je gémis à nouveau.

«Mais ne t'en fais pas. Tu vas te remettre bien vite.»

Je me détendis et m'enfonçai profondément sous les couvertures.

«Quand tu as repris connaissance la première fois, tu gueulais comme une vraie cinglée. On a dû appeler le docteur Lambert de Hickory Hall car le docteur Conroy était absent. Il a enquêté puis il t'a examinée. Il a dit que tu étais hystérique. Je suis resté assis ici tout le temps, à me demander comment une petite fille comme toi avait pu devenir hystérique. Mais le docteur Lambert est le grand patron, c'est un gros bonnet, alors j'imagine qu'il sait ce qu'il dit.»

«Oui... oui», marmonnai-je.

«Il m'a dit de te surveiller et de vérifier si tu allais mieux à ton réveil. Es-tu encore hystérique?» Il se pencha pour m'examiner.

«Je ne crois pas.»

«Même pas un petit peu?»

«Non monsieur. J'ai mal à la tête, c'est tout.»

«Bien», dit-il, avec un petit rire. «Voilà qui est bien, pas que tu aies mal à la tête mais que tu ne sois pas hystérique.»

Je m'appuyai sur les coudes pour me redresser. «Où est Tête de taureau?» murmurai-je.

«En cellule», dit-il.

«Qu'est-ce que c'est?»

«Il est dans une petite pièce tout seul», dit Delbert.

«Pourquoi?» demandai-je.

«Il a besoin de réfléchir, de se remettre sur ses rails.»

«Oh. À Ginseng, un jour, on m'a aussi demandé de réfléchir.»

«Tu vois où ça t'a menée, dit Delbert. Au lit, avec un gros mal de tête.» Il tapota mon oreiller. «Le docteur Lambert a demandé à Tiny de passer te voir avant de retourner chez lui.» Delbert se dirigea vers la porte et émit un léger sifflement.

Aussitôt, Tiny apparut. «Prête pour son aspirine?» demanda-t-il à Delbert.

«Je crois que oui. Touche son front. Il est chaud.»

«Y'a un bon moyen de vérifier» dit Tiny en sortant prestement un thermomètre. «Ouvre grand, jeune fille», m'ordonna-t-il en poussant le bâton froid entre mes lèvres. «Presque cent», annonça-t-il après avoir laissé en place l'instrument quelques minutes. «Le docteur Lambert veut que tu prennes ça.» Il se pencha vers moi, un sachet d'aspirines pour enfants à la main.

«Fais ce que te demande Tiny», insista Delbert en me versant un verre d'eau. «Il est infirmier.»

«Avale ça». Tiny déposa deux cachets dans ma main.

«Essaie de te reposer», ajouta Delbert.

Sans hésitation, j'avalai les aspirines puis je m'allongeai dans mon lit. Je fermai les yeux et me laissai gagner par le sommeil.

Semblable à une immense pomme verte sauvage, je surgissais d'entre les jambes de ma maman.

«Oh! mes aïeux!» beuglait la sage-femme en me voyant. «Vous avez donné naissance à une grosse pomme verte sauvage.»

«Oh, mon Dieu!» hurlait ma mère.

«Les noisettes ne tombent jamais loin de l'arbre», disait la sage-femme en m'agrippant de ses deux mains.

«Est-ce qu'elle a des bras?» demandait ma mère.

La sage-femme baissa les yeux. «Non».

«Est-ce qu'elle a des jambes?» criait ma mère d'une voix aiguë.

«Pas de jambes non plus.»

«Oh, miséricorde divine!» criait ma maman. «Comment pouvons-nous savoir si c'est une fille?»

«Impossible de le savoir», disait la sage-femme en secouant la tête et en me balançant par la tige.

Au même moment, ma tête commençait à pleurer. Un long sanglot à vous déchirer le cœur filtrait par les pores de ma peau verte. «Ce qui est fait est fait», disait ma maman; et elle me prenait dans ses bras et me pressait contre sa poitrine.

Soulagée, la sage-femme levait les mains au ciel. «Merci mon Dieu, vous êtes guérie!», disait-elle.

Avec tendresse, ma maman berçait ma petite tête. Caressant ma peau verte et luisante, elle répondait : «On ne devrait pas la traiter d'hystérique. Chère petite pomme au four, tu n'es pas hystérique.»

«Je ne suis pas hystérique. Je ne suis pas hystérique», criai-je en me réveillant au beau milieu de la nuit. «On ne devrait pas me traiter d'hystérique.»

«Calme-toi, chère petite», dit Delbert en saisissant le pichet posé sur la table de chevet; et il me versa un autre verre d'eau. «Tu as fait un mauvais rêve, c'est tout.»

«De quelle couleur suis-je?» demandai-je.

«Tu as les cheveux blonds, des yeux jaunes et la peau blanche», dit Delbert.

«Je ne suis pas verte?»

«Pas un soupçon de vert», dit Delbert en me tendant un miroir. «Maintenant, bois ceci!»

Je bus d'une traite. «Pourquoi es-tu encore ici?» lui demandai-je.

«Le vieux Smitty est malade, alors je fais les deux quarts de travail; mais ça va; de toute façon, le docteur Lambert m'a dit de veiller sur toi.» Il posa la main sur mon front. «Chère petite, tu es encore chaude!»

«C'est à cause de toutes les petites pommes vertes que ma maman a mangées quand elle était enceinte de moi».

«Je ne crois pas, dit Delbert. Mais je promets de te réveiller si je m'aperçois que tu commences à verdir. Maintenant recouche-toi et repose toi.»

Je tirai la couverture par-dessus ma tête et m'endormis aussitôt.

Les ronflements de Delbert me réveillèrent. Comme un moteur de voiture qui se réchauffe, il crachouillait et hoquetait et chaque ronflement se répercutait dans toute la pièce. Je regardais fixement sa figure replète, fascinée par ses joues qui se gonflaient et se dégonflaient; j'étudiais sa peau lisse et ses cheveux d'une couleur camomille très ordinaire; soudain, il s'étouffa, reprit son souffle et se redressa d'un bond.

«Tu m'espionnes?» questionna-t-il en ouvrant bien grands les yeux.

«Delbert, tu ronfles», déclarai-je.

Il étira les bras au-dessus de la tête et bailla. «Et alors?»

«Alors, peut-être que jamais personne ne te l'a dit. Peut-être que tu ronfles depuis toujours et que personne n'a eu le courage de te le dire.»

«Ce qui veut dire? dit-il en se frottant les joues avec ses mains.

«Ce qui veut dire que le ronflement brise plus de mariages que les infidélités amoureuses.»

«Oh, vraiment?» Il plongea les doigts dans le pichet posé sur la table de chevet et s'aspergea le visage. «Qui a dit ça?»

«Ma grand-mère», affirmai-je avec autorité.

«Et bien, mon ronflement ne me dérange pas», dit-il en s'essuyant le visage avec le pan de sa chemise.

En pointant mon doigt vers lui, je le prévins : «Si tu n'arrêtes pas, tu ne pourras jamais trouver une femme.»

«Je ne crois pas que j'y tienne», dit-il.

«Tu seras seul et malheureux».

«Je n'ai pas besoin d'une femme comme amie», dit-il. J'ai un ami et mes ronflements ne le dérangent pas du tout.»

«Tu dors avec un homme?» L'incrédulité perçait dans ma voix.

«Bonté divine, non! dit Delbert. Il dort dans la pièce à côté mais il peut m'entendre à travers les murs.»

«Et ce bruit de bûches qu'on scie, ça ne le dérange pas?

«C'est tout le contraire. Si je ne ronfle pas, il ne peut pas dormir.»

«Comment ça?» demandai-je.

«Parce que quand il était petit, il vivait près d'une voie ferrée. Mes ronflements lui rappellent la vieille Ten-forty. Le grondement de cette locomotive finissait toujours par l'endormir.»

«Et bien tes ronflements me font exactement l'effet contraire.» Je portai la main à mon front et fis la grimace.

«Tu as une bosse grosse comme un œuf, dit-il et il hocha la tête en souriant; «mais ne t'inquiète pas chère petite, tu seras bientôt guérie.»

Je pris conscience de la douceur de ses paroles et je sus alors que je pouvais lui faire confiance. Il était un autre Lane Carlson, en plus vieux et en plus masculin, tout simplement. «Vas-tu...» J'hésitai. «Vas-tu le tenir loin de moi?»

«Chère enfant, je te promets que j'essaierai.» Il étendit le bras et prit ma main. «Y'a pas de raison qu'on fasse du mal à une si chouette petite fille.»

Chapitre 20

———— ✳ ————

Le jour de la visite de mes grands-parents, je savourais littéralement ma joie. J'en éprouvais une sensation de picotement intérieur — comme après avoir mangé des feuilles de menthe. L'allégresse dansait le quadrille sur chaque pouce carré de ma peau. Pleine d'entrain, je choisis dans ma garde-robe une tunique de laine vert foncé et tirai de ma commode rose un chemisier de coton blanc. J'enfilai des bas brun foncé assortis à mes mocassins. Puis, devant le miroir de la commode, je brossai ma chevelure; Matanni disait qu'une centaine de coups de brosse à chaque jour faisait reluire les cheveux; suivant son conseil, je les brossai et les brossai jusqu'à ce que — électrisées — les mèches se dressent dans les airs; mais je me trouvai bien vite ridicule et je courus jusqu'à la salle de bain où je m'aspergeai la tête d'eau froide; mes cheveux s'aplatirent comme les poils d'un chien mouillé. Puis je les démêlai avec un peigne et tournai chaque mèche sur mon index de façon à la faire onduler comme un serpent; enfin, je laissai sécher les longues boucles souples sur mes épaules.

Après un léger petit-déjeuner composé de cornflakes et de bananes, je regagnai ma chambre. Quatre heures durant, j'attendis; mais mes grands-parents ne vinrent pas.

Agenouillée sur le plancher au milieu de mes livres, je feuilletais *Little Women*; j'examinais les dessins à la plume sans parvenir à me concentrer sur les mots. Levant les yeux j'aperçus, entre les rideaux ouverts, la lumière d'un matin gris. Je me levai et m'approchai de la fenêtre. Les dernières feuilles d'automne avaient disparu depuis longtemps; le paysage s'étalait, morne et triste. Aucun patient ne se promenait dehors; aucune voiture ne longeait la clôture métallique hérissée de pointes. De temps à autre, un hurlement rompait la monotonie des bruits quotidiens; puis il s'arrêtait, et c'était comme s'il n'avait jamais existé.

Je sortis en courant dans le couloir et regardai attentivement l'horloge fixée sur le mur opposé à celui de ma chambre.

J'ai raté le déjeuner, me dis-je. Il est treize heures trente et ils ne sont pas arrivés.

Je regardai les oreillers en patchwork sur mon lit. Rose, jaune, lilas, ocre, vert, blanc, bleu, les couleurs étaient si vives! Un volant blanc cousu sur le pourtour de chacun tenait lieu de bordure. Matanni avait dû passer des heures à confectionner ces deux oreillers.

Ils avaient promis de m'emmener manger à l'extérieur et j'ai sauté le déjeuner, pensai-je.

Je retournai en courant dans le couloir. Treize heures quarante. Dix minutes à peine venaient de s'écouler. «Pourquoi ne sont-ils pas là?»

Je retournai dans ma chambre et m'assis sur le bord du lit.

Je fermai les yeux, étirai les jambes et leur fis exécuter des mouvements de brasse; je m'imaginai nageant dans le lac Sweetwater. À l'âge de sept ans, j'avais appris à nager. Tout en me berçant dans ses bras, Patanni m'avait emmenée dans l'eau. «Ferme les yeux» avait-il dit. «N'aie pas peur. Dans un instant, je vais te lâcher. Mais n'oublie pas que mes bras sont sous toi, prêts à t'attraper si nécessaire.» Puis il m'avait laissée aller.

Détendue, les yeux bien fermés, j'avais flotté; l'eau douce et agréable avait caressé ma peau.

«Ça t'a plu?» avait demandé Patanni en me reprenant dans ses bras.

J'avais fait un signe de tête affirmatif et il avait relâché son étreinte encore une fois. A nouveau, j'avais éprouvé la douce sensation de l'eau sur mon corps en m'enfonçant. Instinctivement, sans la moindre crainte, j'avais remué les bras et les jambes. L'eau tourbillonnait autour de moi tandis que je flottais comme une feuille au vent. Puis Patanni m'avait soulevée et m'avait tenue à plusieurs pieds au-dessus du niveau de l'eau. Le soleil m'éblouissait et l'air s'engouffrait dans mes poumons. «Encore!» avais-je supplié. «Recommençons!»

«Encore!», sanglotai-je, en me retournant brusquement et en me jetant sur le lit. «Recommençons!» Et je versai des larmes dans les oreillers en patchwork de ma grand-mère.

Je pleurais encore lorsqu'une main se posa sur mon dos. «Icy», dit Maizy en me donnant de petites tapes amicales. «Icy, il faut que nous causions.»

Le visage rouge et mouillé de larmes, je me retournai et la regardai.

«Je suis désolée, Icy. Le docteur Conroy me l'a dit ce matin.»

«Elle t'a dit quoi?» demandai-je tout en craignant d'entendre la réponse.

«Je venais te le dire», dit Maizy en secouant la tête, «lorsque Stevie a eu un autre 'accident'. Ça m'a pris plus d'une heure pour tout nettoyer.»

«Qu'est-ce que tu essaies de me dire?» demandai-je.

«Ils ne viendront pas», dit doucement Maizy.

Je gémis faiblement, étirai les bras comme pour repousser ces mots et secouai la tête avec violence.

«Le docteur Conroy a écrit à tes grands-parents pour leur demander de ne pas venir te rendre visite avant un certain temps. Ils ont téléphoné ce matin pour dire qu'ils étaient d'accord.»

«Non!», dis-je en donnant de grands coups dans le vide. «Tu avais promis.»

«C'est seulement pour quelques semaines, dit Maizy. Nous avons besoin d'un peu plus de temps. Nous devons apprendre à te connaître.»

«Mais vous me connaissez déjà» dis-je en pleurnichant.

«Pas assez bien, expliqua-t-elle. Donne-nous encore un peu de temps.»

«Combien?» demandai-je furieuse.

«Juste un peu. Tu auras à peine le temps de dire 'ouf' qu'ils seront ici.»

Ma mâchoire se raidit. Je secouai la tête, essuyai mon visage et hurlai : «Menteuse! Vous êtes tous une belle bande de menteurs!»

«Allons Icy!» dit Maizy.

«Pas de menaces! Tu prétendais être mon amie mais t'es pas mieux que Gordie parce que t'essaies toi aussi d'être quelqu'un d'autre.»

«S'il te plaît écoute moi, Icy!» Et elle me saisit les mains. «Je te jure que ce n'était pas mon idée. J'ai dit au docteur Conroy : 'Écoutez, Icy a besoin de voir ses grands-parents'.» Elle me serra fermement les doigts. «Mais je suis une simple auxiliaire. Personne ne m'écoute ici»; et elle se mordit la lèvre inférieure. «C'est la vérité, Icy ma fille. Je te le jure, sur la tombe de ma grand-mère, jamais je ne te ferais du mal.»

«Va t'en!» dis-je en retirant vivement mes mains. «Je veux pas te parler en ce moment.»

Le regard triste, Maizy se tut. Elle passa la main sur le bord du matelas comme elle aurait fait pour caresser ma joue, puis elle se détourna et s'éloigna.

Je souffrais trop pour tenir compte de ses sentiments. J'attendais depuis des semaines qu'ils viennent me chercher. Le soir dans mon lit, je regardais le plafond et je me remémorais les hivers à la ferme; Matanni prenait toujours du poids tandis que Patanni maigrissait. Enveloppée dans mes couvertures, je retrouvais leur odeur — l'odeur de sueur et de poussière de mon grand-père; celle de farine et de levure de ma grand-mère.

Dans mon imagination, la grosse fissure qui courait sur le mur, tout près de l'appui de fenêtre se transformait en coteaux boisés qui protégeaient notre ferme des vents mordants du nord. Notre maison de bardeaux blancs devenait un igloo dans la neige et je me voyais, bien au chaud dans mon lit, dans la tranquillité de l'hiver, écoutant le craquement d'une petite branche dans le silence. Chez nous, la rumeur de l'hiver était mélancolique et troublante. La froidure, je le savais, n'était pas muette. La glace tintait comme du cristal. Une grosse branche cassait et des tambours résonnaient.

À toutes les nuits j'avais rêvé à la ferme, convaincue que mes grands-parents viendraient bientôt, qu'ils me serreraient dans leurs bras et m'emmèneraient. Mais ils n'étaient pas venus. Dans cette chambre bleue aseptisée, l'hiver était muet. Quand la neige finirait par arriver, elle le ferait dans le silence. Les grosses branches des arbres ne se briseraient pas. Les petites branches ne craqueraient pas. Comme un brouillard très dense, la neige s'approcherait subrepticement et tomberait sur nous; et je resterais prisonnière entre ces murs de stuc jaunes.

Dans ce silence absolu, je me mis à pleurer; je versai toutes les larmes de mon corps, jusqu'à l'épuisement, jusqu'à ce que seuls des grincements subsistent dans ma bouche. Et encore, mieux valait le silence que la parole. Je connaissais trop bien cette vérité. Les mots n'étaient que des syllabes agglutinées comme des pierres froides. Parler n'avait pas plus d'importance que le vœu de Maizy d'être mon amie, que sa promesse de ne jamais me blesser. J'avais appris que, comme les gazouillements de Reid, les gloussements de Rose, ou mes coassements après une longue et difficile journée, les promesses ne signifiaient rien. Seul un profond sommeil sans rêve — sombre, silencieux et dénué de promesses — pouvait me calmer maintenant.

« Icy, je sais que tu es là », dit le docteur Conroy en frappant à la porte de ma chambre. Je venais de passer une nuit exécrable et je ne voulais pas la voir. Après tout, c'était elle, la responsable de ces rêves effrayants qui m'avaient tenue éveillée. Je n'allais certainement pas lui dire d'entrer.

«Que tu le veuilles ou non, j'entre.» Elle ouvrit la porte et jeta un coup d'œil à l'intérieur.

Je me tenais debout devant mon lit, les jambes écartées et les bras croisés sur la poitrine; lorsqu'elle s'aventura dans la pièce, je lui décochai un regard furieux. «Je ne veux pas que vous veniez ici. Si je peux pas voir mes grands-parents, je veux voir personne, surtout pas vous.»

Le Dr. Conroy s'avança vers moi en disant : «Crois-le ou non, je comprends ce que tu ressens.»

«Comment ça? Ce ne sont pas vos grands-parents.»

«Et pourtant je le peux», dit-elle doucement.

«Et bien moi je ne vous crois pas. Vous aviez promis de les laisser venir puis vous avez changé d'idée.»

«J'ai été obligée de le faire», dit-elle en s'arrêtant exactement devant moi.

Je gardai les bras croisés sur ma poitrine et répondis : «Je ne suis pas née d'hier.»

«Oh oui, tu es née d'hier», dit-elle en riant.

«Retirez vos paroles», dis-je, en avançant brusquement; je faillis lui écraser les orteils.

Elle recula légèrement. «Comparée à moi, tu es née hier.»

Je secouai la tête et grognai : «Malgré tous vos beaux discours sur la vérité, vous n'êtes qu'une satanée menteuse.»

Elle s'approcha de la berceuse installée au milieu de la carpette bleue et s'assit. «Viens ici». Elle tapotait le bras de la chaise. «Je veux te parler.»

«Je n'ai rien à dire.»

Elle recommença à rire. «J'aimerais voir ça, dit-elle. À présent, viens ici.»

J'avançai en me traînant les pieds jusqu'à la carpette.

«Assieds-toi», m'ordonna-t-elle.

Je m'assis sur les talons à l'extrémité du tapis, aussi loin d'elle que possible.

«Icy, on a besoin de passer plus de temps avec toi avant que tes grands-parents ne puissent venir.»

«Et pourquoi donc?» répondis-je sèchement.

«Parce que nous devons comprendre ce qui ne va pas chez toi. Nous devons comprendre le désordre qui te fait souffrir. Elle mit l'accent sur le mot «désordre». «Tes grands-parents ont droit à des explications et présentement, nous ne savons pas quoi leur dire.»

«Tout va bien chez moi», dis-je.

«Tu sais que ce n'est pas vrai», dit-elle en faisant claquer sa langue contre ses dents.

«Je ne suis pas comme Tête de Taureau.»

«Qui?»

«Tête de Taureau!»

«Gordie?»

J'acquiesçai d'un signe de tête. «Et je ne suis pas comme Ace, Reid ou Rose.»

«C'est exact.» Elle pianota sur le bras de la chaise de bois. «Et c'est pour ça qu'on a de la difficulté à te comprendre. Tu n'es pas comme les autres.»

«Alors laissez-moi retourner à la maison.»

«Ce n'est pas possible, dit le docteur. Du moins pas tout de suite.»

«Alors laissez mes grands-parents venir me voir.»

«Ce n'est pas possible non plus, répéta-t-elle. Pas maintenant.»

«Puisque c'est comme ça, je vais me fermer comme une tortue et vous ne pourrez jamais me comprendre.»

«Dans ce cas, tu ne pourras pas atteindre ton but», dit-elle calmement. «Ce que tu veux, c'est de retourner chez toi, non?»

Je me mordis la lèvre et lui lançai un regard mauvais.

«Plus vite tu nous permettras de te connaître, plus vite nous pourrons t'aider et plus vite tu pourras retourner chez toi.»

«Pour Noël?» demandai-je.

«Peut-être», dit-elle.

«Je ne vous crois pas. Vous allez me gâcher mon Noël.»

«Nous devons te connaître davantage», répondit-elle.

«Qu'est-ce que vous voulez comprendre?», dis-je.

«Eh bien... elle hésita un instant puis elle poursuivit : «J'aimerais comprendre pourquoi tu as parlé si durement à Wilma l'autre jour.»

Les muscles de mes jambes se raidirent. «Quoi?», demandai-je, en redressant la tête.

«Tu m'as entendue.»

«Je n'ai pas été si méchante avec elle».

«Voyons ça. Elle plissa les yeux comme si elle faisait un effort pour se souvenir. «Wilma m'a répété tes paroles. Si ma mémoire est bonne, tu as dit qu'elle était laide, plus laide qu'une clôture de merde.»

«Ça se peut», dis-je.

«À l'improviste, tu lui es tombée dessus à bras raccourcis, tu l'as traitée de tous les noms, et tu as agi comme si tu étais complètement cinglée.»

«J'ai dit qu'elle était laide, si c'est ce que vous voulez dire.»

«Mais pourquoi? demanda-t-elle. Comment peux-tu être aussi cruelle? Elle ne peut rien à son apparence.»

«Mais elle peut changer ses actes, dis-je. La beauté, c'est d'abord dans la façon d'agir.»

«Qu'est-ce que tu veux dire?»

«Je dis qu'elle est méchante. Elle se moquait de Ace. Alors je — cela m'a rendue furieuse.»

«Comment s'y prenait-elle pour se moquer de lui?»

«Elle s'est approchée de lui, elle a pointé du doigt la femme qu'il dessinait et, avec un air méprisant, elle l'a appelée : «Miss Août». Elle a dit que c'était juste une fille d'un magazine de fesses, que ce n'était pas sa vraie maman.»

«Continue.»

Puis elle a dit : «'Ses parents ne viennent jamais le voir. Je pensais qu'il avait dessiné un portrait de sa mère, de la femme qui a créé ça'. Quand elle a dit : «ça», elle a enfoncé son doigt dans l'épaule de Ace.»

«Personne ne s'est jamais plaint de Wilma», dit le docteur Conroy.

«Parce que tout le monde a peur d'elle», dis-je.

«Oh?» le docteur Conroy se pencha vers l'avant; la berceuse gémit.

«Son hobby favori est d'arracher les pattes des sauterelles. Elle tire sur les moineaux avec la .410 de son frère et elle noie les chatons dans un bac d'eau.»

«Quoi d'autre?»

«Un jour je l'ai surprise à brosser les dents de Deirdre avec une brosse à cheveux. Elle est jalouse de Deirdre parce qu'elle a un joli nom.»

«Elle n'aime pas son propre nom?» demanda le docteur Conroy.

«Pourriez-vous l'aimer?» dis-je en penchant la tête de côté et en ouvrant tout grands les yeux.»

«Qu'est-ce qui cloche avec ce nom?» demanda-t-elle.

«W-I-L-M-A.» Je prononçai chaque lettre avec colère. «Écoutez ça! W-I-L-M-A!» Je me balançai vers l'avant en roulant sur mes genoux. «Je ne voudrais pas avoir un nom comme ça.»

«'Qu'est-ce qu'un nom?', récita le docteur Conroy. 'Une rose aurait un autre nom qu'elle sentirait tout aussi bon'».

«Je ne comprends pas», dis-je.

«Shakespeare», répondit-elle. «Le nom d'une chose n'a pas d'importance. Ce qui compte c'est ce qu'elle est.»

«Wilma est mauvaise», dis-je avec véhémence. «Elle est mauvaise et son nom est mauvais — elle est mesquine et méchante.»

Le Dr. Conroy demeura silencieuse un instant; puis elle posa fermement les mains sur les appuie-bras de la berceuse, se pencha tellement vers l'avant qu'on aurait pu croire qu'elle allait basculer et dit d'une voix sévère : «Icy, comment peux-tu savoir ce que fait Wilma? L'as-tu déjà vue noyer des chatons dans un bac d'eau?»

J'ouvris tout grand la bouche. «N-n-non, m'dame», balbutiai-je, en réalisant que j'avais raconté ce que j'avais imaginé comme si c'était réel. «Je veux dire, je ne l'ai pas vue faire ça, mais je parie qu'elle le fait.»

«Il ne suffit pas d'imaginer une chose pour qu'elle soit vraie.»

«Je n'ai pas imaginé qu'elle se moquait de Ace, et je n'ai pas imaginé qu'elle brossait les dents de Deirdre avec une brosse à cheveux. Je l'ai vue faire ça, de mes propres yeux.»

«Pourquoi devrais-je croire ces choses-là alors que tu as menti au sujet des autres?»

«Parce qu'elles sont vraies», dis-je résolument.

«Mais Maizy ne s'est jamais plaint de Wilma», ajouta le docteur Conroy. «Ne crois-tu pas qu'elle l'aurait fait si elle avait vu Wilma faire quelque chose de mal?»

«Maizy a peur d'elle. Même Delbert a peur d'elle et Tiny aussi.»

«Icy», dit le docteur en hochant la tête. «Tu sais ce que je pense?»

Je secouai les épaules.

«Je crois que tu as peur de Wilma. Ce n'est pas tout le monde qui a peur d'elle, c'est seulement toi. C'est pour ça que tu inventes des histoires à son sujet.»

Blessée et furieuse, je sentis mon visage s'enflammer. Même mes bras prirent une couleur rouge violacée. Mes doigts agrippèrent la carpette bleue pelucheuse, et tout mon corps se mit à trembler. Des jurons traversaient mon cerveau à une vitesse folle, se cognaient contre les parois de mon crâne et poussaient pour sortir. J'étirai le cou. Mes yeux saillirent. La sueur roula sur mon front. «C'est la poêle qui se moque du chaudron. Foutue menteuse! Satanée menteuse! Va te faire foutre! Va te faire foutre...»

Le docteur Conroy se leva d'un bond, franchit en une seule enjambée la distance nous séparant et me prit dans ses bras. «Ça va, Icy», dit-elle en me pressant contre sa poitrine. «Ça va.»

Mais je n'arrivais plus à me taire. Les jurons continuèrent à fuser — de plus en plus forts et violents — jusqu'à ce que, complètement épuisée, je m'effondre en sanglots sur son épaule.

«Assise sur la carpette pelucheuse bleue, je vivais l'expérience de l'apaisement complet qui vient après toute bonne crise de larmes, et du soulagement qui accompagne le fait de ne plus rien sentir. Après cinq minutes cependant, ma torpeur se dissipa et les premiers signes de panique apparurent. «Pour l'amour du ciel!» me dis-je à haute voix. «Qu'ai-je fait?» Je me levai d'un bond en me tordant les mains avec nervosité. Comme l'aiguille d'un tourne-disque prisonnière d'un sillon, mon esprit me rejouait toute la scène avec le docteur Conroy. Je m'entendais crier : «C'est la poêle qui se moque du chaudron. Foutue menteuse! Satanée menteuse! Va te faire foutre!» J'enfonçai les ongles dans les paumes de mes mains; un filet de sang apparut. Le sang rouge de la punition, me dis-je en regardant couler les gouttes. Les taches rouges du péché. Oh, mon Dieu! Que va-il m'arriver maintenant? Le docteur Conroy va penser que je suis folle et je ne pourrai plus jamais quitter cet endroit. «Mon Dieu, ayez pitié de moi! Elle croit que j'ai inventé des histoires au sujet de Wilma. Qu'est-ce que je vais faire? Mais qu'est-ce que je vais faire?» J'arpentais la pièce; le cœur me débattait dans la poitrine; je respirais à petits coups. Que vais-je faire? murmurai-je. Que vais-je faire de mon désordre?» En proie à la panique, je m'arrêtai devant ma pile de livres, me penchai et, mue par une impulsion soudaine, je saisis le dictionnaire que m'avait prêté Mr. Wooten.

J'inspirai calmement afin de retrouver mon équilibre et de me concentrer sur la tâche à accomplir. «Ne t'en fais pas, Icy», dis-je pour me rassurer. Ici, chacun a son désordre, mais toi, tu n'es pas comme les autres.» Je me demandais quelle était la signification de ce mot et en quoi il pouvait correspondre à ma situation. «Icy, nous devons comprendre ton désordre», avait dit le docteur Conroy. C'était la raison qu'ils donnaient pour ne pas me laisser retourner chez moi, pour ne pas laisser venir ici mes grands-parents. J'avais un désordre, sans pour autant être une personne désordonnée. Ma chambre était propre et ordonnée — pas aussi ordonnée que le bureau du Dr. Conroy, mais en ordre tout de même.

Résolue, je m'assis sur le plancher, ouvris le dictionnaire et tournai rapidement les pages jusqu'à la lettre d; puis lentement, je parcourus les pages suivantes jusqu'à ce que je trouve le mot que je cherchais — désordre. Selon le Webster's, ce mot signifiait : «absence d'ordre, désorganisation, confusion.» Aucun de ces mots ne me décrivait. Mon doigt descendit la colonne et je le suivis des yeux jusqu'à ce que j'arrive à cette phrase : «Une violation de l'ordre, une conduite déréglée, une perturbation de l'ordre public.» Je compris que ces définitions étaient de mauvais augure. Même la suivante — «Un dérèglement de la santé ou des fonctions mentales ou physiques» — semblait mauvaise. Bien décidée à trouver une signification plus positive de ce mot, je changeai de tactique et décidai de me concentrer sur le verbe : mettre en désordre : «Perturber la santé ou les fonctions physiques ou mentales», disait le dictionnaire. Cette définition semblait encore pire que la précédente. J'étais vraiment inquiète.

Alarmée, je parcourus rapidement les lignes suivantes; aussitôt, le mot synonymes attira mon attention. Miss Emily m'avait tout enseigné sur ces mots qui avaient des significations similaires. Et je lus : «Bagarre, perturbation, tumulte.» J'inspirai rapidement, fermai les yeux et vis en pensée les mots inscrits en toutes lettres sur le mur. «C'est la poêle qui se moque du chaudron. Foutue menteuse! Satanée menteuse! Va te faire foutre!» Les yeux clos, je refermai tranquillement le Webster's. «C'est vrai», murmurai-je; et j'ouvris subitement les yeux. «Je peux me bagarrer avec les meilleurs d'entre eux.» J'embrassai la pièce du regard : les rideaux insignifiants, la commode rose, et la berceuse aux couleurs du drapeau. «Jamais je ne pourrai quitter cet endroit», criai-je.

Au même instant, comme par une heureuse coïncidence, je remarquai la bouche de chaleur sur la plinthe près de la commode. Le livre à la main, je me levai, m'approchai de l'orifice et déposai le dictionnaire sur le plancher. Après avoir retiré les vis, je fis sauter le couvercle avec mes doigts. L'espace était grand, suffisamment grand pour contenir mon dictionnaire; alors je déposai le livre à l'intérieur, replaçai la grille, serrai les vis et poussai un grand soupir. Désormais, pensai-je, j'allais être la seule à connaître cette foutue définition. Mon désordre était maintenant bien dissimulé.

Assis sur le plancher, près de la fenêtre, Gordie réarrangeait ma pile de livres. Debout, dans l'embrasure de la porte, je le vis s'emparer avec frénésie du livre le plus épais, jeter un coup d'œil à la jaquette puis, exaspéré, l'insérer entre deux autres bouquins. Aussitôt après, il en saisit un autre coincé au milieu de la seconde pile — le livre sur les fleurs du Kentucky, un cadeau de Miss Emily. Il regarda le titre, grogna et déposa violemment le livre sur le dessus. Il cherche mon dictionnaire, pensai-je en observant ses mouvements.

Puis, subitement, il se leva, regarda fixement la garde-robe et se dirigea droit vers elle. Au moment où il allait poser la main sur la poignée de la porte, je pris mon courage à deux mains, entrai bruyamment dans la pièce et déclarai : «C'est ma chambre ici, pas la tienne.»

Il pivota aussitôt sur les talons et me fit face.

Résolue, je regardai fixement ses yeux noirs et furieux, secouai vigoureusement la tête et dit d'une voix rageuse : C'est ma chambre. Ces livres sont à moi. Tu fais mieux de t'en aller!»

Il se frotta le front et se mit à osciller vers l'avant. Sa figure devint cramoisie. Ses narines se dilatèrent. Il sortit les lèvres et plissa le front.

«Dehors!» hurlai-je en faisant un pas vers l'arrière.

Il mugit bruyamment et laboura le sol de ses pieds. Branlant la tête d'un côté et de l'autre, il émit une odeur de mouffette. Cette odeur nauséabonde, ce regard acéré comme un couteau posé sur moi... je compris qu'il allait charger.

«*Fous le camp!*» hurlai-je, en sautant dans les airs. «Allez! Fous-le camp!» puis je fis la roue deux fois sur le plancher et vins atterrir exactement devant lui.

Ses yeux s'écarquillèrent. Sa mâchoire retomba. Ses jambes fléchirent légèrement.

Alors, je rejetai la tête en arrière, fis saillir mes yeux, ouvris grand la bouche et poussai un gigantesque COASSEMENT.

«MMMMMMMMnnnnnnnnnn!» grogna-t-il en raidissant les jambes. «MMMMMMMMnnnnnnnnnn!» mugit-il en roulant des yeux. «MMMMMMMMnnnnnnnnnn!» grogna-t-il à nouveau en me poussant sur le côté et en se dirigeant vers la porte. Puis, comme un automate, il se retourna, me regarda une dernière fois et sortit en se pavanant.

«Croak», énonçai-je clairement quand je l'entendis marcher dans le couloir. «Croak! Croak! Tandis que le bruit de ses pas s'éloignaient, je pouffai de rire. Et les «Croak!» résonnèrent dans l'espace vide.

Soulagée, je m'effondrai sur le plancher en riant. Au début, ce ne fut qu'un petit rire; mais très vite il se transforma en gros éclats de rire puissants qui me tordaient la bouche. Je riais à un point tel que mes organes en étaient tout secoués et que ma peau vibrait. Cela dura longtemps; une fois la crise passée,

je fermai les yeux et, apaisée m'endormis aussitôt sur le plancher; pour la première fois depuis le début de mes coassements, je menais la barque. J'avais utilisé mon désordre comme une arme. Aucune comédienne n'aurait pu faire
mieux : je venais de simuler mon premier coassement.

Quelques jours plus tard, je me trouvais dehors savourant encore ma victoire.
À présent, toutes les fois que Gordie m'apercevait, le nez frémissant et les yeux
en fentes, il faisait demi-tour et s'éloignait. J'aperçus au loin Maizy Hurley, emmi-
touflée et assise seule sur un banc sous un érable sans feuilles. Elle avait les
cheveux ébouriffés et son visage paraissait tendu.

Je l'appelai et courus vers elle. «Hé, Maizy! Je veux te dire quelque chose.»
Mais elle ne leva pas les yeux. «Maizy, tu ne m'écoutes pas. C'est au sujet de
Tête de Taureau.»

«Taureau?» dit Maizy.

«À quoi penses-tu? Tu ne m'écoutes pas.»

«Désolée, Icy. Je me fais du soucis pour Rose.» Ses cheveux blonds ondulés
et soyeux encadraient son visage. «J'essayais de ressentir ce qu'elle ressent.»

«Comment?» demandai-je en m'assoyant à ses côtés et en oubliant Gordie.

«L'autre jour, je me suis étendue sur le plancher de ma chambre, dit Maizy,
et j'ai tordu mon corps comme elle.»

Abasourdie, je me tournai vers elle. «Tu as eu mal?»

«Très mal», dit-elle.

«J'en étais sûre», dis-je en secouant la tête.

«Imagine un peu ses bras, dit Maizy. On dirait qu'ils sont accrochés comme
des branches à un arbre.» Elle indiqua une grosse branche.

Mes yeux suivirent son doigt. «Oui... oui...», marmonnai-je.

«Et bien, j'ai placé mes bras de la même façon.»

Je jetai un coup d'œil à mes mains. «Ouch! dis-je. Ça doit faire encore plus
mal.»

Elle acquiesça d'un signe de tête. «Mais je ne lui ressemblais pas vraiment.
Alors j'ai essayé encore plus fort. J'ai tordu ma tête d'un côté et mes jambes de
l'autre, à tel point que j'ai bien cru que ma peau allait se fendre.»

Je fis une horrible grimace. «Pourquoi?»

«Parce que je veux la comprendre», dit avec insistance Maizy. Je veux ressentir toute la douleur qu'elle ressent.»

Je secouai la tête. «Je ne comprends pas ce que tu veux dire», dis-je.

«Em-pa-thie». Maizy prononça consciencieusement chaque syllabe. Je veux
ressentir ce qu'elle ressent — complètement, totalement. En d'autres mots : je
veux l'aimer.»

J'étais ahurie. Ma mâchoire tomba et mes lèvres s'entrouvrirent. «Mais tu
l'aimes déjà.»

«Pas vraiment, dit-elle. Lorsque je ressentirai sa douleur comme si c'était la
mienne, alors je l'aimerai.»

«Ça ne sera pas si facile que ça.» Je fis la grimace. «Son désordre est horrible.»

«Mais je peux tout de même essayer, n'est-ce pas?»

«Tu peux toujours le faire. Mais moi, Icy Sparks» — et je pointai mon pouce vers ma poitrine — «je ne veux pas être mêlée à ça. Je l'observai; à nouveau, elle ne m'écoutait plus.

Elle commença à parler avec cet air rêveur dans les yeux. «Quand Reid était bébé, dit-elle, il a mangé de la peinture à base de plomb et ça l'a rendu malade. C'est pour ça qu'il est comme ça.» Elle repoussa une mèche de cheveux sur son front. «L'année dernière, j'ai gratté un peu de peinture des moulures de ma salle de bain.» Elle fit glisser doucement l'ongle de son index sur sa joue. «Je voulais manger un peu de poison moi aussi.» Elle ferma les yeux et avala sa salive. «Tu vois, je voulais obtenir un peu de sa magie. Quitter ce monde. Renaître comme un oiseau et m'envoler très haut. Mais je n'ai pu aller jusqu'au bout.»

«Pourquoi?» Je voulais savoir.

Elle ouvrit brusquement les yeux. «J'ai eu peur», dit-elle.

«Heureusement pour toi», dis-je, en respirant plus à l'aise.

«Peut-être, dit-elle, mais d'une certaine façon c'est triste, car je voulais vraiment le comprendre. Pour quelques instants seulement, j'aurais voulu être lui.»

«Et Ace?» demandai-je, en la regardant fixement. «Est-ce que tu le comprends?»

«Oh oui! dit-elle en frappant dans ses mains. C'est facile. Observe ses dessins. Ils sont vrais. Dessinés avec amour. Ace aime ses images de la façon dont il voudrait aimer le monde — ce qu'il ne peut pas faire.»

«Aimerais-tu aussi être comme Gordie?» dis-je, en ramenant avec habileté la conversation vers lui.

Pendant quelques secondes, Maizy regarda devant elle, les yeux perdus dans le vague. «Non», dit-elle finalement en se tournant et en croisant mon regard. «Non, jamais je ne voudrai ressembler à Gordie.»

«Et pourquoi donc?» demandai-je.

«Son père est un militaire, un général à deux étoiles» déclara Maizy en prenant une profonde inspiration. «Et Gordie voue un culte à l'ordre exactement comme son père.» Maizy expira en faisant siffler l'air entre ses dents. «Tout est parfait dans sa chambre. Tous ses sous-vêtements sont placés en petites piles bien droites. Il empile ses caleçons dans le tiroir du haut. Il place ses T-shirts dans le second. Ses chaussettes se retrouvent dans le dernier tiroir — toutes assorties — noir avec noir, brun foncé avec brun foncé etc.» Elle hocha tristement la tête. «Toutes ses chaussures sont cirées et alignées dans son placard. Il est plus en ordre que je ne le suis, et il s'habille mieux que n'importe qui ici, même les médecins.»

«Il s'habille comme un tueur» acquiesçai-je.

Elle poursuivit. «Il est obsédé par la propreté. Si Delbert veut que la poubelle soit vidée, Gordie s'en charge. Il passe derrière Tiny et nettoie ce qu'il a oublié de nettoyer. Il déteste la poussière. Avant que quiconque puisse prendre le plumeau, Gordie s'en est emparé. Un jour, je l'ai même surpris en train de fouiner dans le chariot de Tiny. Les médicaments y étaient sous clé, en sécurité, mais Gordie avait remarqué que des boules de coton traînaient sur le dessus et il était en train de les trier quand Tiny est arrivé. Il jetait celles qui avaient des imperfections, qui se défaisaient un peu, qui n'étaient pas parfaitement rondes.» «D'accord, mais lorsqu'il charge comme un taureau? Pourquoi fait-il ça?» demandai-je.

Maizy pencha la tête. «Je n'en suis pas certaine. Peut-être qu'il veut juste ressentir quelque chose. Éprouver de la douleur, c'est mieux que de ne rien éprouver du tout.»

«Peut-être qu'il veut blesser les gens, c'est tout», dis-je.

«Ou peut-être qu'il déteste le désordre, tout simplement, et qu'il essaie de l'éliminer de cette façon.»

«Son désordre et le mien». Je ricanai. «J'imagine que c'est pour ça qu'il était dans ma chambre.»

«Dans ta chambre?» Maizy leva les sourcils. «Tu ne m'as jamais dit ça.»

«C'est ce que j'essayais de te dire. Je l'ai surpris dans ma chambre en train de chercher un de mes livres. Je l'ai arrêté avant qu'il ouvre la porte de ma garde-robe.»

«Tu l'as arrêté?»

«Je lui ai dit de s'en aller.»

«Et il est parti?»

«Oui, m'dame».

«Icy ma fille, tu m'étonnes!»

«Parfois je m'étonne moi-même!», dis-je avec fierté. Puis, en me surprenant moi-même davantage, je posai à Maizy une question qui me trottait dans la tête depuis longtemps. «Dis-moi, Maizy», lui demandai-je spontanément. «Comment ça se fait que tu sais tant de choses?»

Elle répondit simplement : «Je lis. Mon ami me donne de longues listes de livres.»

«Je lis moi aussi», déclarai-je. «Miss Emily m'aide. Est-ce que ton ami t'aide?»

«Tout le temps», répondit-elle.

«Pourquoi?» demandai-je.

«Parce qu'il me comprend. Il ressent ce que je ressens.»

«Em-pa-thie», dis-je en insistant sur chaque syllabe comme l'avait fait Maizy.

Le lendemain, seule dans ma chambre, je réfléchis à l'empathie. Si Maizy croyait que l'empathie était une chose importante, alors je devrais peut-être faire la même chose. Assise sur le bord du lit, j'étirai les jambes, pliai et pointai les orteils. J'ignorais si je pouvais me fier entièrement à elle mais peu à peu, elle regagnait ma confiance. J'écartai les jambes et effectuai des rotations avec les pieds. Après tout, elle était une simple auxiliaire; j'étais une simple patiente; aucune de nous n'avait le moindre pouvoir. Sur ce point, nous étions semblables. Je réfléchissais à toutes ces choses en faisant le pas de l'oie dans les airs lorsqu'on frappa à la porte.

Je me redressai aussitôt.

«C'est moi, dit Maizy. Ouvre! J'ai quelque chose pour toi.»

«Entre», répondis-je en balançant les pieds.

Elle vint vers moi; elle apportait un petit paquet rectangulaire enveloppé dans un papier de soie bleu pâle retenu par un ruban rose. «J'ai vu ça hier soir et j'ai pensé à toi.» Elle étendit les bras. «Tiens.» Le présent tremblait dans ses mains. «Et bien, vas-tu le prendre?» demanda-t-elle en s'approchant plus près. «Merci», dis-je en le plaçant sur le matelas à côté de moi. «Tu ne l'ouvres pas?»

«Tout de suite?» demandai-je.

«Qu'est-ce que tu en penses? Est-elle bête.»

Lentement, je défis le ruban et décollai le ruban adhésif en m'assurant de préserver les deux. Puis je dépliai le papier. Devant moi, il y avait une boîte avec, sur le couvercle, un splendide cœur jaune entouré d'étoiles.

«Ouvre-la!» m'ordonna Maizy.

À l'intérieur, se trouvaient deux douzaines de cartes avec le même motif, le même cœur jaune et les mêmes étoiles bleues. Il n'y avait rien d'inscrit sur les cartes.

«Maintenant, tu peux écrire à tes grands-parents. Le cœur doré leur fera penser à toi.»

Les muscles de ma gorge commencèrent à trembler. «Mais...» commençai-je. «Mais...»

«J'ai parlé au Dr. Conroy et elle a accepté. Trop de temps déjà s'est écoulé. Tes grands-parents doivent recevoir de tes nouvelles.»

Incapable de parler, je m'essuyai les yeux, puis je dis : «Croix de bois, croix de fer, ça fait des mois que quelqu'un n'a pas été aussi gentil avec moi.»

«Alors, pourquoi ne commences-tu pas à écrire?», dit-elle en se dirigeant vers la porte. «Je posterai ta carte quand tu auras terminé.»

«Mais je n'ai pas de timbres», dis-je.

«Ne t'en fais pas, dit-elle, j'en ai tout un rouleau dans mon sac à main.»

Le Dr. Conroy, la tête basse et les mains jointes devant elle entra dans ma chambre sans s'annoncer. En la voyant, je devinai ce qu'elle allait dire et je me mis à parler avant qu'elle puisse le faire. «Je reste étendue sur mon lit et je pense à Noël.» Je parlais en enchaînant les mots, en les sortant tout d'une traite. «Patanni et moi nous allons toujours chercher un cèdre dans la forêt. Un grand et gros cèdre qui monte tout droit jusqu'au plafond. Patanni prend sa hache. Quelques coups à peine et c'est fait. Matanni va chercher le petit ange habillé joliment d'une robe rose et bleu pâle qu'on installe au sommet et —

Le Dr. Conroy releva la tête et m'interrompit. «Icy». Debout, très raide devant moi, elle ajouta : «Icy, nous devons —

«Patanni l'installe, loin du foyer pour pas qu'il prenne en feu, dans le coin le plus éloigné de la pièce, près de son fauteuil préféré. Il pose deux séries de lumières — il y en a de toutes les couleurs — rouges, bleues, jaunes, blanches et vertes. Matanni achète un sac de canneberges et elle fait sauter des grains de maïs sur le poêle. Nous tendons toujours deux cordes — sur la première on enfile des canneberges et sur l'autre des grains de maïs soufflé; puis nous les disposons tout autour de l'arbre, de la cime jusqu'au pied, comme un glaçage sur un gâteau.»

«Icy, s'il te plaît!» insista le Dr. Conroy. «Nous devons parler de Noël.»

«Et nous avons des boîtes de décorations», poursuivis-je en l'ignorant. «De petites cannes de sucre candi tressées et des étoiles et des pères Noël en bois. C'est Matanni et Patanni qui ont tout fabriqué. Ils fabriquent chaque petite chose. Chaque petite chose pour Noël. Pour en faire une journée spéciale pour moi, pour nous, parce qu'on est une famille — une vraie famille que je dois aller retrouver, à la maison, pour Noël — S'il vous plaît... !» Lorsque je levai la tête, j'avais les yeux pleins d'eau. Je serrai les dents pour ne pas pleurer. «S'il vous plaît, ne dites pas les mots!»

Et durant une minute, elle ne dit rien. Elle tendit simplement la main en me faisant signe avec les doigts de m'approcher. Avec réticence, je m'approchai. «S'il vous plaît, ne dites pas les mots!» répétai-je.

«Icy, tu dois être patiente encore un peu», dit-elle calmement. «Donne-nous encore quelques semaines». Gentiment, elle m'entoura de ses bras. « Nous devons toutes les deux y mettre un peu du nôtre.». Elle me tapota le dos. «Ça s'appelle, un compromis.»

«Mais écrire, ce n'est pas la même chose qu'être là», dis-je en enfouissant la tête dans son chemisier raide et empesé.

Chapitre 21

———— ✽ ————

18 décembre 1956

À notre chère Icy,

Ton grand-papa et moi on s'ennuie beaucoup de toi. Il y a plus de trois pouces de duvet d'oie sur le sol présentement. On dirait que les cèdres ont été trempés dans le sucre et l'odeur du feu de bois flotte dans l'air. Noël va arriver bientôt, ma chère Icy, mais sans toi, il ne sera pas aussi joyeux. Non, il ne sera pas joyeux du tout.

À chaque matin, ton grand-papa et moi nous allons dans ta chambre et il s'assoit sur le bord de ton lit et te parle, comme si tu étais ici. Il dit que même Essie et Ellie s'ennuient de toi. Quand il va les nourrir, elles lèvent leurs gros yeux bruns et le regardent, s'attendant à te voir, et quand elles réalisent que tu n'es pas là, elles baissent la tête, très bas. Personne n'est heureux ici sans toi.

Comme toujours, je fais de mon mieux pour être dans l'esprit de Noël. J'ai confectionné un gâteau aux fruits. J'ai utilisé un peu du whiskey de Patanni pour le parfumer. L'alcool s'évapore quand le gâteau cuit, alors je crois que c'est correct. Ce n'est pas la même chose que de consommer l'alcool tout seul. Ce n'est pas comme lorsque ton grand-père s'en va en cachette à la grange pour en prendre de grandes lampées qui brûlent la gorge. Demain je vais faire des biscuits de Noël. Patanni m'a acheté chez Stoddard's un nouveau moule en forme de grosse étoile. Ils vont être beaux les biscuits avec un glaçage jaune sur le dessus, non? Nous en enverrons probablement à Miss Emily parce que, chère Icy, elle est souffrante. Je vais laisser ton grand-papa te raconter ça.

Icy, j'espère que tu pourras comprendre mon gribouillage après avoir lu l'écriture pointilleuse de ta grand-maman. Bon, cette partie de la lettre c'est la mienne et vu que c'est comme ça, je vais te dire toute la vérité. Chérie, j'ai une confession à te faire. Ton grand-papa n'a jamais donné ta lettre à Miss Emily. Je ne lui ai jamais parlé de tes problèmes parce qu'on savait qu'elle serait boule-versée, et on savait que tu serais bouleversée si on te parlait d'elle. Alors, durant tout ce temps, ta grand-maman et moi nous avons décidé de la boucler et nous n'avons pas soufflé mot. Mais là, comme Noël approche, nous voulons te dire la vérité. Dernièrement, Miss Emily a été malade. On a entendu dire qu'elle était en Floride; elle se repose et prend soin de son cœur. C'est ce que le docteur a ordonné. La semaine dernière on nous a dit qu'elle allait mieux. Tu vas mieux toi aussi. Alors ta grand-maman et moi on a décidé qu'il était temps de dire la vérité. Maintenant la vérité est sortie. Maintenant tout va pour le mieux dans le meilleur des mondes, sauf que tu n'es pas ici avec nous. Chérie, reviens dans nos bras affectueux.

Ton grand-père qui t'aime.

Ta grand-maman aussi.

Nous laissons tes présents sous l'arbre jusqu'à ton retour à la maison et t'envoyons tout notre amour.

Amour et baisers,
Matanni & Patanni

Chapitre 22

———— ✳ ————

« Ce satané Tiny s'est ouvert le clapet. Maintenant tout le monde sait », dit Wilma à Maisy en prenant le petit déjeuner. « Je vais quand même jouer le rôle de Marie. »

« Je sais pas trop quoi te dire », répondit Maisy. « Ça se voit un peu mais pas trop tout de même. »

« Peu importe, dit Wilma, en souriant. Je veux faire la Vierge Marie. C'est un rôle qui me convient, tu penses pas ? »

Maisy approuva. « Si tu n'y vois pas d'inconvénient », dit-elle.

Je fixais l'estomac de Wilma qui se gonflait, plus qu'à l'accoutumée, et sa moustache qui était devenue plus drue et plus coriace ces dernières semaines et j'eus un haut-le-cœur à l'idée qu'elle pourrait être enceinte et pire encore, être la Vierge Marie. « Pauvre enfant Jésus » murmurai-je.

Wilma se tourna vers moi. « Tu as dit quelque chose ? »

« Rien, répondis-je, en remuant mon porridge. Il est froid. »

« Parce que tu étais en retard, dit-elle sur un ton de reproche. Tu ne peux t'en prendre qu'à toi-même. Tu n'arrêtes pas de te plaindre et de broyer du noir depuis que tu a appris la nouvelle. Ça fait deux jours complets que tu rends tout le monde malheureux autour de toi. Tu ne peux rien changer à la situation alors tu ferais mieux de l'accepter. »

« Peut-être que j'en ai pas envie, » dis-je en faisant la moue.

« Peut-être que tu aimes être malheureuse. » dit-elle.

« Peut-être que j'ai envie d'aller chez moi à Noël, plutôt que de rester coincée dans un vieil hôpital minable. »

« Tu ferais mieux de te compter chanceuse ! » Wilma pointa son gros index vers moi. « Dans certains pays au loin, il y a des petites filles qui vivent dans les rues et dorment à la belle étoile. »

«Oui, m'dame» grommelai-je.

«Icy va s'en remettre» dit Maisy en venant vers moi et en m'entourant de ses bras. «Donne-lui un peu de temps.»

Je me dégageai de son étreinte. J'en avais plus qu'assez de passer mon temps à me consoler des promesses trahies.

Mais Maisy ne se laissait pas rebuter. «Sois patiente, Icy ma fille», dit-elle en touchant mon avant-bras. «Tu les verras bientôt. Les docteurs finissent toujours par céder.»

Reid se mit à gazouiller à l'extrémité de la table. Cambrant le dos, il brandit son bol qu'il laissa ensuite retomber.

«Il veut encore de la bouillie d'avoine» dis-je sur un ton sarcastique.

«Il est toujours affamé.» Maisy plaça ses mains en entonnoir autour de sa bouche. «Delbert! Encore du porridge par ici!»

«Reid?» répondit-il en beuglant.

«Qui d'autre?» cria-t-elle.

Delbert revint, une grande casserole à deux poignées dans les mains. «Et voilà», dit-il en déposant dans le bol de Reid une pleine louche de bouillie d'avoine. Frénétiquement, Reid commença à piailler et à battre des bras, en agitant sa cuillère d'argent comme une baguette de chef d'orchestre. «On se calme! dit Delbert. Tu excites les autres!»

La jolie Ruthie prit une cuillère de porridge puis elle se barbouilla la figure et en renversa sur son chemisier.

Wilma passa derrière Deirdre et enfonça délibérément un doigt dans son dos. Deirdre sursauta comme un diable à ressort. Une seconde plus tard, Wilma s'installa près d'elle et glissa entre ses lèvres des cuillerées de bouillie d'avoine. Elle avala sa bouchée puis elle se remit en boule.

Ace peignait sur sa serviette de table. Il plongeait le bout de son couteau dans la gelée de raisin et esquissait grossièrement un Père Noël violet.

À l'extrémité opposée de la table flottait une odeur infecte. Je me retournai et aperçus Stevie, un petit sourire contraint sur le visage, qui se balançait sur son siège. «Regardez-le, dis-je en reniflant. Il sourit comme un opossum.»

«Il a encore fait dans sa culotte», dit Tiny en maugréant.

«Fiou!» Wilma se pinça le nez. «Il devrait manger dans sa chambre comme Gordie.»

«Mais il n'est pas Gordie» trancha Maisy. «Il ne fait de mal à personne.» Rapidement elle se retourna et enfila un petit morceau de toast dans la bouche de La Bouche qui le goba d'un trait. «Tu vois!» Maisy montra du doigt les gencives roses et les quatre dents acérées de Mary. «Si tu mets de la nourriture dans sa bouche, tout va bien pour elle.»

«Et voilà!» criai-je en me levant d'un bond et en brandissant un carton de lait au-dessus de ma tête. «C'est une vraie maison de fous!» hurlai-je en faisant déborder rageusement le lait dans les airs. «Je déteste cet endroit. Si vous pensez que je vais rester ici, vous vous trompez royalement!» Sur ces mots, je lançai par terre mon carton de lait et sortis de la salle avec des fourmillements de colère dans les pieds.

« Ça va te plaire, insista Maisy. Je collerai des fils de coton noir sur ta figure. Ça ressemblera à une barbe. Et tu porteras un chapeau en forme de cône, fait de papier d'aluminium jaune et brillant. Comme il a pris beaucoup de poids et que son peignoir en satin rouge ne lui faisait plus, Delbert nous l'a prêté; je vais coudre l'ourlet. Tu sais, une fois raccourci il t'ira très bien. Tu auras vraiment l'air d'un sage.»

«Mais je ne veux pas être un sage, dis-je en gémissant. «Je veux être Icy Sparks; je veux retourner chez moi à Noël avec mes grands-parents.»

«Icy, dit Maisy d'une voix ferme, on ne peut rien y faire. Les docteurs ont déjà dit non. Mais en revanche, on peut décider quelle sorte de Noël on passera ici. Si tu ne fais pas un effort, tu vas te rendre la vie encore plus misérable.»

«Demande à quelqu'un d'autre de le faire, dis-je. Laisse Wilma jouer le rôle du sage. Elle a déjà une moustache.»

«Wilma sera la Vierge Marie» dit Maisy.

«Je pensais que la Vierge Marie était belle, dis-je. Pas laide comme une face de pet.»

Maisy fit un pas en arrière. «Icy Sparks!» Elle posa les deux mains sur ses hanches. «Jamais je ne t'ai vue aussi méchante.»

Je fis une grimace. «Alors tu n'as pas vu mon vrai moi» dis-je.

«On n'est pas responsable de son apparence physique» dit Maisy.

Je lui jetai un regard oblique. «Tu connais le vieil adage?»

«Lequel?»

«On a la beauté des gestes qu'on pose.»

Maisy me décocha un regard furieux.

«Et bien, dans le cas de Wilma, elle est aussi laide que ses gestes.»

Les muscles du cou de Maisy se tendirent; elle projeta en avant sa mâchoire. «Icy, je suis déçue de toi», dit-elle avec froideur.

«Ça c'est le bouquet!» rétorquai-je sur un ton de défi en relevant bien haut la tête. «Tu détestes Wilma autant que moi». Je haussai la voix et, la mine renfrognée, dit : «Mais tu refuses de l'admettre. Wilma a raison. Tu n'es qu'une dame patronnesse.»

Aussitôt, le feu dans les yeux de Maisy s'éteignit. Elle regarda par terre et soupira. «Je n'avais pas réalisé à quel point tu me détestais.»

«Je ne savais pas que tu aimais Wilma plus que moi!»

«Ce n'est pas le cas» répondit-elle, puis elle se retourna et s'en alla.

Je boudai pendant deux jours. J'avais l'impression que tout le monde était dans l'esprit de Noël sauf moi. Dans la salle de séjour je m'asseyais à l'écart. Je refusais de répondre aux salutations de Maisy. Quand Wilma passait tout près de moi je faisais comme si elle n'était pas là. Même Delbert qui n'avait rien à voir dans tout ça eut droit au même traitement. Un jour, tandis que je mangeais, le Dr. Conroy qui était passé nous voir, posa la main sur mon épaule. Comme je la détestais plus que tous les autres, je lui fis un sourire méprisant et haussai les épaules avec dédain. Hochant lentement la tête, elle s'éloigna.

Je m'habituais peu à peu à mon malheur. Je ne pouvais faire autrement. Ma colère se transformait en dépression. À cause de mes secrets, je me retrouvais coupée de Noël, de mes grands-parents et de Miss Emily. Ce poison en moi faisait régner une atmosphère de secret partout. Parce que Miss Emily n'était pas venue me rendre visite, j'en avais conclu qu'elle me détestait secrètement. Puisque Maisy avait pris la défense de Wilma, j'en avais conclu qu'elle avait toujours aimé cette femme. Je me sentais abattue — c'était plus facile pour moi de m'enfoncer toujours un peu plus dans la déprime que de me prendre en mains. La dépression devenait habituelle et confortable. Cette morosité n'affectait pas que moi, elle affectait aussi les autres. Chaque fois que Maisy se pointait avec un jeu de cartes et demandait d'une voix alerte : «Tu veux jouer au rami?», je sentais bien l'insistance dans son regard. Mais je baissais la tête et je refusais de la regarder. Peinée, elle essayait à nouveau : «Juste une partie?» Je marmonnais alors une vague insulte, certaine d'avoir raison. Et je passais le reste de la journée assise dans ma chambre. Dès que j'entendais des pas dans le couloir je posais à l'indifférente. Je voulais entraîner tout le monde dans mon malheur et cette décision m'étonnait moi-même. Je me consacrais à cette tâche avec une telle énergie que les tics, les coassements, les jurons et les tressautements disparurent, comme si je n'en avais jamais eu. Si je ne pouvais passer un Noël heureux à la maison alors — nom d'un chien — personne ici ne passerait un joyeux Noël.

Deux jours plus tard, la sollicitude du personnel à mon endroit commença à s'estomper. Au début je notai de petits changements. Lorsque Maisy m'apercevait dans la salle de séjour, elle passait tout droit sans me parler. Le Dr. Conroy me saluait d'un signe de tête. Si je ne répondais pas, elle souriait et enchaînait gaiement : «Bonne journée», puis elle continuait sa ronde.

Wilma qui ne s'était jusque là jamais souciée de moi, était manifestement irritée. «Pauvre Perle pitoyable» disait-elle hargneuse.

Delbert aussi m'ignorait. Il ne me taquinait plus. Il blaguait avec Maisy, mettait une feuille de gui sur sa tête et la bécotait à la moindre occasion.

Décidément, je commençais à me sentir vraiment mal et c'était pire encore que ce que j'avais imaginé.

Assise à l'écart, dans la salle de séjour, après avoir observé attentivement les visages souriants autour de moi — Maisy fredonnait «Jingle Bells», Delbert suçait une canne de sucre candi, le Dr. Conroy portait une broche en forme d'arbre de Noël, Tiny était coiffé d'une tuque de père Noël, Wilma caressait délicatement son gros ventre — je ne pus me retenir davantage. «Delbert, dis-je avec une gaieté un peu exagérée, tu vas jouer quoi dans la pièce de Noël?»

Il m'ignora et se tournant vers Maisy, dit : «Maisy ma chérie, je veux que tu sois l'ange au sommet de mon arbre.»

Maisy rit. «Seulement si tu acceptes d'être mon étoile», murmura-t-elle le souffle court.

«Tu joues le Père Noël?» demandai-je à Tiny.

«Ho! Ho! Ho!» fit-il d'une voix forte; d'un pas lourd, il se dirigea vers le Dr.

Conroy puis il retira de la poche de sa chemise une canne de sucre candi qu'il lui remit avec beaucoup d'élégance.

Le Dr. Conroy sourit et agita la canne comme une baguette magique. «Merci Père Noël» dit-elle en faisant la révérence et en regardant toutes les personnes présentes — sauf moi. «Joyeux Noël et bonne journée à vous tous!» dit-elle solennelle, avant de saluer de la main sur le seuil de la porte.

«Joyeux Noël!» répondirent-ils tous en chœur en agitant la main.

Mais je n'avais d'yeux que pour Tiny. «Le Père Noël ne va-t-il pas m'en donner une?» demandai-je.

Tiny ne fit aucun cas de moi. Il s'approcha de Wilma et lui glissa doucement une canne au creux de la main.

«Vraiment!» dis-je indignée en regardant les cannes de sucre candi sortant de toutes les bouches. «C'est ça l'esprit de Noël?»

«La dernière canne c'est pour... c'est pour...» dit Tiny en tenant théâtralement une canne au-dessus de sa tête. «C'est pour notre ange, Miss Maisy — le véritable esprit de Noël!»

«Charlatan!» dis-je en ronchonnant.

Maisy s'approcha de moi en tenant délibérément la canne devant elle. Elle marchait si lentement qu'elle semblait flotter comme une somnambule. «L'ange du Seigneur apparut en songe à Joseph» dit-elle, les yeux vitreux. «Et l'ange dit, 'Joseph, fils de David, ne crains rien et prends Marie pour épouse : car ce qui est conçu en son sein, l'est par l'Esprit Saint. Et elle enfantera un fils et tu Lui donneras le nom de JÉSUS.»

«'Et Il rachètera les péchés de son peuple'» dis-je en complétant la citation.

Les yeux de Maisy se rétrécirent. «Mais Hérode, le roi, était jaloux» continuat-elle en frappant des mains.

Tiny intervint. «Dis-nous la raison!»

«Parce que, répondit Maisy, les mages étaient venus d'Orient lui demander 'Où est-Il Celui qui vient de naître, le Roi des Juifs? Car nous avons vu son étoile en Orient et nous sommes venus Lui rendre hommage.' Hérode était furieux, alors il ordonna aux rois mages de trouver l'enfant Jésus et de lui faire savoir où était son rival.»

Je baissai la voix et continuai «'Faites diligence, allez et trouvez-moi cet enfant' ordonna Hérode. 'Et quand vous l'aurez trouvé, faites-le moi savoir que je puisse moi aussi venir me prosterner à Ses pieds.'» Je m'interrompis et jetai un bref regard autour de moi; et je vis que tous — Maisy, Tiny, Delbert et même Wilma — écoutaient. J'élevai la voix, déployai les bras et poursuivis d'une façon théâtrale. «Et c'est alors que l'étoile aperçue en Orient les guida jusqu'à ce qu'ils atteignent l'endroit où était le jeune enfant.'»

«À Bethlehem en Judée» interrompit Maisy.

«' Quand ils virent l'étoile, récitai-je, ils furent pris d'une grande allégresse. Et quand ils pénétrèrent dans la maison, ils virent le jeune enfant avec Sa Mère Marie, et tombèrent à genoux en adoration devant Lui.'» Avec un grand sourire, je rejetai la tête en arrière et repris mon souffle.

«Ça parle au diable, Icy!» dit Delbert en blaguant.

«'Ils ouvrirent leurs trésors et Lui offrirent des présents : de l'or, de l'encens et de la myrrhe. Puis ayant été prévenus par Dieu en rêve qu'ils ne devaient pas retourner chez Hérode, ils retournèrent dans leur pays par un autre chemin.'» Je m'étais souvenu des versets que ma grand-mère m'avait appris. J'avais terminé.

«C'était magnifique!» dit Maisy.

«C'est quoi ce truc, l'encens?» demanda Delbert.

«Quelque chose qui sent bon.» répondis-je.

«Gordie apporte la myrrhe» dit Tiny.

«C'est un parfum» dis-je d'un air savant.

«Tu es calée pour une petite fille» dit Tiny en me faisant un clin d'œil.

«Mais je ne sais pas comment on fait pour avoir une canne en sucre candi.» répondis-je.

«Cette fois je dois reconnaître que tu l'as gagnée, dit Maisy. Tu as été magnifique.»

«Merci, dis-je en enlevant le papier d'emballage. J'ai une grande expérience. Matanni me demande de réciter des passages de Saint Matthieu à chaque veille de Noël.» En souriant je glissai le bonbon dans ma bouche et j'attendis d'autres compliments qui ne vinrent pas. Au lieu de cela, Tiny se retourna et passa son bras sous celui de Maisy et en compagnie de Wilma et Delbert, il s'éloigna. «Hey!» m'écriai-je; de la salive rose coulait aux coins de ma bouche. «Qu'est-ce qu'une personne doit faire pour être un roi mage ici?»

«Un roi mage ou une petite futée?» demanda Delbert par dessus son épaule.

«On fait notre première répétition demain,» claironna Maisy, «Sois présente!»

Chapitre 23

———— ✳ ————

« J'ai entendu dire que le Dr. Lambert est un critique sévère», dit Delbert en posant les mains sur mes épaules et en me faisant avancer vers une Vierge Marie imaginaire.

«Où est Wilma?» demandai-je. «Va-t-elle venir répéter avec nous ou compte-t-elle sur l'inspiration de Dieu?»

«Icy!» Je jetai un coup d'œil par-dessus mon épaule. Maisy fronçait les sourcils. «Quel est ton problème? La pauvre Wilma n'arrive pas à garder la nourriture qu'elle mange. Elle ne va pas bien, c'est tout.»

«Et bien elle ferait mieux de s'y mettre» dis-je sur un ton détaché, «Maintenant qu'elle mange pour deux.»

Maisy tressaillit. «Qui te l'a dit?» demanda-t-elle.

«Je vous ai tous entendus chuchoter.»

«Elle est incroyable!» dit Delbert en secouant la tête.

Je levai les yeux au ciel. «C'est étrange» dis-je en roulant des yeux encore une fois. «J'ignorais que la vieille croûte était mariée. On dirait une guêpe avec son aiguillon. Et avec sa damnée moustache qui a l'air d'un amas de saletés au beau milieu de sa figure.»

En promenant son doigt sur sa lèvre, Delbert fit un sourire.

Maisy frappa du pied d'une manière ostensible. Puis elle rejeta la tête en arrière et pouffa de rire. «Il y a aucun doute, Icy Sparks n'est pas dans l'esprit de Noël.»

«Pourquoi êtes-vous toujours en train de me reprendre?», dis-je en faisant la moue.

«Pourquoi selon toi?»

«Peut-être bien parce que je dis tout haut ce que vous pensez tout bas», répondis-je.

«Quelquefois il vaut mieux garder ses pensées pour soi», répliqua Maisy.

«Ça ne me dit rien», rétorquai-je.

«Ça serait beaucoup mieux pourtant, objecta-t-elle. Cela te faciliterait la vie.»

«Bien —» commençai-je.

Mais Tiny intervint. En me faisant un clin d'œil, il donna à Delbert une tape dans le dos. «On ferait bien d'aller travailler» dit-il.

Je commençais à m'imprégner de mon rôle, me transformant en un vieux sage quand Wilma apparut, la figure grise et chancelante.

«Salut» dirent Delbert et Tiny.

«Tu n'as pas très bonne mine» dit Maisy d'une voix compatissante.

Wilma esquissa un maigre sourire. «Je veux revoir mes répliques, dit-elle. Juste une fois pour être sûre de savoir quoi faire.»

Je m'efforçai de lui sourire aussi.

«Bien» dit Maisy en croisant les bras. «Il n'y a pas tant de choses à retenir. Quand la pièce commence, tu transportes une poupée de la grosseur d'un enfant.» Elle regarda Wilma. «Comme ça» dit-elle en faisant un berceau avec ses bras. «Quand les trois rois mages apparaîtront, tout ce que tu auras à faire c'est d'étendre les bras. Tu diras ensuite 'Voici l'enfant Jésus'. Juste après le mot *Jésus*, Icy, Tiny et Gordie —»

Tiny l'interrompit, «Je donne la réplique pour Gordie».

«D'accord» acquiesça Maisy. «Ensuite, ils disent leurs répliques et finissent avec 'Nous les Trois Rois.' À la fin, tu déposes Jésus dans Sa crèche et tu chantes 'Sainte Nuit' avec nous tous.»

Wilma plaça les mains sur son estomac. «C'est assez facile» dit-elle.

Je lançai un regard à Maisy, fis un pas en avant et dis d'une voix forte : «Je suis le roi mage qui apporte l'encens.»

«Et je chanterai aussi 'Sainte Nuit'» dit Maisy.

«Vêtue d'une longue robe blanche» précisa Delbert.

«En tenant bien haut un bâton avec une étoile argentée au bout» dit Maisy

«L'étoile d'Orient» ajoutai-je fièrement.

Wilma me tourna le dos. «Tu tiens quel rôle?» demanda-t-elle à Tiny.

«Je suis le roi mage qui apporte l'or. En plus je dois surveiller Gordie. C'est lui qui apporte la myrrhe.»

«Et moi je suis le roi mage avec l'encens» insistai-je à nouveau.

«Et toi tu fais quoi?» demanda Wilma à Delbert.

«Je suis le soldat de la paix. Je dois veiller à ce que tout se passe bien.»

«Bon,» dit Wilma en massant délicatement son estomac et essayant momentanément d'être gentille.

Le Sunshine Building bourdonnait comme une ruche. Une joyeuse énergie m'envahit et je décidai de faire exception ce jour-là et de me laisser prendre par l'esprit de Noël. J'en avais des picotements jusqu'au bout des doigts. Maisy et Delbert avaient suspendu une branche de sapin ornée d'un grand ruban rouge au-dessus de la porte de la salle de séjour. Une nappe de lin blanc recouvrait la table de la salle à dîner sur laquelle on avait disposé à des endroits stratégiques trois chandelles rouges dans des lanternes de verre. À la gauche de la bibliothèque, près de la porte, un épicéa était orné de lumières, de guirlandes et de deux douzaines de décorations rouges et or. Les canapés avaient été déménagés et remisés ailleurs pour permettre à Delbert et Tiny d'aménager l'espace scénique. Du foin venu de la ferme des parents de Tiny à Winchester avait été répandu sur le plancher et la crèche, une antique huche à farine appartenant à la tante de Tiny occupait le centre de la scène. À côté de la mangeoire, se dressaient des animaux de la ferme découpés dans du carton et peints à la main par Ace.

À cinq heures de l'après-midi, Maisy me prit par la main. «Viens, ordonna-t-elle. C'est l'heure de se maquiller. Je vais te faire une beauté.»

«Mais je ne suis pas sensée paraître belle.»

«Authentique, alors», dit-elle.

«As-tu apporté le fil de coton, la robe, tout ce qu'il faut?»

«Tout», dit-elle en m'entraînant dans le couloir jusqu'à la salle de bain. Sur le plancher près du lavabo il y avait un sac de papier brun qu'elle déposa sur une vieille chaise métallique appuyée contre le mur. Ensuite elle plongea son bras au fond du sac, l'explora de la main et avec un grand geste elle brandit la robe de satin rouge.

«Maisy, nous perdons du temps» me lamentai-je. T'as oublié que Delbert m'a montré mon costume?»

Elle déposa la robe sur le dossier de la chaise et plongea de nouveau la main dans le sac. Cette fois elle en retira une couronne dorée de forme conique. «Elle est magique» dit-elle, tenant la couronne au-dessus de sa tête.

«Maisy je l'ai déjà vue». Impatiente, je tapais du pied sur le plancher.

Sans se presser, Maisy déposa la couronne sur l'étagère métallique au-dessus du lavabo et avant que j'aie pu prononcer un autre mot, elle plongea le bras encore plus profondément dans le sac. «Maintenant, devine ce que j'ai trouvé?»

Nerveusement, je me rongeais les ongles. «Je ne sais pas, dis-je sur un ton maussade, mais — »

Elle me coupa la parole. «Abracadabra!»; et elle extirpa deux mules de velours cramoisi aux bouts recourbés. «Abracadabra!» s'exclama-t-elle encore une fois. Et elle brandit bien haut une tignasse noire et ondulée. «Des mules royales et une barbe tout à fait authentique», s'écria-t-elle.

«Foutue pétoire!» dis-je. C'est un miracle!»

Dehors, trois pouces de neige recouvraient le sol. À l'intérieur, Tiny aidait Gordie à enfiler son costume; alors j'attendais, seule dans le froid — il faisait trente degrés F. — qu'on me fasse signe d'entrer.

Pendant deux jours je m'étais exercée devant le grand miroir de la salle de bains. Comme je voulais savoir ce qu'était l'encens exactement, j'avais fouillé dans le dictionnaire. «Substance résineuse aromatique» avait-on écrit. Je ne voulais pas seulement jouer le rôle d'un homme sage; je voulais être un homme sage. Quand j'allais monter sur la scène, je voulais que tout le monde sente l'odeur de l'encens au creux de mes mains; et, quand je chanterais «Nous les Trois Rois» avec les autres, je voulais que ma voix domine toutes les autres voix. Nerveuse, je fis craquer les jointures de ma main gauche puis celles de ma main droite. Je tirai sur ma barbe et agrippai les revers de mon manteau. Au moment où Delbert se montrerait la tête, je devais être prête à enlever mon manteau et à le fourrer dans une boîte placée près de la porte. Je pris cinq grandes inspirations, dessinai un cercle dans la neige avec le bout d'une de mes mules de velours rouge et tâchai d'entrer dans la peau de mon personnage. «Je suis un sage venu d'Extrême Orient,» murmurai-je. «Je suis un roi d'Orient parti à la recherche de l'enfant Jésus.» Plaçant ma main en visière, je fis semblant de chercher. «J'ai un présent pour Lui.» Comme une fleur en train d'éclore, je dépliai les doigts. «De l'encens», dis-je à voix basse, «pour le nouveau-né — » Quelqu'un grogna bruyamment derrière moi. Vivement je me retournai.

«On se calme, Gordie!» dit Tiny en retenant le garçon par le bras. «Ils ne sont pas encore prêts à nous voir.»

«Pour l'amour!» m'exclamai-je. «Je suis pas fâchée de vous voir là!» Je claquais des dents. «J'étais en train de répéter, j'étais de plus en plus nerveuse car je pensais que Delbert me ferait un signe de tête et que toi et Gordie vous ne seriez pas là et que j'aurais à jouer toute seule les trois rôles.» J'avais des picotements dans les orteils et j'éprouvais une sensation de brûlure. «Je veux dire, j'ai les genoux qui tremblent. Et c'est pas juste à cause du froid.» Je frappai des pieds le sol recouvert de neige. «C'est la peur. Le bon vieux trac». Les bras croisés et les mains sur les épaules, je me mis à sauter sur place. «Oui m'sieur, j'étais en train de devenir plus excitée qu'un lièvre en mars à la saison des amours.»

Tiny, retenant toujours Gordie par le bras, posa son index libre sur ses lèvres. «Calme-toi Icy! dit-il. Tu vas rendre Gordie nerveux.»

Mon estomac commença à gargouiller. Mes pieds s'engourdissaient. Mes mains tremblaient. «Penses-tu que Delbert nous a oubliés?» demandai-je.

«J'en doute, répondit Tiny. D'un moment à l'autre on devrait voir sa tête et quand ça arrivera, il faudra que tu sois prête.»

Je me frictionnai les mains. «Je suis prête» dis-je en remuant les orteils. Je fis rouler mes épaules, aspirai une grande gorgée de frimas et proclamai : «Je suis aussi — »

«Prêts!» dit Delbert en passant la tête comme un éclair dans l'embrasure de la porte.

Ça y est, pensai-je en fourrant mon manteau dans la boîte. Tiny, le bras passé sous celui de Gordie suivait juste derrière moi. «Tu es un roi d'Orient» dis-je.

À l'intérieur, «Nous, les Trois Rois» jouait doucement. Disposées en demi-cercle, les chaises dans la salle de séjour étaient toutes occupées. Le Dr. Conroy, le Dr. Lambert de Hickory Hall et le Dr. Parker, un invité de l'extérieur de la ville, étaient assis dans la première rangée. Des membres du personnel affectés à la préparation de nos repas à Hickory Hall, ainsi que le conducteur de la camionnette occupaient les autres sièges. Derrière la crèche, Maisy tenait bien haut la grande étoile argentée. Toujours en mouvement, elle nous conduit vers l'ouest et nous guide vers la parfaite lumière, pensai-je, le cœur battant, tandis que mes pieds dégelés franchissaient en douceur la scène pour s'arrêter devant la crèche.

Gracieusement, Wilma étendit les bras. «Voici l'enfant Jésus» dit-elle comme prévu.

Pour la première fois, j'eus l'impression de voir vraiment son visage. C'était sa figure, sans aucun doute, mais quelque chose avait changé. Dans son costume et avec un châle sur la tête, elle rayonnait. Disparues ses lunettes. Disparue sa moustache ainsi que son teint blême et cadavérique. Elle était par miracle devenue la Vierge Marie et l'amour maternel irradiait de tout son être.

Contractant ma figure, moi aussi je me métamorphosai. Avançant majestueusement, j'étais devenue un roi terrestre se prosternant devant le Roi des Rois. «Nous, les trois rois d'Orient, avons apporté des présents pour le Christ Enfant,» dis-je en me relevant. «J'apporte en cadeau de l'encens!» déclamai-je.

Avec magnanimité, je tendis mes mains fermées. Je dépliai les doigts et présentai le paquet argenté et luisant qui reposait sur la paume de ma main.

Dans une grande robe couleur de jade, Tiny, à son tour, tendit la main. Une pépite d'or scintillante apparut. «Voyez! J'ai apporté de l'or!» dit-il d'une voix profonde.

Puis Gordie, vêtu d'un costume bleu royal étendit son bras avec raideur. «De la myrrhe!» dit Tiny pour lui. «L'arôme le plus exquis sur terre.»

À ce moment, Delbert qui veillait à la musique, inclina la tête discrètement et les premières mesures de «Nous les Trois Rois» résonnèrent. Tiny et moi avons alors commencé à chanter en regardant l'auditoire d'un air solennel. Mais, tandis que nous chantions en harmonie, ma voix se transforma. Comme par enchantement, elle se modifia. Elle devint riche et mélodieuse, profonde et envoûtante comme les notes que nous chantions. L'auditoire était fasciné. On aurait pu entendre voler une mouche.

En ouvrant les portes doubles, Delbert vint finalement briser l'enchantement. Puis, aux accents de «Sainte Nuit», les autres patients entrèrent et vinrent former un demi-cercle autour de nous.

Délicatement, la Vierge Marie déposa l'enfant Jésus dans Sa crèche.

Maisy fit osciller avec grâce l'étoile d'argent qui inonda la scène de ses reflets.

Risquant un regard dans la salle, j'observai les visages. Ceux de Ace, Reid, Rose, Stevie, Ruthie, Mary et Deirdre. Je pouvais lire dans leurs yeux : «Icy, tu es une étoile. Tu es l'étoile qui brille d'un éclat royal. Vas-y, Icy. Chante!» Et moi, répondant à ce signal, les bras déployés, tel Moïse traversant la Mer Rouge, je fis un pas en avant avec beaucoup de grandeur. Je pris une profonde inspiration et sentis mes poumons se remplir d'un air chaud et chargé d'amour; ma voix était impatiente de se faire entendre et d'emplir toute la pièce. J'inspirai à nouveau, préparai mes lèvres et j'allais entonner «Sainte Nuit» quand mes yeux se posèrent sur Wilma.

La pieuse Vierge Marie avait bien changé maintenant. Les traits de son visage s'étaient durcis et laissaient voir sa colère; la haine lui sortait par tous les pores de la peau. Sa méchanceté était si profonde qu'elle m'attirait comme un aimant. J'étais hypnotisée par l'intensité de son regard, un regard fixe qui m'emprisonnait telle une camisole de force. Désespérément, je tentai de fermer les yeux mais ils restaient tous les deux ouverts, comme s'ils étaient verrouillés. Ensuite, je tentai de faire un pas en arrière pour m'éloigner d'elle et de son regard mais, peine perdue, je n'arrivais plus à bouger. Une force me figeait sur place. En tremblant, je luttais pour me libérer; mais je restais paralysée.

Presque paniquée, je baissai les yeux.

Le pied de Wilma tel un navire de guerre était venu s'ancrer sur ma robe de satin rouge. Sa colère s'exprimait par la pression de son pied. De la rage s'écoulait de cette chaussure. Je grimaçai, tirai sur ma robe et tentai une fois de plus de reculer. Mais Wilma n'avait pas l'intention de me laisser aller. En me jetant un regard mauvais elle se pencha. Puis, rapidement, en faisant semblant de défaire un pli de ma robe, elle referma les doigts sur ma barbe et l'arracha brutalement. Comme une avalanche, la tignasse noire glissa vers le bas et commença à se balancer abruptement sous mon menton.

Des rires fusèrent dans la salle.

Je me penchai aussi loin que possible hors de portée de Wilma et je tirai encore plus fort quand sournoisement elle leva son pied. Aussitôt, je fus projetée vers l'arrière et tombai avec un bruit sourd sur le plancher.

«Toute une performance», dit une voix grave.

«Une bonne plaisanterie», dit une autre personne.

Juste au moment où on entonnait la chanson, je me relevai. En proie à la panique, je replaçai ma barbe et voulus chanter «Sainte Nuit» avec les autres. Mais c'était impossible. Des larmes grosses comme des boules de naphtaline roulèrent sur mes lèvres, glissèrent au fond de ma gorge et m'étranglèrent.

En face de moi, Wilma chantait. Je voyais sa bouche moustachue s'ouvrir et se fermer. Je voyais ses yeux se délecter de mon malheur et à la fin, la vérité se fit jour dans mon esprit. Elle portait dans ses entrailles l'enfant du diable.

Alors que nous étions assis autour de la table de la salle à dîner, avec des serviettes de table sur les genoux, des tranches de dinde dans nos assiettes et nos fourchettes pleines de hachis, j'observai Wilma assise de l'autre côté de la table. De nouveau avec ses lunettes. De nouveau avec sa moustache. De nouveau avec sa peau blême et cadavérique. La cicatrice violacée qui zigzaguait sur sa joue prenait la forme de plusieurs six. Son sourire de faux jeton était le sourire du diable en personne.

Wilma se pencha et murmura quelque chose à une des cuisinières de Hickory Hall. La femme me dévisagea et éclata de rire. Wilma se tourna alors et répéta la blague au conducteur de la camionnette qui émit un petit rire moqueur.

Cela n'augure rien de bon, décidai-je.

Wilma frappa son assiette avec une fourchette et se racla la gorge.

Rien de bon. Rien de bon. Non. Je t'en prie, non! Pensai-je.

Wilma se leva et d'une voix forte dit : «Icy est la vedette ce soir.»

Je dois partir, me dis-je.

«Elle n'est peut-être pas une artiste extraordinaire» continua Wilma.

«Je dois partir» dis-je en gémissant.

«Mais c'est quand même une vedette.»

Je fis un effort pour me lever mais le bouillonnement de mes pensées affolées me retint.

Wilma pointa le doigt dans ma direction, sourit et commença à chanter : «Oh, étoile disgracieuse, étoile peu brillante.»

La rage me donnait des tics aux yeux.

«Tu nous fais rire en cette soirée creuse.»

Mes genoux se cognaient l'un contre l'autre.

«Elle n'en finit plus de tomber, toujours trébuchante, dans l'obscurité, loin des projecteurs». Wilma chantait à tue-tête d'une hideuse façon.

Une envie irrésistible de tressauter me traversa comme une lame de couteau. Un coassement glissa le long de ma langue.

Je bondis sur mes pieds. «Je dois partir!» criai-je, mais des voix intérieures me hurlaient : *Il faut que tu te défendes!* «J'dois partir!» braillai-je à tue-tête. «CROAK!» hurlai-je, en secouant violemment la tête.

Oui! dirent mes pensées tandis que les tressautements s'emparaient de moi. *Oui! Oui! Oui!* répétaient-elles tandis que je frappais mes poings sur la table.

«Va te faire foutre!» criai-je en saisissant la nappe. «Va te faire foutre!» hurlai-je en faisant dégringoler les verres de lait et s'entrechoquer les couverts et l'argenterie. «Va te faire foutre!» hurlai-je à nouveau en ramassant une pleine poignée de hachis. «Vieille bouse de vache! Espèce de truie!» dis-je en rugissant et je lançai la farce qui alla s'écraser dans la figure de Wilma. Résolue, je saisis une autre motte de farce que je lançai en sa direction en coassant tandis qu'elle se baissait pour l'éviter. «CROAK!» Mon corps se contorsionna sous l'emprise d'un millier de spasmes. Mes bras fouettaient l'air comme des avirons. Mes jambes lançaient des ruades. «Tu es le diable en personne!» hurlai-je en faisant saillir mes yeux. «La truie du diable!» beuglai-je en tournoyant sur moi-même.

«Icy, non!» dit Maisy en sautant sur ses pieds.

«Je t'en prie, calme-toi!» dit le Dr. Conroy.

«Delbert, mon sac!» dit le Dr. Lambert en faisant un signe du doigt.

Ensuite, je n'entendis plus rien.

Je m'enfonçai dans un maelström. Jusqu'à ce que les couleurs se liquéfient et que les odeurs se mêlent. Toujours et encore. Jusqu'à ce que les visages s'estompent. Emportée dans une tornade. Tourbillonnant sans cesse. Jusqu'à ce que je me retrouve dans l'œil du cyclone.

Chapitre 24

———— ❋ ————

«Il n'y a plus d'Icy Sparks», murmurai-je. «Elle a trépassé il y a plusieurs semaines. Sous la fine pointe de la seringue du Dr. Lambert, elle est bel et bien morte.» Allongée sur mon lit d'hôpital, suivant des yeux une fissure au plafond afin de voir où elle menait, je savais qu'Icy Sparks, cet agrégat de chair et d'os, n'était plus qu'une graine destinée à flotter pour l'éternité au gré des vents. Flotter, c'est ce que je savais faire de mieux. Icy Sparks ne se poserait jamais plus sur la terre sombre et chaude pour s'y enfouir et y renaître. «Il y avait autrefois une belle enfant aux cheveux couleur de verges d'or et aux yeux ocre jaune», dis-je. «Elle n'est plus désormais qu'un brin de pollen emporté par la brise.»

Je fermai les yeux et me laissai flotter. Les journées s'écoulaient indifférenciées. Des journées aux visages gris et allongés, des journées sans éclat de rire, sans larmes jamais, l'uniformité des jours glissant au-dessus des choses. Mon visage ne bronchait pas. Les journées monotones, trop ennuyeuses pour avoir un poids réel, effleuraient à peine les contours de mon nez et de mes yeux vitreux. J'étais Icy Sparks, celle qui n'était pas encore née, en perpétuelle dérive, celle qui n'était pas même une semence, comme une ébauche sans lendemain. J'étais Icy Sparks au pays des chimères, celle qui jamais n'existerait. Où était-elle la fillette aux cheveux d'or et aux yeux ocre jaune? «Où es-tu?» demandai-je. Dans les brumes de ton cerveau, pensai-je. Dans l'espace vide, avant que vienne la conscience.

«À l'infirmerie ma chouette.» répondit quelqu'un. «Je m'appelle Polly, je suis ton infirmière. C'est l'heure de ton médicament.»

Je poussai un gémissement et me tournai vers cette voix étrange. Elle appartenait à un visage pâle et flou cerné par des boucles de cheveux roux.

«Brave fille», dit Polly tandis que j'avalais les pilules.

Il n'y avait plus désormais de voix reconnaissable. La douce voix de Maisy

avait disparu; sa figure adorable et angélique s'était volatilisée. Elle s'était
envolée dans la poussière d'étoile. Les seules voix que je connaissais se trouvaient à l'intérieur de ma tête, assourdies et confuses.

«Maisy est fière de toi» ajouta Polly pendant que je fermais les yeux. «Tu te
comportes comme une grande fille.»

Je me tournai sur le côté.

«Dommage que tu ne puisses la voir, continua-t-elle. Tu lui manques beaucoup.»

Je rentrai le menton et pliai les genoux.

«Mais je lui dirai que tu vas mieux, dit-elle. Ne t'en fais pas ma chérie. Je la
tiendrai au courant de tout.»

Tels des têtards, des voix indistinctes résonnaient dans l'édifice, se défor-
maient, nageaient au-dessus et au-dessous de mon corps, devant et derrière moi.
Les paroles coulaient avec grâce, les voix rassurantes roucoulaient et me disaient
que je rentrerais sous peu chez moi. Mais je ne retournais jamais à la maison.

Moi, Icy Sparks, je n'arrive plus à me souvenir de ma naissance. Pour la
bonne raison que je n'ai jamais vécu. Celle qui n'est pas née ne peut retourner
dans une maison qui n'a jamais existé.

«Icy! Icy» lança quelqu'un dans l'embrasure de la porte.

Enfin une voix que je connaissais. Avec précaution, j'ouvris les yeux. La
pièce n'était pas aussi ennuyeuse qu'elle m'avait paru. Des rideaux blancs avec
une bordure bleue étaient accrochés aux fenêtres. Sur un côté de mon lit il y
avait un mur blanc en ciment au milieu duquel se trouvait un poster représentant Bambi de Walt Dysney; un éclair dans les yeux, le faon au nez retroussé
semblait plutôt content de se prélasser dans les bois et d'humer les fleurs multicolores qui poussaient de chaque côté du sentier où il gambadait. J'étais un peu
étonnée de ne pas avoir remarqué plus tôt cette image si gaie. De l'autres côté
de mon lit, dressée comme une sentinelle, il y avait une cloison bleu de cobalt.
«Icy! Icy!» répéta la voix. Clignant des yeux, j'aperçus clairement un visage. Pour
la première fois depuis des semaines, les traits d'un visage étaient précis.

«Dr. Conroy?» demandai-je, les lèvres sèches et enflées.

«Oui, ma chérie» répondit la voix. Aussitôt, ses bras m'étreignirent et me
pressèrent contre sa veste blanche empesée. «Icy ma chouette!» dit-elle.

Bien que faible, je desserrai doucement l'étreinte, la regardai et murmurai : «Je me sens mieux, moins confuse.»

«Je sais, dit-elle. J'ai fait arrêter les médicaments hier soir. Le Dr. Lambert
n'aimait pas l'effet qu'ils provoquaient chez toi. Il m'a laissé carte blanche. Alors
j'ai pris la décision : Plus de pilule.»

«Plus de pilule?» marmonnai-je.

«Plus une seule, dit-elle. Plus d'injection, plus de drogue qui te rend malade.»

Pendant une minute, je demeurai muette. Puis je dis : «Promis?»

Le Dr. Conroy me serra doucement dans ses bras. «Oui, déclara-t-elle. Oui.
Oui. Oui.»

Déconcertée, je me libérai de son étreinte. «Je ne suis pas malade?»

Elle prit mon menton dans sa main et me regarda droit dans les yeux. «J'aime encore mieux te voir coasser, jurer et tressauter que de te voir dans l'état où tu étais. Aucun enfant ne devrait rester inanimé. Ce n'est pas un traitement.»

«Et ma maladie alors?» demandai-je

«Icy ma chérie, ta maladie c'est toi.» répondit le Dr. Conroy. «Tu es une jeune fille pleine d'énergie.» Elle éclata d'un grand rire. «Tu en as peut-être un peu trop. Mais nous y travaillerons. Je te montrerai des trucs pour te calmer quand tu commences à te sentir perturbée.»

«Vous croyez que ça va marcher?» demandai-je.

«On verra bien, dit-elle. Il n'y a pas de remède miracle mais ce n'est pas interdit d'essayer. Naturellement, nous devrons bavardé encore un peu.»

«Combien de temps?»

«Je veux que tu te sentes un peu plus forte, un peu mieux avant de partir.» Je sentis mon corps se raidir. «Quand vais-je partir?»

«L'autorisation écrite est prête, dit le Dr Conroy. Dans deux semaines, pas plus, Icy.»

«Et ensuite je pourrai retourner à la maison?»

«Certainement! dit-elle. Finies les promesses trahies.»

«Oh Dr. Conroy!» m'exclamai-je d'une voix perçante en l'entourant de mes bras.

J'étais assise sur le bord de mon lit quand Maisy passa me voir. Comme si rien n'avait changé entre nous, elle me dit : «Icy, ma fille, je suis si fière de toi.»

«Pourquoi?» demandai-je tandis quelle m'enveloppait de ses bras et m'attirait vers elle. «Qu'y a-t-il de formidable dans le fait d'être ici?»

Les deux mains sur mes épaules, elle se recula légèrement et dit en me regardant dans les yeux : «Parce que tu vas beaucoup mieux. Polly m'a tenu au courant de tous tes petits progrès. N'est-ce pas Polly?»

La tête de Polly apparut à côté de la cloison bleue. «J'ai fait de mon mieux» dit-elle en souriant. «Icy, je dois dire, ne m'a pas causé grand problème.»

Je me mis à trembler et les mains de Maisy glissèrent de mes épaules. «Tu as mis un sacré bout de temps avant de venir me voir, pourquoi donc?» lui demandai-je en agitant mes mollets contre le bord du matelas. «Je me sentais seule sans toi.»

«Ordres du docteur» dit-elle en fronçant les sourcils. «Tu comprends n'est-ce pas? En tous cas je suis là maintenant. Dès que le Dr. Conroy me l'a permis, je suis venue.»

«Où est Delbert, demandai-je. Je veux le voir lui aussi. Et Tiny? C'est mon ami non?»

«Ils vont passer un peu plus tard. Il faut bien que quelqu'un s'occupe des autres.»

«Et Wilma?» dis-je d'un air embarrassé. «Je parie qu'elle danse de joie depuis mon départ.»

«Et bien, si elle danse», dit Maisy en faisant claquer sa langue, «elle le fait chez elle.»

À ces mots, je quittai rapidement le lit, m'approchai de Maisy et dit d'une voix haletante : «Elle... ne travaille plus au Sunshine Building?»

«Plus jamais», affirma Maisy sur un ton catégorique.

J'étais sur le point de crier sans aucune retenue et de danser moi-même une petite gigue quand Polly intervint. «Icy, dis à Maisy la grande nouvelle!»

«Je rentre chez moi!» annonçai-je fièrement en ravalant mon cri comme une guimauve. «Le Dr. Conroy me l'a dit hier.»

«C'est bien la meilleure nouvelle!» dit Maisy. «Quand?»

«Dans deux semaines exactement» dis-je.

Polly ajouta : «Mais tu vas nous manquer.»

«Bien sûr» répliqua Maisy sur un ton neutre. «Tu vas nous manquer à tous mais le plus important c'est que tu retournes chez toi.»

«Aussi sûr que deux et deux font quatre! Je vais revoir mes grands-parents dans peu de temps.»

Maisy vint me reconduire au bureau du Dr. Conroy; celle-ci était assise très calme, derrière son bureau. «C'est bon de vous revoir toutes les deux ensemble» dit-elle en nous observant, bras dessus, bras dessous.

«Nous sommes copines» dis-je avec un grand sourire.

«Comme deux pois dans la même gousse», dit Maisy.

«Des jumelles» ajoutai-je.

«Ça suffit!» dit en riant le Dr Conroy. «J'ai compris. Approche Icy» Et elle me fit signe de la main; «assieds-toi là!»

D'un pas nonchalant je me dirigeai vers ma chaise habituelle, celle dans laquelle mes pieds ne touchaient pas au plancher et je m'y installai.

«Vous pouvez nous donner une heure?» dit le Dr. Conroy en faisant un signe de tête à Maisy qui était restée appuyée contre le cadre de la porte.

«Certainement», dit Maisy qui s'éclipsa en refermant délicatement la porte derrière elle.

«Alors es-tu excitée?» me demanda le Dr. Conroy.

«À l'idée de revenir chez moi?»

«Tu pensais à autre chose?» dit-elle pour me taquiner.

«Je suis folle de joie.»

Le Dr. Conroy enleva un grain de poussière sur la manche de son tailleur. «N'es-tu pas un peu inquiète également?»

Nerveusement, je m'enfonçai dans ma chaise et sentis mes pieds quitter le sol. «Je crois que oui» admis-je, et je la regardai par dessus son bureau en plissant les yeux.

«Pourquoi?» voulut-elle savoir.

Je plissai les yeux encore un peu plus. «Vous savez pourquoi» dis-je en la dévisageant.

«Tu as parfaitement raison. Je le sais, ça c'est sûr. Mais je veux te l'entendre dire.»

Je m'avançai légèrement, mes fesses glissèrent jusqu'au bord de la chaise et mes pieds touchèrent à nouveau le plancher. «J'ai peur de me conduire comme quelqu'un qui a le cerveau dérangé.» dis-je. «Comme Lonnie Spikes, assis sur les marches du palais de justice avec sa langue pendante; ou bien comme Peavy Lawson, ce fou qui a des mains de grenouille, qui roule sa langue et qui a des yeux qui lui sortent de la tête; ou encore comme Lane Carlson, sauf que je suis le contraire de ce qu'il est : un garçon manqué fruste, dur et méchant.»

«Icy, dit le Dr. Conroy, tu sais quoi?»

«Quoi?» dis-je en plissant le nez.

«Tu esquives la question. Voilà quoi.»

«Non, c'est faux.» dis-je

«Oui jeune fille, c'est ce que tu fais», dit-elle un doigt pointé vers moi. «Tu tournes autour du problème au lieu d'en parler. Maintenant, je vais te poser à nouveau la question. Qu'est-ce qui t'effraie à l'idée de retourner à la maison?»

Pendant plusieurs secondes je restai silencieuse, parfaitement immobile, ne prenant que de très courtes inspirations; ma poitrine se soulevait à peine; puis je marmonnai : «J'ai peur de recommencer à faire des folies. Les soubresauts, les tics et les yeux exorbités. J'ai peur de recommencer à jurer; j'ai peur de faire honte à ma famille et qu'ils ne m'aiment plus.»

«Icy, j'espère que tu as appris au moins une chose ici.»

J'acquiesçai d'un signe de tête en me mordant la lèvre inférieure.

«Les gens n'arrêtent pas comme ça d'aimer quelqu'un. Il faut vraiment que tu fasses quelque chose de terrible pour que cela se produise.»

Je pensai à Mamie Tillman, à la chose horrible qu'elle avait faite et comment j'avais omis de faire ce que Dieu attendait de moi mais je ne dis rien.

«Ici dans le Sunshine Building, tout le monde t'aime. Personne n'a cessé de t'aimer. Mr. Wooten, Miss Emily et tes grands-parents t'aiment toujours. Personne n'a cessé de se faire du souci à ton sujet. Et tu sais pourquoi?» Je ne répondis pas et me contentai de hausser les épaules. «Parce que tu es une personne aimable,» déclara-t-elle.

«Moi, aimable?» dis-je.

«Absolument» répondit-elle.

«Même le mauvais en moi?»

«On a tous des bons et des mauvais côtés», dit le Dr. Conroy. «Certains d'entre nous arrivent mieux que d'autres à cacher leurs mauvais côtés.»

«Même vous?»

«Oui m'dame! dit le Dr. Conroy, même moi.» Elle s'appuya contre le dossier de son fauteuil et sourit. «Mais je peux aussi t'enseigner des façons de dissimuler tes mauvais côtés.»

«Tout le temps?» lui demandai-je.

Elle hocha la tête. «Peut-être pas, mais parfois mes trucs pourront t'aider.»

«Quels trucs?»

«Comme respirer profondément et compter jusqu'à dix avant de laisser sortir ta colère.»

« Mais ça ne fonctionne pas, dis-je. Même quand j'attends, ça finit toujours par sortir comme une explosion de rage. »

« Alors essaie de faire quelque chose de plus discret, de moins voyant. »

Je me tordis les mains et dis en pleurnichant : « Je ne comprends pas. »

« Quand l'envie te prend de faire des gestes saccadés avec les bras, change de tactique et fais quelque chose de plus petit. Tortille tes doigts. Personne ne remarquera que tes doigts sont agités. Quand tu es sur le point d'écarquiller les yeux, n'en fais rien. Plisse-les à la place. C'est moins voyant. Si tu veux proférer des vulgarités, choisis des mots qui sonnent mal mais qui ne sont pas vraiment méchants. »

« Foutue pétoire ! » dis-je fièrement.

« Voilà ! »

« Ça semble facile, mais ça ne le sera pas. »

« Je n'ai pas dit que cela allait être facile, dit le Dr.Conroy. Ce sera un travail dur, qui te paraîtra presque impossible. Mais si tu arrives à le faire juste une fois, une seule fois, tu pourras le refaire. »

« Échanger un besoin pressant pour un autre », dis-je.

« Oui, dit-elle en frappant des mains. Substitution. »

« Substitution. » répétai-je.

« Alors tu vas dire : 'foutue pétoire', plutôt qu'autre chose, continua-t-elle. Tu feras craquer tes jointures au lieu de brandir le poing. Tu dois apprendre quand supprimer tes émotions et quand ne pas le faire. »

« Oui m'dame » dis-je en acquiesçant d'un signe de la tête.

« Tout de suite là, dit-elle, je ne veux pas faire taire mes émotions. Il y a deux choses que je veux que tu saches. » Se levant de sa chaise, elle vint vers moi et prit doucement ma main. « Icy, je suis très fière de toi, de ce que tu es et je te donne ma parole que tout va bien se passer pour toi. »

À ce moment, je substituai à mon doute et à ma peur de l'avenir, une petite bouffée d'espoir. Puis, je fis un grand sourire et serrai sa main.

On avait suspendu des banderoles rouges, blanches et bleues au plafond de la salle de séjour. Une bannière sur laquelle on avait écrit TU VAS NOUS MANQUER, ICY, était fixée au mur en face de moi. Un gâteau à la confiture trônait au centre de la table de la salle à dîner avec à ses côtés, un grand bol à punch rempli de glace à la vanille. Je partais le lendemain mais aujourd'hui c'était ma fête !

« Tout le monde est là sauf Ruthie, dit Delbert. Elle est retournée chez elle. »

En examinant toute la tablée, je constatai qu'il disait vrai. Ils étaient tous là, tous à l'exception de Wilma. Comme l'avait dit Maisy, sa conduite lors de la fête de Noël avait été la goutte qui avait fait débordé le vase et le personnel s'était finalement résolu à faire preuve de courage et à porter plainte. Debout derrière leurs chaises, il y avait Delbert, Tiny, Maisy, le Dr. Conroy et Polly l'infirmière. Rose, Reid, Ace, Deirdre, Mary, Stevie et même Gordie étaient assis à la table.

«J'ai fait un gâteau à la confiture pour toi» dit Delbert. «J'espère qu'il sera aussi bon que celui de Matanni.»

«Et j'ai pris une photo, dit Maisy. On veut que tu ne nous oublies jamais.» Rose gazouillait et souriait dans sa chaise roulante à l'extrémité de la table. Reid roucoulait tandis qu'Ace dessinait dans l'air une figure invisible. Gordie m'observait en se balançant sur sa chaise.

«Nous t'aimons tous» dit Tiny.

«Moi aussi, dit Polly, et pourtant je viens tout juste de te connaître.»

«Nous te souhaitons ce qu'il y a de mieux dans la vie, Icy, dit le Dr. Conroy. Nous te souhaitons les bonnes parties de la plante : les feuilles et les tiges.» Elle me fit un signe de la main. «Viens ici et assieds-toi!» m'ordonna-t-elle en tirant une chaise. Puis elle leva son verre : «À la fin des serpents rayés!» dit-elle.

Je m'approchai en me pavanant et je m'assis. Devant moi, à côté de mon assiette, il y avait une photographie en noir et blanc, grande comme une feuille de calepin, et sur laquelle apparaissaient tous les visages qui m'entouraient.

«À la fin des serpents rayés!» répéta le docteur Conroy.

«À la fin des serpents rayés!» reprirent tous les membres du personnel en levant leur verre — Delbert, Maisy, Tiny et Polly.

«À la fin des serpents rayés!» dis-je en saisissant mon verre de cidre et en le levant bien haut dans les airs. «Aux roses des champs. Au retour à la maison!»

Tout le monde bavardait et riait tout en buvant son cidre; je promenai mon regard sur tous ces visages souriants et j'aperçus Gordie. Il était debout près de sa chaise et il me regardait fixement. Puis d'un geste précis et délicat, il leva son verre, fit un grand sourire et s'assit discrètement. Personne sauf moi ne semblait avoir remarqué son geste.

Troisième partie

Chapitre 25

———— ✳ ————

«Icy et moi, on doit aller chez Stoddard's pour acheter du fil; je dois raccourcir la jupe qu'on lui a donnée pour son anniversaire» annonça Matanni un matin, alors que nous étions en route pour Ginseng et que nous traversions Poplar Holler; le temps de dire ouf! et on avait vu tout ce qu'il y avait à voir dans ce petit bled : le Lute's Grocery, un magasin général — avec ses deux pompes à essence en avant — situé à un carrefour où se croisaient trois routes de campagne peu fréquentées et la Peaceful Valley Baptist Church, à un quart de mille plus loin; c'était une construction en bois blanche surmontée d'un clocher, avec une cloche basse qu'on entendait à tous les dimanches; ses fenêtres ornées de six vitraux — trois de chaque côté — faisaient la fierté de Poplar Holler.

«Tu ferais mieux de demander à Icy si elle veut aller avec toi ou si elle préfère rester dans le camion», dit Patanni en jetant un long regard à Matani. «Elle peut aussi aller chez Miss Emily. Tu sais bien qu'elle n'aime pas aller dans les lieux publics.»

Je me raclai bruyamment la gorge. «Vous parlez de moi comme si je n'étais pas là.»

«Icy», dit Matanni en se tournant légèrement: «Viens-tu avec moi?»

J'hésitai durant plusieurs secondes. Il y avait des années que je ne m'étais pas aventurée dans un lieu aussi achalandé que le Stoddard's Five and Dime; des années que j'avais même renoncé à faire ce que les autres faisaient, ce qu'ils considéraient comme allant de soi. En réalité, deux ans et demi s'étaient écoulés depuis que le docteur Conroy m'avait parlé de 'substitution'. À maintes reprises, j'avais essayé de transformer un soubresaut en un tortillement des doigts mais toutes mes tentatives avaient échoué et aujourd'hui j'étais tiraillée par des émotions contradictoires. Je tremblais à l'idée de faire une crise devant les gens et je craignais par ailleurs de me retrouver coupée du monde. La maladie dont j'étais affligée me terrifiait mais le calme qui régnait lorsque j'étais seule m'effrayait tout autant.

«Peut-être», répondis-je.

La voix de ma grand-mère se fit pressante. «S'il te plaît ma chère Icy, juste pour cette fois. Tu vas si bien depuis quelque temps.»

«Si tout se passe bien, et ça j'en suis sûr, ajouta mon grand-père, chaque sortie sera ensuite plus facile.»

Je pianotai sur le tableau de bord côté passager. «Je-je ne sais pas vraiment...» bégayai-je, «Je ne suis pas sûre que —

Patanni m'interrompit. «Chère petite, c'est la chose à faire. Qui ne risque rien n'a rien.»

Assise en silence à côté de Matanni, l'esprit encore troublé et inquiet, je décidai de penser à des choses plus positives : Poplar Holler, sa quiétude au cœur de l'hiver lorsque le manteau immaculé amortissait tous les sons; la musique gospel si entraînante à la radio; la tarte aux pommes de Matanni tout juste sortie du four avec une bonne cuillerée de glace à la vanille; et des épis grillés, des épis de maïs frais, rôtis dans les cendres d'un feu de bois, roulés dans le beurre et grignotés — avec les dents qui se promènent d'un côté et de l'autre comme des doigts qui feraient des gammes sur un piano.

«OK, risquai-je, en inspirant profondément.

Au détour du chemin, j'aspirai une bouffée d'air de Ginseng. L'odeur de poussière de charbon flottait dans l'air. Vous pouviez en sentir le goût sur votre langue. Dans la cour d'une maison en bordure du chemin, d'horribles moteurs de voiture gisaient, couchés sur le dos comme des tortues assoupies au soleil. Des sièges de voiture affalés sur le ventre dressaient leur armature contre le ciel. Des bâtiments jaunes et gris, ayant appartenu à la compagnie minière achevaient de pourrir sur le bord de la route. De temps en temps j'apercevais de nouvelles veines de charbon noir au flanc d'une montagne, là où une route avait été ouverte. A l'occasion, une trieuse, comme une immense sauterelle noire mutilée, se dressait le long du chemin et des rails de chemin de fer, semblables à des points de suture, labouraient le sol non loin derrière. Des camions de dix tonnes, chargés à ras bord de charbon extrait d'un nouveau site à ciel ouvert, passaient à côté de nous en rugissant.

«Je vais vous déposer, dit Patanni, car j'ai des choses à faire de mon côté.»

«Comme aller chez le barbier, dit Matanni d'un ton sec, et échanger des potins avec cette bande de bons à rien.» Patanni ne répondit pas. Les yeux plissés, il serrait le volant à deux mains et feignait d'être complètement absorbé par la conduite. Mais Matanni ne s'y laissa pas prendre. «Je sais ce que font ces gens-là, poursuivit-elle. Tu aurais mieux à faire que de passer toute la journée à jouer aux dames et à gaspiller de l'argent au petit hasard la chance.»

«Tu t'occupes de tes affaires, dit Patanni, et je m'occupe des miennes.»

Plus personne ne prononça un mot. Calés sur le siège, nous avons laissé les sons de juin — la stridulation des grillons dans l'herbe, la brise sifflant par les fenêtres, les oiseaux pépiant avant le coup de chaleur de midi — régler la question.

«Ben dis donc, ils ont repeint le palais de justice!» dit tout à coup Matanni en indiquant le bâtiment du doigt tandis que nous descendions la rue principale. «Les affaires vont bien pour la Samson Coal», dit Patanni qui tourna à droite pour remonter une rue étroite. «J'espère bien qu'il n'y aura pas de licenciements cet été.»

«Alors, tâche de ne pas nous oublier», ajouta Matanni quand le camion s'arrêta devant le Stoddard's Five and Dime. «On en a pour une heure tout au plus, tu m'entends?»

Regardant droit devant lui, Patanni acquiesça d'un signe de tête pendant que j'ouvrais la portière et que je me glissais à l'extérieur. «Aide-moi, veux-tu?» demanda Matanni.

«Tu as passé trop de temps avec Miss Emily.» Je me penchai et lui tendis la main. «Depuis quand as-tu besoin d'aide pour descendre du camion?» Mais Matanni ne répondit pas; elle était trop occupée à s'appuyer sur moi.

Dès que je vis toutes ces têtes se relever puis s'abaisser si tôt dans la matinée, j'en eus le souffle coupé et mes mains devinrent moites. «Mon Dieu, murmurai-je, s'il vous plaît, ne me laissez pas me couvrir de ridicule.»

Comme si elle m'avait entendue, Matanni me saisit la main et la serra fortement dans la sienne. «Pense à des choses apaisantes, dit-elle, comme le Dr. Conroy t'a enseigné. Personne ne te regarde.»

Elle venait à peine de prononcer ces mots quand j'aperçus Joel McRoy à l'extrémité du magasin. Il avait grandi d'au moins quatre pouces, mais c'était bien lui; je reconnus la forme ovale de sa bouche — la façon dont il la gardait ouverte, comme s'il s'apprêtait à enfourner un Chilly Dilly entre ses lèvres minces. Je courbai l'échine et avançai à pas de loup à côté de Matanni. En même temps, j'avais l'impression que ma tête s'était détachée de mon corps et qu'elle flottait à trois pieds au-dessus de moi. L'air pénétrait et ressortait de ma bouche en sifflant sans que je puisse en aspirer une seule vraie bouffée. Je me mis aussitôt à trembler. Chaque pouce carré de ma peau frissonnait.

«Qui donc se servirait de ça?» lança Joel McRoy sur un ton dédaigneux en apparaissant soudainement à quelques pieds devant moi. «Clearasil!» Il rit en agitant un tube au-dessus de sa tête. «Y'a que les efféminés qui se servent de ça!»

Irwin Leach qui avait bien quelques boutons sur le front apparut aussi et rajouta sur un ton moqueur : «J'aime pas avoir des boutons! Achète-moi un tube de Clearasil, s'il te plaît maman!»

«Matanni!», murmurai-je nerveusement en tirant sur sa robe.

«Boucle-la Irwin!» dit une voix. Une femme mince comme un manche à balai, avec une coiffure semblable à une ruche d'abeilles, s'avança rapidement. «Irwin, pose ça là!» Elle lui arracha le tube de Clearasil des mains. «Je t'ai dit pourtant que je ne tolérais pas ce genre de stupidités.»

«Nom d'un chien!» se lamenta Irwin. «On faisait rien de mal.»

«Matanni!» répétai-je. Mais, distraite par la scène qui se déroulait devant nous, elle ne m'entendait pas.

«On s'amusait, c'est tout» dit Joel McRoy en faisant la moue.

Alarmée, je me glissai derrière la ronde silhouette de Matanni afin de me dissimuler.

«Garde tes blagues pour la ferme!» le réprimanda la mère d'Irwin. Puis, d'un
pas lourd et bruyant, elle passa tout près de nous et s'éloigna.

«Oui m'dame!» dirent les garçons sur un ton sarcastique tandis qu'elle arrivait
au bout de l'allée et tournait brusquement le coin.

«On sera sage!» dit Irwin Leach.

«On sera de bons p'tits garçons!» ajouta Joel McRoy en riant sous cape.

«Icy?», dit Matanni en se retournant.

Je levai un doigt, le posai sur mes lèvres et lui fis signe doucement de se
taire.

«Est-ce que tu te sens mal, mon enfant?» demanda Matanni le front plissé, en
se penchant vers moi.

Frénétiquement, je secouai la tête. «Non! murmurai-je. Non! Non! Non!»

«D'accord, chérie», dit Matanni d'une voix apaisante. Elle rapprochait son
visage du mien tout en pressant de ses doigts mon omoplate, lorsque subitement, les visages de Joël McRoy et Irwin Leach se matérialisèrent devant moi. Je
n'avais d'yeux que pour leurs lèvres moqueuses et leurs regards narquois.

«Tiens, si c'est pas cette vieille cinglée d'Icy Sparks!» dit Joël McRoy en me
pointant du doigt.

«Pas de doute, c'est bien elle!» approuva Irwin Leach, les coins de la bouche
retroussés; ses dents jaunes reluisirent lorsqu'il éclata de rire.

Comme des trains de marchandises, mes yeux furent propulsés vers l'avant.

Joel McRoy recula prestement et, les mains sur les hanches s'exclama : «Ça
par exemple! Miss Yeux de grenouille en personne.»

«T'as un bouton sur le menton!» criai-je. «Merde!» hurlai-je tandis que tout
mon corps se tordait, les bras vers la gauche, les jambes vers la droite. «Un bouton sur la bouche!» Je sentis les muscles de mon visage se nouer de façon convulsive. «Tu vas la boucler?» hurlai-je encore tandis que mes yeux reprenaient
leur place. «Un bouton sur le derrière!», criai-je en bondissant dans les airs avant
de m'effondrer sur le plancher.

L'esprit confus, je relevai la tête. Tout en me caressant doucement le bras,
Matanni marmonnait entre ses dents et je n'arrivais pas à saisir le sens de ses
paroles. Les gens s'étaient rassemblés devant et derrière nous. Des têtes
émergeaient de chaque côté de l'allée.

Irwin Leach s'avança, une lueur de méchanceté dans les yeux et une goutte
de bave au coin de la bouche. «Ils devraient te garder à la maison», dit-il d'un
ton hargneux. «Loin des gens normaux.»

«Vous n'avez pas honte, p'tits chenapans! dit ma grand-mère. Maintenant,
déguerpissez!»

J'entendis une femme qui disait : «La pauvre petite! Vaut mieux ne pas voir
ça.»

«Maman, pourquoi elle fait ça?» demanda une petite voix.

«Je ne sais pas mon bébé», répondit la mère.

«Laissez-la passer» dit une voix d'homme enrouée.

«Avec plaisir», rétorqua quelqu'un sur un ton méprisant.

«Partons, murmura ma grand-mère. Je suis tellement désolée, Icy. On a fait une grosse erreur.» Gentiment, elle m'entoura de ses bras, m'aida à me relever et dit d'une voix pressante : «Viens ma chérie. Matanni va s'occuper de tout.» Bras dessus bras dessous, nous avons descendu lentement l'allée jusqu'à la porte. Les gens s'écartaient légèrement pour nous laisser passer; j'entendais le bourdonnement des voix, je sentais leurs regards posés sur moi comme des dards de guêpes. Une seule fois je levai les yeux. Une jeune mère pressait fermement son nouveau-né contre sa poitrine en tenant sa petite tête entre ses mains comme pour la protéger.

17 juin 1959

Chère Maizy,

J'espère que Monsieur Cunningham et toi allez bien. Merci à vous deux pour le cadeau d'anniversaire. Je l'aime tellement, je l'utilise présentement. Mes grands-parents m'ont donné de nouvelles chaussures et une jupe plissée, une jupe de grande personne. Miss Emily m'a donné une plume en argent fin, comme celles qu'utilisent les adultes, et tu m'as donné ce joli papier à lettres orné de roses. Tu t'es souvenue que j'aimais les roses des prés! C'est très gentil! Alors j'ai eu un très bel anniversaire, même si seuls Matanni, Patanni et Miss Emily étaient de la fête. Patanni continue de m'appeler «sa p'tite dame» ce qui me bouleverse et surtout me rend triste parce que je ne suis pas vraiment «sa p'tite dame». La vérité c'est que je ne suis la «p'tite dame» de personne et que je ne le serai probablement jamais. Bien sûr, il voulait dire que je suis une femme maintenant. J'ai treize ans, alors je suppose que j'en suis une. Et quand j'ai soufflé les chandelles, Miss Emily a dit à peu près la même chose. «Icy, tu n'es plus ma petite fille maintenant. Dans certains pays, quand une fille atteint l'âge de treize ans, elle est déjà mariée et elle a un bébé. Alors tu es vraiment une petite femme maintenant.»

Matanni n'a pas beaucoup parlé; elle pleurait sans arrêt et répétait sans cesse qu'elle ne voulait pas que je grandisse, qu'elle voulait que je reste toujours sa petite fille aux cheveux dorés. Mais je vais grandir. Nous grandissons tous. Et à tout prendre, grandir n'est pas si mal!

Au fait, c'est quand ton anniversaire? Comparée à toi, je suis plutôt étourdie. Depuis que j'ai quitté l'hôpital tu t'es souvenue par trois fois de mon anniversaire alors que moi, j'ai oublié chacun des tiens. Mais, avoue que je t'ai fait parvenir un beau cadeau de mariage. J'ai cherché dans tout Ginseng pour trouver ce presse-purée. Matanni utilise le sien régulièrement, et elle fait les meilleures pommes de terre en purée de Poplar Holler, et de tout Ginseng si ça se trouve. Je voudrais te demander : comment c'est le mariage? À quoi ça ressemble d'avoir quelqu'un à ses côtés pour prendre soin de nous? Ça te plaît d'être Mrs. Maizy Cunningham? Est-ce que vous faites encore des listes de livres tous les deux? Tu m'as dit dans ta lettre que tu songeais à aller au collège pour étudier et devenir infirmière. À quel collège iras-tu? As-tu déjà commencé? Je crois, personnellement, que tu ferais une excellente infirmière. Tu es déjà ma Florence Nightingale à moi.

En tout cas, quand je serai grande, j'aimerais me marier, moi aussi, mais je me demande bien qui voudrait m'épouser. Même si les tics, les coassements et les jurons disparaissaient, je resterais toujours différente. En vivant retirée dans ces collines, loin des gens, je suis à l'abri du monde réel. Ces montagnes me procurent la sécurité. Je me suis habituée à la vie dans ces collines éloignées. Je veux dire, je connais chaque détail de notre ferme. Je sais que les lis tigrés fleurissent à l'orée du bois et que l'ail des bois pousse le long de la route qui mène à notre maison. Au crépuscule d'une chaude journée d'été, je sais où se rassemblent les lucioles et où trouver de l'eau de source bien froide. Et pourtant, je reste seule.

On dirait que depuis que j'ai treize ans, je deviens philosophe. Patanni dit que je veux fendre les cheveux en quatre, que tout ce que j'ai à faire c'est de m'asseoir et d'écouter. «Y'a pas de raison de dire à tout le monde tout ce que tu as en tête», qu'il dit. Mais il ne comprend pas mon besoin de parler, de m'exprimer par des mots. Les arbres écoutent mais ils ne répondent pas. Les montagnes me renvoient l'écho de ma voix, mais elles ne peuvent pas discuter avec moi. Je vis dans la solitude, je ne parle qu'à moi-même; j'ai besoin de quelqu'un, n'importe qui, une personne à qui parler, «avec qui dialoguer», comme dit toujours Miss Emily.

Et pourtant, je n'échangerais pas ma vie ici pour une ferme en Georgie. C'est l'argument favori de Patanni quand il veut se montrer convaincant. «Je n'échangerais pas mes vaches pour une ferme en Georgie», dit-il. Alors j'imagine que la Georgie est un bel endroit pour cultiver la terre. Les prairies, semble-t-il, sont plus faciles à travailler; mais ces terres ne sont pas aussi jolies que les montagnes. De plus, dans les prairies, une personne ne peut avoir d'intimité. On peut voir clairement jusqu'au cœur d'un plat pays, alors que le cœur du pays de montagnes est entouré de massifs rocheux. Dans ces montagnes, je peux être moi-même. Qu'importe si je suis une fille aux cheveux blonds qui agit de façon bizarre parfois? Qui pourrait me dénoncer? Madame la lune? Ces montagnes sont parfaites pour une personne comme moi. J'aime bien à mener ma propre barque. Je ne veux pas que des gens viennent fourrer leur nez dans mes affaires.

Miss Emily dit que je dois me préparer pour le collège. Elle veut que je sois exigeante envers moi-même, que je dépasse mes propres limites et que je monte plus haut que ces montagnes. Elle veut que je poursuive mon éducation — exactement comme toi. Mais comment peut-elle croire qu'une fille comme moi — qui parle aux montagnes et aux arbres, qui fréquente l'école des poissons de Sweetwater Lake — pourrait se frayer un chemin à l'école des humains? Pour le moment, j'étudie avec elle uniquement. Elle m'apporte des livres et me donne des cours; comme le faisait ton mari, elle dresse des listes de livres et je lis tous les livres indiqués. Je suis une bonne élève, mais je ne suis l'élève de personne d'autre. Elle me répète constamment que je fréquenterai le collège un jour.

Je sais qu'elle croit bien faire. Mais au lieu de me sentir encouragée, j'ai envie de crier : «S'ils n'ont pas voulu me laisser aller à l'école ici, dans ces montagnes où on me connaît, pensez-vous réellement qu'ils vont me laisser y aller ailleurs — là où le sol est plat, et où le cœur devient tout rouge à battre ainsi au vu et au su de tout le monde?» Mais je ne dis rien. Je me mords simplement les lèvres parce que ma bouche commence à trembler. La plupart du temps, je reste assise tranquillement sur l'immense véranda devant la maison.

Maizy tu dois savoir ça. Y a-t-il une terre au-delà de ces montagnes? Quelque part en ce vaste monde, une personne peut-elle, malgré sa différence, se montrer telle qu'elle est au grand jour?

Tout ce que je sais c'est que le 10 juin, je suis devenue une «petite femme».

Même ma poitrine a changé, elle est sortie — juste un peu — comme deux petites houppes. Le jour où une tache de sang rouge a souillé mon slip, j'ai eu peur. Je ne savais pas ce qui m'arrivait; alors j'ai montré la tache à Matanni qui m'a répondu : «Tu as tes règles». Je ne savais pas ce que ça voulait dire. Elle m'a dit que ça signifiait que j'étais une femme maintenant. Puis, Miss Emily m'a expliqué qu'on donnait parfois à cela le nom de cycle menstruel ou de règles.

À dire vrai, je me sens toujours comme Icy Sparks, la petite fille aux cheveux dorés et aux yeux jaunes. J'ai toujours le sentiment d'être la Icy Sparks que tu as connue au Sunshine Building. Comme elle, je coasse, tressaute et jure encore. La différence c'est que maintenant Patanni, Matanni et Miss Emily connaissent la véritable Icy Sparks. Ils me voient vraiment — ils ne voient pas seulement mes feuilles et mes tiges mais aussi mes racines et mes fruits. Mais dans ces montagnes où j'habite, seulement trois personnes me connaissent vraiment, m'aiment vraiment.

Maizy, il faut que je te demande. Peux-tu me dire qui prendra leur place quand les trois personnes que j'aime le plus au monde ne seront plus là?

Avec tout mon amour!
Icy Sparks,
Fille des montagnes &
Philosophe

Comme je grandissais rapidement, j'avais besoin de me voir de pied en cap dans un miroir. C'est ce que Patanni avait compris. «Quand Louisa s'est mise à pousser, elle voulait toujours voir comment telle ou telle robe lui allait», dit-il. «Ça va être la même chose pour toi», ajouta-t-il en clouant un grand miroir bon marché à l'arrière de la porte de ma chambre.

«C'est vrai», dit Matanni. «Bientôt tu vas passer plus de temps devant ce miroir-là qu'avec nous.» Elle eut un petit rire aigu. «La vérité c'est que tu es déjà plus grande que moi.»

«C'est rien de nouveau, dis-je. Ça fait des années que je suis plus grande que toi.» Je m'approchai pour observer mon reflet dans le miroir. À l'exception de ces petites coupes qu'on appelait des seins et de ce duvet couleur pêche appelé 'poils du pubis', je ressemblais toujours à une enfant de dix ans. Bien sûr, j'étais un peu plus grande, j'avais grandi d'à peu près deux pouces mais je restais encore petite — je mesurais un peu moins de cinq pieds.

«C'est faux, Icy Sparks!», répliqua ma grand-mère. «Pendant que tu grandis, moi je rétrécis. C'est tout.»

«Pendant que tu rétrécis, Miss Emily prend du poids», dis-je.

Patanni tendit les bras devant lui, les arrondit en joignant les mains et gonfla les joues. «Combien penses-tu qu'elle a pris?» demanda-t-il.

«Cinquante livres, répondis-je, si elle dit la vérité.»

Patanni caressa de la main la plaque de calvitie à l'arrière de sa tête. «Fiou! dit-il. Trois cents cinquante livres!»

«Elle ferait mieux d'en perdre un peu, dit Matanni, sinon elle va mourir jeune.»

Furieuse, je me tournai et fis face à ma grand-mère. «Faut pas dire des choses comme ça! Miss Emily va vivre très longtemps. C'est la sœur de Mr. Dooley Sedge qui l'a dit.»

«Geneva Dedge, la sœur du concierge?» Patanni leva les sourcils.

«Et oui, c'est une diseuse de bonne aventure professionnelle! déclarai-je. La prochaine fois que Miss Emily viendra faire un tour, jetez un coup d'œil à sa ligne de vie. Elle traverse sa paume en diagonale de bord en bord.»

«Sans blague!» dit Patanni en souriant de toutes ses dents.

«Et peu importe de quelle main il s'agit. L'une ou l'autre. Les deux disent qu'elle va vivre longtemps.»

«Est-ce qu'elle croit ça?» demanda Matanni.

«Pour sûr qu'elle le croit, dis-je. Et je la crois. Elle est grosse, mais son cœur est de plus en plus solide.»

«Et, on peut savoir où Miss Emily est allée chercher ça?» demanda Matanni.

«Son spécialiste du cœur à Lexington lui a dit : 'Vous devez faire quelque chose de bien pour vot'santé, mais ce quelque chose, je vous le garantis, ce n'est pas le massage'. Miss Emily dit que le bon docteur ne croit pas aux bienfaits du massage pour la santé.»

«Mass-age?» dit Matanni.

«Les frictions, expliquai-je. Frictionner les endroits de votre corps qui font mal.»

«Ça c'est l'bouquet!» dit Patanni en se tapant sur les cuisses. «Miss Emily ne changera jamais. Elle inventera toujours un millier de raisons pour rester comme elle est.»

«Vous verrez bien!», dis-je en pointant mon index vers lui. «Quand Miss Emily est tombée malade et qu'elle est allée en Floride, elle est restée dans une clinique de santé où on lui a fait un massage de deux heures à chaque jour, et regardez-la maintenant. Je parie qu'elle va tous nous enterrer.»

«Je le souhaite de tout mon cœur, dit Patanni. Je suis trop vieux et trop faible pour porter son cercueil. Dans la vie, il y a des choses pire que la mort.»

«Tu devrais avoir honte!» dis-je en courant vers lui et en le serrant bien fort. «Si quelque chose arrivait à l'un de vous, je ne sais pas ce que je ferais.»

«Ne t'en fais pas! dit Matanni. On a bien l'intention d'être ici longtemps, très longtemps.»

Chapitre 26

———— ✳ ————

«Bonjour! Oh la la! Ça fait longtemps!»; quand nous avons fait tinter la clochette en franchissant le seuil du magasin, Miss Emily était déjà installée confortablement dans son fauteuil rembourré — et l'écriteau portant l'inscription FERMÉ était posé sur la porte. «Je me doutais bien que vous alliez me rendre visite aujourd'hui». Elle s'épongea la figure avec un mouchoir à carreaux rouges et blancs et poursuivit : «Icy ma fille, raconte-moi ce que tu fais de bon.»

«Je dois d'abord boire un Coke»; en émettant un gargouillement sonore, je m'approchai d'elle et passai mes bras autour de son cou. «Bien froid avec un glaçon. J'ai le gosier complètement à sec.»

«Icy, ça c'est le bouquet!» dit Patanni. «Miss Emily veut savoir comment tu vas, et tout ce que tu veux c'est boire son Coke. Si c'est un Coke que tu veux, tu ferais mieux de me le demander à moi»

«Bien alors, ripostai-je, veux-tu m'acheter un Coke avec un glaçon?»

«Tiens!» Il me lança une pièce de vingt-cinq cents. «Allez ouste! Je veux bavarder avec Miss Emily et acheter des provisions.»

Je serrai la pièce au creux de ma main et me dirigeai vers l'arrière-boutique où se trouvait la machine distributrice; j'insérai la monnaie, soulevai le couvercle, et retirai une bouteille couverte de givre. Puis avec l'ouvre-bouteille qui pendait au bout d'une corde attachée au couvercle je fis sauter la capsule; enfin, je marchai d'un pas nonchalant vers la porte munie d'une moustiquaire et m'installai sur une chaise de métal abandonnée dans un coin de la véranda. Je sirotais mon Coke en suçotant bruyamment les glaçons concassés lorsque Lena, la petite chatte rousse et tigrée, vint me frôler les jambes. «Miaououououou... Miaououououou... Miaououou!» faisait-elle en levant l'arrière-train et en se tortillant. «Miaououououou... Miaououou... Miaououou.»

Aussitôt un chat aux longs poils gris, surgi de nulle part, fit son apparition.

«MIAOUOUOUOUOU... MIAOUOUOUOUOU!» brailla-t-il en s'accroupissant dans l'allée et en regardant fixement la chatte de Miss Emily. «Miaououououou... Miaououououou!» Léna ronronnait très fort en étirant ses pattes antérieures et en levant bien haut son derrière. «MIAOUOUOUOUOU... MIAOUOUOUOUOU... MIAOUOUOUOUOU!» couina le matou sur un ton aigu. Puis il s'élança et d'un bond, se posta sur la véranda; des miaous pleins la gorge, il monta sur elle. En la mordillant dans le cou, il lui tira la tête vers l'arrière, si bien que les pattes antérieures de la chatte quittèrent complètement le plancher. Médusée, je restais immobile.

Le matou commença à exécuter des mouvements de va-et-vient, son pelage gris enveloppant le pelage roux de la chatte dont les yeux jaunes étincelaient; puis les mouvements s'arrêtèrent brusquement.

Honteuse d'avoir été témoin de tels ébats, je m'apprêtais à chasser le chat gris histoire de racheter ma faute lorsque les deux chats se secouèrent avec grâce; leurs pelages ondulaient sur leurs échines et, comme des danseurs, ils se mirent à dessiner des cercles l'un autour de l'autre durant plusieurs minutes et leurs mouvements s'accordaient parfaitement. Puis ils s'étendirent l'un à côté de l'autre sur la véranda. Le gros matou lécha tendrement le dos de la petite femelle et les deux se mirent à ronronner en cadence.

Lors des deux derniers printemps, des pluies diluviennes avaient complètement saturé le sol et tout le monde craignait une inondation; mais ce printemps-ci avait été plus sec et j'avais bon espoir de découvrir la rose qui ressemblait à ma mère. Aujourd'hui serait mon jour de chance, j'en étais convaincue. Tout en marchant, je laissais traîner derrière moi un bâton et, de temps en temps, je me retournais pour observer le sillon semblable à une coulée de bave de serpent. Laissant tomber mon bâton, je plaçai ma main en visière et examinai attentivement la base des falaises qui se dressaient à ma droite. Les barbes de boucs, ces petites fleurs blanches semblables à des flocons de neige prisonniers d'une toile d'araignée, attirèrent mon attention et, pour un instant, j'oubliai que c'était l'été. Puis le soleil éclaira la paroi rocheuse et les barbes de boucs resplendirent dans la lumière. «J'aime ça ici»; et, mue par une impulsion soudaine, j'étendis les bras et me mis à tourner. «C'est à moi», dis-je en tournant de plus en plus vite. Des gouttes de sueur dégoulinaient de ma figure. «Tout ça est à moi». Puis j'enfonçai les talons dans le sol et titubai maladroitement avant de m'immobiliser.»

«C'est à moi», dit une voix en m'imitant. «Tout ça est à moi.»

«Qui est là?» Nerveusement, je jetai un coup d'œil autour mais ne remarquai rien de particulier, à l'exception des bouquets de trèfles rouges et des fleurs rosées de l'ail sauvage. «Qui a dit ça?» demandai-je, craignant que mes voix intérieures, demeurées silencieuses depuis si longtemps, ne se manifestent à nouveau.

«Qui est là?» répéta la voix. Cette fois, je devinai qu'elle provenait du côté gauche. «Qui a dit ça?» fit-elle en écho à la mienne.

Je me tournai vivement et lançai une sommation : «Dites-le moi tout de suite!», mais je ne reçus aucune réponse. Seule la brise se glissant dans les pins me répondit; et je m'apprêtais à reposer la question lorsqu'une explication me vint à l'esprit. «L'écho!», dis-je en riant et en frappant dans mes mains. «L'écho me joue un tour!»

«Non!» répondit la voix.

Abasourdie, je serrai bien fort les lèvres et demeurai parfaitement immobile. «C'est pas l'écho qui te joue un tour, dit la voix. Mais ton véritable amour, qui sait.»

Je rentrai la tête dans mes épaules. «Qui est là?» dis-je d'une petite voix de fausset.

«Devine», répondit la voix.

«Mais j'en sais rien», dis-je.

«Devine simplement» insista la voix. «Fais un essai.»

Mon regard explorait les alentours. «Je ne veux pas.» Les nerfs à vif, j'avais la sensation qu'une armée de punaises courait sur ma peau.

«Si tu n'essaies pas, tu ne le sauras jamais», dit la voix.

«Mais j'en ai pas la moindre idée», pleurnichai-je.

«Je vais te donner un indice. Tu me connaissais quand...»

«Tu parles d'un indice! dis-je. Quand, quoi?»

«Tu me connaissais quand nous avions dix ans et que nous nous aimions.»

«Où te caches-tu?» hurlai-je en tournoyant, mes talons labouraient le sol, et je scrutai tout autour pour découvrir l'étranger. «Je sais que tu es là, dans les petits pins. Pourquoi tu ne sors pas et tu ne viens pas me regarder en face comme un homme?

«Peut-être parce que tu vas me rejeter, répondit la voix. C'est ce que tu as toujours fait. Tu m'as toujours dit non.»

«Si tu ne te montres pas», menaçai-je, en serrant fortement les poings, «je vais enjamber l'ail sauvage et je vais aller te casser la gueule.»

«Tu as toujours autant de cran, répondit la voix. Il n'y a que toi pour piquer de telles colères!»

«Si tu t'imagines que je vais faire une colère», grognai-je, «et bien tu n'as pas tort!» Je sautais sur la pointe des pieds en avançant et en reculant; puis je bondis vers l'avant et, en me penchant, j'écrasai une touffe d'ail des bois. Ses fleurs roses s'éparpillèrent comme le duvet des pissenlits. «Viens ici espèce de tapette! Viens m'affronter comme un homme!»

«Bon, si tu insistes», dit la voix poliment.

À environ dix-huit pieds de là, quelqu'un bougea. Une tache vert olive passa comme un éclair entre les petits pins. J'aperçus, sous une tignasse de cheveux auburn, deux yeux verts dans un visage familier qui s'avançait vers moi. Je laissai retomber mes bras; puis, en clignant des yeux, je distinguai une série de taches de rousseur sur toute la longueur du nez et clignai des yeux à nouveau. Je posai la main en visière sur mon front afin de bloquer les rayons du soleil.

Assurément, les cheveux étaient bruns avec des mèches rousses, les yeux d'un vert vif et les taches de rousseur très nombreuses.

Il ouvrit largement ses lèvres minces pour sourire et il zézaya en disant : Icy Sparks»; alors je sus sans l'ombre d'un doute qui s'avançait tranquillement vers moi. «Quelle vision apaisante!» dit la voix; le garçon s'arrêta à quatre pieds de moi environ.

Mes paupières clignaient nerveusement. «Peavy Lawson», murmurai-je; puis j'ouvris tout grands les yeux et observai attentivement ce garçon qui se tenait devant moi, les jambes écartées, bien ancrées dans le sol. «Eh bien, t'es devenu un homme!»

Il fit un grand sourire, me regarda droit dans les yeux et dit : «Tu n'as pas changé d'une miette. Tu es toujours la plus jolie fille de Crockett County!»

J'examinai de plus près sa mince silhouette — il mesurait au moins cinq pieds et quatre pouces — et remarquai ses muscles qui saillaient sous son T-shirt. Il n'avait plus les yeux exorbités. Légèrement bridés, ses yeux vert émeraude étincelaient comme ceux d'un animal exotique. Même sa chevelure avait changé. Les mèches brunes et rebelles qui autrefois tombaient en désordre sur son front, avaient disparu. Elles avaient été remplacées par une luxuriante crinière brun roux. Je marmonnai «Eh bien, c'est toute une transformation!»

Il s'approcha encore un peu, se racla la gorge et dit : «Je savais que tu habitais par ici, mais je ne m'attendais pas à te voir.»

Je sentais la sueur s'écouler par chaque pore de ma peau. Avec coquetterie, je tirai doucement sur mon chemisier. «Je me promène parfois», dis-je en baissant la tête car mon visage s'empourprait visiblement.

«À tous les jeudis je viens ici, dit-il. Le vieux Potter m'engage pour nourrir le bétail et travailler dans les champs. Je m'en retournais lorsque je t'ai vue. Tu tournais et tournais, tes cheveux d'or volaient au vent, tu étais magnifique. Dès que j'ai aperçu tes cheveux blonds, j'ai su que c'était toi.»

«Et tu restais là, silencieux, à m'épier.» Je levai les yeux et lui décochai un regard réprobateur. «Tu te moquais de moi, c'est sans doute encore une idée de Joël McRoy et Irwin Leach.»

«Jamais», dit-il et un éclair s'alluma dans ses yeux verts. «C'est pas vrai! Je venais de manger un sandwich au saucisson de Bologne au Lute's Grocery et je m'en retournais quand je t'ai aperçue. Tu étais comme un rayon de soleil qui joue dans une goutte de pluie!»

«Et Joel McRoy et Irwin Leach ne t'ont pas envoyé ici pour m'épier?» demandai-je.

«Non, je le jure! dit-il. Je t'en donne ma parole! Tu sais bien que je ne me moquerais jamais de toi!»

«Fais une croix sur ton cœur!» exigeai-je.

«Croix de bois, croix de fer, si je mens je vais en enfer!» Il fit une croix sur sa poitrine puis il me tendit ses deux mains ouvertes pour que je puisse les examiner.

Aussitôt mon visage s'éclaira. «Je m'en allais explorer la terre de Clitus

Stewart, dis-je en le regardant d'un air embarrassé. Matanni m'a dit que je pourrais y trouver des roses des prés.» «Je n'étais pas au courant de ça», dit-il en secouant la tête. «Voudrais-tu m'accompagner?» demandai-je timidement. Il fit un large sourire. «Certainement», dit-il. Nous avons descendu le sentier lentement. Il marchait d'un pas assuré sans se presser. D'une façon un peu empruntée, je faisais des pas plus petits. À un moment donné, il émit un gargouillement. Sa lèvre inférieure s'avança et je m'attendais à ce qu'il s'arrête et crache sur les laiterons mais il se retint. Il frissonna simplement comme s'il prenait conscience soudainement de ce qu'il s'apprêtait à faire et il ravala avec difficulté. «Est-ce que Mrs. Stilton, ce vieux scarabée est encore par ici?» demandai-je tout en sachant pertinemment qu'elle y était.

«Celle-là, il faut faire avec», répondit-il.

«Est-elle toujours aussi laide?» demandai-je.

«Encore plus laide qu'avant. Et aussi méchante qu'un serpent à sonnettes.»

«L'année prochaine, tu seras au high school, loin d'elle».

«Et j'serai pas fâché.»

«Et les autres? Je m'arrêtai et poussai un caillou du bout de mes baskets. «Emma Richards, Lucy Daniels, et Irwin Leach, ce minable menteur?»

«Emma est devenue une véritable enfant gâtée. Elle est toujours en train de pleurnicher pour ceci et cela.»

«Et Lucy Daniels?»

«À ce qu'on dit, c'est une grande bouche. À la récré, elle fouine derrière les bacs à ordures et refile des baisers juteux à Irwin Leach.»

«Beurk!» dis-je en sortant la langue. «Elle doit embrasser ses boutons. J'aimerais pas voir ça.»

«Sacré nom de nom, moi j'aimerais bien que tu puisses, dit Peavy, parce que tu me manques drôlement.»

«Eh bien tu dois être la seule personne de Ginseng à s'ennuyer de moi», dis-je.

«C'est pas vrai. Lane s'ennuie beaucoup de toi aussi. Avant qu'il déménage, il s'ennuyait terriblement.»

Je jetai un coup d'œil à mon doigt, me souvenant de Lane Carlson et de sa verrue. «Comment va-t-il?» demandai-je.

«À ton avis tu crois?»

«Ça doit pas aller trop bien pour lui», dis-je en me remettant en marche.

«Il est à l'é-co-le mi-li-tai-re», dit Peavy en insistant sur chaque syllabe.

Je roulai des yeux. «Pas possible! Non mais, tu imagines!»

«Quelque part en Virginie».

«J'arrive pas à le croire...» Puis je hochai la tête et changeai de sujet. «Regarde par là, les fleurs bleues dans le fourré!»

«Des bermudiennes!» nous sommes-nous exclamés en chœur; oubliant les roses des prés, nous avons couru vers cette parcelle de bleu.

«La semaine prochaine, même lieu, même heure», dit-il en cueillant un bouquet de fleurs qu'il m'offrit avec galanterie.

La maison était bien tranquille à mon retour. Doucement, je montai sur la pointe des pieds à ma chambre et, en pâmoison, je me laissai tomber sur mon lit. Les bras croisés sur la poitrine, je fermai les yeux et tentai de me remémorer chaque petit détail qui le caractérisait : ses yeux verts profonds, magnifiques et qui n'étaient pas protubérants — non, ils ne saillaient pas du tout de sa tête! — ses cheveux auburn, sans une seule mèche rebelle — oh, comment avais-je pu être aussi injuste! — son corps, si fort et si svelte; sa bouche, ses lèvres étaient minces, oui, mais charmantes et délicates; ses manières — avait-il été poli? Oh oui! il avait failli cracher — pour sa santé, bien sûr — mais il ne l'avait pas fait; et sa voix, la façon dont il avait dit : «Icy», en zézayant légèrement sur le cy. Il faisait ça avec une telle grâce! Mon nom n'était-il pas comme un fruit sur ses lèvres? Je soupirais à chaque souvenir, je remuais les orteils et soupirais encore plus profondément.

«Peavy Lawson!» fredonnai-je. «Tu n'as jamais, jamais été une grenouille! Non, mon chéri, tu étais un prince!» Je soupirai et songeai à Sir Lancelot et à la reine Guenièvre; à F. Scott Fitzgerald et à Zelda; à Robert Browning et à Elizabeth Barrett Browning; à l'amour, l'amour, toujours l'amour; et à Icy Sparks et Peavy Lawson — peut-être, seulement peut-être. J'imaginais l'avenir, mon avenir, et ce n'était plus une longue route de campagne déserte et venteuse, perdue au fond de ces collines. C'était un sentier conduisant à une petite maison proprette, entourée d'une clôture blanche et couverte d'ipomées bonne-nuit qui brillaient dans l'obscurité. A l'intérieur j'apercevais les visages souriants de Peavy, de nos trois enfants — et mon propre visage. «Icy Sparks et Peavy Lawson», murmurai-je. «Le pain et le beurre. Le pain grillé et la confiture. Le sel et le poivre.» J'inspirai puis expirai rapidement; un souffle brûlant sortait de ma bouche. «L'amour, encore l'amour», dis-je. Puis je m'endormis et les images limpides de l'amour, de Peavy Lawson et de mon avenir se gravèrent dans mon esprit.

«Où sont mes roses des prés?» demanda Matanni quand je descendis pour dîner. «Je voulais en mettre un bouquet sur la table.»

«Quoi?» dis, je en la regardant sans la voir.

«Mes roses des prés, dit-elle. Sur la terre de Clitus Stewart.»

Sans me presser, je m'avançai vers l'évier et regardai rêveusement par la fenêtre. «J'en ai pas trouvé» dis-je.

«Ça m'étonne», dit Matanni en brassant une casserole de fèves pinto. «Quand la température est bonne, elles poussent dans ce champ mieux que n'importe où ailleurs.»

Eh bien, dis-je, en regardant toujours pensivement par la fenêtre, et en frottant mon pied droit sur le recouvrement en linoléum, «J'avoue que je n'ai pas cherché bien fort.»

«Oh, dit Matanni, en enlevant la cuillère de la casserole de fèves et en la déposant sur le plan de travail. «Comment ça?»

Sur le coup, l'idée de lui parler de Peavy Lawson et de lui décrire la façon dont nous nous étions rencontrés sur le sentier me bouleversa tellement qu'après m'être retournée, je restai incapable de prononcer un seul mot. «Pourquoi alors?» demanda Matanni inquiète.

Je fis un pas vers l'avant et mis mes doigts sur mes lèvres comme pour essayer d'extirper les mots de ma bouche; mais je ne pus que bégayer : Je-je-je-je-je, en ponctuant chaque mot d'un signe de tête. «Je-je-je-je-je-je, balbutiai-je, de plus en plus frustrée; et je sentis qu'un violent tic — le premier à se manifester depuis le jour fatidique chez Stoddard's — couvait; je craignais que tous mes agréables fantasmes, toutes mes pensées concernant Peavy Lawson ne sortent en catastrophe si je ne laissais pas un peu de place à ce tic. Mais avant d'avoir pu recommencer à bredouiller, un spasme — comme un tremblement de terre qui aurait ouvert le sol — me déchira de l'intérieur et ma nuque se tordit comme une boite de fer blanc dans un broyeur.

«Icy, mon enfant!» Ma grand-mère courut vers moi. «Icy, mon enfant!» répéta-t-elle, tandis que je me contorsionnais et ruais sans arrêt, jusqu'à ce que, complètement épuisée, je m'effondre sur le plancher. «Qu'est-ce qui t'arrive?» Elle s'agenouilla à mes côtés et posa délicatement ma tête sur ses genoux. «Tu n'avais plus refait ça depuis la fois chez Stoddard's.»

Pelotonnée contre elle, je sentis ses doigts effleurer mon front. «Je ne sais pas», murmurai-je.

Avec tendresse, elle me regarda dans les yeux. «C'est pas grave pour les roses»; et elle posa sa main chaude sur ma joue.

J'acquiesçai d'un signe de tête.

«Je ne voulais pas te faire de peine.»

En soupirant je fermai les yeux et murmurai : «C'était pas les roses. C'était autre chose. Je n'arrivais pas à te le dire.»

Elle se pencha et m'embrassa sur les paupières. «Quand tu seras prête, tu me le diras»; puis elle m'entraîna vers le sofa. «D'ici là, on va pas s'en faire pour ça.» Puis, prenant ma figure entre ses mains minuscules, elle se mit à chantonner doucement : «Oh mon âme, oh mon âme, quel amour merveilleux est-ce là. Quel amour est-ce là, oh mon âme. Quel amour merveilleux est-ce là, qui amena le Seigneur bienheureux à accepter une atroce destinée pour le salut de mon âme!»

Je m'endormis au son de sa douce voix.

«Où est ma viande brune?» brailla Patanni alors que la porte avant se refermait bruyamment derrière lui. Où est mon pain de maïs? Mes fèves pinto? Ma salade de morelle?»

Matanni et moi bondîmes du canapé. Grand-mère redressa les épaules, plaça les mains devant sa robe et tira sur son tablier pour le replacer. Je m'essuyai les yeux du revers de la main, me dirigeai droit vers la cuisine et m'assis en criant à mon tour : «J'ai faim moi aussi! Où est mon ragoût d'opossum? Mon maïs - grillé? Mes prunes de mémés?»

«Où est la cuisinière?» carillonna Matanni. «J'ai pas coutume de mettre la grande casserole dans la petite».

«Eh bien quelqu'un l'a fait», dit Patanni en passant la tête dans l'embrasure de la porte «parce que ça sent bon en diable ici.»

«Virgil!» dit Matanni sur un ton réprobateur. «Je t'en prie, pas devant Icy!» Patanni plissa les yeux et rit. «Icy connaît des mots que j'ai jamais entendus avant! C'est à elle que tu devrais t'en prendre, pas à moi!»

«Arrête de jacasser!» ordonna Matanni en donnant de petites tapes sur le poêle. «Et assis-toi.»

«Le dîner est prêt?» demanda-t-il, en tirant une chaise sur laquelle il se laissa choir.

«La longe est croustillante, comme tu l'aimes. J'ai même fait frire des oignons doux pour mettre dessus.»

«J'aime la viande brune!» dit Patanni, les yeux brillants; ses mains brunes et calleuses tremblaient lorsqu'il déplia sa serviette de table et la repassa du plat de la main sur ses genoux.

«Voici le pain de maïs», dit Matanni en posant un plat. «Les fèves pinto et un bol de morelles.»

«Assis-toi Tillie! dit Patanni. On peut pas commencer sans toi.»

«Et tu peux pas commencer avant le bénédicité», ajouta Matanni en s'asseyant à côté de moi et en me prenant la main.

«Bénissez-nous. Amen» dit Patanni, et avant que Matanni ait pu protester, il piqua sa fourchette dans une tranche de longe de porc qu'il déposa dans son assiette; puis il en découpa une portion respectable qu'il fourra dans sa bouche. «C'est pas juste! dit-il. «Beaucoup d'autres ont demandé sa main, mais c'est moi qu'elle a choisi. Je mange les meilleurs plats de tout Crokett County, tandis qu'eux, ils sont bien obligés de se contenter de ce qu'ils ont.»

«Stuffy Barrett n'a pas l'air de mourir de faim», dit ma grand-mère.

«Stuffy était déjà bouffi avant de faire sa demande, dit Patanni. C'est pas la bonne nourriture qui est responsable de son tour de taille.»

Matanni grignota un morceau de porc. «C'était un beau gars, dit-elle, quand il était mince.»

«À quoi bon remonter si loin!» râla Patanni. «On peut reconnaître Stuffy à trois milles, où qu'il se trouve. D'abord vous remarquez sa petite tête.» Il fit un cercle avec le pouce et l'index. «Ses bras minuscules». Il agita ses deux auriculaires. «Et de longues, longues jambes.» Il fit marcher ses majeurs sur la table.» Et au milieu, ce gros bide rond comme un ballon. De loin, on dirait un gros ballon qui roule dans les airs.»

«D'accord, c'était un beau garçon», dit Matanni en pouffant de rire.

«Vous êtes méchants, dis-je. Stuffy ne peut rien à son apparence, pas plus que Miss Emily.»

«Icy, on rigolait», dit Patanni.

«C'était juste pour rire», dit Matanni.

J'enfonçai un morceau de pain de maïs dans ma bouche et, la bouche pleine, je marmonnai finalement la vérité. «J'ai vu Peavy Lawson aujourd'hui.» Je postillonnais et des miettes jaillissaient d'entre mes lèvres comme de la sciure de bois. «Et il était très beau!»

«J'ai pas compris un seul mot». Matanni agita un doigt vers moi. «Tu sais pourtant qu'on parle pas la bouche pleine.»

«Probablement juste une autre réprimande.» Patanni mâcha bruyamment une grosse cuillérée de fèves pinto. «Icy est de mauvais poil. Elle est prête à foncer comme un taureau.»

Chapitre 27

———— ✳ ————

J'étais à moitié éveillée quand j'entendis le klaxon d'une voiture et Miss Emily qui criait : «Icy ma fille, debout, et avec le sourire!»

«Merde», marmonnai-je en m'arrachant du lit. Penchée au-dessus du tiroir de ma commode, j'en retirai une paire de jeans et un T-shirt bleu ciel. Et je m'habillai.

«Icy ma fille, debout, c'est l'heure!» hurla-t-elle à nouveau. «J'ai besoin d'un coup de main!» À nouveau le bruit du klaxon retentit.

J'entendais Matanni et Patanni s'activer dans la cuisine. Ils n'allaient que rarement l'accueillir car ce privilège m'était réservé. Du moins, était-ce l'opinion de Miss Emily. «Y'a pas un seul enfant du Bon Dieu qui va à l'école en plein été», dis-je en claquant la porte et en me dirigeant vers sa voiture.

«Je vois tes lèvres bouger, mais je ne t'entends pas», dit-elle en passant la tête par la fenêtre de la portière.

«Je disais que pas un enfant du Bon Dieu ne va à l'école en plein été.»

«Tu as officiellement cessé de fréquenter l'école dans la classe de Mrs. Eleanor Stilton», répliqua-t-elle d'un ton cassant. «Et comme tu le sais, depuis quelque temps l'école vient à toi.»

«Youpi!» lançai-je d'un ton insolent.

«Je n'apprécie pas tellement les sarcasmes», dit-elle en ouvrant brusquement la portière.

«Désolée», marmonnai-je.

«Regarde ce que je t'ai apporté!» Elle indiqua du doigt une pile de livres sur le siège à côté d'elle.

«C'est rien de neuf», dis-je. «Vous m'apportez des livres. Mr. Wooten m'en fournit aussi. Flûte! Ma chambre déborde de livres.»

Elle pinça les lèvres. «Qu'as-tu dit mon enfant?»

Je me repris : «Ce n'est rien de nouveau».

«C'est vrai, concéda-t-elle, sauf que l'un de ces rectangles n'est pas un livre.»

«Vraiment?» dis-je en me précipitant de l'autre côté de la voiture et en ouvrant la porte d'un coup sec. «Où?» demandai-je, en défaisant la pile de livres sans apercevoir quoi que ce soit de différent.

«Regarde mieux. Tu vas trop vite.»

Encore une fois, je passai en revue les livres. Cette fois, mes doigts se posèrent sur une boîte rouge. «Elle ressemble à une couverture de livre», dis-je.

«Les apparences sont parfois trompeuses, répondit-elle. Pourquoi n'enlèves-tu pas le couvercle?»

Lentement, de façon délibérée, je fis courir mon doigt sur le bord de la boîte. Puis je la pris dans mes mains, l'approchai de mon oreille et la secouai. Il y eut un bruit mat.

«Devine!», suggéra-t-elle.

«Des chocolats?» dis-je.

«Bien sûr que non!», dit-elle.

«Si ça avait été des chocolats, je vous en aurais donné».

«Icy ma fille, ce ne sont pas des bonbons, et tu le sais. Elle fronça le nez et secoua la tête.

«Des arachides?» risquai-je.

«Il n'y a pas une seule arachide dans cette boîte, dit-elle sèchement, et tu le sais très bien aussi.»

«Si ça avait été des arachides, je vous en aurais donné une grosse poignée», dis-je.

Exaspérée, Miss Emily laissa retomber ses mains grassouillettes sur le volant. «Peux-tu bien me dire pour l'amour à quoi tu joues?»

«Je vous taquine, dis-je. Et si je me fie à la rougeur de votre visage, je dirais que j'ai fait du bon boulot.»

«S'il te plaît, Icy ma fille», implora-t-elle. «Tu sais comme je suis excitée quand je t'apporte quelque chose de spécial.»

«Oh, d'accord». Avec réticence, je soulevai le couvercle et découvris un sac d'un jaune brillant — de la grosseur d'une page de carnet. «C'est un sac à main» m'exclamai-je, en le sortant précipitamment de la boîte. Je le pris par sa longue courroie jaune et le balançai dans les airs. «Il est jaune, exactement comme mes cheveux, dis-je. Et si joli!»

«J'y compte bien. Il a coûté une jolie somme» dit-elle.

Perplexe, je lui demandai aussitôt : «Mais pourquoi?»

«Pour ton anniversaire, répondit-elle. Parce que maintenant tu es une petite femme et que tu dois t'habiller comme une femme.»

«Mais vous m'avez déjà donné mes cadeaux d'anniversaire, dis-je. La jolie plume argentée et tous ces livres.»

«La plume, c'est pour faire tes devoirs, et des livres, j'en apporte toujours», expliqua-t-elle. «Mais ce sac à main... C'est quelque chose de spécial. Elvira du magasin Dress Beautiful, l'a commandé pour moi et il n'est arrivé qu'hier.»

«Je l'aime beaucoup!» dis-je d'une voix perçante; je me penchai, l'embrassai rapidement et sortis en trombe de la voiture. «Je reviens tout de suite. Je veux le montrer à Matanni.»

«Et moi? dit-elle en faisant la moue. «Tu sais que j'ai besoin d'aide.»

«Je vais et je reviens tout de suite!», dis-je en grimpant la colline à la course avec le sac jaune tout neuf pendu à mon bras. Sur le seuil de la porte, je m'arrêtai, repris mon souffle et rassemblai mes esprits; puis, le bras tendu vers l'avant, je traversai la salle de séjour puis la cuisine en me pavanant.

«Tu t'es fait mal au bras?» demanda Patanni en buvant bruyamment son restant de café.

J'agitai mon bras d'un côté et de l'autre. Comme un mouchoir suspendu à une corde à linge séchant avec la brise, le petit sac bougea aussi.

«Ça par exemple!» dit Matanni en frappant sur la table. «Est-ce bien notre petite-fille qui prend des grands airs?»

«Su' mon honneur, je crois bien que oui», dit Patanni.

«Je ne prends pas des grands airs», dis-je, indignée. «Je voulais vous montrer ce que Miss Emily m'a donné pour mon anniversaire.» Sans laisser à Patanni le temps de poser une seule question, je dis : «Miss Emily me donne toujours des livres mais ce sac... est quelque chose de spécial.»

«Tu as l'air vraiment respectable», dit Matanni en s'approchant et en passant la main sur mon sac.

«Comme cette fille aux cheveux blonds qui a pris soin de toi à l'hôpital», dit Patanni.

«Moi, je ressemble à Maizy?» dis-je.

«Oui, m'dame», dit-il en frottant son menton carré. «En te regardant maintenant, je repense à elle.»

«Peut-être qu'un jour je me marierai aussi et que je serai comme elle. Peut-être même que je deviendrai infirmière.»

«On devrait faire tout de suite une réservation au Blackberry Inn pour Icy», dit Patanni en faisant un clin d'œil. «Bien sûr, elle devra y aller toute seule car Maizy est pas là et ils laisseront pas des gens ordinaires comme nous entrer là.»

«Chut!» dis-je.

«Laisse-le moi», dit Matanni en tirant sur mon bras. «Je veux le porter, moi aussi.» Le sac jaune passé à son bras, elle traversa sans se presser la cuisine. «Il est parfait, dit-elle. Léger et solide. Assez gros mais pas trop.»

Miss Emily l'a commandé chez Dress Beautiful», dis-je en agitant les doigts pour lui faire signe de me redonner mon présent. «Il a coûté une jolie somme».

«J'imagine», dit Matanni en s'approchant vivement et en reposant la courroie sur mon épaule.

«Icy ma fille!» cria Miss Emily. «Icy ma fille! Tu comptes me laisser ici toute la journée?»

«Ainsi, tu auras quelque chose pour transporter ta serviette hygiénique», expliqua Miss Emily.

«Quelle serviette?» demandai-je.

«Kotex», dit-elle en levant les sourcils. «Pour tes prochaines règles». Penchée vers l'avant, Miss Emily serra les lèvres et cérémonieusement, elle prit un livre à la couverture brune qui reposait sur la table de la cuisine. «*From Girl to Woman* de Allison Smide», dit-elle en regardant la jaquette; puis elle me le tendit. «Lis-le pour la semaine prochaine.» Sans me laisser le temps de protester, de sa main potelée elle en saisit un autre, plus petit. «*Your Body and You* du Dr. Miriam Wiley, dit-elle. Lis celui-là aussi.»

La mine revêche, je fis un signe de tête affirmatif. «Pourquoi ne m'apportez-vous pas de bons livres? demandai-je. Le mari de Maizy lui donne de bons livres, elle me l'a dit.»

«Eh bien, je ne suis pas le mari de Maizy» répondit sèchement Miss Emily. «Je suis ton amie, je suis ici pour t'enseigner et non pour te dorloter.»

«*Little Women* était amusant à lire, dis-je. Jo, Meg, Amy et Beth vous enseignent aussi à grandir. Pourquoi ne m'apportez-vous pas des livres comme ça?»

«Parce qu'en te le donnant, Mr. Wooten m'a privée de ce plaisir», dit Miss Emily en poussant brusquement *Your Body and You* vers moi. «Bon, de toute façon, ce n'est pas un truc amusant. C'est un sujet sérieux. Je veux que tu connaisses ton corps afin que tu puisses prendre soin de toi.»

«Diantre!» fis-je en laissant tomber *From Girl to Woman* sur la table; puis j'enlevai *Your Body and You* des mains de Miss Emily, le feuilletai et vis qu'il était imprimé en très petits caractères. «Ça va me prendre une éternité.»

«Alors tu fais bien de t'y mettre tout de suite», dit-elle sur un ton qui n'admettait pas de réplique. «Mercredi de la semaine prochaine, je reviendrai et nous parlerons de ce que tu as lu.» Je me mis à geindre. «Oh, à propos», dit-elle en me faisant un clin d'œil, «j'ai préparé une liste de vingt questions sur les sujets traités dans ces deux livres.»

«Oui m'dame», répondis-je, en geignant à nouveau. «Je vais lire ces deux satanés vieux bouquins ennuyeux.» «*Your Body and You*», dis-je sur un ton sarcastique en le jetant bruyamment sur l'autre. «*From Girl to Woman*». Si je suis une femme, pourquoi vous ne me traitez pas comme une adulte? Pourquoi vous ne me laissez pas lire ce que je veux?»

«Parce que 'Pauvre petite victime', tu dois étudier ton cycle menstruel.

«Matanni dit que c'est une malédiction», ajoutai-je.

Miss Emily fonça les sourcils. «Eh bien, je ne l'appellerais pas exactement de cette façon. Les menstruations sont une bonne chose. C'est une fonction naturelle du corps féminin. Il faut que tu comprennes ce qui va t'arriver à chaque mois. Tu dois apprendre comment prendre soin de toi, comment rester propre.»

«La dernière fois, j'ai utilisé du papier hygiénique», dis-je.

«Uniquement parce que c'était la première fois, dit Miss Emily. Plus tard, tu auras besoin d'autre chose que du papier hygiénique. Sans aucun doute, tu auras besoin de ça.» Sur ce, elle plongea sa main potelée dans son immense sac à main et en sortit un rectangle de coton blanc et doux. «Une serviette hygiénique!» s'exclama-t-elle. «Touche!» dit-elle en me le tendant. «On appelle ça un Kotex et je t'en ai apporté une boîte. Et ça...» elle plongea à nouveau la main dans son sac «c'est pour le garder en place.» Elle extirpa une ceinture blanche avec des crochets métalliques à l'avant et à l'arrière. «Donne-moi la serviette», dit-elle en me faisant signe de la main. «Je vais te montrer comment ça fonctionne.» Elle prit le Kotex, déplia les extrémités minces comme des feuilles de papier et attacha chacune d'elles à un crochet métallique. «Tu vois, tu l'installes comme ça»; elle secoua la ceinture et la serviette oscilla comme une balance. «Tu la passes autour de ta taille et la serviette se retrouve sous toi.»

«Pouah! entre les jambes?»

«Oui oui, dit-elle. Cette ceinture est petite, c'est la bonne taille pour toi.»

«Pouah! ça doit être affreusement inconfortable!»

«Pas vraiment, dit Miss Emily. Une fois que tu seras habituée, tu ne la sentiras même plus.»

«Je ne vous crois pas», dis-je en faisant la grimace. «Cette chose doit frotter entre les jambes, ça doit faire une bosse, comme une couche de bébé. Je ne pense pas pouvoir m'habituer à ça. Jamais!»

«Oh oui, tu t'habitueras», dit-elle en étendant le bras. «Avant de trop pleurer sur ton sort, imagine si tu étais moi. Tu aurais besoin d'une valise pour transporter ta serviette hygiénique. Tiens, prends-la!» exigea-t-elle en agitant la main.

Juste comme je plaçais la main sous la ceinture, Patanni entra rapidement par la porte de la cuisine et aperçut la serviette qui se balançait comme la bourse d'une pauvre mendiante. «Bon sang!» grommela-t-il en esquissant une grimace et il sortit précipitamment.

Miss Emily pouffa de rire. Les mains sur la bouche, je riais avec elle pendant que la serviette se balançait sous mon menton. «Juste ciel!» dit Miss Emily le corps tout balloté par le rire en joignant ses mains dodues. «À partir d'aujourd'hui, nous devrons avoir nos conversations intimes dans ta chambre.»

«Sinon, dis-je avec un petit rire aigu, Patanni pourrait avoir la bonne idée d'utiliser ce Kotex comme crachoir.»

«Oh bon sang! ça serait mieux pas», poursuivit Miss Emily. «J'imagine les bonnes gens de Ginseng dire : 'Virgil Bedloe agit bizarrement ces derniers temps.'»

«Arrêtez vos pitreries!» cria Matanni depuis la salle de séjour; nos éclats de rire résonnaient dans la pièce, et nous étions si secouées que les pieds de la table raclaient le plancher. «Sinon vous allez faire s'écrouler la maison!»

Les joues écarlates, Miss Emily reprit contenance rapidement. Inspirant profondément, elle croisa les bras sur la poitrine et attendit jusqu'à ce que sa peau retrouve sa couleur rose claire. Puis, elle s'appuya sur la table et se leva. «Ceux-ci ne sont pas amusants non plus», dit-elle le visage sérieux, en indiquant d'autres livres sur la table. «Le mois prochain cependant, je t'apporterai des livres amusants. Lectures de vacances.»

«Enfin!» dis-je en frappant dans mes mains.

«N'oublie pas», dit-elle en se dirigeant vers la porte en se dandinant; les lattes du plancher craquèrent sous son poids. «Vingt questions».

J'allais me lever mais m'immobilisai, fascinée par sa masse imposante qui remplissait toute l'embrasure de la porte. «Imagine si tu étais moi», avait-elle dit et, un moment, je crus y parvenir — je me vis avec une gigantesque ceinture autour de la taille, une serviette de la grosseur d'un oreiller serrée entre mes cuisses.

«Ne te dérange pas, dit-elle. J'y arriverai bien toute seule.»

Chapitre 28

Un samedi, je décidai de retournai sur la terre de Clitus Stewart. Je voulais trouver les fameuses roses des prés et en rapporter un gros bouquet à Matanni — pas seulement pour décorer la table de la cuisine mais aussi pour la salle de séjour. En chemin, je m'attardai à l'endroit où j'avais rencontré par hasard Peavy Lawson. Au pied de la falaise couverte de barbes-de-bouc, je me mis à rêvasser : en pensée, je revis son corps musclé et son sourire coquin. Je me souvins de l'odeur de foin et de réglisse qui émanait de lui et je me mis à gémir, mourrant d'envie qu'il soit auprès de moi. «Mon amour», murmurai-je. «Mon véritable amour». Je serrai bien fort mes bras autour de mes épaules. «Merci pour cette étreinte», dis-je et j'imaginai Peavy me serrer tout contre lui de ses bras musclés. Je fis courir le bout de mes doigts sur mes joues comme s'il me caressait le visage. Puis, au souvenir de sa bouche douce et délicate, j'avançai les lèvres et embrassai l'air doucement. À maintes reprises je fis mine de l'embrasser. Dans ma tête, Peavy et moi étions des amoureux passionnés dont les corps se consumaient à chaque baiser. «Oui! Oui!» susurrai-je, langoureuse; et, avec des picotements dans tout le corps, je me mis à chanter lentement.

«Au loin dans la vallée, tout en bas» Je commençai à descendre le sentier, les yeux fixés sur mes pieds. «Penche la tête, écoute le vent». Pour la première fois depuis bien longtemps, la douceur de ma voix me réjouissait. Ma tension intérieure commençait à se dissiper; mes lèvres se relâchaient; soulagée, ma langue frémissait tandis que le souffle de ma voix massait les muscles de ma bouche et de ma gorge. «Si tu ne m'aimes pas, aime qui te plaît» chantais-je et chaque note était comme une caresse. «Serre-moi dans tes bras et apaise mon cœur.» Cette chanson tendre fusait de mes lèvres tel le roucoulement de deux colombes. «Serre-moi dans tes bras avant qu'il ne soit trop tard»; et je faisais des trilles, fière de ma voix, aussi sonore que l'écho d'une caverne, aussi fascinante que le chant d'une sirène. «Serre-moi dans tes bras et sens mon cœur brisé», fredonnais-je. «Là-bas dans la vallée, l'oiseau moqueur s'envole. Il raconte mon histoire, écoute sa chanson : les roses aiment le soleil; les violettes la rosée; les anges au ciel savent que je t'aime. Ils savent que je t'aime, chéri, ils savent que je t'aime. Les anges au ciel savent que je t'aime.» Ma voix s'estompa doucement, comme un soupir. Une ravissante vibration emplissait mes oreilles. Une sensation de quiétude intérieure m'envahissait.

Instinctivement je m'arrêtai et levai les yeux. Une mer de roses ondulait devant moi. «Oh ça alors!» dis-je sur un ton aigu en reconnaissant les roses et en courant vers elles. «Oh ça alors!» m'exclamai-je en coupant les tiges, des nuages rosés plein les mains. Fiévreusement, je cueillis deux grandes brassées de fleurs. Satisfaite, je jetai un coup d'œil dans les alentours et aperçus, au loin, à environ un demi mille de là, la vieille ferme de Clitus Stewart. Les rondins équarris à la hache — gris avec des reflets argentés comme le ventre des poisson-lunes de Sweetwater Lake — étincelaient dans la lumière du soleil. Et alors, sachant précisément où je me trouvais, je souris et décidai spontanément de prendre un raccourci, de me faufiler dans la cour de Clitus Stewart, contourner les haies touffues et de piquer entre ses tulipiers pour rejoindre la route de gravier qui conduisait à Icy Creek Farm.

En approchant de sa maison, j'entendis un bruit de pas et des gloussements sonores. Clitus Stewart, avec sa moustache rousse bien soignée, traversait une clairière et se dirigeait allègrement vers moi; il tenait deux poules rousses par les pattes, une poule dans chaque main. La tête en bas, elles battaient des ailes furieusement et des touffes de duvet roux s'envolaient.

«Oui m'sieu!» cria-t-il à tue-tête; il se tourna et fit un clin d'œil à un garçonnet aux cheveux blonds assis sur la véranda. «Lincoln Newland lui a fourni de beaux poulets.» Je me précipitai derrière un marronnier pour m'y dissimuler. Il attacha prestement les pattes des volatiles à un fil métallique tendu entre deux tulipiers. Les poules gloussaient de façon hystérique. «C'est curieux tout ce qu'un renard roux peut faire!» Il s'essuya les mains sur sa salopette et plongea les doigts dans une poche. «Et ce renard-ci est rusé.» Debout devant moi, les jambes arquées, il parlait avec grandiloquence. «Oui m'sieu ce vieux renard roux très rusé a tué une des poules sur place — il a fait gicler le sang et éparpillé les plumes et les entrailles partout sur le sol. Puis il en a attrapé deux autres — les poules rousses du Rhode Island les plus dodues qu'il ait jamais vues. Et comme le vent, il a fui à toute vitesse avec ces deux poules qui gloussaient.» Une main dressée au-dessus de la tête, Clitus Stewart s'approcha des poules en disant : «Du poulet et des boulettes de pâte sur sa table». Puis il balança le bras. Un couteau apparut et un éclair argenté brilla dans la lumière. Il plongea la lame aiguisée à travers les plumes, et du sang gicla sur sa peau tannée par le soleil. «Deux dollars de plus sous son matelas!» Il rit et fit à nouveau un clin d'œil au garçon.

Haletante, je m'accroupis. Je serrai fortement les roses contre mon chemisier rouge-brun et vis le sang qui s'écoulait goutte à goutte le long de mes bras tandis que les épines pénétraient dans ma chair. Je restai là, pantelante, comme les deux poules rousses du Rhode Island.

«Matanni!», criai-je et je franchis le seuil de la porte en courant, tenant solidement des deux mains la gerbe de roses un peu écrasées mais encore jolies. « Regarde ce que je t'ai apporté!»

Matanni sortit de la cuisine. «Par tous les saints du ciel!» dit-elle en frappant dans ses mains. «Il y en a assez pour la cuisine et le petit salon.»

«Je vais les mettre dans l'eau», dis-je en passant rapidement à côté d'elle; je me dirigeai vers l'évier et déposai les roses sur le plan de travail. «Je peux prendre le vase vert?»; puis je tournai le robinet et m'aspergeai les mains et les bras. «Les épines ont eu raison de moi, dis-je. Je saigne. J'examinai le plan de travail. «Où est le vase?»

«Je vais aller le chercher, dit Matanni. Il est dans le vaisselier.»

«Le vase vert pour la cuisine, dis-je, et celui qui est transparent, en cristal, pour le salon.» Je pris une serviette sur un support au-dessus du plan de travail et m'essuyai les mains. En entendant le vieux réfrigérateur ronronner, je me souvins qu'il contenait de la limonade. «Veux-tu boire quelque chose de froid?» demandai-je.

«Je viens juste d'en prendre un verre», dit Matanni qui revenait vers moi, un vase dans chaque main. «Un tapis rose», dit-elle en faisant un clin d'œil. «Je te l'avais bien dit, hein?»

«Oui m'dame», répondis-je en remplissant les vases; puis je disposai les roses. «J'en ai écrabouillé quelques-unes», dis-je en touchant une fleur qui avait perdu plusieurs pétales.

«Difficile d'aller aussi loin sans perdre quelques plumes, dit-elle. Y'a pas de quoi s'en faire.»

«Il fait chaud et y'a pas un chat dans les environs. On dirait que toutes les choses vivantes se sont creusées un trou où elles ont sauté pour se tenir au frais.» Je pris un verre sur l'égouttoir, ouvris brusquement la porte du réfrigérateur, saisis le pichet de limonade et versai. «Il fait chaud et y'a pas un chat», répétai-je. Puis je vidai mon verre d'un coup et, en même temps, refoulai au plus profond de moi ce qui aurait pu s'exprimer. «Y'a rien là bas», dis-je la gorge serrée, avalant avec peine ma salive. «Durant tout ce temps je n'ai pas vu âme qui vive. Pas un seul signe de vie.» Je me versai un autre verre, observai son visage honnête et me sentis honteuse.

Elle me dévisagea durant un instant, passa les doigts dans ses cheveux, replaça ses peignes dorés autour de son chignon gris et dit : «Il fait trop chaud pour bavarder aujourd'hui. C'est trop fatigant.»

«Vraiment trop fatigant», dis-je en rougissant; puis je serrai bien fort les lèvres et réprimai un tout petit coassement.

Chapitre 29

———— ❋ ————

Étendue sur le plancher de ma chambre, je répondais à la vingtième et dernière question lorsque j'entendis crisser les pneus sur le gravier.

«Icy ma fille!» hurla Miss Emily en faisant claquer la portière de la voiture. «Inutile de venir m'aider. J'y arriverai bien toute seule.» J'entendis le bruit de ses pas sur l'allée de gravier menant à la maison. Qu'est-ce que les règles? J'écrivis ma réponse au bas de la feuille puis je m'adossai contre le bord du lit en fermant les yeux. Clomp. Clomp. Clomp. Elle s'arrêta au pied de l'escalier.

«Icy ma fille», dit-elle d'une voix forte. «J'ai besoin de toi maintenant.»

«Vous savez bien qu'on ne peut monter toutes les deux en même temps sur ces marches étroites», répondis-je. «Comment diable voulez-vous que je vous aide?»

«Viens ici! ordonna-t-elle. Et je vais te montrer comment!»

«Damnation!» grommelai-je.

«Pardon?» dit-elle sèchement.

«Vous avez rien entendu. Je veux dire : vous n'avez rien entendu».

«Oh oui, j'ai entendu. Mon ouïe a autant d'acuité que la vision rayon X de Superman.»

«J'arrive», murmurai-je. «J'arrive», répétai-je sur un ton contrarié. Lentement j'ouvris la porte de ma chambre et jetai un coup d'œil. Elle était là — dans sa robe à rayures rouges, blanches et bleues, semblable à une montgolfière oscillant près de la rampe. «Qu'est-ce que je dois faire?» dis-je sèchement à mon tour. «Il n'y a pas assez de place.»

Comme une boule de quilles roulant dans le dalot, sa tête s'inclina sur le côté et elle dit en clignant des yeux : «Tu pourrais te poster sur la marche derrière moi et me soutenir avec ton épaule. Comme ça, je ne risquerais pas de tomber vers l'arrière.

Je haussai les épaules. Quand elle avait une idée en tête, il était inutile de discuter. «OK, tout ce que vous voulez. Ma vie vous appartient.» Elle agrippa la rampe de ses mains grassouillettes et monta la première marche. L'escalier gémit; «Attends. Je vais en monter une autre» dit-elle en se tournant vers moi.

La mine renfrognée j'attendis en l'observant alors qu'elle grimpait la deuxième marche.

«Monte maintenant. Oui, c'est bon, juste derrière moi; si je perds l'équilibre, pousse bien fort avec ta tête et tes épaules.»

«Si vous perdez l'équilibre, je me barre.»

«Je ne pense pas que ce soit une bonne idée», dit-elle en tournant la tête à droite et à gauche. «Parce que quand un arbre tombe vers toi, tu n'as pas le temps de t'enfuir. Ce que tu as de mieux à faire, Icy ma fille, c'est de m'empêcher de tomber.»

«Pourquoi la meilleure chose à faire c'est toujours de prendre soin de vous?»

«N'oublie pas que je prends soin de toi aussi»; elle tourna la tête et me fixa de ses yeux bleus comme le ciel. «L'amitié ça va dans les deux sens.»

Je me ramassai et appuyai mon épaule sous son aisselle. Puis je poussai. «Ugh!» râlai-je tandis qu'elle montait une autre marche.

«Fiou!», dit-elle en faisant une pause. Puis, elle laissa tomber les mains sur la rampe, se cramponna de toutes ses forces et secoua la tête en s'exclamant : «Ça me coûte cher d'être ton professeur!» L'escalier oscillait et gémissait.

«Et qu'est-ce que ça me coûte à moi!» dis-je, haletante, car je soutenais la moitié de son poids.

«Cesse de te plaindre!» dit-elle sèchement. «Au moins, j'ai perdu quelques livres.»

«Aussi vrai que la terre est carrée», dis-je.

Elle continua de monter et je la suivis tandis que tout l'escalier vibrait.

«Mon cardiologue peut le confirmer».

«À ce rythme-là, c'est moi qui vais bientôt aller lui rendre visite», répondis-je.

«Chut!» La colère perçait dans sa voix. «Pas un mot de plus. Finissons-en avec cette escalade. Tu m'entends?»

«Oui m'dame», murmurai-je en redressant les épaules. «Un, deux, trois, hop!» Deuxième arrêt : nous avons fait une courte pause afin de reprendre notre souffle. «Un, deux, trois, hop!» On remet ça. «Un, deux, trois, hop!» Nous avons continué de la sorte jusqu'au haut de l'escalier, jusqu'à ce que — comme un tank prêt à foncer — elle parvienne à la porte entrouverte de ma chambre. «Entrez», dis-je en pressant doucement mes doigts sur son dos.» «Entrez la première».

Les bras déployés et les mains en l'air, elle bascula vers l'avant et entra rapidement. Je suivis avec réticence.

«Tu sembles avoir fait tes lectures, dit Miss Emily. Les questions étaient difficiles.»

«Merci». Allongée sur le lit, je la regardais attentivement. Elle s'assit dans la nouvelle berceuse de Patanni, celle dont il n'avait pas voulu et qu'il avait décidé de me donner. «J'aime la vieille», s'était-il plaint. «Une berceuse doit avoir des appuis-bras.» Miss Emily souriait, même si ses fesses étaient serrées l'une contre l'autre et que les plis de son dos se soulevaient comme de la pâte lorsqu'elle s'appuyait contre le dossier de la berceuse. Le fauteuil gémissait sous son poids mais il tenait bon tout de même.

«Alors», dit-elle en pressant les paumes de ses mains l'une contre l'autre sous son menton. «As-tu des questions à me poser?»

«Pas précisément», dis-je en déplaçant mon poids sur le bord du lit. «Ces vingt questions couvrent à peu près tout le sujet.»

Elle me regarda du coin de l'œil et pinça les lèvres. «As-tu des questions dont les réponses ne se trouvent pas dans ces livres?»

«Si j'ai des questions?» De la jambe droite je donnai un coup de pied en l'air, les orteils pointés.

«En as-tu?», demanda-t-elle.

«Pas exactement», dis-je en abaissant la jambe et en donnant une ruade de l'autre pied.

Les yeux pétillants elle dit : «'Pas exactement' signifie que tu pourrais avoir une ou deux questions.»

«Et bien». J'hésitai. «Et bien...»

«Icy ma fille, crache le morceau! J'ai horreur de tous ces bafouillages.»

«Eh bien...» Je toussai, me raclai la gorge, lui jetai un coup d'œil et dis : «Et si une personne rencontrait un camarade?»

«Une personne rencontre fréquemment des camarades, répondit-elle. Où est le problème?»

«Et si — quand une personne rencontre un camarade — elle le trouve plutôt joli garçon?»

«Et alors?», dit-elle en haussant les sourcils. «Le monde est rempli de jolis garçons, non?»

«Mais si c'est le plus beau garçon qu'elle ait jamais vu?»

«Y'a pas de mal à regarder», dit-elle.

Je sentis un nœud se former dans ma gorge. «Et si...» dis-je en me frappant la poitrine, «si elle voulait faire plus que regarder?»

«Que veux-tu dire par là?» demanda Miss Emily, en ouvrant tout grand ses yeux bleu ciel.

«Euh, et si elle souhaitait être touchée?» De grosses gouttes de sueur glissèrent le long de ma figure. «Si elle souhaitait qu'on lui fasse ce que le chat gris a fait à Lena?»

Une expression étrange traversa le visage de Miss Emily. «Ai-je bien entendu ce que tu viens de dire?» demanda-t-elle, en s'éventant les joues avec les mains.

«Oui m'dame», dis-je. Puis, alarmée par son regard, je me ravisai et me dépêchai d'ajouter : «Mais je ne parle pas de moi. Non, m'dame! Je n'ai pas envie qu'un gars enfonce sa quéquette dans mon vagin. C'est comme ça qu'on fait les bébés.»

«Icy Sparks», dit-elle en serrant fortement ses genoux de ses mains. «On a jamais parlé de tout ça. Je gardais ça pour plus tard. Pour l'amour du ciel, où as-tu entendu ça?»

«Je ne l'ai pas entendu. Je l'ai lu.»

«Mais où?» demanda-t-elle d'une voix aiguë.

«Dans ce livre que vous m'avez donné.»

«Lequel?» demanda-t-elle en tirant un mouchoir de la poche de sa robe et en s'essuyant le front. «Je les ai pourtant examinés attentivement.»

«*From Girl to Woman*», dis-je.

«Ce n'est pas dans la table des matières».

«Au chapitre 7».

«Donne-le moi», m'ordonna-t-elle en avançant la main.

Je saisis le livre qui était posé sur le lit et le lui remis.

Les mains tremblantes, elle ouvrit au chapitre 7 et commença à lire. Tandis qu'elle tournait les pages, son visage prit une couleur rose pâle, rose foncée puis il vira au rouge écarlate. «C'est peut-être aussi bien comme ça», fit-elle remarquer; elle parcourut rapidement la dernière page du chapitre et referma le livre brusquement. «J'avais prévu avoir cette conversation avec toi l'an prochain, mais étant donné que tu as amené le sujet sur le tapis, nous devrions peut-être l'aborder maintenant.»

«Si vous voulez. Mais je ne parlais pas de moi. Non, m'dame! Les quéquettes sont laides. Je veux dire, il y a du pipi qui sort de cette chose. Un sale pipi jaune!» Je fis la grimace et secouai la tête. «Très peu pour moi!» dis-je.

«Alors, de qui parlais-tu?» demanda-t-elle en plissant les yeux.

«De... de...» Malgré tous mes efforts, je n'arrivais pas à trouver un nom. «De... de... de Emma Richards», dis-je subitement. «Je l'ai croisée par hasard il y a quelques jours.»

«Où?» demanda Miss Emily en pinçant les lèvres.

«Au Lute's Grocery, voilà. Je venais d'acheter un sandwich au saucisson de Bologne, celui avec de la moutarde et du fromage jaune et c'est là que je l'ai vue. Elle allait rendre visite à sa grand-mère sur la route de Mill Creek.»

«Et ainsi — comme ça, à l'improviste — toi et Emma Richards vous avez commencé à parler des garçons. Et au milieu de cette délicieuse conversation, elle a décidé de te confier ses désirs les plus secrets.»

«Oui... oui...»; j'acquiesçai d'un signe de tête.

«Icy ma fille, tu vas me faire mourir!» Sur ces mots, Miss Emily se leva en s'aidant de ses bras et le visage tout rouge, commença à me sermonner. «Première des choses, me prends-tu pour une folle?» Elle inspira profondément et pressa sa main charnue sur son cœur.

Je secouai la tête; l'inquiétude me rongeait l'estomac.

«Si ma mémoire est bonne», continua-t-elle sur un ton sentencieux, «Emma Richards te déteste. Si Emma Richards te déteste, pourquoi, sur cette terre du Bon Dieu, voudrait-elle te confier ses secrets? «Et deuxièmement — elle étendit le bras droit dont le dessous se mit à trembler comme du Jell-O et me pointa du doigt — tu n'as pas été au Lute's Grocery parce que tu as peur. Peur de faire une autre crise.» Elle posa fermement les mains sur ses hanches et me décocha un regard furieux. Dans sa robe rayée rouge, blanche et bleue, elle ressemblait au drapeau américain qui flottait à l'extérieur du palais de justice de Crockett County; elle incarnait la vérité et cela m'intimidait; mais, Dieu merci, son visage n'avait plus la couleur d'une betterave et sa main ne massait plus sa poitrine.

Mon estomac se dénoua. «Ok... Ok...» confessai-je avec soulagement. «Je parlais de... de moi et de Peavy Lawson... Je l'ai rencontré l'autre jour sur le sentier qui mène à la ferme de Clitus Stewart... et il était beau... il n'était pas laid comme autrefois... et il m'a dit des choses gentilles... Il pense que je suis belle... que je suis la plus belle fille de Crockett County... et j'avais des fourmillements partout... comme... comme... comme jamais auparavant... et j'avais terriblement envie qu'il me touche... gentiment, sur le front... Sincèrement je ne voulais pas qu'il approche sa quéquette de moi... je voulais juste être touchée... comme le chat gris a touché Lena... de la même façon qu'il a léché son dos.» Épuisée, je m'effondrai, ma tête retomba et mon menton vint s'appuyer sur ma poitrine.

«C'est bien, Icy ma fille,» et les lattes du plancher soupirèrent quand elle s'avança vers moi. «Tout le monde veut être touché. Même moi, parfois, j'ai envie de l'être.» Un petit rire nerveux et aigu s'échappa de ses lèvres. «Mais qui voudrait me toucher, n'est-ce pas?»

«Quelqu'un», dis-je en levant les yeux. «Quelqu'un, quelque part dans ces montagnes.»

«Non, Icy ma fille. Tu dois accepter le fait que des gens comme nous ne peuvent être touchés. On peut se faire aimer. On peut même gagner le respect de toute une ville. Mais nous sommes différents — trop différents. La joie d'être touché nous reste inaccessible. Pour nous, Icy ma fille, le toucher ne sera jamais qu'un rêve, une simple fantaisie.»

Mes joues s'enflammèrent et malgré mes efforts pour les retenir, des larmes me brûlèrent les yeux. Envers et contre tout, je ne voulais pas pleurer. Alors je me levai. Comme si je portais l'espoir sur mes épaules, je me redressai et lui fis face. «Peut-être pour vous, dis-je, mais pas pour moi. Quelqu'un me touchera. Si ce n'est pas Peavy Lawson ce sera quelqu'un d'autre. Mais, notez bien ce que je vous dis, Miss Emily Tanner, je serai touchée.»

Elle restait là, silencieuse. Debout sur ses jambes fortes comme des troncs d'arbre, elle me regardait sans me voir, plongée dans une rêverie, songeant à Dieu sait quoi. Ses lèvres esquissèrent un léger sourire. Les paupières closes, elle leva les mains. Puis, lentement et tendrement, elle commença à caresser son visage du bout de ses doigts. Et comme une aveugle, elle effleura doucement chaque pouce carré de son visage rond et dodu.

J'avais peigné mes cheveux et les avais fixés de chaque côté de ma tête avec les peignes de Matanni; j'avais mis la robe pourpre que m'avait donnée Miss Emily — celle qui avait des manches courtes et bouffantes et un tablier rayé violet et blanc; puis, comme je voulais avoir la peau aussi pâle que celle de

Blanche Neige — pour aller avec ma robe de Blanche Neige — j'avais pris dans
la boîte de Matanni, un peu de talc que j'avais saupoudré sur mes joues. J'avais
même mangé un Popsicle aux cerises en le suçant longtemps et en le pressant
sur mes lèvres dans l'espoir d'y mettre un peu de couleur.

Lorsque je parvins à notre lieu de rencontre près du sentier, mon apparence
prit encore plus d'importance à mes yeux. Dans un instant, il allait venir me
retrouver, me voir et me juger. Je repérai une grosse pierre faisant saillie à la
surface de la falaise, juste assez grosse pour me permettre de m'asseoir. D'une
hauteur de deux pieds à une extrémité, elle descendait en pente de sorte que
l'autre extrémité n'était plus surélevée que d'un pied. Idéal. Je me transformai
en Cléopâtre alanguie; allongée sur le côté, le bras replié, j'appuyai délicatement
mon menton sur ma main. Je tins la pose durant cinq minutes, jusqu'à ce que
tous mes muscles commencent à se tordre et à s'agiter. Je tremblais en émettant
de petits bruissements sur mon rocher lorsque soudain, comme par magie, il se
matérialisa devant moi. «Peeeaaavvvyyy» glapis-je, la voix chevrotante comme
une vieille femme atteinte de paralysie agitante; puis je glissai et m'effondrai
dans la poussière, la main toujours sous le menton.

Décontenancé, il me regarda fixement, silencieux durant un moment qui me
sembla une éternité; puis brusquement, comme un jouet mécanique remonté, il
rejeta les épaules vers l'arrière, redressa bien haut la tête et s'avança d'un air
important, en me tendant sa main calleuse. «On peut vous aider m'dame?» À ces
mots, ma tête bascula vers l'avant, rebondit comme une balle avant de s'immobiliser, et mes membres cessèrent de trembler assez longtemps pour me permettre de tendre la main, de saisir la sienne, de me lever et de me tenir sur mes
jambes encore un peu flageolantes.

«Tu es arrivé juste à temps», dis-je avec une modestie affectée. «J'ai été souffrante ces derniers temps. Le soleil m'incommodait.»

«Un coup de chaleur», dit-il sérieusement, comme s'il était un expert en la
matière.

«Eh bien, je ne pense pas», dis-je rapidement; j'avais en tête les mots bouf-
fées de chaleur que j'avais lus dans *From Girl to Woman*, plus précisément dans
le dernier chapitre portant sur la ménopause. «Je veux dire, je viens à peine de
commencer.»

«Commencer quoi?» demanda-t-il, l'air perplexe.

Mon visage vira au rouge vif, le temps que je trouve les mots exacts. «Je
viens juste de commencer d'avoir des coups de chaleur, corrigeai-je. Avant,
quand j'étais jeune, la chaleur ne me dérangeait pas. Mais ces jours-ci, oui.»

«Parce que maintenant tu es une jeune femme», dit-il en faisant un clin d'œil.
«Une très jolie jeune femme.»

Coquettement, je saisis ma robe. «Tu le penses vraiment?» Je tournai sur moi-
même puis je lui fis face à nouveau.

Il acquiesça lentement d'un signe de tête et sourit. «Tu étais la femme de ma
vie.» Il me prit la main. «Et tu l'es toujours.»

Ma main reposait mollement dans la sienne comme si elle avait cessé de

m'appartenir. J'étais si nerveuse que j'en avais les paumes moites. «Vraiment?»
Ma voix tremblait et ma respiration était saccadée.

«Croix de bois, croix de fer, si je mens je vais en enfer», dit-il en me serrant
les doigts. «Vrai, si tu veux de moi.»

Incapable de prononcer un seul mot, je baissai la tête.

Tendrement, il caressa ma peau. «Autrefois, tu ne voulais pas me parler,
continua-t-il. Autrefois, tu ne t'arrêtais même pas pour me dire bonjour.»

«Mais c'est bien différent aujourd'hui», murmurai-je.

«Autrefois tu disais que j'étais une grenouille.»

«J'étais horrible», dis-je en secouant la tête.

«Tu m'as dit de retourner dans mon étang». Sa voix se brisa et ses yeux s'em-
buèrent.

«Je me comportais comme une idiote! J'étais râleuse.»

«Alors je ne suis pas une grenouille?» demanda-t-il en secouant la tête.

«Oh non! dis-je avec passion. Tu ne seras jamais une grenouille!» Je posai
ma main libre sur la sienne — sur celle qui tenait mon autre main. «Même si tu
essayais, tu ne pourrais jamais être une grenouille.»

«Jamais!» dit-il en me regardant profondément dans les yeux.

«Jamais!» répondis-je, et avant de réaliser ce que je faisais, je me levai sur la
pointe des pieds et je tendis le cou. «Jamais!» répétai-je. «Parce qu'aujourd'hui...»
Mon cœur battait la chamade. «Parce qu'aujourd'hui, tu es mon prince.» J'avançai
les lèvres et l'embrassai sur la bouche.

À ce moment, il chancela vers l'arrière. Nos bras retombèrent, et nous
sommes restés là, silencieux, à nous regarder longuement dans les yeux. Dans
la profondeur limpide de ses yeux verts, j'avais la certitude de voir mon avenir.
Peavy Lawson et moi nous tenions par les mains ; ses lèvres pressées contre les
miennes, nos corps se mêlaient.

«Je suis en amour», dis-je sur un ton rêveur tandis que je revenais à la maison.
«Je suis en amour. Je suis en amour.» Ainsi, pensai-je, c'est comme ça qu'on se
sent quand on est une femme — un peu frissonnante et tendre à l'intérieur
comme le pouding au riz de Matanni ; l'amour se répandait dans vos muscles,
votre sang, vos cellules, dans tout votre corps ; vous aviez l'impression que le
monde existerait toujours et que votre amour durerait encore plus longtemps.
«Je suis en amour», répétai-je. «Je suis en amour avec Peavy Lawson, mon vrai
prince à moi.»

Sur le chemin du retour, chaque minute de notre rendez-vous repassait dans
mon esprit. Je le voyais me témoigner sa dévotion et admirer ma beauté alors
que je tournoyais dans ma robe de Blanche Neige. Je le revoyais presser ma
main dans la sienne. Je me remémorais ses lèvres goûtant la douceur de mon
baiser. J'avais déjà effacé de ma mémoire ma glissade dans la poussière et oublié
ma méprise — au moment où j'avais cru qu'il parlait de la ménopause. Tout ce
qui était désagréable s'envolait et je conservais et entretenais tout le reste. Ma
pensée s'arrêtait sur ses paroles romantiques, sur les tremblements dans sa voix

quand il m'avait déclaré son amour. « Tu étais la femme de ma vie... Tu l'es toujours... Croix de bois, croix de fer, si je mens je vais en enfer », avait-il dit. Oui, sans l'ombre d'un doute, son amour était exceptionnel. Il avait pardonné à la méchante fille de sa jeunesse et il aimait la femme qui se tenait maintenant devant lui.

J'arrivai d'un pas nonchalant à la maison et aperçus Patanni qui se berçait sur la véranda. « Fille, qu'est-ce qui ne va pas ? » me demanda-t-il.

« Rien », dis-je en montant les marches sur le bout des pieds.

« Depuis quand explores-tu les environs attifée de la sorte ? »

« Depuis que j'ai treize ans », répondis-je sèchement. « Depuis que je suis devenue une femme. »

« Viens ici ! » Il étendit son grand bras et me fit signe d'approcher. « Ne bouge pas. » Il se pencha vers l'avant. Puis, de ses grosses mains osseuses, il saisit mon visage et l'étudia. Après de longues minutes il conclut : « Tu as l'air perdue dans la brume. Pourquoi ? »

« Je ne suis pas dans la brume », dis-je en m'éloignant vivement pour me débarrasser de lui, comme un chien mouillé se débarrasse de l'eau. « Certaines personnes peuvent dire que je suis belle mais pas toi, oh non, pas toi, parce que tu es bien trop occupé à m'insulter. »

Il répéta : « Tu as l'air perdue dans la brume. »

« Je ne suis pas perdue dans la brume ! » dis-je sur un ton querelleur, les dents serrées. « Je ne suis pas le moins du monde dans la brume ». Je frappai du pied. « La femme qui se tient devant toi n'a pas le cerveau brumeux. » Je secouai la tête d'un côté et de l'autre avec colère. « Absolument pas ! Cette femme souffre de la plus merveilleuse des maladies. Elle souffre parce que son cœur brûle. »

Mon grand-père se leva. « Son cœur brûle ? » Et il posa la main sur sa poitrine.

« Oui m'sieu, répondis-je, son cœur brûle. »

« Et bien. » Il se frotta le menton du bout des doigts. « Un cœur qui brûle c'est quelque chose de spécial. »

« Oui m'sieu, je sais », murmurai-je. « Ça fait au moins une semaine que j'essaie de vous le dire. »

Patanni se tourna vers la porte, plaça les mains en porte-voix autour de sa bouche et hurla : « Tillie, viens ici tout de suite ! Icy a quelque chose à te dire. »

Je regrettai aussitôt d'avoir parlé. Remplie d'appréhension, je rentrai le ventre et me mordis la lèvre.

« C'est quoi tout ce boucan ? » dit Matanni ; elle franchit précipitamment le seuil de la porte tout en s'essuyant les mains sur son tablier. « Je suis occupée à préparer le dîner ».

« Icy a de bonnes nouvelles pour toi », dit-il en me faisant un signe de tête.

« Qu'est-ce que c'est mon enfant ? », dit Matanni.

La gêne me brûlait la gorge comme du plomb en fusion et je n'arrivais pas à prononcer un seul mot.

« Allons, Icy, vas-y, dis-lui ! » insista Patanni.

J'ouvris tout grand la bouche et plusieurs phrases se bousculèrent sur mes lèvres en même temps.

«Je comprends rien», dit Matanni en décochant un regard furieux à mon grand-père.

Patanni se racla la gorge. «Ce qu'Icy essaie de dire, c'est qu'elle s'est trouvé un cavalier.»

Tels des points d'exclamation, les mains de Matanni se dressèrent de chaque côté de sa tête. «Juste ciel!» elle pouffa de rire. «Où, par ici, as-tu trouvé un cavalier?»

«Sur le sentier qui mène à la ferme de Clitus Stewart», dis-je spontanément. «Nous nous sommes rencontrés par hasard.»

«Et, qui est-ce?» demanda Matanni, en s'approchant doucement et en plaçant son bras autour de moi.

«Peavy Lawson», dis-je doucement.

Le bras qu'elle avait posé autour de moi retomba. «Peavy Lawson!» s'exclama-t-elle. «Celui qui a des yeux de grenouille!»

«Plus maintenant», dis-je en secouant la tête. «Il n'est plus comme ça.»

«C'est le garçon de Maybelle et de Randall», dit mon grand-père.

Ma grand-mère approuva d'un signe de tête puis son regard se perdit au loin. «Tu la vois?» me dit mon grand-père avec un clin d'œil. «Ça veut dire qu'elle étudie l'arbre généalogique des Lawson.»

«Dis-moi, Icy», dit ma grand-mère sur un ton pressant, l'œil clair et soudainement curieuse. «Comment ça se fait qu'il est par ici?»

«Ça crève les yeux», ajouta Patanni.

«C'est le vieux Potter qui l'a engagé pour l'aider à s'occuper du bétail et des champs.»

«Dans ce cas...», dit Patanni les yeux brillants.

«Ton jeune homme est un bon travailleur», dit Matanni.

«Randall possède un bon champ de tabac, dit mon grand-père.

Maybelle a mis au monde au moins neuf enfants», dit ma grand-mère. Je n'ai jamais entendu parler en mal d'aucun d'entre eux.»

«De braves gens, honnêtes et travailleurs», dit Patanni.

«Le sel de la terre», dit Matanni.

«Et le garçon aime notre Icy», dit Patanni en roulant des yeux. «Parce que c'est un beau brin de fille et, je te le dis, Icy Sparks, si ce jeune homme sait ce qui est bon pour lui, il fait bien de continuer à regarder.»

«Chut!» l'avertit ma grand-mère en agitant un doigt vers lui. «Peavy Lawson est le premier petit ami de notre petite-fille. Tu ne vas pas la taquiner. Tu m'entends?»

Patanni avança la mâchoire. «C'est pas moi peut-être qui t'ai demandé de venir ici?» dit-il en faisant la moue. «C'est pas moi qui ai annoncé la bonne nouvelle? Est-ce que j'ai pas tout révélé avec un grand sourire sur la figure?»

«Ça, je dois le reconnaître, Virgil» dit ma grand-mère en s'approchant de lui; et elle lui tapota l'estomac. «J'ai marié un homme adorable.»

«Peavy Lawson est très gentil aussi». Je prenais goût à mon nouveau prestige.

«Il est aussi doux que de la mélasse», dis-je, cherchant à redevenir le pôle d'attraction.

Mais déjà, il était trop tard. Patanni était courbé — il fallait qu'il se penche beaucoup car il était très grand — et Matanni était dressée sur le bout des pieds et ils s'embrassaient, ils se donnaient de petits bécots, comme deux oiseaux se toilettant mutuellement — mais sans aucune trace de romantisme. Rien à voir avec le tendre baiser que j'avais posé sur les lèvres de Peavy Lawson. Leur amour était merveilleux, pensai-je en regardant mes grands-parents s'embrasser. Mais ça ne ressemblait pas à ce que nous vivions Peavy et moi, à notre jeune amour, notre amour de Roméo et Juliette.

Mon estomac produisit des gargouillements désagréables. «On va pas bientôt manger, ici?»

«Je ne veux pas que tu retournes à l'école», dis-je d'une voix fêlée; à cause de la chaleur, mon chemisier de coton blanc me collait à la peau et mon short en crépon de coton rose m'irritait les cuisses. «Je vais être si seule.»

«Je ne veux pas y aller moi non plus», dit Peavy, en tirant doucement le pan de ma chemise. «Mais je suis trop jeune pour abandonner mes études.»

Sur le bout de mes tennis déjà couverts de poussière je m'inclinai vers lui, fermai les yeux et nous nous sommes embrassés. «J'ai peur que tu m'oublies», dis-je en ouvrant les yeux tandis que le soleil réfléchi sur la surface rocheuse m'aveuglait. «Il y a d'autres poissons dans la mer», dis-je en faisant la moue.

Il bascula sur les talons, ouvrit grand les yeux et secoua la tête. «Mais je ne m'en vais pas à la pêche», dit-il.

«Je parle des autres filles», dis-je. «Tu peux rencontrer quelqu'un d'autre — une fille à l'école — et l'aimer plus que moi.»

Peavy frappa le sol de son pied droit. «Oh non!» dit-il; la poussière se souleva comme du talc gris et retomba sur sa botte et le bas de son jeans. «Tu es ma femme. Tu n'as pas à t'inquiéter!» Il essayait de me rassurer. «Je t'ai vue tout l'été. À chaque jeudi durant des semaines. Neuf belles rencontres. Et dès que l'été se pointera, je reviendrai aussitôt aider le vieux Potter et passer du temps avec toi.»

«Mais tous ces mois d'ici là?» demandai-je, la bouche frémissante. «Qu'est-ce que je vais faire?» Je me mordis la lèvre et plissai les yeux et le nez. Une ride de tristesse barra mon front. La désolation du sentier me consternait; elle me laissait entrevoir la solitude à venir. L'herbe avait jauni et s'était desséchée. La plupart des fleurs sauvages étaient fanées. Au mois d'août, les barbes de bouc naguère si abondantes avaient séché; elles avaient disparu depuis longtemps. Seules les heuchéras avec leurs petites fleurs en forme de barbiches s'épanouissaient encore le long de la crête de la falaise.

«Ce ne sera pas si long», dit Peavy en s'inclinant vers moi; puis il fit courir son petit doigt le long de mon front. «Je pourrai peut-être venir te voir au printemps, quand la neige aura fondu et que la température sera bonne.»

«Tu crois?» demandai-je en souriant à peine.

«Pourquoi pas?» répondit-il.

«Vas-tu m'écrire?» demandai-je.

«Seulement si tu m'écris», dit-il en se frappant la poitrine tandis qu'apparaissaient sur sa chemise verte de petites taches de sueur. Puis il tendit les bras. Il me pressa tout contre lui en refermant ses bras autour de moi et mon anxiété se volatilisa comme par enchantement. Telle une gorgée du whisky de Patanni, sa présence avait sur moi un effet apaisant. Auprès de lui, je m'étais débarrassée des tics incontrôlables et des mouvements compulsifs qui me faisaient souffrir depuis si longtemps. Je veux le mettre dans une bouteille, me dis-je tandis qu'il me serrait bien fort. Je veux m'asperger tout le corps d'Eau de Peavy*.

---

* NdT : en français dans le texte.

Chapitre 30

———— ✳ ————

À la manière d'Elizabeth Barrett Browning, j'écrivis à Peavy des poèmes et des lettres d'amour. «Tu es mon chevalier dans ta brillante armure, mon Sir Lancelot qui court, sus à l'école, se battre pour défendre mon honneur.» écrivis-je un jour. Entre les feuillets, je glissai une des dernières roses blanches de Matanni. «Le blanc est le symbole de la pureté — pur comme l'amour que nous éprouvons l'un pour l'autre. Peavy, mon preux chevalier, sous ta froide armure, épingle cette rose sur ton maillot de corps. Elle te tiendra chaud et te protégera.» Le sourire aux lèvres, je signai : «Icy, ta Guenièvre aux cheveux d'or.»

Peavy répondit. «Les roses sont blanches. Les violettes sont bleues. Tu es Icy Sparks et je t'aime.»

«Oh, mon amour est comme le rouge, une rose rouge» répondis-je en citant Robert Burns.

«Les roses sont rouges. Les violettes sont bleues», écrivit-il en guise de réponse, «je suis Peavy Lawson et je t'aime.»

Dans un livre de poésie de l'époque victorienne que Miss Emily m'avait donné, je découvris un texte de Matthew Arnold intitulé Tristan et Iseult; il racontait la tragique histoire d'amour de Tristan, un des plus célèbres chevaliers de la Table Ronde, et de Iseult, l'épouse du roi Marc. Remplie de nostalgie, je m'imaginai en Iseult, séparée de son amoureux, et je recopiai soigneusement ces vers : «Ne me blâme pas, moi qui souffre tant, de m'attarder/ Ensorcelée, je n'ai pu rompre le charme./ Foin du passé, ne pense qu'au présent!/ Je suis là, nous voici réunis, je tiens ta main.» Je terminai ma lettre par ces mots : «Iseult qui t'aime» et sous la signature, je dessinai un cœur brisé.

Peavy répondit : «Les roses sont rouges. Les violettes sont bleues. De quoi parles-tu? Ça n'a pas d'importance vu que je t'aime toujours. P.S. Est-ce que ton deuxième prénom est : Insulte?»

Nous nous écrivions deux fois par semaine. Quand une de ses lettres arrivait, je l'apportais amoureusement dans ma chambre, je tenais l'enveloppe devant la lumière du soleil et je m'extasiais en contemplant la courbe du y de Icy et la ligne aérodynamique et sensuelle du s de Sparks.

À Noël, je lui fis parvenir un présent accompagné d'un mot. «Noël n'est pas si joyeux, car tu n'es pas ici avec moi. Mais, malgré tout, j'ai fabriqué quelque chose pour toi. C'est une décoration pour ton arbre, un cœur en papier mâché. La fissure jaune au centre représente la fêlure de mon cœur; il souffre pour toi. L'aimes-tu? J'ai inscrit mon nom sur un côté et le tien sur l'autre. Deux moitiés font un tout, mon chéri. Les deux moitiés de notre cœur battent de concert et ne font qu'un. Suspends cet ornement à ton arbre, mon preux chevalier, et quand tu le regardes, n'oublie pas de penser à moi.»

«Le cœur est très joli, répondit-il. Je l'ai accroché au sommet de notre arbre. Je suis le seul à savoir qu'il est là. Aimes-tu ce que je t'ai envoyé? Oncle Ed l'a prise l'été dernier quand nous avons assisté à une exhibition de motos à la foire de Crockett County. Si j'ai un sourire aux lèvres c'est parce que, quand il l'a prise, je pensais à toi.»

«Bonne année, mon cher, mon tendre, mon beau Peavy!» griffonnai-je la veille du Jour de l'An. «Nous nous reverrons bientôt. Dans peu de temps le printemps sera là.» Puis, avec l'aide de Emily Dickinson, j'ajoutai avec insouciance le vers suivant : «'Si tu ne venais qu'à l'automne, je balaierais l'été du revers de la main / moitié en souriant et moitié avec mépris / comme font les ménagères, d'une mouche.' Moi aussi je pense toujours à toi.»

Peavy répondit immédiatement. «Icy, je pense que nous nous reverrons ce printemps, le samedi avant la fête de Pâques. Désolé pour ton problème de mouche. Demande à ton grand-père de vérifier sous la maison s'il n'y a pas de flaques d'eau.»

Je répondis : «Même heure, même lieu!»

«La neige fond, répondit-il. Bientôt les arbres de Judée fleuriront. Et c'est à ce moment que je te reverrai.»

Nous nous sommes aperçus en même temps. Dès que je le vis dans son complet brun, avec sa cravate jaune, mon cœur se mit à battre plus vite et j'eus la sensation que ma tête flottait au-dessus de mon corps. «Peavy!» criai-je en courant vers lui dans ma nouvelle robe de coton jaune, les bras grand ouverts, avec un sac à main jaune qui se balançait à mon avant-bras.

«Icy!» répondit-il en hurlant et en courant vers moi; il trébucha dans ses chaussures brunes vernies mais il ne tomba pas.

Nous nous sommes serrés dans les bras l'un de l'autre, poitrine contre poitrine. Mon sac à main glissa et pendit mollement à mon poignet. Le bout de mes chaussures écrasa le bout des siennes. Une de mes barrettes, ornée d'un voile de fleurs jaunes glissa de mon chignon et plusieurs mèches de cheveux tombèrent librement sur mon cou. Mon souffle était humide et chaud contre sa chemise — une chemise trop empesée et raide. Je renversai la tête et regardai attentivement son visage. Ses cheveux doux et lustrés étaient lissés par en arrière. Les taches de rousseur sur son nez s'étaient atténuées. Deux imperfections ressortaient sur son menton. Je humai une forte odeur d'eau de Cologne. «Oh Peavy!» dis-je sur un ton ravi, en laissant tomber les bras de chaque côté. «Tu t'es parfumé pour moi.»

Il fit un grand sourire. Une goutte de salive d'une pureté diamantine tomba de sa lèvre supérieure sur le sol. Ses yeux grisés s'assombrirent.

«Oh, Peavy! J'adore ton eau de Cologne», ajoutai-je.

«Vraiment? Elle s'appelle Brute. C'est à mon frère.»

«Es-tu une brute?» demandai-je sur un ton taquin, les yeux rieurs, la bouche légèrement humide.

Tendrement, il se toucha la poitrine. «Qu'en penses-tu?» De la poche de sa chemise il sortit une rose, la rose blanche que je lui avais envoyée plusieurs mois auparavant.

«Peavy!» À nouveau je le serrai dans mes bras et l'embrassai sur les lèvres avec passion.

«Icy!» dit-il en me rendant mon baiser.

Je pouvais sentir ses dents frôler les miennes et tout son corps vibrer.

«Maintenant», dit-il sur un ton pressant.

«Maintenant quoi?» J'avais des picotements sur toute la peau.

«Laisse-moi te prendre» dit-il d'une voix perçante.

«Mais tu me prends déjà dans tes bras». Ma bouche reposait sur sa joue et mes lèvres me semblaient lourdes comme si j'avais bu.

«Je veux te tenir tout contre moi», dit-il, haletant. «Sous les pins, là-bas». Il dégagea un de ses bras et indiqua du doigt l'endroit où il s'était caché lors de notre première rencontre.

Mes jambes et mes bras étaient tout mous. «Si tu veux». J'avais la voix qui tremblait.

En serrant bien fort ma main dans la sienne, et sans un mot, il me montra le chemin. Je le suivis, médusée. Que n'aurais-je fait pour ce jeune homme qui avait porté ma rose sous sa froide armure? Le soleil printanier illuminait les écuelles d'eau, hautes de quelques pouces à peine, et dont les fleurs blanches épousaient la forme d'un entonnoir; il faisait aussi reluire les stellaires, avec leurs cinq pétales bien découpés, qui poussaient un peu plus loin, à l'orée des bois au pied des collines. Pour moi, les stellaires étaient des guides, des lumières tombées du ciel qui nous indiquaient le chemin. Nous nous sommes approchés de la pinède et Peavy montra en souriant une clairière à cinq pieds devant nous.

«Mon Tristan!», dis-je, soudainement submergée par l'émotion. «Ne me blâme pas, moi qui souffre tant, de m'attarder. Ensorcelée, je n'ai pu rompre le charme. Foin du passé, ne pense qu'au présent! Je suis là, nous voici réunis, je tiens ta main.» À ces mots, j'appuyai fortement sur sa paume.

Main dans la main, nous sommes parvenus à la clairière; il enleva les cailloux et les petites branches tombées sur le sol. Puis, il retourna au bosquet de pins, ôta son veston, dans lequel il déposa des aiguilles ramassées au pied des arbres. Puis, se servant de son vêtement comme d'un sac à dos, il revint et disposa les aiguilles sur le sol. «Notre lit», dit-il, les yeux verts comme les nouvelles pousses du printemps.

«Notre lit?» dis-je. À mon extase se mêla une certaine crainte.

Il me prit les mains et m'entraîna gentiment sur le sol. Couchés sur le côté, à quelques pouces l'un de l'autre, nous nous sommes regardés longuement dans les yeux.

«Icy». Sa main rampa vers moi. «Icy». Ses doigts tirèrent sur une des poches de ma robe.

«P-Peavy», bégayai-je en me penchant vers lui.

«Icy», répéta-t-il d'une voix tremblante.

«Peavy», murmurai-je, et je sentis ses doigts glisser le long de mon cou.

«Icy», dit-il en passant la main sur ma collerette Peter Pan.

Mes petits seins étaient douloureux. «Peavy!» dis-je en gémissant.

Ses yeux verts se contractèrent puis ils saillirent de sa tête. «Oh Icy!» cria-t-il.

Alarmée, je baissai les yeux. Par-dessus mon corsage, il avait posé la main sur un de mes seins. J'aimais ce toucher mais, en même temps, j'étais terrifiée, tellement terrifiée qu'une vision de mon véritable avenir s'imposa aussitôt à mon esprit — Le sexe de Peavy Lawson en moi, laissant jaillir du pipi et du sperme; les bébés suspendus à mon estomac pleurant et hurlant; une cabane brune exposée aux intempéries sur le flanc d'une montagne et l'air saturé de l'odeur infecte et âcre du charbon. Je vis tous mes espoirs et tous mes rêves détruits, les uns après les autres, par ce seul toucher. «P-Peavy», bégayai-je, sentant naître un coassement dans ma gorge et un soubresaut qui couvait dans mes muscles.

«Oh Icy!». Passionnément, il me serra la poitrine. «C'est si bon!»

Je serrai férocement les dents et les lèvres.

«Icy, Oh Icy!» dit-il, les yeux exorbités.

Clignant des yeux et respirant avec force, il pressa mes seins. «Ma douce Icy!» dit-il en gémissant.

À cet instant, pour la première fois depuis longtemps, je vis ses yeux verts de grenouille qui me regardaient fixement et sentis son corps dont chaque muscle tressaillait, se presser contre le mien. Dégoûtée, je regardai attentivement cet amphibien à la peau blanche et terne, cette bouche aux lèvres étroites capables d'attraper des insectes et je paniquai. Un mouvement convulsif de pure terreur me secoua et tout mon corps — les bras, les jambes, le cou et le torse — commença à tressauter.

«Icy?» dit Peavy, en reculant un peu. «Icy?» dit-il d'une voix plus forte.

«C-R-O-A-K!» hurlai-je.

«Icy!» dit-il en s'écartant brusquement.

«C-R-O-A-K!» Mon corps tressauta vers la gauche.

«Que diable...» dit-il et il se leva d'un bond.

«C-R-O-A-K! C-R-O-A-K!» Mes membres tressautèrent du côté droit.

«Merde!» dit-il, et je sentis son regard me transpercer; les yeux exorbités, les lèvres distendues, il éclata d'un gros rire, comme un millier de grenouilles brisant le silence de la nuit. «Ça c'est le bouquet!» cria-t-il en se tapant sur les cuisses.

«C-R-O-A-K!» hurlai-je, en sautant dans les airs; puis j'atterris et posai fermement les pieds sur le sol. Ensuite, de la jambe droite, je donnai une ruade dans les airs tout en pivotant sur la jambe gauche.

«C-R-O-A-K!» hurlai-je et je tournai et tournai encore. «C-R-O-A-K!»

«Tu es folle!» dit-il en riant nerveusement. «Complètement dingue!» ajouta-t-il, en reculant prestement.

J'arrêtai de tourner sur-le-champ..

«Une vraie cinglée!» Il laissa échapper un petit rire méprisant et me pointa du doigt. «Exactement ce que tout le monde dit!»

Alors, j'inspirai profondément, ravalai toute ma colère et crachai ma réponse : «Espèce de yeux de grenouille visqueuse!» dis-je avec hargne. «Pourquoi ne retournes-tu pas dans l'étang d'où tu viens?»

Nous étions maintenant face à face.

Il écarquilla les yeux et grogna : «Monstre!»

«Yeux de grenouille!» criai-je.

«Je n'ai pas besoin de ça!» Il frappa ses mains ensemble.

«Tu as besoin d'un étang pour nager. Tu as besoin de feuilles de nénuphar pour y sauter!»

«J'ai besoin d'une fille normale», dit-il avec colère. «Une fille que les gens aiment. Quelqu'un comme Emma Richards.»

«Et bien va la retrouver!» criai-je d'une voix tremblante. «Fous le camp!»

«C'est pas de refus», dit-il en ramassant son veston. «Tu as couru après ton malheur». Il tourna brusquement les talons et s'éloigna. «Maintenant, reste avec lui!»

Chapitre 31

———— ✼ ————

Durant des semaines, j'ai systématiquement refusé de discuter avec mes grands-parents de ce qui s'était passé entre Peavy Lawson et moi. Comment leur dire que nous nous étions embrassés ? Comment leur dire que nous nous étions allongés sur le sol, tout près l'un de l'autre, et que je l'avais laissé poser sa main sur ma robe à la hauteur de mes seins ? Je ne pouvais pas. Je ne pouvais tout simplement pas. Aussi je n'ai rien dit. Quand mon grand-père ou ma grand-mère s'informait à son sujet, je haussais les épaules en disant : «Nous avons rompu».

La mine renfrognée et les épaules voûtées comme une vieille fille ratatinée, j'errais autour de la maison. Aux repas, je n'avais pas d'appétit. La nourriture me restait en travers de la gorge. Je ne pouvais plus avaler et je maigrissais. Mais rien de tout cela ne me préoccupait vraiment car je savais que la prochaine étape serait encore pire — et qu'elle commencerait bientôt.

Dans peu de temps, il me faudrait combler le vide de mon existence ; je perdrais la maîtrise de ma vie et commencerais à manger. Tout comme Miss Emily, je vivrais pour manger. Lorsque Matanni ferait cuire une tarte aux pommes, je la mangerais en entier — chaque portion serait accompagnée d'une double portion de glace à la vanille. Je lirais l'inquiétude dans les yeux de Patanni. Le jour de Noël ou de l'Action de grâces, Patanni et moi allions nous disputer la nourriture en nous regardant sournoisement comme des chiens qui font les poubelles. Et je deviendrais de plus en plus grosse. Patanni serait obligé de m'acheter un plus grand lit. Matanni allait devoir me coudre d'immenses robes semblables aux tentes utilisées pour les réunions du renouveau de la foi. Quand Patanni irait se faire couper les cheveux chez le barbier, il entendrait les hommes s'exclamer : «Y'a pas un honnête croyant qui voudrait épouser Icy Sparks. Si elle le serrait dans ses bras, elle l'écraserait.» À chaque fois que j'irais en ville, les gens de Ginseng, la main devant la bouche, poufferaient de rire. Tel était mon avenir, tel était mon scénario; je n'avais qu'à regarder Miss Emily Tanner pour le voir se dérouler sous mes yeux. Oui, elle avait eu raison. Dès le début.

Un soir, seule dans mon lit, à l'étage, je pris conscience de toute l'amertume qui enveloppait la vie de Miss Emily car personne ne la touchait jamais; et, dans son visage rond comme la lune, je reconnus mon propre visage — ce paysage désert qui est le propre des gens mutilés et anonymes — alors mon cœur se coupa du reste de mon corps et, telle une souche déracinée, il flotta en moi, déconnecté de mon âme. Isolé, désespéré, mon cœur ne pompait plus que pour lui-même, indifférent à mon existence. «Oh mon Dieu!» criai-je en fixant le plafond vide. «Dieu aidez-moi!» Je fermai les yeux, et doucement, lentement, je commençai à caresser mon visage.

«Y'a pas de raison de célébrer mon anniversaire», dis-je en faisant la moue; j'étais assise sur la nouvelle carpette tressée en ovale de Matanni et les coins de ma bouche tombaient comme ceux d'une personne relevant d'une attaque d'apoplexie. «Même Maizy m'a oubliée cette année», dis-je en geignant, «et ça n'était encore jamais arrivé.»

Miss Emily fronça les sourcils. «Il n'y a pas de raison de célébrer mon anniversaire», corrigea-t-elle.

«Qu'importe la façon de parler, ça veut dire la même chose.»

Patanni fit basculer en avant son fauteuil rembourré et effiloché et il me décocha un sombre regard.

Matanni sourit et fit un signe de tête affirmatif à Miss Emily assise à côté d'elle sur le canapé.

Miss Emily lui rendit son sourire, puis elle plaça ses mains carrées de chaque côté de son corps et en soufflant, essaya de se lever. «Icy ma fille», commença-t-elle avant de retomber sur le canapé; les coussins glissèrent sous elle. «Donne-moi la main!»

Je penchai la tête de côté. «Pourquoi?» demandai-je.

«Chut!» Miss Emily pressa son index grassouillet sur ses lèvres. «Ta main, s'il te plaît!»

Avec précaution, je tendis le bras et tournai lentement ma main vers le haut, exposant ainsi la chair rose de la paume. Je jetai un coup d'œil autour et remarquai que les trois étaient penchés en avant et qu'ils avaient tous l'air d'attendre quelque chose. Des sourires larges comme des melons d'eau se découpaient dans leurs visages. «Qu'est-ce que vous mijotez tous?» demandai-je.

D'un geste théâtral, Miss Emily glissa un morceau de papier entre les doigts de Matanni. «Simplement ceci!» dit-elle.

«Simplement ceci!» répéta ma grand-mère; elle tendit le bras et d'un geste flamboyant plaça le morceau de papier sur ma paume.

Je regardai fixement le papier crème, guère plus gros qu'une fiche de trois pouces par cinq pouces, au haut duquel était imprimé en caractères gras: «La Coopérative du téléphone de Crockett County. Sous l'en-tête, d'une écriture cursive très soignée, on avait inscrit ce message: «Chère nouvelle cliente, nous installerons votre appareil téléphonique dans la semaine du 7 au 12 juin. Merci d'avoir placé votre commande!»

«Un téléphone?» demandai-je en jetant un coup d'œil anxieux du côté de Patanni.

«Juste pour toi», déclara-t-il solennellement.

«Parce que tu es une jeune fille à la page», dit Miss Emily.

«Une adolescente comme les autres», ajouta Matanni.

Mon bras se mit aussitôt à trembler et, comme une feuille d'érable dans la brise, le morceau de papier frémit sur la paume de ma main. Une adolescente comme les autres, pensai-je. «Une adolescente comme les autres!» dis-je tout haut. «Une adolescente comme les autres!» dis-je avec ironie, en observant ma main tremblante et le papier qui dansait d'un côté et de l'autre.

«Icy!» dit Patanni très inquiet.

«Icy ma fille!» dit Miss Emily.

«Qu'est-ce qui ne va pas?» demanda Matanni en se levant.

«Vous êtes aveugles ou quoi?» demandai-je tandis que le morceau de papier s'agitait de façon spasmodique. «Est-ce que l'un de vous va enfin se réveiller?» J'écartai brusquement la main et le papier tomba sur le plancher. «Vous ne comprenez pas?» criai-je en agrippant mon bras de l'autre main. «Qui... qui... dans ce grand et vaste monde... pourrait bien songer à me téléphoner?»

Dès que j'entendis claquer la portière de la voiture, je me fis cette réflexion : mon Dieu, je vous en prie, faites que ce ne soit pas Miss Emily! Je n'avais pas du tout envie d'assister à une de ses conférences, particulièrement celle portant sur l'ingratitude; mais d'un coup d'œil par la fenêtre de la salle de séjour, je reconnus Mr. Wooten, qui se dirigeait vers la maison en faisant craquer le gravier sous ses pas. «Mince alors!» râlai-je, en voyant l'habituelle pile de livres sous son bras. Je plaquai un sourire sur mon visage, m'extirpai du canapé et me dirigeai d'un pas traînant vers la porte.

«Oh spectacle doux à mes yeux!» lança-t-il en souriant de toutes ses dents. «À chaque anniversaire, tu grandis un peu plus.»

«Oui m'sieu», marmonnai-je en m'effaçant pour le laisser entrer .

«Où puis-je mettre ceci?» demanda-t-il.

«Posez-les sur le canapé», répondis-je. «Je les transporterai dans ma chambre plus tard».

«Fiou!» dit-il et il laissa tomber les livres qui s'entrechoquèrent avec un bruit sourd sur le canapé. «Ce sont des livres de mathématiques pour la plupart. Miss Emily dit que tu as de la difficulté avec la géométrie.»

«Selon elle, j'ai toujours de la difficulté avec quelque chose», dis-je en soupirant; je m'installai dans le fauteuil rembourré de Patanni.

«Où sont tes grands-parents», demanda-t-il en jetant un coup d'œil dans la pièce et en s'installant sur le canapé à côté des livres.

De l'index, je repoussai une mèche de cheveux qui me tombait dans les yeux. «En ville — pour faire des courses. Je ne voulais pas y aller.»

«Alors». Il se pencha en avant et posa ses mains jointes sur ses genoux. «Comment on se sent quand on a quatorze ans?»

«Comme à treize ans, raillai-je. Je ne vois aucune différence quant à moi.» Mr. Wooten se tourna et commença à fouiller dans les livres. «Je t'ai acheté celui-ci», dit-il, en saisissant un livre qu'il leva fièrement dans les airs pour que je puisse voir le titre. «C'est pour ton anniversaire.»

Et je lus à haute voix : «*The Dollmaker*, par Harriette Arnow.»

«Elle vient des montagnes du Kentucky. C'est une véritable auteure du Kentucky», expliqua-t-il.

«Merci», dis-je d'un ton pas très convaincu. «J'aurai du plaisir à le lire si j'arrive à passer à travers tous ces livres de mathématiques.» Je montrai du doigt l'éboulement sur le canapé.

«Qu'est-ce que Maizy t'a envoyé cette fois-ci?» demanda-t-il. «J'ai toujours aimé cette jeune femme.»

«Rien du tout», répondis-je sèchement. «Pas même une carte. J'imagine qu'elle est trop occupée à prendre soin de son mari et à aller au collège.»

«Les gens sont si occupés, en effet», dit-il sur un ton sérieux. «Mais elle ne t'a jamais oubliée avant aujourd'hui. Pourquoi es-tu si dure envers elle maintenant?»

Ennuyée, je croisai les chevilles et ignorai sa remarque.

«Et ce téléphone!» Il gardait la bouche ouverte comme s'il mimait la surprise.

Je lui jetai un regard mauvais. «Il n'arrête pas de sonner, dis-je sur un ton insolent. Mon agenda est tellement rempli que je n'ai plus le temps de faire quoi que ce soit d'autre.»

Mr. Wooten toussa dans sa main. Son nez coulait et il avait le bord des yeux rouges. «C'est le pollen», dit-il en guise d'excuse et il tira un mouchoir de la poche de son pantalon; il souffla fort. «Tu as des voisins, Icy», dit-il en soufflant à nouveau avec lassitude. «Rien ne t'oblige à toujours rester seule.»

Avec colère, je fis un mouvement brusque vers l'avant et tout mon poids vint reposer sur la pointe de mes pieds. «Et qui donc?» demandai-je.

«Voyons ça», dit-il en se frottant les tempes. «Les McRoy sont tout près, et les Lutes sont au bout du chemin. Puis il y a Clitus Stewart. Et juste de l'autre côté de la crête, ajouta-t-il en souriant, il y a «la fille Tillman.»

«De magnifiques voisins!» répliquai-je. «Premièrement, ne mentionnez plus jamais le nom de Joel McRoy devant moi! Deuxièmement, ce Clitus Stewart ne compte pas; et Mamie Tillman... et bien elle est... ma voix chevrota,... bizarre». J'avais les mains qui tremblaient. «Si vous connaissiez ces gens, vous ne me diriez pas d'aller les visiter. Non monsieur! Vous me diriez de courir dans la direction opposée.»

Mr. Wooten eut un petit rire. Un rire grinçant qui lui écorcha le gosier. «Je ne savais pas que tes voisins étaient aussi minables» dit-il.

«Ils ne valent pas une colline de haricots. Pas deux cents. Pas un cri de hibou.»

«Et bien, me voilà prévenu», dit-il en me regardant fixement les yeux plissés. «Après avoir entendu tout ça, je me demande bien ce que tu penses de moi.» Les lèvres serrées, je restais allongée paresseusement dans mon fauteuil. S'il voulait que je lui fasse un compliment, il allait être déçu ; je n'allais certainement pas lui en faire un. «Aimeriez-vous boire quelque chose de froid ?» demandai-je finalement, fatiguée de serrer mes lèvres l'une contre l'autre.

«Une tasse d'eau de source bien fraîche serait une bonne idée», dit Mr. Wooten poliment. «Si ce n'est pas trop demander.»

«Aucun problème», dis-je en me levant. «La source est juste en arrière de la maison.»

«N'est-ce pas une sorte de premier pas vers la ferme Tillman ?», dit-il sur un ton taquin, les yeux brillants. «Fais attention maintenant, car tu risques de rencontrer par hasard un de tes ennuyeux voisins.»

Mon grand-père hurlait — «Nom de Dieu ! Sacré renard voleur !» tandis que je remontais l'allée de gravier d'un pas nonchalant. Je tournai à gauche et courus vers la grange. Dans la lumière du crépuscule, au loin, je vis sa grande silhouette et son bras gauche levé bien haut, au-dessus de sa tête, un poulet mort dans la main. «Foutu renard !» hurlait-il, en faisant osciller le poulet de l'arrière vers l'avant. «Foutu renard !»

En agitant les bras, je courus vers lui et criai : «Patanni ! ça va pas ?»

Il leva les yeux et m'aperçut. Puis il baissa la tête et laissa tomber son bras. Le poulet glissa de ses doigts et s'étala au sol dans un nuage de poussière. «Icy», dit-il, le visage défait, j'aurais préféré que tu entendes pas ça.»

Je m'approchai et ramassai la grosse poule rousse mutilée qui nous avait fidèlement donné un œuf sans sauter un seul jour. «Pauvre Zelda», dis-je.

«Un renard voleur», dit-il avec lassitude. «Zelda, Henrietta et Bonnie.»

«Pas Bonnie !» Je secouai la tête. «Elle était si jolie.»

Il s'essuya le front du revers de la main. «J'ai dû enfermer les autres. Elles étaient affolées. Buster était fou de rage.»

«Je suis désolée, Patanni.» Buster continuait de pousser des cris rauques. «Je sais combien tu les aimais.»

«Le gredin a emporté Bonnie et Henrietta, cette stupide poule décharnée, mais il a éparpillé les morceaux de Zelda partout.» Il promena son regard dans la cour. «Il a même pas eu la courtoisie de la manger — alors qu'elle était la plus dodue et la plus moelleuse. Il a laissé la meilleure sur place. Il a laissé Zelda ici même, dans la cour. On croirait presque que ce renard a voulu se moquer de nous, méchamment, comme pour me dire : 'Réveille-toi, vieil homme. Je peux revenir ici quand je veux et engloutir une poule bien grasse.'»

J'examinai le sol mais je ne vis que quelques lignes minces et dispersées. «Où sont les traces ?» demandai-je.

«Je n'ai pas pu en trouver une seule, dit Patanni. Étrange hein ?»

«Tu est sûr que tu n'as pas marché dessus ? Je veux dire, tu étais tellement en colère.»

Patanni secoua la tête. «Non!» dit-il avec véhémence. «J'ai fait attention et j'ai regardé où je mettais les pieds. Je t'assure, il n'y avait pas de traces.»

«C'est parce que...» J'hésitai et inspirai profondément. «C'est parce que...» Je m'arrêtai à nouveau.

«Allons parle, mon enfant!» dit Patanni en plissant les yeux. «Dis-moi ce que tu as en tête.»

Je m'approchai des lignes en zigzag. «Regarde ces marques ici.» Je m'accroupis et fis courir mon index dans la poussière. «On dirait que quelqu'un les a faites en se servant d'une branche.»

Mon grand-père s'approcha de moi. En se penchant il dit : «Ça alors, j'avoue que j'avais pas remarqué ça!»

«Peut-être que ce gredin marchait droit», dis-je. «Peut-être bien que c'est un gredin à deux pattes.»

«Oui, mon pote! dit Patanni. «Il a coupé une petite branche du taillis, il s'en est servi pour effacer ses empreintes et il a laissé la pauvre Zelda derrière lui.»

«Pour te mettre sur une fausse piste», dis-je.

«Et il a bien failli réussir!» Patanni se leva. «Mais qui?»

«Un voisin?» risquai-je.

«Oh non!», dit Patanni.

«Pourquoi pas?» demandai-je.

«Parce qu'aucun de mes voisins ne ferait une chose pareille», dit-il.

Je me levai, posai fermement les mains sur les hanches et demandai : «Comment peux-tu en être si sûr? Personne ne sait jusqu'où quelqu'un peut aller. Chacun a ses secrets.»

«Parce que je connais mes voisins. Aucun d'eux ne viendrait me voler comme ça.»

«Eh bien, cette fois-ci tu te trompes, parce que l'un d'eux vient de le faire.» Patanni se renfrogna. «Qui, alors? Cette pauvre vieille Mamie Tillman?»

«Tu ne devineras jamais qui.»

«Crache le morceau, ma fille! Dis à qui tu penses!»

J'enfonçai mes ongles dans mes hanches. «Clitus Stewart. C'est lui, le gredin qui a fauché tes poulets.»

Patanni serra le poing et frappa dans la paume de son autre main. «Icy Sparks!», dit-il, d'une voix si pleine de colère qu'elle fendait l'air comme le vent sifflant sur un fil métallique. «Pourquoi ces mensonges sur le fils de mon bon ami?»

«Je ne mens pas», dis-je, et la colère perçait aussi dans ma voix. «Je dis la vérité. Si t'es trop sourd pour l'entendre, alors c'est ton problème, pas le mien!»

Patanni frappa à nouveau dans la paume de sa main et, le visage rouge, lança d'une voix furieuse : «Ces derniers temps, tu as étendu tes malheurs autour de toi comme de la confiture sur une tranche de pain, mais jamais...» Il secoua farouchement la tête. «Jamais dans mes pires cauchemars, j'aurais pu imaginer que tu aurais fait une chose pareille!»

«Fait quoi?», grognai-je à mon tour. «Enlever la cire de tes oreilles et t'obliger à entendre la vérité?»

«T'as pas le droit de parler en mal des voisins. T'as pas le droit de calomnier un de mes amis!»

«Clitus Jr. n'est pas ton ami; ton ami c'était Clitus, son père, et ça fait longtemps qu'il est mort et enterré.»

«Fais attention jeune fille! Fais attention à comment tu me parles!»

J'enlevai mes mains de mes hanches, pointai le doigt vers lui et dit sur un ton furieux : «Tu ferais mieux de cesser de t'inquiéter à mon sujet et de diriger ton énergie vers quelqu'un d'autre. Comme ce cher ami à toi qui s'apprête à cuire tes poules!»

«Ça alors, tu as perdu la tête, cria mon grand-père. Répandre de tels bobards!»

«Ma tête va aussi bien qu'avant!» déclarai-je en avançant le menton.

«Jeune fille!» Mon grand-père me jeta un regard mauvais. J'en ai assez de ta méchanceté. Tu vois que le côté sombre des choses, c'est tout ce que tu vois.»

Ma voix tremblait mais j'étais bien déterminée à ne pas pleurer. «Je l'ai vu de mes propres yeux. J'étais partie faire une promenade et je l'ai vu. Il se donnait de grands airs. Il a attaché deux poulets dodus à un fil métallique tendu entre deux tulipiers. Et pendant tout ce temps, il se vantait et racontait à son garçon qu'il avait volé les deux plus belles poules de Lincoln Newland; il racontait comment il en avait tué une sur-le-champ et avait laissé ses entrailles sur place. Durant tout ce temps, il parlait de lui et disait qu'il était un vieux renard rusé. Puis il a balancé son couteau et il leur a tranché la gorge. Dieu m'est témoin, il a aspergé la cour de sang. C'est la vérité.»

«Si tu es si honnête, pourquoi n'es-tu pas venue tout de suite me le dire? demanda Patanni. Pourquoi es-tu restée silencieuse?»

«Si tu veux croire un voleur, c'est ton droit!» criai-je. «Si tu crois que Clitus Jr. est si bon et que je suis si mauvaise, si différente, foutue pétoire, alors d'accord! Si c'est ce que tu penses, je ne veux plus être de ta famille!» Et sur ces mots, j'éclatai en larmes.

Patanni laissa échapper un son guttural, s'avança vers moi, prit fermement ma main et dit : «Viens. Nous devons régler cette affaire. Une fois pour toutes.»

Il faisait encore clair quand Patanni me conduisit jusqu'à la ferme de Clitus Stewart. Il n'y avait pas de véhicule stationné à l'arrière et la maison semblait déserte. «Je ne vois personne», dit mon grand-père en ouvrant lentement sa portière. «Personne et pas de poulet mort.»

«Ils sont dans la cour avant», dis-je. Loin de la route.»

«Ouvre ta porte», ordonna-t-il. «Allons voir.»

Je m'essuyai le nez de la paume de ma main, déverrouillai la portière, l'entrebâillai et sortis en titubant. «Les tulipiers sont en avant, loin de la route, ils dominent la vallée.»

«Compris,» dit-il froidement, en marchant d'un pas rapide vers la cour avant; il avait une bonne longueur d'avance sur moi.

Quand il tourna le coin, je l'entendis. Avant même de le voir, je l'entendis.

Un grognement triste et bas, comme le gémissement d'une vache malade parvint à mes oreilles et je sus alors qu'il les avait vues, qu'il avait vu Henrietta et Bonnie se balancer, pendues à ce fil de fer; je compris qu'il avait vu le sang, comme des gouttelettes de pluie répandues partout sur le sol. En silence, je m'avançai derrière lui.

«C'est bien elles», dit-il d'une voix tremblante.

Mais je ne répondis pas. Je me tournai simplement et d'un bon pas, je revins vers le camion.

Chapitre 32

———— ✳ ————

«J'ai toujours été le plus cabochard de tous les démocrates,» dit Patanni, alors que nous écoutions dans le petit salon le président Eisenhower aux nouvelles du soir à la radio. «Ce vieux Ike nous a aidé à rosser les Allemands et pour ça, il a tout mon respect, mais depuis, il se comporte encore comme un général, pas comme un président; et tout ce temps-là, il a rien fichu ici, à la maison. Huit ans sans rien faire c'est huit ans de trop.»

Il parlait en tapant nerveusement du pied sur le plancher et en me lançant des coups d'œil furtifs; depuis quelques temps, il me semblait qu'il devenait un étranger. Je le voyais changer : parfois, il agitait son bras et le secouait comme une chose morte sur sa poitrine. Il se plaignait de vertiges et de maux de tête lancinants. Il déclinait, ne travaillait plus aussi dur et il maigrissait; mais je n'arrivais plus, malgré mes efforts, à lui témoigner de la gentillesse. J'étais dépassée par la violence de mon amour-propre. Plus je voulais que les choses redeviennent comme avant, plus je me conduisais mal. Plus je me conduisais mal, plus je me détestais moi-même et plus je devenais désagréable. J'en venais à voir en mon grand-père tous ceux qui m'avaient blessée. Il devenait Mrs. Eleanor Stilton. Il était Wilma. Il était Peavy Lawson. Il était chacun de ces ricanements moqueurs et ces millions d'yeux qui m'avaient condamnée à l'exil. Il personnifiait la condamnation et l'intolérance, la ligne de séparation que les citadins avaient tirée entre eux et moi. Il était un cœur rouge pompant la normalité; il était un Bedloe. J'étais une Sparks.

«Si Ike n'aime pas son vice-président, continuait Patanni, pourquoi devrais-je voter pour lui? Après tout, ce jeune type-là, ce Kennedy, il a bien fait les choses du temps qu'il était politicien en Virginie de l'Ouest. Il a même eu l'idée de descendre au fond d'un puits de mine où il a failli se tuer sur un câble à haut voltage. Il parait qu'il a causé avec les mineurs comme s'ils étaient de la famille, sans prendre des grands airs et sans faire de sermon, et il leur a posé des questions sur leur travail.»

«Tout ça n'enlève rien au fait qu'il est catholique, ajouta Matanni, et je ne veux pas qu'un pape vienne me dire quoi faire.»

Surprise, je dressai l'oreille. «Un catholique?» déclarai-je en me tournant pour regarder ma grand-mère.

Matanni se mordit la lèvre, acquiesça et continua de faire du crochet.

«Il a été baptisé dans une église catholique exactement comme toi chez les baptistes,» dit Patanni en fixant les yeux sur elle. «C'est tout ce que ça veut dire. Y'a personne qui reçoit des ordres du pape.»

«Dieu merci, j'espère bien que non!» répliqua Matanni.

Patanni se racla la gorge, sortit un mouchoir de sa poche de chemise et cracha dedans. «Pourquoi on parle toujours en mal de quelqu'un qui n'est pas comme nous?» demanda-t-il. «On a rien appris de nos propres expériences? Nous, qu'on montre du doigt en riant et qu'on juge sévèrement chaque fois qu'on sort de nos montagnes.»

Pendant un instant, je réfléchis à ce que grand-père venait de dire mais j'étais trop maussade pour tenir compte de ses propos. «Mrs. Stilton est mesquine comme un serpent à sonnettes, déclarai-je, et je vais te dire pourquoi.» J'ouvris grand les yeux, relevai les sourcils et pointai mon index dans le vide. «Parce qu'elle est catholique, affirmai-je, et que le pape lui dit toujours quoi faire.»

La mine renfrognée, Patanni regarda grand-mère. «Tillie, tu sais bien que c'est complètement idiot!» dit-il en ronchonnant. «Mrs. Eleanor Stilton est mesquine parce qu'elle est mesquine. Si elle était membre de l'église baptiste, elle serait quand même mesquine. Les gens sont ce qu'ils sont. Elle, elle est méchante de nature.»

«Bien, je suppose que c'est aussi mon problème, dis-je à Matanni. Je suis une Sparks et je suis incapable de me défaire de cette partie méchante en moi.»

Du coup, ma grand-mère se leva précipitamment, nous décocha un regard, à moi d'abord et à Patanni ensuite avant de s'exclamer : «Mon Dieu, de grâce! Je ne vais pas supporter ces chamailleries plus longtemps!» Puis, elle lança son crochet et son fil sur le canapé et quitta la pièce d'un pas lourd et bruyant.

«Tu vois ce que tu as fait.» Je me levai d'un bond et fis face à mon grand-père. «Toi avec ton amour du pape, tu as fâché ma mémé!»

«Non, mam'zelle! C'est toi la coupable avec ton orgueil mal placé.»

«C'est pas vrai! Je veux juste que vous m'aimiez, que vous me croyiez quand je vous dis quelque chose.»

«Mais je te crois», insista Patanni.

«Pas avant d'avoir eu la preuve» dis-je en secouant la tête. «Pas avant d'avoir vu la vérité de tes propres yeux.»

«Mais ça faisait des semaines que tu te conduisais mal, dit Patanni. Tu nous faisais des scènes comme un frelon malade.» Il pressa une main sur son front puis il leva les yeux et son regard inquiet croisa le mien. «Icy ma chouette, tu m'avais embrouillé les idées. Je ne savais plus quoi penser.»

«Et toi tu étais renfrogné, dis-je, tu m'adressais plus la parole. Tu me traitais comme si j'étais rien, juste parce que le sang des Sparks coule dans mes veines.» Je baissai la tête. Mes épaules se soulevèrent et je dis d'une voix tremblante : «Si tu ne m'aimes pas, je ne veux plus jamais être une Sparks. et je me mis à sangloter. «Sans toi,» dis-je en gémissant et en essuyant un filet de morve qui pendait de mon nez, «je —»

Mon grand-père se leva rapidement de sa chaise. «Icy ma douce enfant!» protesta-t-il et il fit un pas vers moi. «Allons donc, tu es mon unique petite-fille!» Ses doigts touchèrent mon épaule. «Le sang des Bedloe coule en toi à pleins gallons.» Posant sa main sous mon menton, il leva ma tête. «Parce que t'es une entêtée, une foutue tête de mule comme moi.»

Maladroitement, je tendis les bras vers lui. «Oh, Patanni» dis-je. Mais juste au moment où il se penchait vers moi pour m'étreindre, un mouvement convulsif agita tout mon corps et je tressautai de côté.

Surpris, il recula et nous nous sommes tous les deux regardés. Il redressa la tête, plissa les yeux et croisa les bras; puis, déconcerté, mon grand-père s'éloigna.

Le 5 octobre, 1960

À qui de droit,

Je, par la présente, lègue tous mes biens en ce bas monde — le peu d'argent que j'ai épargné, la ferme d'Icy Creek, avec tous ses animaux — à mon épouse bien-aimée, Tillie Fields Bedloe. Comme j'ai cessé de fréquenter l'église depuis bien longtemps, je serais rien qu'un visage à deux faces et un sale hypocrite si je demandais aujourd'hui une cérémonie religieuse. Tout ce que je veux c'est un cercueil en planches de pin et qu'on m'enterre sous le pommier sauvage de Louisa. Je veux en levant les yeux, voir les fleurs blanches à tous les printemps et goûter aux pommes surettes quand elles tombent au sol pour devenir de la terre à leur tour. Je veux être près de ma chère épouse et de ma douce petite-fille jusqu'au jour où le temps sera venu pour elles de venir me rejoindre. Couché entre la terre et le ciel, je profiterai de la lumière dorée de ma fille et de l'ombre fraîche de son arbre fruitier. Tillie, ma bien-aimée, ne te fais pas trop de mauvais sang. Ma très chère Icy, ne verse aucune larme sur le sol. Votre Virgil est toujours près de vous deux, avec Louisa et Josiah, avec sa mère et son père, avec tous ceux qu'il a toujours aimés. Je me suis dépouillé de ma vieille carcasse, et mon esprit, aussi léger qu'un cerf-volant, s'envole librement dans le ciel.

Avec tout mon amour céleste,
Virgil Bedloe

Fidèle à son habitude, Patanni avait dissimulé ses dernières volontés derrière les robes de Matanni dans la penderie de leur chambre à coucher. Quand ma grand-mère découvrit les deux feuilles de papier jaune repliées, au fond d'une de ses pantoufles, elle mit les lunettes qui pendaient à son cou au bout d'une chaîne d'argent, déplia le testament et, avant de lire à haute voix, elle dit : «Virgil adorait faire ça. C'était un jeu pour lui.»

Puis elle marcha jusqu'au grand lit de chêne et, avec réticence, elle palpa la courtepointe. «On appelle ça une Étoile à Huit Branches, dit-elle. C'est ton grand-père qui a choisi le modèle. Toutes ces années passées ensemble, nous n'avons jamais fait chambre à part. Non, nous avons toujours dormi l'un à côté de l'autre — ici même, dans ce vieux lit immense.» Elle toucha la tête de lit en bois sculptée. «Il a appartenu à ma mère, expliqua-t-elle. Son père fabriquait des meubles et il a confectionné celui-ci.»

La semaine précédente, j'avais trouvé une chenille laineuse et en la voyant, j'avais su à quoi m'attendre. Un hiver très froid, beaucoup de neige, des tronc d'arbres noircis par le gel.

Maintenant, je regardais Matanni et je voyais la vraie froideur qui nous attendait. Je me rappelais comment j'avais crié son nom en entendant un bruit de verre fracassé et ses cris qui venaient d'en bas. Je me revoyais encore, dévalant les marches de l'escalier et tournant le coin. Elle était près du poêle, gémissant, «Virgil! Mon chéri! Virgil, mon amour!» Un bocal de conserves de pommes gisait en mille miettes et son contenu se répandait à ses pieds sur le plancher. Avec précaution, elle s'était approchée de lui. Son corps était affaissé dans sa chaise, ses mains agrippant encore la table. «Qu'as-tu fait? Où es-tu parti?» disait-elle.

Je les avais observés tous les deux — ma grand-mère tenait grand-père dans ses bras et le berçait. «Je t'en prie, Patanni, ne nous laisse pas maintenant! Suppliai-je. S'il te plaît!» Puis le menton appuyé sur la poitrine, j'enveloppai mon corps de mes bras en une étreinte farouche.

Matanni soupirait. Je voyais derrière elle, le testament de Patanni déplié au centre du lit. «Qu'est-ce qu'on va faire?» demandai-je, la voix tremblante.

«Tout de suite là, j'en sais rien.» Elle posa la main sur mon épaule. «Mais comme dit le proverbe, 'Le temps guérit toutes les blessures.'» Avec lassitude, elle ferma les yeux. «Avec le temps, la réponse viendra.»

«J'aimerais que les heures s'envolent.» dis-je.

«Moi aussi» répondit-elle, les paupières closes. «Mais dans l'autre sens, vers le passé, au commencement, quand Virgil et moi nous nous sommes rencontrés pour la première fois et qu'il me faisait la cour, à l'époque où nous étions encore à l'abri des blessures du temps.»

Le premier novembre, trois jours après sa mort, nous avons enterré Patanni. Il vint peu de monde. Des parents éloignés qui vivaient dans l'ouest de la Virginie, envoyèrent des messages de condoléances mais ne voulurent pas entreprendre ce trop long voyage; quant aux amis de Patanni, ils étaient déjà décédés pour la plupart. Naturellement, Miss Emily, Johnny Cake et Mr. Wooten, le principal, étaient présents. Il y eut aussi Sam et Martha McRoy, les parents de Joel, qui habitaient un peu plus loin, sur la même route que nous, et quelques copains de Patanni, ceux qu'il rencontrait parfois à la boutique du barbier à Ginseng. Dennis Lute, le propriétaire de la Lute's Grocery — où Patanni s'approvisionnait régulièrement quand nous ne pouvions aller en ville — était aussi venu rendre une dernière visite à mon grand-père. Tous ensemble, nous avons rendu hommage à mon cher grand-père en ce jour froid mais ensoleillé de novembre. Debout sous le pommier sauvage, nous avons dit un dernier et vibrant au revoir à Virgil Bedloe — époux affectueux, père et grand-père dévoué, bon et loyal camarade. Ensemble, nous avons regardé descendre le cercueil dans la fosse et jeté dessus une poignée de la riche terre d'Icy Creek Farm. Puis, comme chacun de nous se préparait à s'en retourner, Matanni avait tiré sur le veston de Dennis Lute; elle avait décidé que nous devions rester encore un peu. «Dennis, dit-elle d'une voix forte et claire, voudrais-tu s'il te plaît lire le Psaume vingt-trois?» Et avant que j'aie pu protester et lui rappeler les derniers souhaits de Patanni, elle tendit sa Bible à Dennis, me regarda droit dans les yeux, et dit d'un voix sévère : «Virgil avait sa façon de penser et j'ai la mienne.» Là-dessus, Dennis Lute, d'une voix forte commença à lire. Et tandis que j'écoutais, je me rappelai ce que Patanni avait écrit : «Je me suis dépouillé de ma vieille carcasse et mon esprit, léger comme un cerf-volant, s'envole librement dans le ciel.»; et, à cet instant, je me sentis réconfortée car il me semblait que les mots de Patanni et ceux du Psaume vingt-trois signifiaient exactement la même chose.

«Je te remercie pour tout,» dit Matanni tandis qu'elle s'installait sur la banquette avant à côté de Miss Emily, laquelle était venue nous prendre en voiture pour nous conduire au bureau de vote derrière la Lute's Grocery. «Ces derniers temps, c'est à peine si j'ai l'énergie pour boire un verre d'eau, alors tu imagines, marcher deux milles jusqu'à l'épicerie.»

Miss Emily toucha l'avant-bras de ma grand-mère. «La douleur peut rendre malade, dit-elle, mais avec les mois qui passent, vous irez mieux.»

«Pour le moment, je continue de penser qu'une partie de moi est morte, dit Matanni. Et je me demande combien de temps il faudra pour que les choses reviennent comme avant.»

«Le temps passe et soulage la douleur, dit Miss Emily. Un matin, comme par miracle, vous vous réveillerez et vous accueillerez la journée avec joie.»

«Si Dieu le veut,» dit Matanni.

Pour l'amour du bon Dieu, j'espère que oui, pensai-je, car je retrouvais une souffrance qui m'était familière — et qui me mordait de ses dents acérées. Aucun témoignage de sympathie ne semblait pouvoir la soulager. Miss Emily avait tenté de me réconforter, de même que Mr. Wooten et bien sûr, Matanni. Même Maisy m'avait écrit une gentille lettre de condoléances. «Il y a une vie au-delà, avait-elle dit. L'empathie de Dieu est plus grande que la nôtre. Alors, aie confiance, Icy. Tu reverras un jour ton grand-papa adoré et tous les êtres aimés.»

Au début, je retenais ma respiration pour soulager la douleur. Mais bien vite, cela n'a plus suffi. C'est alors que les coassements ont commencé. Des coassements graves, de découragement, sortaient de ma gorge comme les râlements d'une personne à l'agonie. Gonflés par la souffrance, ils grandissaient comme des fœtus et naissaient en hurlant. Évoquant la solitude des chiens sauvages, ces hurlements remplissaient la maison puis bientôt la forêt. Et je n'avais pas encore pleuré.

«Il vaut mieux y aller» dit Miss Emily.

«Avant que la cabane soit pleine» ajoutai-je.

«Avant qu'une longue file de gens n'emplisse le bureau de votation» dit Miss Emily en me corrigeant.

Ainsi, toutes les trois entassées sur la banquette avant de la voiture de Miss Emily, nous avons emprunté la route cahoteuse menant à la Lute's Grocery. À notre arrivée, dix personnes attendaient en ligne.

«Je suis un démocrate» disait un homme chauve qui faisait la queue. «Mon père était démocrate et son père aussi. C'est une tradition chez nous et je vais pas la briser juste parce que le type qui se présente comme candidat est catholique.»

«De toutes façon, ça n'a pas d'importance, disait un autre homme, vu que Johnson est un des nôtres.»

Je pressai le coude de grand-mère. «Tu vas voter pour Kennedy?» demandai-je.

Ma grand-mère, sans se retourner acquiesça d'un signe de tête. «Ce vote appartient à Virgil, expliqua-t-elle. Si ton grand-père aimait ce type, c'est qu'il doit pas être si mauvais.»

«On pourrait faire pire» approuva Miss Emily. «J'ai voté plus tôt ce matin et je n'ai pas peur de dire que j'ai voté pour John F. Kennedy. Oh non, ça ne me dérange pas du tout de le dire.»

«Dans Harlan County, ils disent qu'on peut pas être neutre là-bas. Soit vous êtes un homme de l'union, soit vous êtes une brute au service de J.H. Blair» dit l'homme chauve, reprenant les mots d'une vieille rengaine.

«Oui m'sieu, dit Miss Emily en tapotant le bras de l'homme. «De quel côté ils sont? Une chose est sûre, Richard Nixon n'est pas de mon côté».

«Autant que je sache, dit l'homme chauve à la cantonade, y'a pas beaucoup de différence entre un catholique et un quaker. Les deux sont étrangers dans le coin.»

Le jour suivant, après avoir appris la victoire de Kennedy, Matanni, debout à côté du pommier, regarda la pierre tombale de granit sur laquelle étaient gravés le nom de son mari ainsi que l'année de sa naissance et de sa mort; puis elle dit d'une voix solennelle : «Virgil, on a gagné.» Puis elle éclata en sanglots.

«Qu'est-ce qui ne va pas, Icy ma fille?» demanda Miss Emily en déposant une énorme brassée de bouquins. Voilà deux mois maintenant que tu te conduis étrangement. Je le vois dans tes yeux.; ils sont éteints. Et ta façon de marcher, de traîner les pieds, sans une once d'énergie. Et toutes ces lectures. C'est pas correct. Tu lis comme je mange.»

Je fouillai dans la pile de livres et en retirai *The Strange Case of Dr. Jekyll and Mr. Hyde* de Robert Louis Stevenson. «C'est peut-être ça» marmonnai-je en examinant la jaquette du roman; puis je le fis glisser sur la table vers elle.

«Je ne comprends pas, dit-elle. Tu ne l'as même pas lu.»

«Mais je peux deviner de quoi il s'agit. Un dédoublement de personnalité, continuai-je, un bon et un méchant. J'ai l'habitude de cette sorte de maladie.»

«Oh, c'est donc ça.» Miss Emily appuya ses coudes potelés sur la table. «Tu crois qu'il y a deux personnes en toi. Une bonne et une méchante.»

«Oui m'dame, dis-je. Sauf que je peux pas cacher la méchante, en tous cas pas autant que les autres. Peu importe mes efforts, je n'arrive pas à agiter les doigts quand mes bras veulent faire des soubresauts. Alors la méchante en moi coasse, tressaute et jure tandis que la bonne reste cachée. Ça fait très longtemps qu'elle ne s'est pas manifestée, tu comprends.»

«En d'autres mots, dit Miss Emily en passant la langue sur sa lèvre supérieure, la méchante en moi mange, mange et mange encore, tandis que la bonne elle, mange, un point c'est tout.» Elle sourit.

«Tout ce que je veux c'est être heureuse, dis-je. Heureuse et normale. Un peu comme Maisy. Vous savez ce que je veux dire.»

«Pas du tout, insista-t-elle. Et à moins que tu ne me dises pourquoi tu te comportes aussi bizarrement, je n'y arriverai pas. Je sais que tu es triste à cause de la mort de ton grand-père. Quand mes parents sont morts, j'ai ressenti exactement la même chose. Comme s'il ne me restait plus rien. Comme si j'étais seule au monde. Et, à dire vrai, je l'étais. Mais, Icy, tu n'es pas seule. Tu as moi, ta grand-maman, le principal, Mr. Wooten, Maisy. On est tous là à veiller sur toi.»

«Mais j'ai peur, dis-je en gémissant. Quand je vois Matanni, assise toute seule à la table de la cuisine, qui mange à peine, j'ai peur. Quelque fois, quand j'entends un craquement, je pense que Patanni est encore là, assis dans sa vieille chaise berçante et alors je me souviens... Je ne le reverrai plus jamais... et je suis envahie par un sentiment effrayant.»

«C'est naturel que tu sois triste à cause de ton grand-papa, dit Miss Emily en se penchant en avant. Tu as du chagrin, c'est normal.»

«Mais Patanni ne veux pas que je sois triste, dis-je. Il me l'a dit dans son testament. 'Ne verse pas une larme sur le sol' il a écrit et j'essaie d'agir selon sa volonté. J'essaie de me montrer brave et courageuse, mais il y a une noirceur en moi. Une partie de moi est en colère; l'autre partie est blessée. Il ne reste plus aucune partie de bonne.»

Miss Emily leva les deux mains. «Mais les deux parties sont normales, Icy ma fille.» Elle trancha l'air d'une main puis ensuite de l'autre main. «C'est même nécessaire si tu veux passer à travers ça. Ton grand-papa ne veut pas que tu t'accroches à la mort. C'est tout. Certaines personnes prennent soin de la mort de la même manière que d'autres prennent soin des bébés.»

Je pensai à Mamie Tillman. «Certaines mères n'aiment pas leurs bébés» dis-je.

«Ce n'est pas ce que voulait dire ton grand-papa,» dit Miss Emily. «Il veut juste que tu t'accroches à la vie et que tu sois heureuse. Mais d'abord, il faut évacuer la douleur hors de toi. Tu dois le faire afin que de nouvelles émotions puissent prendre racines et grandir. »

«Que se passera-t-il si Matanni me quitte? Que se passera-t-il si tu me quittes toi aussi?» demandai-je. «Je resterai abandonnée avec tous ces trous, profonds comme le lac Sweetwater, sans personne pour m'aider à les remplir.»

«À chaque mois qui passe, dit Miss Emily en joignant les mains, ta grand-maman devient de plus en plus forte. À chaque jour, elle va un peu mieux. Ne te raconte pas d'histoires! Ta grand-maman a bien l'intention de continuer à vivre car c'est ce que voulait ton grand-papa.»

«Et que se passera-il avec toi? demandai-je. Tu as été si malade.»

«Tu ferais mieux de ne pas perdre une minute à te soucier de moi, dit-elle et une lueur passa dans ses yeux, car je projette d'être ici encore très longtemps.»

Je regardai droit dans ses yeux bleu pâle et dit d'une voix sombre : «J'ai appris une chose, c'est que les plans d'une personne ne coïncident pas toujours avec ceux de Dieu.»

«Icy ma fille» dit Miss Emily en posant sa main sur la mienne, «cesse de te torturer avec tout ça. Bientôt tu vas retourner à l'école et tu vas te faire plein d'amis. Tu verras.»

«Voir quoi?» dis-je en retirant ma main brusquement. «Y'a pas si longtemps, vous disiez : 'Nous sommes différentes. La joie d'être touché nous reste inaccessible'. Maintenant vous me dites autre chose.» Je mordis ma lèvre inférieure. «Maintenant vous me parlez des amis que je me ferai à l'école. Quelle école?» Ma voix devenait perçante. «Quels amis? Mon téléphone ne sonne jamais. Personne ne m'invite à des soirées. Je fais rien du tout. Et pourquoi?» Mes doigts agrippaient l'air. «Parce que les gens ont peur de moi. Chaque fois que je vais chez Lute's, les clients s'éloignent. Molly pousse un sandwich vers moi comme si elle avait peur d'attraper ma maladie. Personne ne me demande rien. Personne ne dit : 'Comment vas-tu Icy?' Dès l'instant où je mets le pied dans la porte, tout le monde devient silencieux. Et je suis à peine sortie que déjà ils se remettent à potiner. 'L'avez-vous vue?' dira quelqu'un. 'Elle a toujours ses crises.' Ils ne lapident pas les gens par ici, mais ils font bien pire. Ils vous évitent comme la peste. Ils font comme si vous n'étiez pas là.»

«Mais au collège, personne ne saura,» protesta Miss Emily et elle serrait le poing droit et frappait dans le vide en prononçant le mot collège. «Tu pourras être qui tu veux.»

À l'instar de Miss Emily, je serrai aussi les poings. «Et la première fois...» dis-je en frappant du poing sur *The Strange Case of Dr. Jekyll and Mr. Hyde*. «La première fois que je coasserai, que j'aurai un tic ou un soubresaut, ce sera la fin de tout pour moi,» dis-je en posant mes deux poings sur la jaquette du livre. «Combien d'amis je vais me faire, croyez-vous? 'Folle à lier,' j'entends déjà leurs cancans. 'Une vraie sorcière' ils diront dans mon dos. Combien de temps croyez-vous que je tiendrai?»

La bouche de Miss Emily se déforma et ses yeux se dilatèrent. «Mais les choses ne se passeront pas de cette façon» dit-elle en secouant la tête avec véhémence. «J'ai vu l'avenir, ton avenir, et cela va se passer différemment.»

Pris d'une subite faiblesse, mes bras retombèrent. «Pour une personne comme moi, 'le toucher ne sera jamais qu'un rêve, une simple fantaisie.'» dis-je. «Ce sont les mots que vous m'avez dits un jour. Et bien, Miss Emily, aujourd'hui je vous crois. Je suis comme vous, je suis toute seule. Et le plus triste c'est que je n'aime même pas qui je suis. Pourquoi quelqu'un voudrait-il me toucher quand je n'ai même pas envie de me toucher moi-même?»

«Quand rien ne va, tout va.» Miss Emily posa les mains sur la table et poussa afin de se lever. «Je comprends ce que tu veux dire, Icy ma fille, mais pour toi, ça ne se passera pas comme ça. Comme j'ai dit, j'ai vu ton avenir et il sera rempli d'amis et de connaissances.»

Mes yeux chavirèrent. «C'est pas ce que vous disiez auparavant.»

«Ne fais pas attention à ce que j'ai dit avant.» Miss Emily balaya la table d'une main nonchalante. «À ce moment-là, je parlais d'amour romantique et cette sorte d'amour est quelque chose de complètement différent. Mais je peux aussi me tromper à ce sujet. Je ne suis pas très fière d'admettre que Miss Emily Tanner peut se tromper parfois. J'étais dans l'erreur mais aujourd'hui je ne me trompe pas. Une chose dont je suis sûre c'est que tu auras une vie très riche. Tu connaîtras des sentiments que je n'ai jamais connus, tu verras des choses que je n'ai jamais vues et tu seras touchée comme jamais je ne l'ai été.»

«Mais comment pouvez-vous savoir ça?» demandai-je en haussant les sourcils.

«Je le sais c'est tout,» dit-elle avec une totale conviction. «Dieu m'a mise sur terre pour une seule chose, Icy. Je suis ici pour te montrer la voie.» Toujours debout, elle pressa ses paumes l'une contre l'autre. «Mais pour tout de suite, la meilleure chose à faire c'est de sortir de toi-même et de faire quelque chose de spécial pour ta grand-maman. Voilà ce que voudrait ton grand-papa.»

«Oui, m'dame, répondis-je. Mais — »

Elle m'interrompit. «Mais parfois tu ne veux pas... mais parfois, tu es juste un peu trop égoïste, non?»

Le mot égoïste aurait dû me faire l'effet d'une gifle mais l'amour dans les yeux de Miss Emily désamorça ma colère. «Oui,» dis-je d'un geste de la tête.

«Bienvenue en ce monde, Miss Sparks,» dit-elle. «Nous sommes tous parfois trop égoïstes. Le monde est ainsi fait. La vie est un combat, Icy. Il y a au fond de nous un égoïsme contre lequel il faut toujours se battre, il faut travailler fort pour faire ce qui est bien. C'est dur de se soucier des autres mais cette difficulté fait de nous des êtres plus humains, pas moins humains.»

«Maisy me disait la même chose» ajoutai-je.

«Parce qu'elle savait que tu étais assez bonne et assez avisée pour mettre à profit ses paroles» dit Miss Emily.

«Je baissai la tête et mes lèvres se mirent à trembler.

«Et c'est aussi ce que je crois,» affirma-t-elle. Sur ces mots, elle se retourna lentement et sortit en se dandinant.

Assise à la table, je regardais le roman de Stevenson. Mes doigts reposaient contre la reliure mais j'avais trop peur encore pour le prendre, trop peur de ce que je pourrais trouver à l'intérieur. «Ces derniers temps, tu as répandu ta misère tout autour comme de la confiture sur du pain,» avait dit Patanni. «La noirceur, c'est tout ce que tu vois.» Et même si je n'avais pas menti au sujet de Clitus Jr, mon grand-père avait raison. Ce jour-là près du poulailler, il fallait que je lui dise la vérité sans attendre. Une partie de moi avait voulu lui briser le cœur, lui montrer comment c'était pénible d'être sans ami, d'être seul avec sa blessure. Il y avait deux personnes en moi. L'une d'elles était la mignonne fillette aux cheveux d'or; l'autre, âgée de quatorze ans, était déjà une vieille fille acariâtre.

«Non, dis-je avec véhémence, le monde ne voudra jamais de moi.» Et je m'emparai du livre The Strange Case of Dr. Jekyll and Mr.Hyde et le jetai bruyamment sur le sol.

«Matanni?» dis-je à la porte de sa chambre. «Matanni?» Elle gémit et marmonna. «Matanni?» répétai-je.

«Icy?» Sa voix était endormie et fatiguée. «Je viens, dit-elle. Donne-moi une minute.»

«Non Matanni, dis-je. Je t'ai préparé ton petit-déjeuner ce matin.»

«Bien, alors tu peux entrer» dit-elle.

Je tournai la poignée et ouvris la porte en la poussant du pied. Ma grand-mère était assise et souriait, adossée à deux oreillers. «Regarde ce que je t'ai apporté!» J'avançai et déposai délicatement le plateau sur ses genoux. «C'est de la bouillie d'avoine comme tu l'aimes avec beaucoup de lait et cuite très longtemps.»

Elle saisit sa cuillère qu'elle plongea dans le porridge, puis avança la langue sur le rebord de la cuillère et avala. «Mmmmmm, fit-elle. J'ignorais que tu savais cuisiner.»

Un grand sourire s'épanouit sur mon visage. «J'ai appris en te regardant.» J'examinai le plateau et mon sourire se figea. «Oh, non, dis-je, j'ai oublié ton jus.»

«Oh la la, ça ne fait rien! Dit-elle. Tandis que tu vas le chercher, je mangerai.»

«Il est déjà versé, dis-je. J'ai juste oublié de le mettre sur le plateau.» Je me penchai vers elle et l'embrassai sur le front. «Je reviens tout de suite.»

Elle effleura mon visage du bout des doigts. «Où est mon café?» demanda-t-elle.

«Le café c'est plus difficile, marmonnai-je. Le mien ressemble à du thé faible.»

«Ça ne fait rien du tout, dit-elle tendrement. Ça me plaît de savoir que je peux encore être utile.»

Matanni se leva pour faire du vrai café, puis je décidai d'aller me promener un peu. Tout en marchant, je sentais mes orteils s'engourdir. Chaque fois que cela arrivait, je frappais des pieds par terre jusqu'à ce qu'ils recommencent à picoter, comme s'ils étaient parcourus par des fourmis. Février n'avait jamais été aussi froid. Plus je marchais et plus la journée me semblait froide, tranchante même comme un couteau, et une aura argentée nimbait les herbes et les arbres comme des lames de rasoir. À chaque enjambée, mes pensées aussi commençaient à se cristalliser et l'espace d'un instant, l'espoir me revint. Je voulais croire à la dernière prophétie de Miss Emily : Tu auras un avenir plein de monde et plein d'amis. Même si la première prédiction m'avait paru aussi forte, c'est à cette dernière que je voulais m'accrocher. «Tu auras un avenir plein de monde et plein d'amis,» dis-je très fort.

J'aspirai l'air glacial et la froideur se répandit dans ma poitrine. D'un pas aussi rapide que possible, j'avançais péniblement dans les bois. Mon cœur palpitait. Ma poitrine brûlait. J'avais un goût de sang dans la bouche. Je traversais le vieux champs jusqu'à un bosquet de pins situé à son extrémité. Mue par un regain d'énergie, je continuais ma route, tentant désespérément de croire à ce que je refusais de croire la veille encore lorsque, subitement, les rayons du soleil scintillèrent en avant de moi et je constatai que j'étais parvenue à l'étang de la Petite Tortue, cette petite mare vert sombre, petit plan d'eau circulaire avec un rocher en son centre, semblable à un œil. Tremblante, j'approchai lentement de la rive et me remémorai ce jour froid de novembre — comment Mamie Tillman berçait le sac de toile, doucement en un mouvement de va-et-vient — comment sur la rive la plus éloignée, elle avait étendu les bras, et, penchée au-dessus de l'eau, elle avait déposé le sac. Il avait flotté en silence quelques secondes avant de couler. Là, debout près de l'étang de La Petite Tortue, je me rappelai comment elle était tombée à genoux et avait doucement embrassé l'eau.

Je levai la tête et regardai vers la colline. Dans le lointain, j'aperçus la fumée d'une cheminée. Elle chauffe au bois, pensai-je, en voyant la fumée monter dans le ciel, semblable à un grand bras qui semblait me faire signe d'approcher. Fascinée, je me retournai et marchai en sa direction. Le soleil éclatant dessinait une ligne autour de la maison de Mamie et cette vision me réconfortait. Dans les bois au loin, un objet en argent brillait. Entre les pins, je le voyais reluire. Curieusement je n'éprouvais aucune peur. Des brindilles gelées craquaient sous mes pieds tandis que je m'approchais. Un vent glacial soufflait et, en arrière-plan, chatoyait une grande croix métallique. À cinq pieds de moi seulement, se trouvait un petit monticule de terre. Au centre de la croix on avait fixé une petite plaque d'argent luisante avec cette inscription «Mon cher enfant.»

Je m'agenouillai devant la petite tombe, car maintenant je comprenais que ce qui reposait sous l'eau verte et froide de Little Turtle Pond n'était que de douloureuses reliques — peut-être une couverture bleue pour bébé que Mamie avait tricotée, un ourson en peluche et ses vêtement tachés de sang — ces choses qu'une mère ne peut garder car elles brisent son cœur.

Tendrement, je touchai la croix métallique. À cet instant, la tristesse de Mamie Tillman vint s'ajouter à ma propre tristesse; et, pressant les mains contre ma poitrine, je me mis à pleurer. Une plainte douloureuse s'échappa de ma gorge et le monde autour de moi ne fut plus qu'un tombeau de glace. Ma douleur explosa avec une telle violence que j'eus l'impression que ma poitrine allait fendre; puis je rejetai la tête vers l'arrière, ouvris bien grand une bouche tremblante et toute la douleur enfouie en moi jaillit en bouillonnant et se déversa sur le sol gelé, et l'espoir de voir naître une nouvelle Icy se mit à grandir.

Chapitre 33

―――――― ❋ ――――――

Nous étions en train de manger notre jambon de campagne accompagné d'une sauce au jus de viande, de petits pains et d'œufs frits quand Matanni s'essuya les lèvres avec sa serviette et déclara : «Demain, je vais à l'église.»

«Quoi?» Je levai le nez de mon assiette et mes yeux regardèrent partout dans la pièce. «Quelqu'un a parlé?» fis-je en plaisantant.

«Ta mémé» répondit grand-mère. «Elle est seule, elle vit ici à l'écart, sans jamais voir personne.»

«Et qu'est-ce que tu fais de moi?» dis-je en me penchant vers l'avant.

«Elle a besoin de voir des gens de son âge» dit ma grand-mère. «Elle a besoin de quelqu'un à qui parler.»

«Mais je suis là, moi.» Je m'adossai et pianotai sur la table.

«Elle a besoin de quelque chose de plus».

«Bon et moi, je n'ai pas ce quelque chose de plus.» dis-je d'un ton cassant. «J'ai aucun ami de mon âge avec qui parler.»

«Et ça, c'est pas bien.» Matanni posa sa serviette de table près de son assiette. «Je réalise juste aujourd'hui que c'est pas bon.» Elle appuya ses mains sur la table et exerça une pression. «Ton grand-père et moi, on a toujours pensé que notre présence était suffisante, qu'avec nous, tu aurais besoin de rien d'autre. C'était une erreur. On aurait pas dû croire qu'il te suffirait de si peu.»

«Ça n'a plus aucune importance.» dis-je. Mes doigts retombèrent mollement sur la table. «Je suis comme je suis. Bizarre. Différente. Personne ne veut d'une amie comme moi.»

«Sauf les gens à l'église» affirma Matanni.

«C'est pas ce que dit Miss Emily,» grommelai-je. «Savais-tu qu'elle avait fréquenté quelques églises?»

Ma grand-mère sourcilla mais ne dit rien.

«Elle a été dans presque toutes les églises de Ginseng. Old Vine Methodist. Second Street Baptist. Ginseng Full Gospel Baptist Church. Union. Même à l'Episcopalian. Je ne me souviens pas de tous les noms, mais elle est allée dans chacune d'elles. Aucune n'avait de bancs assez large pour elle — et devine ce que ces bons et pieux chrétiens ont fait pour régler le problème?»

Ma grand-mère haussa les épaules.

«Rien! dis-je. Pas la moindre petite chose — ils sont juste restés assis sur leurs pieux derrières à la regarder, qui essayait de se frayer un chemin entre deux rangées étroites afin de s'asseoir sur un siège bien trop petit pour elle. Personne n'a levé le petit doigt.»

«Certaines personnes ne mettent pas en pratique ce qu'enseigne le Bon Dieu. Ils vont à l'église, très bien, mais pour toute sorte de mauvaises raisons.» dit Matanni. «Mais je vais pas me mettre à jongler jusqu'à me morfondre parce que les choses ne sont pas parfaites, sinon je ne ferai jamais rien. Personne parmi nous n'est parfait, Icy ma chérie. Mais Jésus nous aime tout de même. Nous faisons tous partie de Sa création.»

«Si tu le dis» dis-je.

«Alors, pourquoi tu viens pas avec moi à l'église?» demanda Matanni.

«Et c'est quoi cette église?» demandai-je. «Peaceful Valley Baptist» dis-je sans lui laisser le temps de répondre, «l'église où tu as été baptisée.»

«Non, j'ai changé pour la Poplar Holler Pentecostal Holiness Church» rétorqua Matanni.

«Poplar Holler Pentecostal Holiness Church!» m'écriai-je. «Pas cette église, elle est pleine de cinglés!»

«Si tu venais avec moi, dit Matanni, tu verrais à quel point tu te trompes.»

«J'ai pas besoin d'y aller» répondis-je du tac au tac. «Le monde est mon église. C'est pas une foule grouillante de gens entassées comme des sardines sur leurs petits bancs de bois.»

«Icy, s'il te plaît!» dit Matanni en se levant. «J'ai réfléchi à la question depuis un certain temps déjà. Je suis même allée à quelques-unes de leurs sessions de prières.»

«Quand? demandai-je. Tu ne m'avais pas dit.»

«Les mercredis soir, dit-elle, quand Miss Emily t'amenait faire un tour en voiture.

«Et bien, voyez-vous ça!» dis-je en serrant fort les mains.

«Icy, ma chouette, écoute-moi bien!» dit Matanni en faisant les cent pas nerveusement. «Darrel Lute est fort comme trois hommes et peut s'occuper de la ferme tout seul. Il n'a pas besoin que je l'aide. Je n'ai même pas à préparer son déjeuner. Il l'apporte du magasin de son papa.» Puis elle s'arrêta et me montra les paumes de ses mains. Je dispose de beaucoup de temps, trop de temps. Icy, je suis seule. Un jour viendra bientôt où toi aussi tu partiras. Tu seras mariée, tu auras ta propre famille ou encore, comme dit Miss Emily, tu iras au collège. Alors, je ferai quoi?»

«Je serai toujours là pour toi» dis-je en me levant; et je marchai vers elle et la pris dans mes bras.

«Je sais que tu m'aimes» dit Matanni, en me repoussant gentiment, «mais ma décision est prise. Je vais aller à l'église. Je vais aller à la Poplar Holler Pentecostal Holiness Church. Et si tu veux vraiment me témoigner ton amour, tu vas me laisser y aller en paix.»

«Patanni avait sa façon de faire, dis-je en l'embrassant sur la joue, et tu as la tienne.»

«On est en avril, répondit-elle. C'est le temps du renouveau.»

Tout au long des mois d'avril et mai, j'observai Matanni et constatai qu'elle revenait à la maison chaque dimanche après-midi, un peu plus heureuse. Les plis de sa figure semblaient vouloir se relever. Ses joues s'épanouissaient et prenaient une belle teinte rose. Elle se remit à la couture, et fabriqua de nouvelles robes pour l'église et les sessions de prières. Tous les dimanches, elle se levait tôt, nous préparait un léger petit-déjeuner, des toasts et des œufs à la coque, que nous nous empressions de manger. Puis elle mettait à rôtir un poulet pour le dîner; elle le déposait dans un chaudron, le couvrait et le glissait dans le four. Ensuite, elle allait dans sa chambre lire la Bible pendant une heure avant de s'habiller. À dix heures, elle se rendait à pied à la Poplar Holler Pentecostal Holiness Church située à un demi mille de chez nous — bien plus proche donc que la Peaceful Valley Baptist. Elle était toujours de retour vers une heure de l'après-midi. Notre dîner se composait de poulet rôti, de pommes de terre en purée et de sauce, de choux frisés, de fèves pinto et de petits pains; tout au long du repas, elle glissait subrepticement dans la conversation des réflexions sur la religion.

«Pour les catholiques, le centre c'est l'autel» dit-elle, un dimanche au cours du dîner. «Pour les baptistes, le centre c'est la chaire, mais pour nous — les pentecôtistes — le centre c'est le banc sur lequel on s'assoit.»

«Bien, lançai-je, j'espère que vos sièges pentecôtistes sont assez larges pour l'immense derrière de Miss Emily.»

«S'ils ne le sont pas, dit Matanni, on va en fabriquer un qui le sera. Nous voulons amener les gens vers Dieu, pas les en détourner.

Je me léchai les doigts. «Ce poulet est délicieux, dis-je. Vraiment tendre.»

«C'est facile de satisfaire ton appétit physique, dit-elle, mais tu as aussi besoin de satisfaire ton appétit spirituel.»

«L'esprit de Miss Emily crie famine, dis-je. Mais les chrétiens autour d'elle sont trop occupés à juger sa grosseur, ils ne voient même pas à quel point elle meurt de faim.»

«Alors ce sont pas de vrais chrétiens, dit Matanni. 'Du péché soit deux fois le remède, épargne-moi la colère et purifie-moi'» chanta-t-elle. «Nous sommes tous prisonniers du péché originel. Si nous croyons vraiment au Seigneur Jésus-Christ et à Sa Parole, alors nous prendrons soin de tout le monde. Et pas un seul ne sera rejeté.»

«Ici dans les environs, je ne vois pas beaucoup de vrais croyants,» dis-je.
«Ouvre grands tes yeux, Icy Sparks. Il y a de bons chrétiens tout autour de
toi. Il te suffit de les voir.»

Je plantai ma fourchette dans un pilon de poulet. «Eh bien, en ce moment,
tout ce que je vois c'est le bon repas en face de moi.» Je mordis dans le poulet
tendre et ajoutai : «Et pas de doute que j'aimerais bien le manger en paix .»

Matanni ne parla plus de religion; elle resta simplement assise à mes côtés
tandis que je dégustais le dîner du dimanche et elle enchaîna en parlant de
Darrel Lute. Elle fit son éloge et vanta sa vaillance. Elle resplendissait de santé
et sa voix avait des intonations si mélodieuses qu'on aurait dit qu'elle allait se
mettre à chanter.

Chapitre 34

———— ❄ ————

Le samedi deux juin, à mon réveil, la lumière qui filtrait à travers les rideaux de ma chambre me parut différente. Je baillai, me redressai en m'appuyant sur les coudes, et contemplai sur mes draps les reflets du soleil déformés par les carreaux. Buster notre coq, chantait à tue-tête. Ses cris rauques et extatiques, surgis du fond de son ventre m'emplissaient les oreilles. Nous étions en juin et malgré l'humidité élevée, l'air restait sec comme de la poudre de talc sur la peau. J'étirai les jambes, fis jouer mes orteils et inspirai. Je humai à nouveau. Un vrai parfum de roses. Ces roses rouge foncé embaumaient l'air. J'entendais le trottinement de Matanni qui s'affairait au rez-de-chaussée. C'est quoi ce chahut! pensai-je. Les portes du vaisselier claquaient, les casseroles s'entrechoquaient brutalement. Un bruit, comme un clapotis, montait de la cuisine.

«Debout les morts!» cria Matanni au bas de l'escalier. «On se lève!»

«J'arrive!» répondis-je en sursautant comme un diable à ressort; puis je balançai les jambes sur le bord du lit. «Laisse-moi le temps!»

«Un grand jour! C'est une splendide journée!» cria Matanni à nouveau, puis elle s'éloigna en trottinant.

Tandis que j'enfilais une paire de jeans bleu et une chemise en denim dépenaillée, je pensai à la réunion du renouveau évangélique, et un nœud se forma dans mon estomac. Sous cette grande tente, devant toute la population de Crockett County, Matanni, la chair de ma chair, allait me mettre dans l'embarras. Je voyais ça d'ici. Ce soir, elle implorerait Dieu à grands cris, oscillerait sur ses pieds — les mains dressées au-dessus de la tête — puis elle s'évanouirait sur le plancher recouvert de sciure de bois. Quand elle se relèverait, elle aurait la faculté de parler des langues inconnues. Patanni du haut des cieux en resterait horrifié; le nom des Bedloe/Sparks en serait déshonoré à jamais. J'entendais déjà les rires moqueurs.

Emma Richards serait aux premières loges. «Tsk... Tsk... tsk,» elle ferait. «Des problèmes des deux côtés de la famille. Josiah Sparks... avaient les yeux exorbités. Quant à Tillie Bedloe, eh bien...» elle se tapoterait la tempe de l'index.

Joel McRoy ajouterait son grain de sel. «Elle est sonnée» dirait-il. «Maboule.» Et il secouerait la tête.

«Une dingue» soupirerait Peavy Lawson. «Avec une pareille famille, c'était fatal.»

Matanni hurla encore une fois au bas de l'escalier. «Le petit déjeuner est prêt!»

«J'arrive!» criai-je à nouveau en tournant en rond au pied de mon lit. «Le temps d'enfiler mes chaussures!» J'attrapai mes baskets, avançai sans trop me presser vers la fenêtre et regardai dehors. Des chrysanthèmes démodés, petites taches de jaune, fleurissaient tout autour de la cour. Des heuchéras semblables à de délicats coquillages roses bordaient le massif de roses à proximité de la maison. Au loin, à l'orée de la forêt, des lis tigrés oscillaient majestueusement sous la brise.

«Je n'ai pas toute la journée!» cria Matanni. «Tu vas descendre!»

«Oui m'dame» murmurai-je en repensant à Patanni. «Oui, m'dame,» répétai-je avec tristesse.

«Des saucisses et des crêpes avec du sirop d'érable chaud!»

«Merde!» dis-je, assez bas pour qu'elle ne puisse pas m'entendre. «Ce fichu renouveau évangélique!»

«Icy! fit-elle à nouveau. Dépêche-toi avant que ça refroidisse!»

«Merde!» Mes muscles tressaillirent. «Tu ne fais qu'empirer les choses!» dis-je en maugréant. «Tout le monde va rire de nous ce soir.»

«Ça fume encore!»

Pour la première fois depuis la mort de Patanni et sans crier gare, je sentis qu'un mouvement convulsif se préparait en moi. «Du calme!» me dis-je en serrant les dents.

«Des crêpes froides n'ont pas bon goût!»

Je pressai les mains contre mes oreilles; mes baskets pendaient au bout de mes doigts. «Je t'en supplie, reste tranquille!» Je fermai les yeux et serrai les paupières. «Disparais!» dis-je en entendant les pas de Matanni qui s'éloignaient de l'escalier. Ils se firent de plus en plus discrets jusqu'à devenir complètement inaudibles. Comme par miracle, l'envie de tressauter se résorba. «Dieu merci» soupirai-je, «enfin la paix»; soulagée, j'ôtai mes mains de mes oreilles et m'assis sur le plancher.

«Les miennes sont bonnes!» me cria-t-elle depuis la cuisine. «Les miennes sont vraiment bonnes!»

D'un air féroce je tirai sur mes baskets. «Ça suffit!» fulminai-je tandis que je me coltinais avec mes lacets. «Tu vas me rendre folle.»

Nerveuse, je me penchai en avant. Mon cerveau était encore en ébullition. «Pourquoi aujourd'hui?» demandai-je à haute voix. «Et pas les autres jours?» Je pressai les mains sur mon estomac. Tous les muscles de mon ventre étaient tendus. Lentement et avec méthode, comme me l'avait enseigné Miss Emily, je me frictionnai l'abdomen afin de chasser l'angoisse.

«Tu y a mis le temps» lança Matanni d'un ton irrité tandis que j'entrais dans la cuisine. «Ne t'attends pas à ce que je te prépare des crêpes chaudes.»

J'attrapai une chaise et m'y laissai tomber. «Je n'attends rien de toi.» Je lui jetai un regard mauvais et saisis ma fourchette; puis je piquai un bout de saucisse.

Nous avons mangé — en silence — durant cinq minutes. À intervalles réguliers, Matanni avalait une bouchée de crêpes. Puis je me mordis la lèvre inférieure et je la regardai de travers. Penchant la tête de côté, elle me dévisagea avec curiosité et demanda : «Qu'est-ce qui te tracasse pour l'amour du ciel?»

Le doigt en l'air, j'enfournai quelques morceaux de crêpe dans ma bouche et me mis à mastiquer. «Bien» dis-je après avoir avalé, «si tu veux tout savoir, c'est cette histoire de renouveau évangélique qui m'agace.»

Elle déposa sa serviette de table à côté de son assiette. «Comment ça?»

«Parce que, parfois, les gens se comportent de façon bizarre. Ils peuvent aussi bien piquer une crise, sauter partout et se mettre à hurler. Je veux dire, ça risque de devenir gênant.»

«Y'a rien de honteux à louer le Seigneur, dit Matanni. C'est une des plus belles choses qu'on puisse faire.»

«C'est pas les louanges qui m'inquiètent, dis-je. C'est comment elles sont faites.»

«Si l'amour vient du cœur, il s'exprimera correctement» dit Matanni; et elle termina d'un trait son jus de tomate. «T'as pas à t'en faire. Tu feras les choses très bien.»

Abasourdie, je me redressai brusquement sur ma chaise. «Tu n'as pas écouté un seul mot de ce que je viens de te dire, n'est-ce pas?»

«À vrai dire, confessa Matanni, j'étais en train de penser à ce que je porterais ce soir.» Elle prit sa serviette et s'essuya délicatement les lèvres. «Tu vas porter quoi?»

Je frappai du pied sur le plancher. «Quelque chose de pas trop voyant!»

«Et pourquoi ça?» demanda Matanni désarçonnée.

«Parce que je ne veux pas être remarquée. Personne ne doit savoir que je suis là.»

«Et bien, répondit Matanni, que tu le veuilles ou non, tu vas bientôt marcher sur le chemin de la gloire!»

«Je ne vais pas marcher sur un chemin où les gens sont hystériques, et où un dingue saute dans les airs en faisant semblant de prêcher.»

Matanni lança sa serviette sur la table et recula sa chaise. «Maintenant, je regrette de t'avoir demandé de venir.»

«Et n'attends rien de plus de Miss Emily!» ajoutai-je avec insolence.

«Chut!» répliqua Matanni. «Je ne veux plus entendre un mot. C'est la soirée du Seigneur et tu agiras en conséquence. Tu m'entends?»

«Oui» maugréai-je.

«Oui, quoi?» demanda-t-elle.

«Oui, m'dame, dis-je. J'agirai correctement.»

«C'est tout ce que je demande.» Elle se leva et alla déposer son assiette dans l'évier. «Maintenant, mam'selle, viens faire la vaisselle. Je dois me coiffer.»

«De quoi ai-je l'air?» me demanda-t-elle.

Je me reculai et l'examinai de la tête aux pieds. Sa robe bleue à rayures fines était sans prétention. Un mouchoir blanc en dentelle émergeait d'une poche de son corsage. Elle portait des souliers de cuir noir, «des souliers d'infirmière», comme je les appelais, sauf qu'ils étaient noirs au lieu d'être blancs. Elle avait fait bouffer ses longs cheveux gris au sommet de sa tête puis elle les avait ramenés en chignon; deux petites boucles semblables à des virgules pendaient à la hauteur de ses oreilles. «Tout est parfait» dis-je en guise de commentaire. «Tout à fait le style de quelqu'un qui va à l'église.»

«Bien» dit-elle, en se promenant de long en large dans la salle de séjour, avant de s'arrêter droit devant moi. Tournant la tête d'un côté et de l'autre, elle demanda : «Et ma coiffure?»

«Très digne» dis-je en acquiesçant d'un signe de la tête. «J'aime ces fiori-tures.» Je pointai du doigt mon propre visage près des oreilles.

Elle rougit. «Le Seigneur n'a que faire de la vanité», dit-elle d'un ton sérieux. «Mais je voulais être jolie.»

Je regardai attentivement sa douce silhouette aux formes arrondies, son immense poitrine, son visage dodu et rond et je me laissai attendrir. «Tu es vrai-ment très jolie.»

Elle rayonna.

«Mais rappelle-toi» dis-je en pointant mon doigt vers elle : «Une dame respectable ne va pas se rouler sur le plancher en balbutiant des absurdités.»

«Une dame respectable doit aller vers le Seigneur le cœur grand ouvert, rétorqua-t-elle. Prête à recevoir de Lui ce qu'Il veut bien lui donner.»

Je renonçai. «Nom de nom! «dis-je en laissant retomber les bras. «Pas moyen de te faire changer d'idée.»

«Naturellement, répondit-elle, car je marche dans la voie du Seigneur.»

De retour dans ma chambre, je réfléchis à ce que j'allais porter. Une jupe gris foncé munie d'un élastique à la taille et une blouse gris pâle avec de minuscules boutons gris feraient l'affaire. Les deux vêtements en coton étaient très ordi-naires; rien de trop voyant. Dans le fond de ma garde-robe je dénichai des souliers en cuir verni noir avec des talons de la hauteur d'une boîte d'allumettes. Voilà ce que j'allais porter, évidemment. Je passai les doigts dans ma chevelure — l'élément le plus remarquable. Une seule possibilité : ramener mes cheveux vers l'arrière et les fixer de chaque côté avec des barrettes en étain. Je voulais m'assurer que rien chez moi n'attirerait l'attention. Aucune partie d'Icy Sparks ne serait en évidence. Cette fois je ferais mes débuts autrement. Je me ferais invisible, j'allais me dissimuler non pas derrière mon étrangeté mais sous une apparence banale et terne.

Quoiqu'il en soit, quand Miss Emily arriva, je réalisai que toute mon entreprise de banalisation était vouée à l'échec. Elle se tenait là, assise, occupant fièrement toute la banquette avant, vêtue d'une robe de coton vert jade luisante avec des manches en forme de cloches. En la voyant assise ainsi, ses mains grassouillettes posées sur le volant, un sourire béat sur le visage, mon cœur fut sur le point de défaillir.

«Oh, personne ne va vous remarquer!» dis-je depuis le siège arrière de la voiture. «Aussi bien marcher en compagnie de Belzébuth lui-même!»

«Cette fois-ci j'ai décidé de leur donner une bonne raison de se moquer» dit Miss Emily en riant.

Matanni se tourna vers moi et me jeta un regard furieux. «Peut-être bien que cette fois-ci personne ne se moquera» dit-elle. «Peut-être que cette fois-ci c'est le Seigneur qui sera le centre d'attention.»

Il faisait presque nuit quand nous atteignîmes le champ de foire mais je pouvais encore distinguer des grappes d'achillées mille-feuille semblables à des oursins dorés qui dépassaient dans les mauvaises herbes. Un croissant de lune dorée et quelques étoiles dispersées çà et là flottaient dans le ciel tandis qu'un chapelet d'ampoules électriques suspendues derrière la tente luisait comme une immense aura dans l'épais brouillard qui maintenant emplissait l'air. Le spectacle de cette tente vert sombre en forme d'arche se dressant telle une oasis au beau milieu des autos de toutes marques, garées en désordre, provoqua un frisson d'angoisse dans mon dos. Des hommes âgés et des gamins qui leur ressemblaient étaient appuyés contre des camions ou des automobiles déglinguées, fumant des cigarettes et recrachant des nuages de fumée. Des dames en robe longue aux cheveux noués en chignon formaient de petits groupe et parlaient tout bas avec animation. En arrière-plan, je pouvais entendre les accords vibrants d'un pianiste en répétition. Au-dessus de la tente, une volée de mouches à feu scintillantes comme des étoiles éclairait l'entrée. Deux hommes aux manières suaves, un de chaque côté de la porte, distribuaient des éventails et des programmes et souhaitaient la bienvenue aux fidèles qui entraient. Je regardais par la fenêtre, à la fois curieuse et horrifiée quand j'entendis Miss Emily soulever le loquet de sa portière.

«Tu viens m'aider? demanda-t-elle. J'ai besoin d'un petit coup de main.»

Tranquillement, Matanni ouvrit sa portière et se glissa à l'extérieur. J'étais en train de m'extraire discrètement du siège arrière quand ma grand-mère leva les mains et les agita avec enthousiasme. «C'est Gracie Vanwinkle» dit-elle en se tournant vers moi. «Tu ne la connais pas, c'est une de mes amies. Je l'ai rencontrée à l'église.»

«Je suis en train de fondre, ici» se plaignit Miss Emily. «Icy ma fille, tu m'as oubliée?»

Je contournai l'auto, agrippai la poignée de la porte et tirai. «Quelqu'un, aidez-moi!» grommelai-je. «Poussez avec vos pieds. C'est trop dur.» En grommelant, Miss Emily poussa et la portière s'ouvrit toute grande, découvrant des replis de gras semblables à des chaussettes affaissées autour de ses chevilles et des souliers d'un vert criard, luisants comme des scarabées géants. « Pour l'amour du ciel!» m'exclamai-je. « Pourquoi avez-vous mis ça?»

« Ils vont bien avec ma robe » dit-elle, en repliant ses bras dodus sur son estomac, puis elle rejeta la tête en arrière et pouffa de rire.

« Je vous connais » dis-je. « Vous voulez vous donner en spectacle!»

« Voyez maintenant qui, ici, ressemble à un 'Baptiste de la deuxième rue'? dit-elle avec humour en étendant les bras et en remuant les doigts. « Donne-moi tes mains.»

« Par pitié mon Dieu!» marmonnai-je tandis que je me penchais brusquement vers l'arrière afin de la hisser sur ses pieds.

Elle s'éleva comme un grand sous-marin vert. « Ouf!» s'exclama-t-elle en allongeant les bras comme un funambule. « J'ai bien failli perdre l'équilibre».

J'eus une moue méprisante. « C'est toujours comme ça avec vous.»

« Et bien » dit-elle en soufflant comme un bœuf. « Je n'ai pas besoin d'aller à la Old Vine Methodist ou à l'Union Church pour me faire écorcher. Ta bonté chrétienne me suffit.»

« Je suis nerveuse » dis-je.

Miss Emily jeta un coup d'œil à Matanni. « Regarde-la!» me dit-elle.

Mon regard se posa sur ma grand-mère. Éclairée par le croissant de lune, elle semblait parfaitement calme. Seuls ses doigts la trahissaient — elle les remuait sans cesse, tordant anxieusement son mouchoir de broderie blanc, le serrant toujours plus fort, encore et encore avant de le relâcher.

« On dirait que tout le comté s'est donné rendez-vous ici ce soir,» dit Miss Emily en prenant ma main et en m'entraînant vers l'entrée de la tente. « Nous sommes tous nerveux. Maintenant, viens. On y va.»

« Allez-y d'abord,» dis-je en libérant ma main; et je les laissai toutes les deux me précéder.

Un dessin sur un velours bleu pâle représentant Jésus-Christ était suspendu derrière la scène. Dans des teintes aussi vives que celles des bandes dessinées du dimanche, un Jésus souriant, aux longs cheveux bruns et à la barbe ondoyante, présentait les paumes de Ses mains à des enfants en cercle qui le contemplaient les yeux remplis d'adoration. Sur un vieux piano droit, une femme jouait « Rock of Ages». L'air suffocant et lourd sentait la sueur, le talc et l'after-shave. D'immenses ventilateurs étaient postés comme des sentinelles, mais leurs pales avaient peine à remuer l'air. Au-dessus de nos têtes, des ampoules électriques diffusaient une lueur jaune. Plus de cinq cents pèlerins aux visages amers étaient assis sur des chaises pliantes métalliques collées les unes contre les autres. Les femmes agitaient les éventails sur lesquels étaient inscrits ces mots : JÉSUS NOUS SAUVE. Des enfants pleurnichaient, assis sur les genoux de leur papa; des bébés en pleurs se blottissaient dans le giron de leur maman. La pianiste, une femme rondelette aux cheveux blonds et au double menton, cessa de jouer, se leva rapidement, s'essuya les mains sur sa robe et sortit par une porte à l'arrière. L'estrade, une plate-forme en bois d'une profondeur de huit pieds par vingt pieds de largeur et surélevée d'un pied au-dessus du sol, était maintenant complètement déserte. Les microphones étaient silencieux. Les tambours s'étaient tus. De temps à autre, une voix criait : «Louez le Seigneur!» Et une autre voix répondait : «Amen!»

Tandis que j'avançais dans l'allée centrale, mon cerveau était dans une grande agitation et la sueur perlait sur ma peau. Une vieille dame édentée me sourit quand je passai à côté d'elle. Une autre dame d'un certain âge avec un œil de verre murmura : «Puisse Dieu te bénir.» Je relevai la tête. En avant dans la première rangée, à proximité de l'estrade, étaient regroupés des personnes âgées munies de déambulateurs, des aveugles avec leurs cannes et des enfants en béquilles.

Une jeune femme dans une chaise roulante marmonna quelque chose et la dame près d'elle lança d'une voix forte : «Il fait trop chaud ici!» Aussitôt, des hommes en uniformes bleu roi commencèrent à relever les parois de la tente et à les fixer solidement afin de créer des ouvertures et ainsi évacuer l'air humide.

Inquiète, je suivis Miss Emily qui se dandinait comme un canard dans l'allée centrale, sa robe verte effleurant ses chevilles. Personne ne semblait prêter attention ou s'étonner de sa taille. «Là!» dit Miss Emily en se tournant lentement et en tirant sur mon chemisier; elle pointa le doigt en direction de Matanni qui se glissait dans la cinquième rangée en face de l'estrade, une des rares rangées où il restait encore quelques chaises inoccupées. Miss Emily la suivit en soupirant et en s'excusant. «Désolée. Vraiment désolée.» disait-elle à chaque personne devant qui elle passait; puis elle s'installa sur trois chaises à côté de Matanni, au centre de la rangée. «Merci beaucoup» dit ma grand-mère en souriant.

J'étais restée au bout de la rangée et je l'observais; Miss Emily joignit les mains sur son ventre et ne bougea plus; alors, je baissai les yeux et souris à un vieil homme au visage ratatiné en chuchotant : «Excusez-moi.» Puis je pris une profonde inspiration et je passai par-dessus les jambes étirées des personnes déjà installées, jusqu'à une place vide près de Miss Emily. Soulagée, je m'affalai sur la chaise.

Devant nous, trois dames âgées se retournèrent et dirent «Bonjour.» Une jeune femme à côté de moi nous souhaita la bienvenue en disant : «Je suis contente que vous soyez venues.»

Toutes les trois, nous l'avons saluée d'un signe de la tête.

«Nous souhaitons la bienvenue à tous les enfants de Dieu» dit une des trois vieilles dames.

Puis, je fus horrifiée d'entendre ma grand-mère répondre «Une église. Un Dieu. Un Jésus.»

«Amen» répondit la jeune femme.

«Une église. Un Dieu. Un Jésus» reprirent en écho les vieilles dames.

Ma grand-mère dit 'amen' et ajouta : «Jésus soit loué!»

«Jésus soit loué!» dirent-elles à l'unisson.

Atterrée, je m'épongeai le front du revers de la main et, en quête d'un signe d'encouragement, je regardai tour à tour Matanni et Miss Emily. Mais le support moral ne venant pas, je compris, en observant le petit sourire de Miss Emily que celle-ci se sentait de plus en plus à l'aise.

«Bienvenue, mes frères et mes sœurs!» dit une voix profonde à l'entrée de la tente.

Je me retournai vivement.

Un homme à l'épaisse crinière noire et à la stature imposante emprunta l'allée centrale, vêtu d'un complet bleu marine à rayures, d'une chemise blanche et d'une étroite cravate noire. «Je m'appelle Frère Thomas» annonça-t-il, d'un ton solennel. «Et je suis un soldat du Christ. Tous ici, nous sommes des soldats du Christ et je vous souhaite la bienvenue. Peu importe d'où vous venez. Si vous êtes méthodiste, bienvenue. Si vous êtes baptiste, je vous dis, 'Entrez.' Cela m'est égal parce que, tout comme moi, vous êtes un soldat du Christ, vous combattez auprès de Dieu.»

Les accords de «Onward Christian Soldiers» retentirent sur l'estrade. Je me retournai vers la scène. La grosse dame blonde jouait du piano; deux hommes maigrelets comme des crayons l'accompagnaient à la guitare et un autre type aux longs bras et aux larges mains était à la batterie. Deux jolies femmes — vêtues de robes en soie pourpre identiques — se tenaient à la droite du micro et agitaient des tambourins; il n'y avait personne devant le micro.

«Non mes enfants! Je n'ai pas étudié la religion à l'école!» cria Frère Thomas en descendant allègrement l'allée centrale. «Non mes enfants! Je n'ai pas appris tout ce que je sais sur Dieu de quelque professionnel du spectacle borné. J'ai connu Jésus à la bonne école — dans la petite chapelle brune dans la vallée.»

Subitement la musique changea. «Oh, viens à l'église dans les bois. Oh, viens à l'église dans la vallée» chantaient les femmes aux tambourins. «Il n'est d'endroit plus cher à mon cœur d'enfant que la petite chapelle brune dans la vallée.»

«Oh, viens, viens, viens, viens» reprit la foule en chantant.

«Oh, viens, viens, viens, viens, viens» chanta Frère Thomas en avançant. «Oh, viens, viens, viens, viens, viens.» Il était arrivé à proximité de l'estrade sur laquelle il bondit; puis il tourna sur lui-même les mains dressées au-dessus de sa tête. La musique s'interrompit brusquement. Frère Thomas enleva le micro de son support. «Jésus-Christ notre Seigneur mourut sur la Croix du Déshonneur; et il nous a laissé une Croix de Gloire. Il est mort sur la Croix de Souffrance mais il nous a donné une Croix de Joie. Sa Croix de Mort est devenue notre Croix de Vie.» Toujours en tenant le micro dans ses mains, Frère Thomas étendit les bras, mit un genou par terre et s'inclina devant l'auditoire. «Le Christ nous a donné une Croix de Gloire» cria-t-il en rejetant vers l'arrière sa crinière brillante.

«Amen!» cria la foule.

«Le Christ nous a donné une Croix de Joie.»

«Amen! Amen!» clama l'auditoire.

«Jésus-Christ, notre Sauveur, est mort sur la Croix, mais Il nous a donné quelque chose en retour. Il nous a donné le plus adorable des cadeaux.»

«Le plus adorable des cadeaux» répéta toute l'assemblée.

«Et quel est ce cadeau?» demanda-t-il, en bondissant sur ses pieds et en pointant le doigt vers la foule.

«Le cadeau de la vie éternelle!» répondirent-ils.

«Le cadeau de la vie éternelle!» hurla Frère Thomas.

«Amen! Amen! Amen!» rugirent les fidèles.

«Amen! Amen! Amen!» reprit Frère Thomas et il sauta vers l'arrière. «Amen! Amen! Amen! Il s'arrêta subitement devant la toile de fond en velours bleu, se tourna de côté en regardant Jésus et cria : «Louez Dieu!»

«Louez Dieu!» hurla quelqu'un dans l'auditoire.

«Louez Dieu!» cria toute l'assemblée.

«Jésus, notre doux Sauveur a donné Son Souffle Saint pour nous permettre de respirer», dit Frère Thomas d'une voix déchirante. Il a soufflé l'Esprit Saint pour que nous puissions...»

«Recevoir l'Esprit Saint» répondit la foule en criant.

«Louez Dieu!» chanta Frère Thomas en agitant les mains et en secouant violemment la tête. «Louez Dieu!» cria-il en tournoyant sur un seul pied.

«Louez Dieu!» répondit la foule.

Matanni ferma les yeux. «Louez Dieu!» cria-t-elle en serrant bien fort les poings. «Louez Dieu!»

«Louez Dieu!» dirent les dames âgées assises devant nous.

«Louez Dieu!» hurla la jeune femme à mes côtés.

Effrayée, je jetai un coup d'œil du côté de Miss Emily. À mon grand soulagement, elle ne chantait pas les louanges de Dieu; par contre, une lueur étrange luisait dans ses yeux.

«Mes enfants, nous avons d'abord été baptisés avec de l'eau!»

«Amen!» répondirent tous les participants réunis sous la tente.

«Puis avec l'Esprit Saint!»

«Amen! Amen!» cria la foule.

«Jean fut en vérité baptisé avec de l'eau; mais vous, dorénavant, dans un avenir proche, vous serez baptisés par l'Esprit Saint.»

«Amen! Amen!» s'écria toute l'assemblée.

«Et notre cher Sauveur nous a dit qu'en recevant l'Esprit Saint nous obtiendrions un grand pouvoir. Le pouvoir de son Amour!»

«Amen! Louez Dieu!» cria le public.

«Une deuxième grâce!» Le Frère Thomas hurla en faisant des bonds sur l'estrade. «Vous recevrez une deuxième grâce!» Il sauta dans les airs, il fit une pirouette et retomba en faisant le grand écart et se redressa à nouveau. «Les dons de l'Inspiration, des Langues, de l'Interprétation, de la Divination. Les dons de la Révélation,» continua-t-il. «De la Connaissance, de la Sagesse, des Esprits éclairés. Les dons de la Puissance» conclut-il, «De la Foi, de la Guérison et des Miracles.»

«Louez Dieu!» tonnaient les voix dans l'assistance.

«Car Il est bon,» tonitruait le Frère Thomas.

«Car Il est bon,» répétait la foule en écho.

«Car Il a été bon pour moi,» criait le Frère Thomas. «Quand je me suis enivré, Il a dit, 'Bois-Moi.' Quand je me suis drogué, Il a dit 'Prends-Moi.' Quand j'ai douté, Il a dit, 'Crois en Moi.' Quand j'ai voulu mourir, Il a dit, 'Je t'ai donné la vie.'»

«Dieu est bon!» hurlait l'assemblée.

«Dieu a été bon pour moi!» disait le Frère Thomas.

«Grâce extraordinaire, comme elle est douce la musique qui racheta le misérable que je suis,» chantaient les femmes aux tambourins. «J'étais égaré et aujourd'hui je me retrouve, j'étais aveugle et aujourd'hui je vois.»

Le Frère Thomas déploya les bras, les leva au ciel, écarquilla les yeux et cria : «Car Notre Seigneur Jésus-Christ est bon!»

«Oui, quand disparaîtront cette chair et ce cœur», chantaient tous les musiciens, «Et que cessera cette mortelle existence. J'aurai toujours, au fond de la vallée, une vie de joie et de paix.»

Partout autour de moi les gens chantaient. La femme à mes côtés se balançait en frappant dans ses mains et en chantant. Devant moi les vieilles dames chantaient aussi. «Cette terre disparaîtra comme neige au soleil,» chantait toute l'assemblée. «Le soleil peut bien s'abstenir de briller. Mais Dieu, qui m'a appelé ici bas, restera à jamais auprès de moi.»

Je me tournai vers Miss Emily et je constatai que ses lèvres minces remuaient : elle chantait, elle aussi. «Voilà dix mille ans que nous sommes là. Rayonnants de lumière comme le soleil. Et innombrables encore sont les jours qui nous restent à chanter la gloire de Dieu.»

«Dieu a de tous temps été à nos côtés,» disait le Frère Thomas. «Pourquoi ne pas lui donner les quelques années que nous avons à passer sur cette terre?»

«Amen!» répondit l'assemblée.

«Pourquoi ne pas laisser entrer l'Esprit Saint? Ne pouvons-nous purifier nos âmes et être sanctifiés?»

«Amen!» hurla la femme à mes côtés.

«Amen!» cria Matanni.

«Qu'importent les apparences extérieures?» prêchait Frère Thomas. «C'est de l'intérieur seulement que nous L'aimons.»

«Amen! Amen! Amen!» clamait la foule.

«Cela a-t-il de l'importance si nous sommes vieux?» demandait Frère Thomas.

«Non, car Dieu est amour!» criait l'assemblée.

«Cela a-t-il de l'importance si nous sommes ridés?» Frère Thomas fronça les sourcils et pressa de ses doigts les plis au coin de sa bouche.

Des têtes dans l'audience se mirent à trembler. «Alléluia, non!» rugirent-elles.

«Si nous sommes fourbus?» disait le Frère Thomas. «Avec nos dos courbés?»

«Louez le Seigneur! Non!» criait-on dans la tente.

«Est-ce qu'Il se soucie que nous L'adorions même en haillons?» demanda le Frère Thomas.

«Non! Non!»

«Si nous sommes trop grands?»

«Non, pas du tout!»

«Trop petits!», criait le Frère Thomas.

«Non! Louez Dieu!»

«Cela a-t-il de l'importance si nous sommes chauves?» questionnait Frère Thomas en passant ses mains dans son épaisse crinière noire.

«Non! Non! Non!»

«Si nous sommes maigres?» continuait-il.

«Non! Non! Non!» hurlait la foule. «Il importe seulement que nous L'aimions.»

Frère Thomas marcha à grandes enjambées jusqu'au bord de la scène et resta silencieux plusieurs secondes. Puis, il se pencha au-dessus du vide, en équilibre instable sur le bout des orteils et hurla : «Cela a-t-il de l'importance si nous sommes gros?»

Rapidement je me tournai vers Miss Emily. Sa bouche frémissait. Les paumes de ses mains grassouillettes traçaient frénétiquement des cercles sur ses jambes. Ses yeux étaient humides. Sa peau était toute rouge.

«Cela a-t-il de l'importance si nous sommes gros?» répéta le Frère Thomas.

Subitement, Miss Emily se leva. Légère comme un chat, elle avait bondi sur ses pieds. «Non, car Dieu est bon!» cria-t-elle en levant les mains au-dessus de sa tête. «Non, car Dieu est bon!» hurla-t-elle en se balançant d'un côté et de l'autre.

«Non, car le doux Jésus est bon» répondirent en écho les gens dans la tente.

«Non! Non! Non!» prêchait Frère Thomas. «Cela n'a pas d'importance car Dieu ne s'intéresse qu'à ce qui vient du plus profond de nous. Tout ce que Dieu veut, c'est notre amour, nos cœurs, nos âmes.»

«Alléluia! Doux Sauveur!» criait la foule.

«Dieu ne s'intéresse qu'à nos âmes» chantait Miss Emily d'une voix forte. «Tout ce que Dieu veut c'est notre amour» disait-elle, en balançant ses hanches de mammouth; ses doigts tournés vers l'extérieur semblaient avides de goûter à l'Esprit Saint comme des oisillons qui, bouches ouvertes, attendent de goûter aux vermisseaux. «Aux yeux de Dieu, je ne suis pas grosse». Miss Emily secouait la tête. Elle tenait ses yeux hermétiquement fermés. Son corps bougeait gracieusement de l'avant vers l'arrière. «Aux yeux de Dieu, je suis digne d'être aimée davantage. Il y a tant d'amour en moi pour Lui.»

«Le doux Jésus est bon!» clama l'auditoire.

«Être aimée davantage!» Miss Emily se mit à dessiner des cercles imaginaires dans l'air en faisant tournoyer ses mains encore et encore, dessinant des cercles toujours plus grands. «Tant d'amour en moi pour Lui» dit-elle en baissant délicatement son corps puis en le redressant sans cesser de tracer des cercles.

Abasourdie, je la regardais avec de grands yeux tout en rapprochant ma chaise de celle de la femme assise à côté de moi. Mais Miss Emily ne s'apercevait de rien. Elle se tenait là, parfaitement immobile maintenant, les mains jointes, les paupières closes, et elle avançait les lèvres comme pour embrasser l'air.

«Allons, viens ma sœur!» exhorta Frère Thomas, tandis qu'elle restait là, ses joues dodues baignées de larmes. «Confie ton cœur au Seigneur!» Sur ce, Frère Thomas tendit la main dans sa direction.

Les musiciens commencèrent à jouer.

«Quel ami nous avons en la personne de Jésus» chantait le public. Tant de péchés et de peines à endurer! Quelle chance de pouvoir confier tout cela à Dieu par la prière!»

Frère Thomas insista : «Je t'en supplie, chère sœur, confie ton cœur au Seigneur!»

«Oh, de quelle paix nous privons-nous souvent. Oh, quelle souffrance inutile supportons-nous. Parce que nous refusons de confier tout cela au Seigneur par la prière!»

Les paupières de Miss Emily s'agitèrent et s'ouvrirent. Je tendis les bras vers elle. Mais c'est vers l'estrade qu'elle tendit les siens.

«Sommes-nous faibles et devons-nous porter trop de soucis et de préoccupations? Précieux Sauveur, notre refuge; confiez votre fardeau à Dieu par la prière.»

«Viens, ma sœur! Viens!» suppliait Frère Thomas.

«Non!» dis-je silencieusement en secouant la tête. «N'y allez pas!»

«Viens vers le Seigneur!» demandait Frère Thomas.

«Je vous en prie, Miss Emily, implorais-je, n'y allez pas!»

«Tes amis te méprisent-ils, t'abandonnent-ils? Confie-le au Seigneur par la prière.»

Miss Emily fit un pas en avant.

«Non!» suppliai-je, «Ne faites pas ça!»

«Dans Ses bras, Il te prendra et te protégera. Là, tu trouveras le réconfort.»

«Je viens!» cria Miss Emily. «Je viens vers le Seigneur!» Sur ces mots, elle fit un autre pas. Les gens assis devant et derrière nous déplacèrent leurs chaises et Miss Emily se mit à avancer aisément entre les deux rangées, passant devant moi pour atteindre l'allée centrale. «Je m'en viens!» déclara-t-elle, les bras tendus en agitant les doigts. Et elle chantait : «Dans Ses bras, Il me prendra et me protégera. Là, je trouverai le réconfort.»

J'enfouis mon visage dans mes mains et sentis l'amorce d'un tressautement au creux de mon estomac. «Je vous en prie, Miss Emily, pas vous!» murmurai-je en gémissant. Saisie d'horreur, je vis la silhouette massive de Miss Emily qui s'avançait dans l'allée en balançant les hanches comme une danseuse avec un cerceau tandis que ses bras ondulaient gracieusement au rythme de la musique. Tout en avançant, elle se baissait avec facilité — pouce par pouce — elle se courbait en s'approchant toujours un peu plus du plancher recouvert de sciure de bois; finalement elle atteignit l'estrade devant laquelle elle demeura un instant accroupie. Puis — telle une immense baleine émeraude — elle se redressa et dans l'humidité et la chaleur, et se hissa sur la plate-forme.

«Confiant dans les promesses du Christ mon Roi. À travers les âges, laisse miroiter Son trésor» entonnèrent cinq cents voix agréables.

«Viens vers moi, ma sœur!» implorait Frère Thomas.

Tous les gens frappaient dans leurs mains; soutenue par le rythme, Miss Emily se tenait debout devant lui, la tête rejetée en arrière et la bouche grande ouverte.

«Confie ton cœur au Seigneur!» dit-il en lui tendant les mains.

«Gloire au plus haut des cieux, crierai-je et chanterai-je. Confiant dans les promesses de Dieu» chantait toute l'assemblée.

La figure tournée vers le ciel, Miss Emily, avec une lenteur infinie posa sa main sur la sienne et la serra doucement. Sur-le-champ, Frère Thomas la prit dans ses immenses bras et la pressa contre lui. «Cette étreinte est sacrée!» annonça-t-il en la tapotant ardemment dans le dos; puis il étreignit une de ses épaules puis l'autre. «Une étreinte sanctifiée par Dieu!»

«Oh, Seigneur miséricordieux!» cria Miss Emily, ses doigts effleurant non sans hésitation ses épaules. «Oh, louez Dieu!» hurla-t-elle en se tournant face à la congrégation. «J'ai été touchée!» dit-elle en sanglotant. «Touchée! Touchée! Touchée!» aussitôt elle commença à frémir. Des vagues de gras ondulaient et roulaient de haut en bas sur son corps. Un sourire s'épanouissait sur ses lèvres. Des lueurs d'extase brillaient dans ses yeux. «Touchée! Touchée! Touchée!» criait-elle. Je commençai à apercevoir des sourires. Ceux-ci semblaient éclore partout sur le corps de Miss Emily. Les plis de gras étaient tournés vers le haut. Sur ses coudes. Autour de ses chevilles. Sur ses lobes d'oreille. Il y avait des sourires sur son menton. Des sourires qui se pourchassaient et descendaient le long de son cou. Ils dansaient sur les paumes de ses mains. Autour de ses jointures. Partout sur elle. Mais je ne pouvais répondre à ces sourires.

«Touchée! Touchée! Touchée!» disait-elle en suivant le rythme.

Les sourires jaillissaient autour d'elle, ils soulignaient son tour de taille, ils montaient jusqu'aux ampoules éclairant la scène. Tels des vers de terre étourdis, ils tournoyaient en rampant sur l'estrade. Les sourires étaient partout. Sur la figure de chacun. Pourtant, la mienne restait de glace.

Il se produisit une commotion au fond de la tente et je me tournai pour regarder derrière moi. La dame entre deux âges avec l'œil de vitre s'était redressée et avait commencé à bafouiller, «Ajja... Nasha... La... La... La!» Des torrents de sueur coulaient sur sa figure. Regardant droit vers moi, elle chantait : «Talla... Salla... Ta... Ta... Ta!»

«Et ils furent remplis de l'Esprit Saint et commencèrent à parler en d'autres langues comme si l'Esprit leur soufflait les mots» dit Frère Thomas en citant un extrait de la Bible qu'il brandissait bien haut dans les airs.

«Driiii... Sriiii... Mriiii... Triiii...» se mit à roucouler le vieil homme au visage ratatiné à l'extrémité de ma rangée.

«Le pouvoir de Dieu est ici ce soir!» cria le Frère Thomas en secouant sa Bible comme Moïse, les tables de la loi. «Ne Lui tournez pas le dos!» lança-t-il en guise d'avertissement. «Ouvrez vos cœurs tout simplement!»

«*Mi corazòn! Mi corazòn!*» cria Miss Emily.

Le tressautement, que j'avais d'abord ressenti à l'estomac, donna des coups secs sur mon cœur, puis il se rua contre ma poitrine. «Matanni! Matanni!» dis-je en geignant et en parcourant des yeux la rangée. Mais elle était partie, elle aussi. «Matanni! Matanni!» appelai-je en me tournant sur mon siège et en la cherchant frénétiquement. «Oh, Matanni!» hurlai-je. Devant moi, une des dames âgées bondit sur ses pieds, agita les mains et lança un cri perçant. Je posai mes mains sur mes oreilles. Les hommes en uniformes bleu roi qui, plus tôt, avaient tiré les rabats de la tente arpentaient maintenant systématiquement l'allée centrale et offraient leur aide pour accompagner les gens vers l'estrade. Des fidèles se contorsionnaient et tombaient à genoux. J'enlevai les mains de mes oreilles. Je continuais de chercher la fragile silhouette de Matanni en tournant la tête d'un côté et de l'autre. Je parvins enfin à la repérer. Dans une allée latérale, au bras de Gracie Vanwinkle; elles flottaient toutes deux plus qu'elles ne marchaient en direction de l'estrade. «Je suis toute seule!» marmonnai-je entre mes dents. «Ici, dans cet endroit, toute seule».

«Je marche plus près de Toi,» chantaient les musiciens en se balançant. Les femmes dans leur robe pourpre agitaient leurs tambourins. Les baguettes du batteur glissaient sur les instruments de percussion. Les guitares bourdonnaient comme des abeilles.

Le tressautement se répercuta dans ma tête. Un spasme tordit mon cou vers la gauche. *Tu es toute seule!* disaient mes pensées.

«Je l'affirme, Jésus est ma justification.!» Les mots résonnaient dans la tente. *Tu n'as personne,* répétait ma pensée. *Ni Patanni. Ni Matanni. Ni Miss Emily. Ni Jésus. Ni Dieu.*

Devant le rideau, le corps immense de Miss Emily tanguait. Matanni et son amie se balançaient aussi. La dame à l'œil de verre et le vieil homme au visage ratatiné faisaient de même. Cinquante personnes oscillaient ensemble sur la plate-forme de bois. Ils chantaient tous : «Il m'a guidé. Oh divine inspiration! Oh paroles chargées de bonheur céleste!»

«Quoi que je fasse, où que j'aille, toujours je me laisse guider par la main de Dieu», chantait Frère Thomas, en agrippant d'une main ferme le microphone et en y collant les lèvres.

«Oh, Seigneur miséricordieux!» murmurai-je, en ramenant mes bras autour de moi et en m'étreignant avec force. «Je t'en prie, ne m'abandonne pas maintenant!» suppliai-je en constatant qu'un gouffre immense se creusait entre les personnes que j'aimais le plus au monde et moi — un gouffre beaucoup plus large que la distance qui me séparait de l'estrade.

Affolée, j'observais, directement devant moi, la toile de fond avec l'image de Jésus et Miss Emily qui se balançait devant. Une même énergie faisait onduler ce rideau et le corps de Miss Emily. En avant, en arrière. En avant, en arrière. Telle une image de cinéma, la toile de fond sembla s'animer et prendre vie. Miss Emily se déplaça de côté et j'aperçus alors un garçon blond contemplant Jésus avec adoration. Miss Emily reprit sa place et je vis Jésus sourire au garçon. Miss Emily oscilla à nouveau. Maintenant, une petite fille aux cheveux noirs assise par terre vénérait Ses pieds.

«Il m'a guidé. Il m'a guidé. De Sa propre main, Il m'a guidé. Fidèlement je le suivrai. Car de Sa propre main, Il m'a guidé.»

Personne! pensai-je. Un autre soubresaut provoqua un élancement au bout de mes orteils. *Personne!*

Miss Emily oscilla à nouveau et tous les enfants aux pieds de Jésus se tournèrent et me regardèrent.

«Doux Jésus!» fis-je entre deux sanglots, tout en regardant fixement le rideau et les enfants qui m'observaient.

Une fois de plus, Miss Emily tangua; et entre chacune de ses oscillations, je voyais soit Jésus, soit ma grand-mère debout derrière elle.

«Doux Jésus!» répétai-je en regardant droit devant moi.

En arrière, en avant. En arrière, en avant. C'était Jésus. Puis Matanni. Jésus. Et Matanni. Et puis Jésus changea.

Abasourdie, je bondis sur mes pieds.

«Patanni!» m'écriai-je.

Toute seule. Toute seule, réaffirmaient mes pensées.

«Non!» dis-je d'une voix forte. «Non!» répétai-je.

La toile de fond oscilla et mon grand-père donna la main à ma grand-mère.

«Patanni, je suis là!» criai-je en me hissant sur le bout de mes pieds.

Mon grand-père me décocha un grand sourire, acquiesça d'un signe de tête et tendit les bras vers moi.

Le rideau oscilla à nouveau; instantanément, Patanni disparut.

Tu vois, il est mort, disaient mes pensées. *Tu es toute seule.*

«Non!» grognai-je tandis qu'un tic agitait mon bras. «C'est faux!» protestai-je, mes doigts griffaient l'air. «Non! Non! Non!» criai-je; j'inspirai profondément et je sentis monter de chaudes larmes. «Non! Non! Non!» Puis je serrai bien fort mon avant-bras, baissai la tête et entrepris de me frayer un chemin parmi les spectateurs en direction de l'allée centrale. «Non!» sanglotais-je et, trébuchant sur le pied d'une femme et je tombai de tout mon long sur le plancher.

«Ne t'inquiète pas», me murmura une voix et de ses doigts doux une dame me prit la main. «Je vais t'aider à te remettre debout» fit la voix douce. Et, sans un mot, je tournai la tête et vis Mamie Tillman passer son bras robuste sous le mien et me relever délicatement du plancher couvert de sciure de bois. Vacillante sur mes jambes, je lui fis un signe de tête et je souris. Elle hocha la tête à son tour puis la releva et, les yeux grand ouverts, regarda vers l'estrade.

Une lumière dorée planait au-dessus de la scène et les gens qui s'y trouvaient étaient aussi immobiles que des mannequins. Seul le rideau bougeait, flottant comme un nuage au-dessus de la plate-forme.

Seule! me rappelèrent mes pensées.

Exaspérée, je me couvris les yeux de mes mains.

«Ne laisse pas la peur entrer dans ton cœur,» je crus entendre la voix de Patanni. «Si tu attends l'obscurité, tu ne verras jamais la lumière.»

Je retins mon souffle et écartai les doigts. Des raies de lumière jaune filtrèrent. Comme un rideau qui s'ouvre, mes mains glissèrent de chaque côté de mon visage. Là, devant moi, lumineux, se tenait Jésus-Christ; Sa silhouette dansait sur la toile de fond. À Ses pieds, regardant vers le ciel, il y avait la fillette aux cheveux sombres. Je clignai des paupières et vis le corps de Rose se tordre en tous sens. Jésus la regardait, Ses yeux mouillés de larmes, Sa main tremblante hésitait; la douce Rose avec son corps déformé gisait sous Ses yeux. Subitement, elle releva les lèvres et tendit son bras en tire-bouchon. Tendrement, elle effleura Ses doigts; aussitôt, Il pressa sa main sur Son Cœur et sourit. Rose a touché Jésus, pensai-je. C'était un geste volontaire, tout comme celui qu'elle avait posé en venant vers moi.

Je fermai les yeux encore une fois et quand je les rouvris, le garçon aux cheveux blonds chantait avec Jésus. Dans les gazouillements de Reid, le doux Jésus s'exprimait : Vous devez vous aimer vous-même!

«Vous devez vous aimer vous-même,» répétai-je en écho.

Immédiatement, les cinq cents fidèles commencèrent à chanter. «Je Lui ai donné tout mon cœur. Je me tiendrai à jamais à Ses côtés. En Sa divine présence je vis, et je chante à jamais Ses louanges. Un amour si fort et si vrai mérite le plus beau chant de mon âme; je veux Lui témoigner mon amour et ma fidélité.» Je regardai tout autour de moi. Cinq cents visages rougissaient; mille yeux brillaient de tous leurs feux. «L'amour m'a transporté! L'amour m'a transporté!» chantaient tous ceux qui cherchaient en dépit de leur égarement. «Quand rien ne m'était plus d'aucun secours, l'amour m'a transporté!» chantaient tous ceux-là qui étaient désormais sauvés.

Debout à côté de Mamie Tillman, les bras écartés, mes cheveux blonds formant comme une auréole autour de ma tête, résolue à franchir la distance qui me séparait de ceux que j'aimais, je me mis à chanter. Je sentais que l'amour qui irradiait de tout mon être se transmettait par les ondes. Pendant que je chantais, Mamie Tillman m'entraîna doucement vers l'estrade. «À Lui je donne tout mon cœur. À Ses côtés je resterai à jamais.» En dedans de moi, l'amour pénétrait ma chair, mes muscles, et mes os — nourriture non seulement pour moi mais pour tous les cœurs ouverts qui battaient dans cette tente. «Je vis en Sa divine présence et je chante à jamais Ses louanges.» Je chantais ces phrases très pures qui existaient depuis le début des temps. «Un amour si fort et si vrai mérite le plus beau chant de mon âme.» L'amour renaissait à chaque note que je chantais. «Je veux Lui exprimer mon amour et ma fidélité. Je suis transportée d'amour! Je suis transportée d'amour! Quand rien ne m'était plus d'aucun secours, l'amour m'a transportée!»

Et je chantais : «A-m-o-u-r! A-m-o-u-r!» Ma voix aux accents limpides sonnait juste. Ma voix devenait la voix de chaque animal. La voix de chaque langue. La voix de chaque être humain. Le langage de Dieu. «Quand rien ne m'était plus d'aucun secours, l'a-m-o-u-r m'a transportée!»

Je serrais bien fort les paupières. Je chantais sans voir, et pourtant je voyais tout; j'étais attirée vers la lumière. Divine, sainte et inspirée, ma voix surgissait de quelque part au-delà de moi, d'un endroit sacré où se trouvaient tous ceux que j'avais aimés. Et pour la première fois de ma vie, je découvrais un horizon nouveau. Lentement, j'ouvris les yeux. Tandis que les gens derrière moi continuaient à chanter, ceux qui étaient sur l'estrade demeuraient silencieux. Ils m'écoutaient et leurs visages étaient remplis d'étonnement.

Chapitre 35

———— ✼ ————

Dans ma chambre, à l'étage, Miss Emily se berçait dans la chaise de Patanni; tout à coup, elle me demanda : «À quoi ça ressemble une réunion de prière?»

«L'église de Matanni est différente, répondis-je. «C'est pas comme dans les autres églises de Ginseng où nous avons été.»

Miss Emily appuya les paumes de ses mains l'une contre l'autre, formant ainsi une église et son clocher. «Et comment ça?» demanda-t-elle.

Assise à l'indienne au centre de mon lit, j'expliquai : «C'est un peu comme le renouveau évangélique dans la grande tente — sauf que c'est plus petit.»

«Oh, je vois!» Miss Emily eut un petit gloussement de rire et, tournant ses mains jointes vers l'extérieur agita les doigts. «Ils ont l'Esprit Saint.»

«Voici l'église» dis-je en l'imitant. «Voici le clocher. J'ouvre la porte.» À mon tour j'ouvris les mains. «Et ici, il y a les gens.» Frénétiquement, j'agitai les doigts.

Miss Emily me regarda et demanda, «Tu aimes mieux ça?»

«C'est plus petit, voilà ce que j'aime, dis-je. Tout le monde se connaît. C'est vraiment amical. Il n'y a pas de responsable. Quiconque se sent inspirer par l'Esprit Saint peut se lever et parler à cœur ouvert. Quand l'Esprit Saint se répand sur eux, ils ne résistent pas. Je veux dire, ils prient tous ensemble et rendent hommage à Dieu. Ils parlent en toutes les langues. Personne n'est ignoré.»

«Le grand chahut de l'Esprit Saint!» dit Miss Emily en applaudissant.

«Et je l'ai senti, moi aussi, dis-je. Plus fort encore que la fois du renouveau.»

«Raconte-moi» dit Miss Emily. «Je pense souvent au renouveau évangélique.»

Je dépliai soigneusement les jambes et les balançai sur le bord du lit. «Ça va être difficile,» dis-je en posant fermement les pieds sur le plancher.

«Fais de ton mieux!» dit Miss Emily d'une voix pressante.

L'air songeur, j'arpentai la pièce. «De tous les sermons, celui qui m'est resté le plus en mémoire c'est celui de Frère Emmit. Au début, quand il parlait, je n'arrivais pas à comprendre ce qu'il disait. J'écoutais avec mon cerveau, voyez-vous. J'entendais ses mots sans les ressentir dans mon cœur. Puis j'ai mis mon cerveau de côté et j'ai ouvert mon cœur. À partir de ce moment-là, l'amour de Dieu a commencé à brûler dans mon corps. L'Esprit Saint bouillonnait dans mes veines et flambait dans mon âme. Tout à coup, j'ai voulu crier. Je voulais que chacun sache la puissance de Dieu. Et soudain, je me suis mise à chanter et ma voix n'avait jamais été aussi forte.

«Je chantais en anglais, en espagnol et en français. Ensuite dans des langues inconnues. Ma voix était comme une centaine de cloches qui auraient résonné doucement. Elle ressemblait à un chœur à plusieurs voix. Une chorale céleste réunie en une seule personne. Tandis que je chantais, toutes les personnes se sont tues et toutes les têtes se sont tournées vers moi. Pas une seule fois je n'ai eu de tressautement. Pas un seul coassement ne s'est faufilé dans ma gorge. Dieu avait débloqué mon énergie et l'avait libérée. J'avais été touchée par Sa puissance, Miss Emily. Dieu m'a donné un massage. Un massage d'amour.»

«Touchée?» dit-elle, en faisant glisser son index sur sa joue.

«Dieu est Celui qui m'a touchée» déclarai-je sur un ton solennel.

Je marchais ce jour-là en direction de la ferme de Mamie Tillman, un lange bleu sur le bras; je sentais dans mon dos les rayons déjà chauds du soleil de juin et je réfléchissais aux transformations que Matanni, Miss Emily et moi avions vécues. Ce matin-là, je savais que le geste que je m'apprêtais à poser était bien. En fait, cette certitude même me poussait à agir. La veille, j'avais demandé à Matanni de me donner un des langes que ma maman avait confectionné pour ma naissance.

D'abord, Matanni n'avait rien dit. Puis, comme si elle avait mal entendu, elle avait répété : «Un de tes langes?»

«Oui, m'dame, dis-je. Ils sont à moi n'est-ce pas?»

Mais sans me laisser le temps de poursuivre, Matanni commençait à raconter son histoire, celle que j'avais entendue tant de fois auparavant; le grand chagrin que maman avait éprouvé par trois fois avant que je vienne au monde. «Dieu a pris trois de ses bébés,» dit Matanni. «Sa plus longue grossesse a duré cinq mois. Ta maman a tricoté dix langes, cinq bleus et cinq roses. Matanni leva ses mains minuscules et remua les doigts. Après tant de douleur et de peine, elle ne voulait courir aucun risque avec toi. 'Mon porte-bonheur' elle t'appelait, ta maman, parce que tu as été conçue une nuit d'étoiles filantes, une nuit magique à Poplar Holler.»

Après quoi, Matanni se passa la main dans les cheveux, replaça son tablier, me regarda droit dans les yeux et demanda : «Je peux savoir pourquoi tu veux ça?»

Je me raclai la gorge et expliquai que je ne pouvais pas donner de détails car je ne voulais pas trahir ma parole mais je pouvais lui affirmer que le lange était pour une amie.

Ses yeux se remplirent de larmes. «Une fois que tu as donné une chose, tu ne peux pas la reprendre» dit-elle. «Ce sera une perte pour toute notre famille.» En hochant la tête, je m'approchai d'elle, passai mon bras autour de ses épaules et l'assurai que c'était la bonne chose à faire, que ma maman serait d'accord. «Je commence un rituel, avais-je dit. Un lange chaque année pour mon amie. Chacune de ces couvertures possède un peu de l'esprit de maman, suffisamment pour redonner courage à mon amie.»

Fidèle à son habitude, Matanni s'était dirigée sur-le-champ dans sa chambre; c'est là qu'elle avait remisé les langes, dans un coffre au pied de son lit.

Tout autour de moi maintenant, le long du chemin menant à la maison de Mamie, les fleurs sauvages avaient éclos. Des bouquets de chicorées avec leurs fleurs bleu lavande si délicates me saluaient et je les saluais à mon tour, consciente que vers midi, ces fleurs se faneraient et seuls resteraient leurs pédoncules. Mon avenir sera rempli de livres et d'étude, pensai-je, tandis que je cheminais lentement en rêvassant. Des livres, le collège et des amis. Depuis le renouveau sous la grande tente, j'avais le sentiment que ma vie avait trouvé sa direction et je pouvais parfois imaginer ma vie future. Et cet avenir regorgeait de possibilités.

«Je vais te faire travailler dur cet été» avait dit Miss Emily à la fête donnée pour mon quinzième anniversaire de naissance. Il y avait des piles de livres sur le plancher : *Hamlet* de Shakespeare, *Les contes de Canterbury* de Chaucer; *Feuilles d'herbe* de Walt Whitman; *Le Prophète* de Kahlil Gibran; *Les Religions de l'Homme* de Huston Smith; des volumes d'algèbre, de biologie, de botanique, d'histoire universelle et même de philosophie. «Dans deux ans tu vas passer un examen équivalent à celui du lycée, dit-elle, et naturellement, tu vas le réussir.» Elle avait pianoté nerveusement sur l'accoudoir du canapé. «Tout de suite après, c'est l'examen d'admission au collège. Nous ferons une demande d'admission dans divers collèges. Le Berea College représente un bon choix. Et je ne dis pas cela uniquement parce que j'y ai étudié. C'est pour les élèves brillants qui n'ont pas les moyens de se payer des études. Ils t'aident à faire ton chemin dans la vie.»

«S'il vous plaît!» grommelai-je. «J'ai quinze ans aujourd'hui! On ne pourrait pas s'amuser un peu?»

Offusquée, Miss Emily s'était levée en soufflant. «S'amuser?» dit-elle en sortant tranquillement de la pièce. Cinq minutes plus tard, tout essoufflée, elle revenait. «Là» dit-elle en râlant. «C'est une Smith-Corona. Pour tes études.» Sans me laisser le temps d'ajouter un mot, elle déclara : «Cette année, nous écrirons des dissertations — avec notes en bas de page et tout le reste. Mais d'abord tu dois apprendre à taper à la machine.»

Oui, pensais-je tout en cheminant, la prédiction de Miss Emily semblait en bonne voie de se réaliser. De temps à autre, j'apercevais des pied-d'alouette, ces fleurs aux pétales pourpres qui poussent dans les champs rocailleux en plein soleil. Des écureuils jacassaient dans les arbres; ils me faisaient toujours rire. Des geais bleus voletaient et se chamaillaient. «Oui!» dis-je en criant à pleins poumons. «Oui! Oui! Oui!» Et même en sachant que l'envie me viendrait encore de coasser et quelque fois de tressauter, cela ne me faisait plus peur. Après tout, le Dr. Conroy ne m'avait-elle pas montré ce que je devais faire? En prenant conscience de l'impulsion à temps, en la canalisant dans un frémissement des doigts et en l'apaisant avec une chanson, alors peut-être, et peut-être seulement, je pourrais aller au collège.

«Voici,» dis-je en déposant délicatement le lange bleu dans les bras de Mamie sur le seuil de sa porte. «En mémoire de votre bébé.»

Comme si j'avais l'habitude de venir tous les samedis depuis dix ans, elle m'invita à entrer. Mes paroles ne semblèrent pas la surprendre et elle ne me demanda pas non plus comment j'avais appris pour son bébé. Elle comprit simplement que je savais. Nous nous sommes assises en silence dans la salle de séjour.

Il s'écoula quelques minutes avant qu'elle ne parle. «Je l'ai enterré dans les bois, derrière.» Doucement elle caressa la couverture. «Il était mort-né. Il n'a pas eu la chance de vivre. Mais — oh — il était si beau!» dit-elle en clignant des paupières et en rejetant la tête vers l'arrière. «Il ressemblait à son papa. Avec sa houppe de cheveux noirs. Ses mignons petits doigts. Parfait, il était. Il ne portait aucune marque,» dit-elle d'une voix paisible en me regardant dans les yeux. «Pourquoi Dieu me le prenait-il? Je n'arrivais pas à comprendre. J'avais une dette envers lui, j'ai pensé, une dette à cause de mon péché.»

J'étendis la main et touchai son bras. «C'est pas ça,» dis-je.

«Non, c'est pas ça», dit-elle, et elle plongea son nez dans la couverture et inspira. «Maintenant je sais. Dieu m'aime. Il t'aime. Son cœur est assez grand pour nous tous. Nous ne sommes jamais seul.»

Matanni et moi étions en train de déguster des tranches de pêches fraîches recouvertes de crème quand celle-ci me demanda : «Icy, quand feras-tu partie de mon église?»

«Je ne vais m'inscrire à aucune église» déclarai-je sans hésitation. Voilà une semaine que j'attendais cette question.

«Pourquoi?» demanda-t-elle en avalant avec peine.

«Parce que je les aime toutes» dis-je.

«Mais tu ne peux pas toutes les aimer», dit-elle.

«C'est comme ça, dis-je. J'ai visité plusieurs églises ces dernières semaines. J'ai lu des livres sur toutes les religions du monde. Et, à dire vrai, j'ai appris à aimer des choses en chacune d'elles. La fois où Miss Emily m'a amenée à l'église épiscopalienne à Ginseng, le rituel m'a plu. C'était magnifique. Même la Old Vine Methodist avec sa dynamique congrégation était charmante, surtout quand ils ne se donnent pas des airs, qu'ils montrent leurs vrais sentiments et implorent le Seigneur en tendant les bras. D'ailleurs, Matanni, je crois que même si j'allais dans une synagogue, je trouverais Dieu là aussi. Même l'église catholique, j'imagine, peut nous apporter la gloire. Ce que je veux dire c'est que tu as ta façon à toi. Patanni avait la sienne. Et moi — qui suis un étrange mélange de plusieurs choses — j'aurai ma propre façon.»

Plus tard ce jour-là, j'examinais les livres empilés sur la table de la cuisine apportés par Miss Emily quand mes doigts s'arrêtèrent subitement sur un petit livre d'aspect banal, *Feuilles d'herbe* de Walt Whitman. Je l'ouvris et demeurai abasourdie. Là devant moi, il y avait un poème — un très long poème sans la moindre trace de rimes en vue. Curieuse, je commençai à lire :

Promptement la paix, la joie et la connaissance naquirent et se répandirent
autour de moi surpassant tout art et toute controverse sur cette terre,
Et je compris que la main de Dieu est mon espérance,
Que l'esprit de Dieu est mon frère,
Et que tous les hommes sont aussi mes frères,
Et les femmes mes sœurs et mes amantes,
Et que la clé de voûte de la création est l'amour,
Et qu'on ne peut compter les feuilles séchées ou fanées dans les prés,
Les fourmis brunes dans les puits minuscules sous le couvert végétal,
Et les escarres moussues de la clôture décomposée, les pierres amoncelées,
le sureau,
Le tabac du diable et les morelles à grappes.

«Même la morelle est une partie de la création divine» murmurai-je. «Alors Dieu doit aimer la morelle en moi.» Personne n'est parfait, me dis-je. Il y a un vice en toute chose. Regardez seulement l'ipomée bonne-nuit; elle fleurit uniquement le soir comme si elle refusait de partager sa beauté. Patanni s'aimait lui-même, pensai-je. S'il s'aimait lui-même alors il devait m'aimer parce que j'ai, tout comme lui, une sacrée tête de mule. Mamie Tillman ne m'avait-elle pas relevée du plancher couvert de sciure de bois? Ne m'avait-elle pas témoigner son amitié au moment où je me sentais si seule? N'était-elle pas ma sœur? Et n'y avait-il pas une vallée habitée par toutes mes sœurs? «Personne n'est seul» avait-elle dit.

«Matanni, criai-je, viens par ici!»

«Pour l'amour mon enfant» dit-elle en quittant la véranda et en faisant claquer la porte moustiquaire derrière elle. «Qu'y a-t-il?», dit-elle en s'essuyant le front du revers de la main.

«Aucun d'entre nous n'est parfait,» dis-je en bondissant de ma chaise. «Et pourtant, le Seigneur dans sa bonté nous aime. Nous faisons tous partie de Sa création.»

Matanni dressa la tête et dit : «Je t'ai pas déjà dit ces paroles?»

J'acquiesçai d'un vigoureux signe de tête. «Du plus élevé au plus humble» dis-je. «De la main de Dieu jusqu'aux fourmis, aux escarres moussues, aux pierres et même aux morelles.»

Matanni esquissa un sourire. «Je sais où tu as entendu la première phrase mais où as-tu entendu ces mots-là?» demanda-t-elle.

«Ils sont du grand poète américain Walt Whitman,» répondis-je.

«Bien, ce doit être un brave garçon, dit-elle. On voit qu'il est allé à l'église.»

Chapitre 36

«Est-ce l'Union Church?» demandai-je.

«Oui, c'est bien ça» répondit la voix au téléphone.

«Puis-je parler à Miss Gooch?» dis-je.

«Elle n'est pas là pour le moment» dit la voix. «Voulez-vous laisser votre numéro et un message?»

«Oui, m'dame,» dis-je. «Voudriez-vous lui dire que Icy Sparks veut passer une audition pour faire partie de la chorale de l'Union Church?»

«Pour les célébrations du Quatre juillet», ajouta la voix.

«Oui, m'dame.»

«C'est la meilleure chorale de ces montagnes libres,» soupira la voix. «Ce serait formidable de recevoir ce trophée, non?»

«C'est mon rêve,» dis-je.

«Dans ce cas, Icy,» dit la voix, «Je donnerai ton message à Miss Gooch et elle te rappellera. Ton numéro, s'il te plaît.»

«Poplar Holler 0541,» répondis-je.

«Bonne chance!» dit la voix.

«Merci» dis-je poliment avant de raccrocher et déjà, mes doigts s'apprêtaient à composer un autre numéro. Après tout, pensai-je, on ne pouvait pas faire confiance à Aggie Gooch. Trop de communion, disaient les habitants de Ginseng. Beaucoup trop de cidre de pommes de l'année passé, ajoutaient-ils pour se montrer polis.

Je téléphonai à trois autres églises où j'étais déjà allée et je demandai la permission de passer une entrevue dans le but de faire partie de leur chorale. La Poplar Holler Pentecostal Holiness Church m'avait déjà demandé de chanter avec le groupe et même si j'avais accepté, je savais qu'il valait mieux ne pas trop compter sur l'église de Matanni. À la dernière minute, il arrivait toujours quelque chose à leur vieil autobus, ce qui entraînait l'annulation du spectacle. Je ne voulais courir aucun risque. Je m'étais tenu le raisonnement suivant : si plusieurs chemins menaient à Dieu, alors la meilleur chose à faire dans mon cas, c'était de chanter pour plusieurs églises.

«Tu es douée d'une voix céleste» dit Miss Gooch en hoquetant; puis elle porta un verre de cidre à ses lèvres et en prit une gorgée. «Nous serons heureux de t'avoir dans la chorale de notre église. Tu chantes depuis combien de temps?»

«Depuis mon enfance» dis-je, soulagée à l'idée de pouvoir ensuite passer une audition devant Mr. Leedy.

«Limpide comme une cloche» dit Mr. Leedy. La Second Street Baptist te souhaite la bienvenue.»

«C'est un honneur pour moi, dis-je, car vous avec déjà de très belles voix dans votre chorale.»

Mrs. Reece l'air hautain, en se pavanant devant le piano de la Old Vine Methodist m'avait louangée avec effusion. «Mais enfin, mon enfant, vous chantez comme un ange! Votre talent est une bénédiction de Dieu.»

Contente de moi, j'avais répondu en souriant : «Merci, Mrs. Reece. Venant de vous, cela compte.» Mais cette femme était parfois inconstante et elle avait l'habitude de changer souvent d'idée.

Même la vieille Mrs. Fiedler de la Ginseng Episcopalian apprécia ma voix. «Tu es étonnante» dit-elle d'une voix chevrotante. «Et ton chant est aussi beau que ta personne.» Mais, je craignais qu'elle ne meure avant le Quatre Juillet. Que ferais-je alors?

J'avais passé cinq auditions, histoire de ne courir aucun risque si j'ose dire. Chacune de ces chorales avait bien voulu de moi; et avant le trois juillet, je m'étais engagée à chanter pour les cinq églises.

Le parfum des roses entrait dans ma chambre par les fenêtres grandes ouvertes; seule devant mon miroir — celui-là même que Patanni avait installé pour moi — je m'exerçais. «Mes yeux ont vu la glorieuse arrivée du Seigneur,» chantais-je d'une voix profonde et riche. «Il piétine la récolte, là où ont été entreposés les raisins de la colère. Le juste éclat de son terrible glaive a jaillit rapidement. Sa vérité est en marche.» Tandis que j'allais et venais devant le miroir, chantant avec tout l'enthousiasme possible, les veines de mon cou commencèrent à saillir et à prendre une couleur bleu foncé. Quelle puissance! pensais-je, tout en continuant à chanter. «Gloire, gloire, alléluia! Gloire, gloire, alléluia! Gloire, gloire, alléluia! Sa vérité est en marche!» Les mains sur les hanches, face au miroir, j'ordonnai à mon reflet de chanter comme s'il passait une audition devant Dieu. Du coup, ma voix prit encore plus d'ampleur; je chantais comme si mon âme se consumait. «Dans la splendeur des lis, naquit le Christ par-delà l'océan. Dans toute Sa gloire, Il nous transfigure toi et moi. De même qu'Il est mort pour racheter les hommes, acceptons de mourir aussi afin de libérer les hommes. Sa vérité est en marche.»

«Icy, pour l'amour du ciel, qu'est-ce que tu fabriques en haut?» entendis-je hurler Matanni.

«Je répète!» criai-je à mon tour.

«Il est l'heure de se coucher!» cria Matanni en montant doucement les marches de l'escalier. «Je vais te réveiller de bonne heure» dit-elle, en passant la tête par la porte entrebâillée. «Tu pourras alors pratiquer autant que tu voudras.» Avant de refermer la porte derrière elle, elle inclina la tête sur le côté et dit : Icy Sparks, tu vas vraiment nous faire honneur à ma chorale et à moi.»

Dans le silence de la nuit, je pouvais entendre les appels des oiseaux nocturnes et le chant des criquets. Comme eux, j'avais chanté quelques minutes auparavant; et ce chant avait détendu tous les nerfs de mon corps. J'étais comme tout le monde, j'étais normale. Je n'étais la proie d'aucun tic grotesque. Aucun son incongru ne surgissait de ma gorge. Ma voix les avait simplement balayés. Il ne restait plus que l'essentiel — une simple fillette aux cheveux blonds et à la voix d'or.

J'étirai les bras et inspirai en profondeur la douce fragrance; je sentais la chaleur moite sur ma peau. «Cinq églises t'ont acceptée, murmurai-je. Cinq églises ont dit : 'Icy tu as une voix céleste.'» Cinq fois acceptée, pensai-je. J'étais sur le point de répéter les mots tout haut quand mon souffle se coinça dans ma poitrine. Cherchant ma respiration, je m'assis et je vis dans un éclair de lucidité ce qui m'attendait. Telle une chauve-souris éblouie par le soleil, je m'étais laissée aveugler par mon enthousiasme devant une telle réception. Ces deux dernières semaines, j'avais sillonné tout Ginseng en compagnie de Darrel Lute. J'avais fouiné un peu partout, répétant avec cinq groupes de personnes adorables qui avaient fini par m'accepter comme une des leurs. Ravalant mon angoisse comme si c'était un caillou, j'avais habilement remplacé les gros soubresauts par des petits. J'avais magnifiquement réussi à remuer les doigts — plutôt que de battre des bras — et j'avais chanté simplement. Remplie d'espoir, je voulais réussir et j'étais bien résolue à transformer cet espoir en bonheur, et, comme dans un délire, j'avais tracé les grandes lignes de ma vie future — une vie que je voulais remplie de gens et d'amis. À la réunion du renouveau évangélique sous la grande tente, Dieu m'avait montré la voie de l'acceptation. Puis Il m'avait enseigné comment m'y prendre. Mais j'étais dans un état d'excitation tel que j'avais négligé une chose importante. Demain, en face du palais de justice de Crockett County, devant les cinq groupes, je serais forcée d'en choisir un; et au moment où je choisirais, tout ce pour quoi j'avais travaillé, toute l'estime que je m'étais méritée, tout cela s'évanouirait. À cet instant fatidique, tous mes espoirs s'envoleraient en fumée.

Quelque temps plus tard, alors que je me donnais un coup de peigne devant le miroir, ces mots de Matanni me revinrent en mémoire : «Icy Sparks, tu vas vraiment nous faire honneur à ma chorale et à moi.» Mon bras se tordit; ma main s'agita; un spasme parcourut mes doigts. «Seigneur miséricordieux!» dis-je à voix haute, et je frémis tandis que mon peigne tombait sur le plancher. «Qu'est-ce que j'ai fait?»

Chapitre 37

———— ✳ ————

Darrel Lute conduisait la voiture dans les rues bondées de Ginseng. Les devantures des commerces étaient décorées de papier crépon rouge, blanc et bleu. Le Darley Theater affichait un programme double. Sur la marquise, on pouvait lire LE DERNIER DES MOHICANS avec Randolph Scott et LE PIRATE avec Yul Brynner — aucun de ces films au dire de Miss Emily, ne parlait de la révolution américaine. Devant la Samson Coal Company, avaient pris place des vendeurs de feux d'artifice Deux petites filles avec des cierges magiques dans les mains tournaient sur elles-mêmes. Même le bureau de poste était drapé de bleu, de blanc et de rouge; des contreplaqués découpés et colorés représentant Paul Revere dans sa fameuse chevauchée avaient été installés devant. Au-dessus de la porte, on avait inscrit l'année, 1776. Je pouvais entendre au loin la musique de L'Harmonie de l'école secondaire de Ginseng en pleine répétition. Le défilé allait bientôt commencer mais les chorales des diverses églises devaient d'abord tenir leur compétition. Darrel stoppa devant le palais de justice où il nous déposa. Immédiatement, je humai les odeurs de maïs soufflé, de chiens chauds et d'arachides qui flottaient dans l'air. Un garçonnet aux lèvres colorées, un Sno-Kone parfumé à la cerise dans une main, passa en courant à côté de moi. De vieilles dames toutes menues s'épongeaient la figure de leurs mouchoirs brodés. Des fermiers en salopettes chiquaient du tabac et en recrachaient le jus brun dans l'herbe. Des hommes d'affaires du coin, en complets bleus, fumaient tranquillement. Des mamans tenaient des bébés dans leurs bras et soupiraient dans la chaleur de midi.

«Hola! Hola!» cria Miss Emily. J'aperçus un éventail portant l'inscription : TANNER'S FEED SUPPLY. «Hola! Hola!» criait-elle, en l'agitant. «Je suis là!»

Je tirai sur la robe de Matanni. «Elle est là-bas» dis-je en montrant du doigt Miss Emily dans la foule. «À côté du banc.»

«Bien, j'y vais» dit Matanni, qui fila à toute allure dans sa direction; elle contourna des gens assis sur des chaises de jardin et enjamba plusieurs personnes affalées un peu partout sur des couvertures, sur la pelouse. «Elle nous a gardé la meilleure place.»

Quand je pus enfin apercevoir le palais de justice, un grognement sourd s'échappa de mes lèvres. Devant l'édifice, juste derrière l'estrade, parmi tous les chanteurs des chorales en compétition, je repérai mes groupes. Horrifiée, je vis qu'ils étaient tous ensemble en arrière, à gauche du maire Anglin; ce dernier, coiffé d'un chapeau haut-de-forme Oncle Sam, occupait le centre de la plate-forme. Juste derrière lui, il y avait un petit orchestre. En arrière-plan flottaient fièrement les drapeaux des États-Unis et du Kentucky.

«Par ici! Par ici!» hurlait Miss Emily d'une voix perçante.

Difficile de ne pas la voir. Elle était là — dans sa robe à rayures rouges, blanches et bleues — semblable en tout point à ce que j'avais anticipé.

«Il y a ton groupe là-bas!» s'exclama Miss Emily en désignant la masse des chanteurs.

Je haussai les épaules et essuyai mes mains moites sur mon chemisier.

Mme Reece, qui se promenait en se pavanant me prit par la main et m'entraîna en disant : «Allons viens Icy. Nous devons t'aider à enfiler ta robe.»

«Hola là-bas!» dit Miss Gooch en me saluant de la main dès qu'elle m'aperçut.

«Comment ça va ma chérie?» lança Mrs. Fiedler tandis que je passais tout près d'elle.

«Limpide comme une cloche» hurla Mr. Leedy au moment où ses yeux croisèrent les miens.

Miranda Williams, une des chanteuses de la Poplar Holler Pentecostal Holiness Church, cria : «Voici Icy!»

Ils comptent sur moi, tous les cinq, pensai-je, en avalant avec difficulté, sentant les muscles de ma gorge se serrer.

«Un, deux, trois» dit le maire Anglin dans le microphone qui bourdonnait. «Un, deux, trois. Un, deux, trois.»

De derrière la plate-forme me parvenaient les notes éparses de l'orchestre en train de se réchauffer. Les accords des guitares. Le gémissement prolongé d'un piano électrique. Le toussotement des baguettes sur un tambour.

En face de moi un jeune homme se pencha pour ramasser un caillou. Il l'enfouit au creux de sa main et le secoua ensuite comme une crécelle. Mon cœur dérapa et je baissai la tête. Qu'arrivera-t-il si l'amour ne me libère pas? pensai-je.

L'orchestre s'arrêta et le maire Anglin prit la parole. «Mesdames et Messieurs. Bienvenue à cette grande fête du Quatre Juillet!»

«Mon Dieu je Vous en supplie!» priai-je, les mains crispées et jointes sous mon menton. «Je Vous en prie, donnez-moi la force».

Au même moment, Mrs. Reece jeta sur mes épaules le costume de la chorale. «Oh non!» dis-je en voyant la robe verte qui luisait au soleil. «Vert grenouille» dis-je en gémissant, les bras ballants. «Je serai donc toujours une enfant grenouille.» Nerveuse, j'embrassai la foule du regard. Il y avait Miss Emily qui souriait et pointait du doigt comme une hystérique. Et moi j'étais là, vêtue de vert, verte des pieds à la tête comme elle l'avait été la nuit du renouveau, sous la grande tente. «Seigneur miséricordieux!» suppliai-je. «Aidez-moi.»

«Nos églises locales se sont données rendez-vous ici aujourd'hui» continua le maire Anglin, «afin de rivaliser pour l'obtention du plus grand honneur décerné en ce jour de fête.» Solennellement, il ouvrit les bras . «*La meilleure chorale des montagnes libres.*»

L'orchestre laissa échapper quelques accords. Des cris de jubilation montèrent de la foule. Les citadins applaudirent. Sous ma robe verte, tout mon corps ruisselait de sueur.

«Ceux-ci vont d'abord commencer» dit le Maire Anglin, en désignant mes cinq groupes. «Thelma, voulez-vous vous avancer je vous prie, avec votre groupe?»

Thelma Reece acquiesça poliment.

«Seigneur, aidez-moi!» dis-je tandis que le groupe vint se placer sur le devant de la scène.

«Old Vine Methodist!» lança le maire Anglin en se retirant tandis que nous nous serrions les uns contre les autres sur la plate-forme.

«Mmmmmm» fredonna Mme Reece en se tournant vers l'orchestre.

«'L'Hymne Guerrier de la République'» annonça-t-elle d'un air guindé. Puis, elle fit un moulinet de la main et se retourna vers le public tandis que l'orchestre commençait à jouer.

«Mes yeux ont vu la gloire du Seigneur qui approche» chantèrent les autres. «Il piétine la récolte, là où sont entreposés les raisins de la colère.»

Effrayée, je m'écartai du microphone. Ma voix était paralysée. Elle restait coincée au fond de ma gorge comme un bloc de glace.

«Le juste éclat de son terrible glaive jaillit rapidement. Sa vérité est en marche.»

Les orteils de mon pied gauche commencèrent à tressaillir. «Ouch!» criai-je, en pressant fermement mon pied sur le plancher de la scène et en recroquevillant mes orteils.

«Gloire, gloire, alléluia! Gloire. Gloire, alléluia!» chantait le groupe.

«Ooh!» dis-je en geignant tandis que les muscles de ma jambe se contractaient comme ils faisaient toujours avant de tressauter.

«Gloire, gloire, alléluia!» continuait de chanter le groupe.

Ma jambe se dressa brusquement en faisant avec mon corps un angle de quatre-vingts dix degrés. Inquiète, Mme Reece me regarda. «Seigneur, aidez-moi» suppliai-je.

«Tiens bon, ma chérie» me chuchota Mrs. Reece tandis qu'elle faisait un pas vers moi.

Ma jambe commença à trembler.

«Ne t'en fais pas, ma chouette» dit Mrs. Reece en me caressant la joue. «Je suis là, à tes côtés.»

«Sa vérité s'est mise en marche!» chantait le groupe.

Le contact de sa main me réconforta. La chaleur de ses doigts irradiait jusqu'au fond de ma gorge. «Oui, Sa vérité s'est mise en marche!» dis-je, et le bloc de glace commença à fondre. «Sa vérité s'est mise en marche!» répétai-je en posant de force mon pied par terre devant le microphone; et je me libérai en crispant les orteils au lieu de tressauter. «Sa vérité s'est mise en marche!» entonnai-je avec ardeur. Mes bras bougèrent; mes jambes marquaient le pas. Avec l'aplomb d'un garde du palais de Buckingham, je marquais le pas; en haut, en bas, en avant, en arrière, je tenais la cadence. Avec un grand sourire, Mme Reece fit un geste en direction de l'orchestre qui avait cessé de jouer; ils reprirent leurs instruments. «Dans la splendeur des lis, naquit le Christ par delà l'océan!» Je chantais à pleins poumons, ma voix jaillissait de tout mon corps. «Dans toute Sa gloire, Il nous transfigure, toi et moi.» La musique s'engouffrait en moi, elle m'hypnotisait et me captivait. «De même qu'Il est mort pour racheter les hommes» chantai-je d'une voix grave, «acceptons de mourir aussi afin de libérer les hommes. Sa vérité est en marche.»

«Gloire, gloire alléluia! Gloire, gloire alléluia! Gloire, gloire, alléluia! Sa vérité est en marche!» chantions-nous à l'unisson; un tonnerre d'applaudissements éclata et il devint impossible de s'entendre chanter. Alors, en joignant les mains, nous avons formé un demi-cercle et salué en silence.

Je relevai la tête et regardai les citadins — toutes ces figures. Quelques-uns étaient perplexes. La confusion se lisait sur leur visage. D'autres étaient ennuyés. Ils secouaient la tête. Mais beaucoup d'entre eux paraissaient heureux. Et subitement, leurs sourires m'inondèrent comme une chaude ondée.

«Old Vine Methodist» cria le maire Anglin en se frayant un chemin parmi nous. «Braves citoyens de Crockett County, que diriez-vous de les applaudir une autre fois?»

Puis, avant que je m'en rende compte, tandis que l'auditoire applaudissait encore et que je me laissais bercer par la chaleur de cette ovation, des robes bleu roi commencèrent à flotter sur la scène. «Un petit ange» dit de sa voix chevrotante Mme Fiedler en m'offrant une robe. Légèrement étourdie et déconcertée, je clignai des yeux, inspirai profondément et je retrouvai mes esprits. Rapidement je pris la robe bleue, l'enfilai et le vert disparut. Aussitôt, la chorale de la Ginseng Episcopalian s'avança. Une légère secousse fit tressaillir mes bras. L'espace d'une seconde, je sentis le besoin impérieux de les agiter mais au même moment, la musique commença. «En avant, soldats du Christ, marchons à la guerre»; nous chantions tous. La mélodie s'insinuait dans mes bras et m'apaisait. Son tempo régulier me rassérénait. Et quand j'ordonnai à mes bras de frémir légèrement au lieu de battre des ailes, ceux-ci suivirent à la lettre mes consignes. Délicatement je fis papillonner mes doigts. Un geste d'amour. Une bouchée de gâteau. Et ensuite — d'une voix forte et avec majesté — je chantai. «Avec la Croix de Jésus qui nous précède!» Mon cœur se mit à fondre. La musique m'inonda. «... Dans les ténèbres du doute et de la désolation. Ainsi s'avance le chœur des pèlerins, entonnant des chants d'espoir, en marche vers la terre promise.» chantai-je. Nous chantions tous. Alors la foule s'enthousiasma. Les gens marchaient, martelaient le sol de leurs chaussures tout en chantant «En avant, soldats du Christ» encore et encore. Pendant ce temps, la chorale de la Poplar Holler Pentecostal Holiness Church s'avança en direction de la plate-forme — qu'elle fit trembler sous ses pas.

«On ne savait pas que tu allais chanter avec tout le monde»; Miranda Williams gloussait de rire en se faufilant à mes côtés. «C'est formidable.» Elle me tendit une robe blanche, un peu jaunie. «Tu en avais déjà deux, dit-elle, maintenant ça t'en fera trois.» Aussitôt, une vague de blancheur, telle l'écume sur la mer, vint rouler vers l'avant. Dix voix jaillirent de concert. «Vers Celui qui donne la vie généreusement. Il nous rassemble dans Sa maison! Il nous rassemble dans Sa maison!» leurs voix étaient riches et mélodieuses. «Il est notre refuge, loin des querelles. Les êtres aimés se rassemblent dans Sa maison.» Bras dessus, bras dessous, nous avons commencé à nous balancer, comme une grande vague, une douce couverture qui me soutenait et me permettait de m'exposer en plein soleil. Consumée par l'Esprit Saint, je me mis à chanter aux côtés de mes frères et de mes sœurs. «Rassemblés dans Sa maison... rassemblés dans Sa maison» entonnai-je. «Finie la tristesse, finie l'errance. Rassemblés dans Sa maison... rassemblés dans Sa maison. Les enfants de Dieu sont rassemblés dans Sa maison.» Mon visage était mouillé, mes yeux, remplis de larmes. «Vers la cité sans ténèbres. Rassemblés dans Sa maison! Rassemblés dans Sa maison!» Nous chantions à l'unisson en nous berçant doucement. «Là où le visage même du Sauveur nous éclaire. Les êtres chers se rassemblent dans Sa maison.» Levant les bras au-dessus de nos têtes, nous avons tourné nos regards vers le ciel. «Rassemblés dans Sa maison... rassemblés dans Sa maison.» Nous reprenions tous en chœur avec ardeur. «Finie la tristesse, finie l'errance. Rassemblés dans Sa maison... rassemblés dans Sa maison. Les enfants de Dieu se rassemblent dans Sa maison.» Là-dessus, nous avons joint les mains et comme un grand filet, nous avons déployé nos bras vers l'extérieur. «Vers ces demeures magnifiques là-haut. Rassemblés dans sa maison! Rassemblés dans Sa maison!» nous chantions tous en harmonie en abaissant les bras. «À l'abri au sein de Son amour infini. Les êtres chers se rassemblent dans Sa maison» chacun de nous chantait en balançant à nouveau les bras. «Rassemblés dans Sa maison... rassemblés dans Sa maison. Finie la tristesse, finie l'errance» nos voix se firent plus fortes. «Rassemblés dans Sa maison... rassemblés dans Sa maison. Les enfants de Dieu se rassemblent dans Sa maison.»

«C'est à notre tour!» dit Miss Gooch tandis que nous nous tenions sur la scène en silence. «Pour toi» dit-elle en me prenant par le bras et en m'entraînant un peu plus loin; puis elle m'enveloppa dans une robe dorée. «Tu dois rester. Nous avons besoin de toi» dit-elle tandis que la chorale de l'église de Matanni se retirait pour laisser la place à celle de l'Union Church. «Oh, beauté des cieux infinis. Beauté des vagues de blés couleur d'ambre» chantait-elle de sa puissante voix de soprano.

Et nos voix se sont jointes à la sienne : «La majesté des montagnes pourpres.

Au-dessus de la plaine féconde.» Comme le blé ondulant sous la brise, nos corps drapés d'or se balançaient. Nos voix bien timbrées étaient chaleureuses. «Amérique, Amérique, Dieu a répandu Sa grâce sur toi. Et Il a donné aux personnes bienveillantes la couronne de la fraternité qui brille d'un océan à l'autre.» «Oh, la beauté du rêve des patriotes» étions-nous en train de chanter quand Mr. Leedy hurla, «Faites place!» Et sur ces mots, comme un éclair rouge, la chorale de la Second Street Baptist Church fit son apparition. «C'est pour toi!» cria Mr. Leedy en lançant dans les airs une robe rouge qui se déploya comme une fleur avant de retomber sur mes épaules. «Chante maintenant!» ordonna-t-il en brandissant le bras de façon théâtrale, comme si c'était une baguette.

Sur ce, nous avons tous commencé à chanter : «Mon pays c'est le tiens. Douce terre de liberté. C'est toi que je chante. La terre où moururent nos pères. Terre des fiers pèlerins. De chaque côté de la montagne, que résonne la liberté!» Le maire Anglin qui avait d'abord froncé les sourcils, joignait maintenant sa voix aux autres et il chantait. Et peu à peu, comme si le son s'était propagé, chaque chorale se mit à chanter et toutes les personnes présentes devant le palais de justice se mirent aussi à chanter. «Toi, ma terre natale. Terre noble et libre. J'aime ton nom. J'aime tes rochers et tes ruisselets. Tes forêts et tes collines accueillantes. Mon cœur ravi est aux anges.»

Je suais abondamment sous les cinq robes — la verte, la bleue, la blanche, la dorée et la rouge. «Notre Père est ton Dieu. Créateur de liberté. Nous chantons pour toi!» nous chantions tous en chœur. Je chantais avec frénésie quand subitement mon regard croisa celui de Matanni; et, un bref instant, il y eut un grand froid dans mon cœur. Elle leva le bras, me salua puis elle sourit. «Puisse notre terre briller longtemps. De la lumière sacrée de la liberté. Pourvu que Tu nous protèges. Dieu infini, notre Roi!» Au même instant, une banderole écrite à la main s'éleva telle une couronne au-dessus des têtes. Habillée de rouge, de blanc et de bleu, Miss Emily se balançait, juchée sur son banc; semblable à un immense drapeau déployé, elle s'appuyait sur les épaules robuste de Darrel Lute. BIENVENUE EN CE MONDE pouvait-on lire. À cet instant précis, en ce lieu, je me mis à croire en mon avenir. Devant toute la population de Ginseng, sous une montagne de vêtements, mon cœur rayonnant battait fort au vu et au su de tous.

ÉPILOGUE

———— ✽ ————

« On attribue au syndrome de Gilles de La Tourette la responsabilité de votre comportement, avait dit le docteur, mais ce dernier ne doit pas vous servir d'excuse. »
C'était il y a quatre ans au Berea College. Aujourd'hui, j'ai vingt et un ans. J'ai reçu ce diagnostic au moment même où j'entreprenais mes études — pourquoi je suis ce que je suis et la raison de mes coassements, de mes tressautements et de mes tics. Un désordre neurologique, des neurotransmetteurs détraqués, un ça qui se déchaîne, une surcharge de l'ordinateur. Je souffre d'un désordre. Un désordre qui ressemble à une éruption volcanique. Décrit pour la première fois en 1885 par Gilles de La Tourette. Le brave docteur était ravi de faire ma connaissance.
Mais pourquoi ai-je dit souffrir ? Disons plutôt, grandir. J'ai trouvé un ordre dans mon désordre. J'ai assumé ma différence.
Moi, Icy Sparks, j'ai fleuri dans un sol rocailleux. Ma différence ne m'a empêchée de m'épanouir. Sans elle, la vie aurait été plus facile, mais alors, j'aurais été une autre.
Regardez autour de vous. Nulle part dans ces montagnes vous ne trouverez une famille plus unie. La photographie sur le manteau de ma cheminée raconte l'essentiel. Moi dans mon costume d'universitaire. Les sourires de Matanni et de Miss Emily. La joie se lit sur tous nos visages.
Nulle part dans ces montagnes vous ne trouverez de meilleure amie. Demandez à Mamie Tillman ou à madame Mamie Combs, devrais-je dire. Six ans durant et six langes de nouveau-nés plus tard, notre amitié s'est développée et aujourd'hui, je lui en confectionne un septième de mes propres mains. Un lange bleu et rose pour le bébé qu'elle porte. Je garde pour moi et ma fille les autres langes de maman.

*Regardez encore plus près. Jamais vous ne trouverez d'amie plus loyale.
Maisy Hurley Cunningham vous le confirmera. Nous parlons de soins de santé,
de musicothérapie. Nous parlons encore d'empathie.*

*Écrivez à Peavy Lawson et à Lane Carlson au Vietnam et ils vous parleront
des lettres que je leur envoie à toutes les semaines.*

*Regardez autour de vous. Dans ce pays de mines de charbon et de routes en
lacets, vous ne trouverez pas de femme au cœur plus ouvert — autant pour ses
anciens amis que pour les nouveaux.*

*Je suis une thérapeute dévouée. Des enfants muets comme des pierres
chantent pour moi. Des enfants incapables de parler créent de la musique pour
moi.*

*«Enfant grenouille ou sainte?» allez-vous me demander. «Qu'as-tu de si
unique?»*

*Je vous répondrai en deux mots. En deux mots seulement, je vous donnerai
l'explication. Syndrome de La Tourette. Au début, une calamité. Maintenant,
une bénédiction. Enfant grenouille et sainte. Matanni dit toujours : «Le bon Dieu
travaille de bien mystérieuse façon.»*

*Alors qu'importe si — dans mes gènes — je transporte aussi des coassements,
des jurons et des tressautements?*

*Qu'importe si j'ai le don de m'exprimer dans des langues inconnues et de
prendre la voix des animaux, si je ressens l'envie de battre des bras et de voler?*

*Il m'arrive parfois d'extérioriser mes sentiments et de laisser voir les morelles
à grappes en moi; alors je me dis : «C'est ainsi»; car mes gènes m'ont aussi transmis la faculté de prendre soin des autres, ils m'ont procuré une voix si douce
qu'elle peut apaiser la pire des colères, et des yeux qui non seulement s'écarquillent en plein soleil mais témoignent aussi d'une curiosité et d'une grande soif de
savoir.*

*Alors, si par mes gènes je viens à transmettre tous ces traits — qui sont à la
source des tressautements, des coassements, des jurons et des répétitions — je ne
m'inquiéterai pas trop car mes enfants seront privilégiés.*

*Et si un beau jour, un quelconque citadin dit à ma fille : «Tu es bien la fille
de ta mère», je me réjouirai à l'idée que personne ne peut oublier la fillette aux
cheveux d'or qui rejetait la tête en arrière, écarquillait les yeux et coassait à tue-
tête dans le crépuscule d'une chaude journée d'été.*